총구에 핀 꽃

이대환 장편소설

총구에 핀 꽃

이대환 장편소설

아시아

차례

1장

바나나 태우는 청년

1

5월이 며칠 남지 않은 아침이었다. 일본 오사카 간사이공항 출국 게이트 앞에는 마중 나온 사람들이 엉성하게 울타리를 치고 있었다. 나는 그들 뒤편에 우두커니 서서 전광판을 바라보았다. 독일 프랑크푸르트에서 날아온 루프트한자의 착륙 시각은 한참 지나 있었다. 연회색 바바리가 빈틈으로 빠져 나왔다. 고동색 트렁크를 옆구리에 끄는 동양 남자였다. 키가 작았다. 나이를 짐작해보기는 어려웠다. 검정색 선글라스 탓이었다. 내가 오른손을 번쩍 들자 왼손을 살짝 흔드는 그의 얼굴에 하얀 치아가 드러났다.

"아버지."

"드디어 우리의 여행이 시작되는구나."

서로 부둥켜안았다.

"괜찮았어요?"

"침대처럼 드러누워 왔다. 아들은?"

"서울에서 어젯밤에 나왔습니다. 공항 근처 호텔에서 아버지보다 훨씬 편안하게 잤습니다."

아버지가 아들의 토실한 등을 토닥이고, 나는 당신의 야윈 등을 어루만졌다. 석 달 전, 2018년 2월 24일, 어머니 장례를 마친 다음 날 한낮, 우리는 집에서 머리를 맞대고 여행 계획을 세웠다. 그때 당신은 건강도 좋고 마음도 편하다며 이코노믹을 바랐으나 내가 일흔셋은 노인이라며 비즈니스를 잡았다.

"아버지의 지금 이 모습은 저도 이미 보았어요."

"어, 어떻게?"

먼저 아버지가 한국말로 했다. 조금도 놀랄 일은 아니었다. 인간 세상에 인터넷이 등장한 뒤로는 거의 날마다 한국어 포털을 방문해 소리 내서 읽곤 했으니.

"정확히 오십 년 전 4월 어느 날, 미군 탈주병 다섯 명과 함께 찍혔던 그 사진 속의 청년과 흡사해 보여요. 미군 같지 않은 작은 키에, 바바리에, 선글라스에, 트렁크에, 검은색 머리까지요. 염색하셨어요?"

아버지가 웃었다. 장난 계략을 들킨 아이 같았다.

"늙은 거야 감출 수 없어도 염색을 해야만 그때 사진 속의 나하고 비슷해질 것 같았다. 비밀처럼 보관하고 있던 그 신문의 사진을 스마트폰에 찍어 왔는데, 대체 그걸 어디서 봤다는 거냐?"

"아버지는 오십 년 전에 냉전체제를 초월해 세계적으로 유명했던 청년입니다. 이따 말씀드릴게요. 더울 텐데요?"

"고베나 오사카에서는 이 바바리가 거추장스럽겠는데, 홋카이도에선 또 괜찮을 거야. 물론 서울에서는 벗어야 되겠지."

"아버지, 나가요. 고베가 멀지는 않아요. 그분하고는 내일 11시에 우리가 묵는 호텔 커피숍에서 만나자고 약속해뒀어요."

"나는 이번에도 오십 년 전 그 시절처럼 따라다니기만 하면 되는구나. 편하겠다."

고베로 가는 리무진버스는 시동을 걸어두고 있었다. 훌쭉한 운전기사가 트렁크 두 개를 받아 버스 밑바닥에 넣었다. 우리는 운전석 바로 뒷자리에 앉았다.

"고아 손진호, 미국 학생 윌리엄, 미군 일병 윌리엄은 이미 저의 노트북에 저장돼 있는데, 미군 탈주병 윌리엄은 지금 저의 가방에 체포된 상태이기도 합니다."

"저장된 것은 알겠는데, 체포된 상태라는 것은 뭐야?"

"자료들도 챙겨왔다는 뜻입니다."

"그런 게 있었어?"

"1967년 4월 어느 날 윌리엄 다니엘 맥거번 또는 손진호라는 이름으로 혜성처럼 일본 언론에 등장해서 사계절이 바뀌는 동안 일본, 쿠바, 미국, 남한, 북한, 중국, 소련, 유럽 등 여러 나라가 관심을 기울이게 만들었던 문제적 인물이 이렇게 노인이 돼서 요나스 요나손이라는 전혀 엉뚱한 이름의 여권을 소지하고 일본에 나타난 것을 언론들이 알게 된다면 호기심을 내지 않을까요?"

아버지가 손사래를 쳤다.

"요나스 요나손으로는 손톱만큼도 유명해지고 싶지 않다."

"제가 챙겨온 자료들 중에 가장 간단한 것은 한국 시사지가 그 사진도 인용해가며 손진호를 추적해본 기사고, 제법 긴 것들이 더 있습니다."

나는 알뜰히 일렀다. 제법 긴 자료는 세 가지였다.

하나는 대한민국 정부가 소장한 오래된 문서다. 이제는 비밀기한이 만료되어 누구든 신분증과 돈과 신청서를 내밀면 복사본으로 건네받을 수 있는 케케묵은 것이다. 세상에는 기막힌 우연을 가장한 필연이 있기도 한가 보다. 1967년 4월부터 이듬해 이른봄까지 도쿄 한국대사관과 한국 외무부가 미군 탈주병 '손진호, 윌리엄' 문제로 주고받은 전문(電文) 문서철이 존재한다는 사실을 나는 벼락 맞듯 알게 되었다. 2018년 3월 중순 서울에서 열린 비교문학연구학회 세미나에서였다. 한국 근대문학과 일본 근대문학을 비교문학론 시각에서 연구해온 한 노교수가 '베트남전쟁 시기 일본사회의 반전평화운동과 일본문학의 동향'에 대한 논문을 발표했다. 그 발제를 나는 직접 들을 수 없었다. 논문에서 '손진호'를 발견했기 때문이었다. 자료집을 집어 부리나케 탈출하듯 회의실을 빠져나와 근처 카페로 들어갔다. 십여 쪽을 단숨에 읽었다. 내게는 '참고문헌'이 훨씬 더 유용했다. 비밀해제 문서를 비롯해 관련 문헌의 목록을 챙길 수 있게 해줬다.

또 하나는 1970년에 발표된 일본 단편소설이다. 나는 그것을 번역가에 맡겨 한국어로 옮겨놓았다. 주인공으로 등장하는 한국 고아원 출신의 미군 탈주병 '청년'은 미국에서 청소년기를 감당해내는 윌리엄의 모습을 이따금씩 흑백영화 장면처럼 보여주었다.

다른 하나는 영어 회고록이다. 베트남 전쟁터에서 일본으로 휴가 나와 군복을 벗어던진 어느 미군 탈주병의 그 글을 나는 하룻밤에 읽었다. 아버지는, 윌리엄 일병은 어디쯤 등장하려나. 이 조바심에 쫓겨 마구 뒤적이기도 했는데, 뒷부분 몇 군데서 짤막히 만날 수 있었다.

“나도 읽어볼게. 그런데 손진호와 윌리엄을 노트북에 다 저장했다니, 소설로 완성했다는 말이지?”

“이번 여행 기간에도 다시 읽어보고, 제출하기 전에도 또 읽어봐야 합니다.”

“3월초부터 서울에선 그 일에만 매달렸겠구나.”

“밤샘도 즐거웠습니다. 덤으로 박사학위도 받아야지요.”

어머니를 공동묘지 유택에 안장한 그날 저녁이었다. 아버지가 아들에게 얄팍한 책을 건넸다. 그 손길이 얼마나 느리고 무거워 보였으면 얼핏 유산 명세서를 받는 느낌마저 스쳐갔다. 아주 오래된 미국 시사주간지였다. 표지 사진이 포착한 피사체는 다섯이었다. 꽁무니를 가위질해 두 동강난 것처럼 보이는 헬기, 먼저 헬기에 올라탄 흑인 병사, 그의 새까만 팔뚝에 오른손을 맡기고 철모 쓴 얼굴을 왼쪽으로 돌린 병사, 그의 오른쪽 어깨에 걸린 소총, 그 총구에 꽂힌 꽃 한 송이. 누렇게 변색됐으나 하얀 꽃이었다. 어머니 무덤 앞에 놓아둔 백합과의 그 꽃과 흡사해 보였다. ‘총구에 꽃을 꽂은 병사’라는 대문자들과 그 밑에 깔린 ‘베트남의 평화를 갈망하는 병사의 퍼포먼스’라는 소문자들이 사진의 포커스를 일러주고 있었다. 아마도 전우의 도움을 받으며 헬기에 오르려는 키 작은 병사는 누군가 외쳐 부르는 소리를 듣고 순간적으로 고개를 꺾은 모양이었다. 오른쪽 눈이 가려진 그의 얼굴은 그러나 영락없이 동북아 청년이었다. 아들로서는 어처구니없는 노릇이어도 그 병사가 젊은 어느 순간의 아버지라고 알아보지 못한 나는 표지 상단 왼쪽 모서리에 밥알 굵기로 박힌 글씨들도 발견했다. ‘1967년 3월 둘째 주’ 발간을 알리는 것이었다. 빼기를 해보았다. 더하기로 검산도 해보았다. 틀림없이 '51'이었다. 장장 쉰한 해를 감당해낸 사진이 밤을 꼬박 지새우게 만드는 아버지의 긴 이야기를 불러냈다. 아들의 뇌리에 어렴풋한 실루엣으로 존재해온 유년 손진호, 청소년 윌리엄, 미군 병사 윌리엄이 육체와 정신을 갖추는 시간이기도 했다.

그리고 며칠이 지났다. 나는 서울로 돌아갈 짐을 꾸렸다. 박사학위논문에 집중해야 하는 봄날이었다. 이미 프로포잘은 제출해뒀다. 1970년대 초반 한국문학에서 맹렬한 주목을 받았던 신상웅의 장편소설 『심야의 정담』을 롱기누스의 숭고미 이론으로 분석하겠다는 제안이었다. 심야(深夜)는 지구적 냉전체제와 한반도 분단체제이고, 정담(鼎談)은 그 어두운 결빙의 시대를 감당해내는 대학생 세 친구의 이야기다. 석사과정 3차 학기 때 리포트를 쓰는 과정에 처음으로 그들 청춘과 만나 영혼을 치는 울림에 전율했던 나는 박사학위논문을 구상하며 새로 정독한 다음에 흔들리지 않을 판단을 세웠다. '숭고미를 표현하고자 하는 문학작품에서 가장 중요한 문제는 상상의 세계를 독자들이 자신의 일처럼 경험할 수 있도록 어떻게 감동시킬 수 있느냐 하는 것'이니 한국 현대소설에서 『심야의 정담』을 그 전형으로 지목하겠다는 것이었다.

내가 수료한 박사과정에는 학위 글쓰기에 두 가지 방식이 있다. 논문을 쓰는 것과 작품을 쓰는 것이다. 서울로 날아가는 항공기 안에서 나는 새로운 결심을 완전히 굳히고 있었다. 유년 시절부터 청년 시절까지 끊임없이 이어진 파란만장한 아버지의 여행으로 나의 첫 소설을 쓰자. 장편소설 쓰는 노역이 마라톤 완주보다 어렵고 고달플 수도 있겠지만 아버지가 '인생의 마라토너가 되라'며 지어준 한국 이름이 손기정 아닌가. 번의(翻意)와 자위는 내 안에 평안한 기운을 일으켰다. 대학 새내기로 한국 유학을 시작해 석사학위를 마치고 뚜렷한 목표 없이 서너 해에 걸쳐 한국과 유럽을 오락가락하다 뒤늦게 박사학위에 들고는 다시 두 학기나 휴학으로 빈둥댔던 모든 늑장의 시간들을 그 소설에 바쳐야 하는 천우신조의 예비쯤으로 받아들인 것이었다. 한국어 실력은 스스로 믿고 있었다. 지난해 봄에는 대학원생 에세이 현상공모에 대상을 챙겼으니 이것 하나만 봐도 어휘력이나 문장력이 괴롭히진 않을 테고, 지난해 12월에는 광화문 촛불광장의 체험을 다룬 시편으로 신춘문예에 도전해 새해 벽두의 심사평에서 최종심 후보로 올랐다는 사실을 확인했으니 시어(詩語)도 부담스럽지 않았다.

"윌리엄 일병이 썼던 자기소개서, 기억하고 계세요?"

"썼던 기억은 있다."

"두 번 쓰셨잖아요?"

아버지는 대답하지 않았다.

"첫 번째 썼던 일은 그때 집에서 들려주셨고요, 그것 말고 두 번째로 썼던 일은 기억나지 않으세요?"

아버지가 고개를 돌려 아들을 쳐다보았다. 조금 놀란 표정에 기억을 더듬어 들어가는 눈빛이었다. 나는 빙그레 웃고만 있었다.

"아, 그래……, 한밤중에 어느 집에 들어갔을 때, 주인 남자가 신상소개서를 써달라고 부탁했다. 베헤이렌 사무국에 줘야 한다고."

'베헤이렌'은 '베트남에 평화를! 시민연합'을 축약해 불렀던 일본말이다. 베트남전쟁 시기에 일본을 중심으로 반전평화운동을 활발히 전개했던 시민단체다.

"주인 남자가 작가라는 건 알았어요?"

"그 집에 한 달 넘게 묵었는걸."

"그래서 자기 소설에다 아버지라고 추정할 수밖에 없는 주인공을 내놓았군요."

"희미하게 생각나는 게 있다. 왜 출근을 안 하느냐고 물었는데, 글을 쓰는 직업은 혼자 하는 자영업과 비슷하다면서 쾌활하게 웃더라."

리무진버스가 밀리듯 움직였다.

2

고층 호텔 트윈룸에서 내려다보는 고베 항구에는 불빛 향연이 펼쳐지고 있었다. 호화 크루즈 여객선이 육지에 풀어놓았던 손님들을 다시 받아들여 요란한 파티라도 벌이고 있을 시간이었다. 샤워를 마치고 창가의 둥근 탁자에 마주앉은 아버지와 나는 어쩔 수 없이 십여 년 전 가족여행으로 다녀온 지중해 크루즈 여행을 떠올려야 했다. 하지만 머물지는 말아야 할 추억이었다. 어머니가 빠졌으니.

아들의 몸에는 어머니가 무엇보다 피부색으로 남았다. 한국 남자와 백인 여자가 낳은 외아들—이것이 나의 육체적 가족적 정체성이다. 키는 173센티미터다. 피부색은 어머니 쪽이다. 머리칼은 완전 흑발이다. 얼굴은 아버지를 닮았다. 흑백사진으로만 보았던, 내가 태어나기 전에 타계했다는 외할아버지는 핀란드 혈통이고 외할머니는 헝가리 혈통이란다. 할아버지와 할머니는 사진도 못 보았다. 아버지처럼 한국인이란다. 이렇게 나의 혈통적 정체성은 복잡하다. 이만저만 혼혈이 아니다.

어머니는 음악을 사랑했다. 연주자도 성악가도 아니었지만 음악에 묻혀 살아갔다. 나의 인문적인 두뇌는 아버지한테서 물려받았다고 생각한다. 의사가 어머니에게 '앞으로 열 달을 넘기기 어려울 것'이라는 선고를 내린 날, 당신이 육필로 서울의 아들에게 보낸 장문의 편지를 그 증거로 내놓을 수 있겠다.

나는 위대한가? 실소해야 마땅한 자문이지만, 단 하나의 관점에서는 나도 위대하다. 충족할 수 없는 두 가지 결핍을 존재의 조건으로 받아 태어나는 인간은 일생에 걸쳐 그것을 감당하느라 스스로 자아를 괴롭히며 살아가야 하니, 하나는 불가피한 죽음에 대한 감성적 의식이고, 또 하나는 현실의 부조리에 대한 저항적 의식이다. 죽음 없는 생이 있을 수 없고 부조리 없는 현실이 있을 수 없어서 인간은 그 운명적인 절대결핍 때문에 어느 누구도 두 의식으로부터 벗어날 수 없다. 만약 두 의식이 사라진 인간이 있다면 그는 이미 인간의 자격을 상실한 것이고, 만약 두 의식을 더 이상 감당할 수 없는 인간이 있다면 그는 절망의 끝에 몰려 목숨을 끊을 것이다. 두 의식의 예민한 촉수가 시시때때로 나를 괴롭히고 있지만, 나는 자살하지 않고 있다. 이 지점에 섰을 때는 내 생도 위대해진다.

모든 일상이 지속적으로 안정되고 아들을 한국으로 유학 보낸 뒤부터 내 인생은, 시간이 삶에 바쳐지는 것이 아니라 삶이 시간에 바쳐지는 날들이었다. 그러한 나날의 연속은 자칫 권태를 불러올지 모른다는 염려를 이따금씩 하곤 했지만, 내 손발이 전혀 닿을 수 없는 세계 도처의 끊이지 않는 부조리에 대한 저항적 의식과 불가피한 죽음에 대한 감성적 의식으로 권태를 막아내야 한다는 지혜마저 놓아버리지는 않았다.

일흔세 살의 새봄을 앞두고 속절없이 홀아비 신세에 돌입한 아버지에게 어머니는 어떤 존재였는가? 한 문장만으로 넘치지도 모자라지도 않은 당신의 마음은 어머니의 묘비에 잘 새겨져 있다.

고독한 한 남자의 포근한 둥지로 살아간 여인이
여기에 고이 잠들었노라.

나는 아버지의 신경을 다른 데로 돌리려 했다.
"시차 극복부터 빨리 하셔야지요. 눈을 붙여보시겠어요?"
"아직은. 내가 등장한다는 그 작가의 소설 얘기나 들어보자."
"아, 아버지를 흉본 것도 나왔어요. 읽어드려요?"
"그래?"
"소설에서는 미군 탈주병 윌리엄을 '청년', 그 작가를 '남자'라고 호칭합니다."
내가 그 소설의 번역본을 뒤적였다.

청년은 음식을 먹을 때 쩝쩝쩝 소리를 냈다. 그것이 남자의 가족에게는 거슬리는 일이었다. 하지만 남자는 그냥 버려뒀다. 결혼해서 아내에게 한마디 들어야만 비로소 고쳐질 버릇이었다. 그래서 남자는 가족에게도 참으라 했다.

"하아, 그 작가는 예언가였구나."

아버지가 너털웃음을 날렸다.

"왜요?"

"내가 너의 엄마한테 처음 받았던 정식 항의가 음식 먹으면서 소리 나게 하지 말라는 것이었거든. 그 전에는 몰랐지. 그 뒤로는 고쳤고."

왁자한 웃음이 터졌다. 방안에 전등이 더 켜지는 듯했다. 아버지가 불빛을 가득 실은 여객선 쪽으로 시선을 풀었다.

"저런 배를 탈 뻔도 했어. 오십 년 전에 만약 내가 저런 배를 탔더라면, 지금 눈앞에 앉아 있는 아들은 이 세상에 태어나지 않았을 테지. 내일 11시에 그 사람을 만나면 그때 내가 고베에서 저런 배를 타고 떠날 뻔했던 사연도 나올 거야."

혼자서 과거의 어느 지점으로 돌아가려는 아버지를 나는 탁자 위의 소설 속으로 불러왔다.

"윌리엄을 칭찬하는 내용도 있어요."

"정말? 그 작가는 공정하구나."

내가 또박또박 읽었다.

청년은 이 집에서 보낸 첫날밤을 꼬박 지새웠는지도 모른다. 이런 미안한 생각을 남자는 하게 되었다. 자정이 훨씬 지나서 시작했을 신상 소개서를 다섯 장이나 빽빽하게 채운 데다, 정확한 영어 문장은 문학적 품위도 갖추고 있었다. 청년이 일본을 무사히 탈출해서 원하는 나라에 정착하게 되면 어느 날 작가로 등장할 수도 있을 것 같았다.

"두 번째로 썼던 거니까 첫 번째 것보다는 좋아졌을 테지. 그나저나 아버지 대신 아들이 작가로 나서게 됐으니 더 잘된 일이다."

문득 나는 재롱이라도 부리고 싶어서 힘차게 읊어댔다.

"아버지, 작가는 굉장한 특권을 누릴 수 있습니다. 대통령의, 독재자의, 장군의, 의사의, 살인자의, 거지의, 노동자의, 대부호의, 환경운동가의, 사업가의, 판사의, 검사의, 사기꾼의, 잡범의, 교수의, 총장의, 기술자의, 과학자의, 작곡가의, 어머니의, 아버지의……, 이 세상 그 누구의 이름으로도 능수능란 발언할 수 있는 사람이 작가입니다. 그 수단이 허구라는 것이고, 허구란 바로 작가의 상상력을 담아내는, 작가가 자유자재 변형할 수 있는 그릇이고, 그 그릇이 최후로 담아내야 하는 실체는 어떤 사실들의 배후를 관장하는 진실과 그 진실의 핵을 이루는 인간의 문제입니다."

"좋다. 아들의 그 그릇 속에 아버지가 푹 들어가 앉으마."

아버지가 내미는 손을 아들이 세게 잡았다.

"그 작가와 나눴던 대화들을 기억해낼 수 있겠어요?"

"글쎄, 조금은."

아버지가 고개를 갸웃했다.

"읽어드릴까요?"

"듣다 보면, 몇 마디라도 돌아올 수 있겠지. 잃어버린 말들을 찾아보고 싶구나."

"잃어버린 말들을 찾아내는 것은 잃어버린 시간과 잃어버린 삶을 찾아내는 일이라고 생각합니다."

"옳은 말이다."

아버지가 팔짱을 끼고 허리를 곧추세웠다.

"어려운 한국어가 나오면 정지시켜 주세요. 번역해 드릴게요."

아버지가 눈을 감았다. 나는 그 소설을 또박또박 읽었다.

남자가 늦은 밤중에 걸려온 전화에서 들었던 청년의 이름은 윌리엄 다니엘 맥거번이었다. 그것은 맥아더 장군이 그랬듯 스코틀랜드계 미국인이라는 이미지를 그리게 했다. 그렇지만 남자 앞에 나타난 청년은 남자의 친척이라고 소개해도 전혀 어색하지 않은 일본인 같았다. 이렇게 이름과 생김새가 조금도 어울리지 않는 청년의 또 다른 이름이 일본 신문들에는 손(孫) 아무개라고 나와 있었다. 이튿날 오전이었다. 남자는 아내와 딸이 외출한 동안 청년과 둘이서 거실 소파에 마주앉게 되었다.

"저와 같은 사람을 맡아주셔서 정말 감사하지만, 당신에게는 귀찮고 괴롭지 않습니까?"

청년의 첫 질문이었다. 영어가 비교적 자유로운 남자는 설명을 했다.

"당신이 일본을 벗어나 원하는 나라로 갈 수 있는 루트를 탈 때까지, 혹은 다른 일본인 누군가의 집으로 옮겨갈 준비가 될 때까지, 내가 당신을 책임지겠다. 물론 나의 가족이 동의한 일인데, 내가 당신을 가족의 일원이라고 하면 당신이 나를 위선적이라고 생각할 수도 있을 테니, 하숙비를 내지 않는 하숙생으로서 같이 생활하는 것이라면 어떤가? 사상의 문제는 또 다른 것이고."

청년은 남자의 말을 하나도 흘리지 않고 귀에 담는 것처럼 고개를 숙이고 있었다. 어쩌면 남자의 말을 모조리 흘려버리고 다른 골똘한 생각에 잠긴 것 같기도 했다. 남자가 물어보았다.

"내가 어떻게 부르면 좋을까? 윌리엄이라고 부르는 것이 좋은지, 아니면 손이라고 불러도 좋은지? 야기 노부오라는 일본 이름으로 부르면 된다는 것은 전달받았지만, 야기, 노부오, 이건 아무래도 좀."

청년이 남자에게 되물었다.

"어떤 것이 좋아요?"

남자는 잠자코 있었다. 자신이 권유하거나 결정해줄 것은 아니라는 판단이었다. 어색한 침묵을 청년이 깼다.

"당신의 가족은 당신을 뭐라 부릅니까?"

"오또상."

"파더, 파파?"

"그렇지."

"아, 그러면 저도 오또상이라고 불러도 되겠습니까?"

"문제없어. 밖에 같이 나가면 꼭 오또상이라 불러줘. 가족의 일원으로 보이면 훨씬 더 안전하니까."

비로소 청년의 얼굴에서 긴장감이 풀어졌다. 남자는 이때 생각이 들었다. 그렇다. 나는 대낮부터 술을 마시지는 않지만 이럴 때는 영화에서 자주 보듯이 우선 위스키라도 내놓는 것이 좋겠다.

아버지가 소설 읽기를 멈추게 했다.

"맞다. 내가 오또상이라고 부르자고 했다. 그 작가가 나한테 처음 부탁한 것이 신상소개서를 써달라는 거였다. 확실하다."

"그것이 소설의 한 부분을 차지하고 있어요. 제가 표시도 해뒀는데, 그때 집에서 들려주셨던 이야기를 벗어난 내용은 없었습니다. 그 작가는 아버지가 영어로 써낸 것을 일본어로 번역해 '고아 손진호 시절'은 일인칭을 삼인칭으로 고쳐서 집어넣고 '입양소년 윌리엄 시절'은 대화체로 길게 풀어놨더군요. 허구라는 특권을 소극적으로 활용했던 거라고 할 수 있겠지요. 직접 읽어보시면 그 글을 썼던 당시의 기억이 더 환해지지 않을까요? 막히는 단어는 바로 말씀하시고요."

아버지가 고개를 끄덕이며 돋보기안경을 걸었다. 나는 번역본에서 얼른 찾아냈다.

3

1950년 한여름에 동네 사람들 모두가 피란길에 나섰다. 달구지, 지게, 머리, 손에는 온통 보따리였다. 손의 가족은 둘뿐이었다. 어머니와 다섯 살 먹은 손이었다. 그해 설날만 해도 가족은 다섯이었다. 할머니, 아버지, 여동생이 있었다. 할머니는 설을 쇠고 며칠 뒤에 숨을 거두었다. 뒤따라 여동생도 방에서 사라졌다. 할머니는 공동묘지에 무덤이 만들어졌다. 여동생은 어머니의 가슴에 묻혔다고 손은 믿었다. 동생이 어디 갔느냐는 아들의 질문에 어머니가 그렇게 답을 해준 것이었다. 할머니와 여동생은 그해 겨우내 기침병을 앓았다. 아버지는 경찰이었다. 대구 근처 전쟁터로 불려 나간 뒤로는 생사불명과 소식두절의 상태였다.

바다를 따라 남쪽으로 내려가는 자갈도로의 어느 곳에서 피란 행렬이 멈췄다. 한낮의 뙤약볕을 쉬어 가자는 것이었다. 어머니는 미루나무 그늘에 앉아 있고, 어린 아들은 이웃집 달구지 밑에 기어 들어가 길바닥에 누웠다. 깜박 잠이 들었던 손이 화들짝 깨어났다. 포탄이 떨어졌다. 단 한 발이었다. 단 한 사람만 다쳤다. 달구지 밑에서 기어 나온 손은 벌렁 나자빠졌다. 어머니의 가슴에 피가 낭자했다. 목에서 흘러내린 피가 가슴을 빨갛게 적시고 있었다. 길가 야산의 두세 그루 소나무 앞에 얕은 구덩이를 파서 어머니를 묻어준 어른들이 재수없게도 포탄 파편이 목에 칼처럼 박힌 거라고 했다. 인민군 포탄이라는 이도 있고, 미군 함포라는 이도 있었다.

가을이 왔다. 동네 사람들이 고향으로 돌아갔다. 손은 갈 곳이 없었다. 파괴된 도시에 멀쩡히 남은 교회 안으로 고양이처럼 들락거리는 꼬마 거지로 남았다. 아버지마저 죽어버렸다면 꼬마 고아였다. 늦가을 어느 날이었다. 손은 교회의 풍금 치는 처녀에게 바싹바싹한 껍질에 싸인 사탕 몇 알을 얻었다. 미제 사탕이었다. 양지바른 교회 담벼락에 기대앉았다. 그러나 그림자들이 그를 덮쳤다. 부랑아 셋이었다. 정수리를 얻어맞고 바지 주머니를 더듬거렸다. 사탕이 잡혔다. 빼내기 싫었다. 정수리에 망치가 떨어졌다. 눈앞에 불티들이 튀었다. 울음이 터졌다. “놔줘!” 굵은 목소리였다. 혼자였다. 싸움이 붙었다. 순식간에 세 놈이 거꾸러졌다. 느닷없이 나타난 구원자는 왼손에 손가락이 여섯 개였다. 엄지에 새끼손가락보다 조그만 손가락 하나가 벌레처럼 징그럽게 덧붙어 있었다.

꼬마 거지는 육손이를 따라갔다. 도시 서쪽을 가로막은 야산의 한 지점에 굴이 뚫려 있었다. 일본이 태평양전쟁 말기에 미군 폭격을 피하려고 만든 방공호라 했다. 콘크리트 굴이었다. 육손이는 ‘굴집’이라 불렀다. 굴집에는 아이들이 여남은 명 모여 살았다. 육손이는 굴집의 가장이고 대장이었다. 며칠 뒤 손은 대장의 선물을 받았다. 어디선가 주워온 헌가마니였다. 바닥 냉기를 가시려고 저녁마다 지푸라기나 종이를 모아야 했던 아이에게는 그것이 반갑고 고마운 침구였다. 밑바닥의 쥐구멍은 꺼림칙했다. 두세 뼘 간격을 두고 구멍 하나를 더 만들었다. 가마니 속으로 몸을 밀어 넣고 두 발만 두 구멍 밖으로 쏙 내놓으며 반듯하게 누웠다. 딱 좋았다. 새벽에 발이 시리면 도로 넣어 웅크렸다. 등허리를 곧게 펴고 싶으면 두 발을 두 구멍으로 빼냈다. 몸과 가마니가 곤충과 허물처럼 아귀를 맞췄다.

38선 근처에 고정된 전선이 이제 다시는 남쪽으로 밀려나지 않는다는 소문이 굴집에도 들려온 그날은 하지를 앞두고 있었다. 육손이 생일이었다. 손은 어떡하든 고마움을 나타내고 싶었다. 시장바닥으로 스며들었다. 사람들이 제법 북적댔다. 무슨 음식이라도 동냥해볼 궁리를 하며 삶은 돼지대가리들이 차려진 골목에 들어섰다. 기다란 검은 베일로 머리를 가린 수녀가 주인과 대화를 나누고 있었다. 순간적으로 꼬마 거지는 금덩어리처럼 반짝이는 물체를 발견했다. 수녀의 손에 든 지갑이었다.

"결과적으로는 그 금빛이 당신의 인생을 바꿔버린 것이었지?"

남자가 청년의 신상소개서를 봉투에 넣었다.

"그게, 그럴 수도 있군요. 수녀님의 지갑을 탈취하지 않았으면 순경에게 잡혀가지 않았을 테고, 그랬으면 수녀님을 따라 고아원으로 가지 않았을 테고, 그랬으면 흰 수염 푸른 눈의 서양 신부님을 만나지 않았을 테고, 그랬으면 휴전된 다음에 맥거번 중령을 따라 미국으로 날아가지도 않았을 테고, 또 그랬으면……. 그러나 모든 것이 '인도하시느라' 일어난 일이었지요. 수녀님은 하느님이 불쌍한 꼬마 거지를 하느님의 품으로 인도하시느라 자신의 지갑을 탈취하게 만들었던 거라고 하셨거든요."

멋쩍게 웃어버린 청년이 위스키를 꿀꺽 소리 내서 삼켰다. 남자는 일부러 소리 없이 삼키며 헤아렸다. 청년은 단순한 양키 보이가 아니다. 마음속에 복잡한 굴절을 가지고 있다. 하지만 둥근 얼굴에서 눈의 움직임은 맑아 보인다. 남자는 안도감으로 스스로를 달랬다. 이제부터 오또상으로서 접촉해야 하나.

"수녀님의 지갑이 아니라 한국전쟁이 저의 운명을 바꿨던 것이라고 해야겠군요." 하고 청년은 남자의 의견을 무시하듯 사이를 두지 않고 말을 이었다. "오또상, 신상소개서에는 안 썼지만……." 청년이 남자의 집에 와서 처음으로 웃었다. 하얗고 가지런한 치아가 드러났다. "저의 할아버지는 일본과 관련이 깊은 사람이었습니다. 식민지 시대에 홋카이도 탄광으로 징용을 나갔는데 집으로 돌아오지 않았기 때문입니다. 할머니나 부모님은 할아버지의 소식을 알지 못한 상태에서 거기에 적어둔 그런 사람들이 되었습니다."

청년이 남자를 똑바로 쳐다보았다. 남자는 속으로 움찔했다. 그의 눈빛이 날카롭진 않았으나 할아버지에 대해 눈앞의 일본인은 어떤 반응을 보이는가를 살피는 것 같았다.

"일본인과 한국인으로 국한하든, 일본인과 미국인으로 국한하든, 우리 두 사람 사이에는 국경이 없지 않나?"

남자의 신중한 말을 청년이 사뿐히 받았다.

"물론입니다. 그렇지 않았으면, 저는 지금 이 자리에 앉아 있지 못할 겁니다. 그런데 거기에는 자세히 쓰지 않은 입양아로서의 생활, 다시 말해 미국인으로 다시 태어나야 했던 저의 모습을 조금 말씀드려도 될까요? 오또상은 어느 정도 알아야 하지 않을까요?"

남자가 미소를 지었다. 오또상 역할을 맡는 느낌마저 끼쳐들었다.

"중령으로 퇴역한 미국 아버지, 맥거번 씨는 주유소들을 비롯해 여러 상점을 가진 주인이었는데, 멕시코인 한국인 중국인 이민자들에게 세를 놓고 본인은 퇴역장교서클 사무실에 나가는 사람이었습니다. 저는 네 번째 자식이 되었습니다."

"자식이 셋이나 있는데 거기에다 양자를……?"

남자에게는 딸 하나뿐이었다.

"예. 딸 둘과 아들 하나가 모두 독립해서 집을 비우긴 했으나 그런 것이 풍족한 국가의 휴머니즘이라는 것 같습니다."

"과연……."

남자는 어렵게 긍정을 보냈다.

"그 집은 저택이라 불러야 될 겁니다. 백 년은 넘었을 나무들이 있고 작은 풀장도 있습니다. 양친도 친절한 사람들이었고, 멀리서 새로 생긴 막내를 보러 왔던 자녀들도 친절한 사람들이었다고 말해야 하겠군요."

남자는 청년이 나이에 비해 만만치 않겠다는 생각을 다시 해보며 어정쩡하게 거들었다.

"그렇겠네. 언젠가는 이 오또상에 대해서도 그런 식으로 말을 해줄 테지만."

청년이 남자의 말을 받지는 않았다.

"그 집에 도착해서 최초로 해야 했던 것은 세탁이었습니다. 차라리 소독이라고 해야 할지도 모르겠군요."

"세탁, 소독이라니……?"

"멕시코 출신의 중년 여자가 뜨거운 물로 샤워를 시키고 빡빡 문질렀지요. 얼마나 철저한 세탁이었는지 동양인의 모든 때를 밀어버려서 정말 피부색도 없애 버리려 하는 것인가, 이런 걱정마저 들었지요. 그 다음에는 진짜 소독이었습니다. 무슨 약품으로 소독을 했어요. 그리고 의사와 간호사가 와서 신체검사를 했는데, 합격이라고 하더군요."

"흐음……."

"나는 의사의 간단한 말을 알아들었습니다. 영어 공부를 조금 하고 갔으니까요."

남자는 청년의 말을 얼른 이해했다. '안드레아'라는 프랑스 유학을 준비하는 고아원의 큰형이 흰 수염 푸른 눈 신부의 명을 받아 어린 '손'에게 영어를 가르쳤다는 것이 신상소개서에 적혀 있었다.

"저에게는 이름과 성이 붙여졌습니다. 저는 가톨릭 수녀원의 고아원에서 자랐지만 다시 교회로 가서 세례도 받았습니다."

"아, 그렇군."

"그렇지만 그것은 어린애의 마음에서도 납득이 가지 않았습니다. 양어머니인 메리가 빨갛게 칠한 입술을 상하로 움직이며, 윌리엄, 자 이걸로 너는 윌리엄이 되는 것을 신께서 허락해주셨다고 말했을 때는, 왜 내가 윌리엄인가, 손 아무개라면 무엇이 잘못된 것인가, 이렇게 물어보았습니다. 서툰 영어로요. 왜냐고? 너는 맥거번 집안의 사람이 되었기 때문이야, 하고 양어머니는 친절하게 대답했어요. 세례를 받은 그날 밤에 큰 파티가 열렸어요. 손님이 백 명쯤 왔습니다. 그들을 비롯해 제가 들어가기로 돼 있는 학교 선생님들에게 저를 소개하기 위해 마련한 파티였습니다. 저는 마치 꿈을 꾸는 것 같았습니다. 현실이 아니고 내가 꿈의 한가운데에 있는 기분이었습니다."

"친절한 양친이라는 표현이 틀리지 않은 것 같군."

"그때의 파티는 아직도 잘 기억하고 있습니다. 학교 여선생님이 저에게 여러 가지로 말을 걸어왔는데 I like dreaming이라는 말과 happy라는 말을 강조했습니다. 그리고 조그만 테이블 위에 저를 세워서 손님들을 향해 그 말을 큰소리로 외치게 해서 저는 그대로 했습니다. 모두가 환성을 지르고, 모두가 행복하게 얼굴이 붉어졌습니다. 하아, happy한 것은 그들이었고, 또 그들에게 happy를 선물한 저는 정말로 like dreaming이었습니다. like dreaming이긴 했는데 어린애의 마음에서도 구경거리가 된 기분이 없지는 않았습니다."

청년이 등을 구부려 무릎 사이에 끼웠던 두 손을 내밀어 깍지를 꼈다. 술기운에 눈자위가 발그레 물든 그의 시선은 자기 손가락을 응시하고 있었다.

"학교는 멋진 사립학교였습니다. 매일 아침에 부친이 자동차로 학교 앞에 내려줬습니다. 수준이 높은 학교였지만 저는 학급 최우수 학생이 되기도 했습니다. 물론 동양인이어서 불쾌한 일들도 겪어야 했지만 대체로 보아서 중학교도 순조롭게 졸업하고 고등학교에 들어갔습니다."

"잠깐만." 하고 남자가 청년의 말을 막았다. "이 집에서 얼마나 있어야 할지 몰라. 3주간, 한 달, 두 달, 그런 것은 아직 몰라. 천천히 듣기로 하지."

청년은 일단 이야기를 시작했으니 결말을 내고 싶은 눈치였으나 좀 쉬게 하려는 남자의 배려를 좋게 받았다.

"인생 이야기를 길게 해보는군요. 앞날이 창창한데 말입니다."

"그 다음 이야기도 나중에 들려주게. 여기 적은 것은 간단한 줄거리니까."

봉투를 가리킨 남자는 아무래도 이따금 위스키를 마시게 될 것이라고 예상했다.

아버지가 화장실을 다녀왔다. 나는 손목시계를 보았다. 9시를 지나고 있었다.

"표시된 부분은 다 읽었다. 졸리는구나."

"피곤할 때는 독서가 수면제도 됩니다."

"읽고 있으니 옛날 생각은 더 환해지는데 눈앞은 캄캄해오네."

"시차 극복이 최우선입니다. 푹 주무셔야 합니다."

"오냐. 오늘은 그만 읽자. 혼자서 뭐해? 나갔다 와도 좋잖아?"

"아닙니다. 실내등 밑으로 옮겨서 노트북에 저장된 아버지를 만날까 합니다. 그 소설에는 한마디도 없었는데요, 지금 저는 윌리엄이 한바탕 난리치는 장면부터 다시 봐야 합니다."

"고등학생 때 그 사건?"

"예."

"내 안에도 맹수 같은 구석이 있기는 있었던가 봐. 자, 늙은 부랑아는 쑥스러워서 자야겠다."

"예에. 편히 주무세요."

나는 트렁크 위의 노트북을 집었다. 소설의 주인공 곁에서 퇴고에 몰두하는 기분은 어떨까. 이런 호기심 같은 것이 퍼뜩 눈앞에 어른거렸다.

4

교정에 낙엽이 나뒹구는 11월 어느 수요일이었다. 고등학교 2학년 윌리엄 다니엘 맥거번은 하교 시간에 맞춰 집을 나섰다. 어금니를 깨물고 있었다. 그날 결석을 했다. 양부모에게는 몸이 아프다고 했다. 양어머니가 병원에 가자고 했으나 그런 정도는 아니라며 물리쳤다. 꾀병은 아니었다. 아침에 눈을 떴을 때 온몸이 쑤시고 결리고 아팠다. 두 다리가 너무 뻣뻣해 침대를 내려서기도 어려웠다. 상반신 거울 앞에 서서 몸을 살폈다. 허벅지는 온통 시커멓게 멍들었고, 왼쪽 가슴에는 동전 크기의 시퍼런 점이 넷이나 찍혔다. 그놈의 발길과 주먹에 샌드백처럼 얻어맞은 탓이었다.

윌리엄은 다리를 풀어야 한다는 계산으로 십여 분 뜀박질을 했다. 다리가 한결 부드러워진 것을 확인하고는 뚜벅뚜벅 걸으며 자신을 야무지게 다그쳤다. 여기서 내가 나를 못 지키면 앞으로도 내가 나를 지킬 수 없게 된다. 그놈부터 처치한다.

윌리엄은 집에서 들고 나온 무기 하나를 교문 앞 플라타너스 밑동에 기대 세웠다. 장도(長刀)였다. 나무로 만든 긴 칼은 아슬아슬하게 165센티미터에 닿은 그의 키보다 한 뼘쯤 짧았다. 훈장, 계급장, 군복, 군모, 사진, 야구공, 야구 글로브, 럭비공, 아령 등 예비역 중령 맥거번의 인생 이력과 같은 온갖 소지품을 진열해둔 방에서 골라잡은 그것은 일본에서 근무한 기념품이었다. 어떤 통나무를 깎아 만들었는지 쇠처럼 단단해서 내리치거나 하면 동물의 어느 부위도 동강낼 수 있을 듯했다. 그는 운동장을 주시하며 이틀 내리 꼼짝없이 당한 린치를 돌이켜보았다.

월요일엔 점심시간이었다. 덩치 좋은 백인 세 녀석에게 운동장 구석진 자리로 결박된 죄수처럼 끌려갔다. 주먹질과 발길질은 많지도 세지도 않았다. 원숭이 같은 새끼. 욕설이 많기도 하고 세기도 했다. 뺨도 때렸다. 얼굴에 침도 뱉었다. 그러나 윌리엄은 움직이지 않았다. 손도 발도 얼어붙어 있었다. 묻는 말에는 벙어리가 되었다. 저항의 말도 하지 않았다. 눈물도 흘리지 않았다. 정강이를 툭툭 걷어차던 발길이 멈추면서 주먹이 복부를 쥐어박을 때는 신음소리를 뱉었다. 그렇게 묵묵히 견딘 것이 유일한 저항이었다. 풀려난 그의 겉모습은 아무렇지도 않았다. 단지 침을 씻기 위해 세면을 했다.

화요일엔 하교시간이었다. 전날 녀석들에게 그 구석자리로 다시 끌려갔다. 이번엔 구타가 많고 셌다. 특히 얼굴에 깨가 쏟아진 녀석이 독하게 설쳤다. 놈은 손진호가 윌리엄으로 바뀐 뒤로는 구경한 적도 없건만 마늘 냄새와 김치 냄새가 역겨워서 같은 교실에 못 지내겠다며 다리를 부러뜨리기 전에 학교를 떠나라고 윽박질렀다. 꿇어앉으라고 명령한 것도, 허벅지를 차고 밟은 것도 놈이었다. 억지로 일으켜 세워서 왼쪽 가슴의 한 지점에다 정통으로 열 번 넘게 망치 때리기 같은 주먹질을 먹인 것도 놈이었다. 그는 가슴이 으스러지는 고통을 느끼며 풀썩 주저앉곤 했다. 그러나 저항의 말을 하지 않는 것처럼 봐달라고 비는 말도 하지 않았다. 몸의 어딘가에 타격이 떨어질 때마다 신음소리를 가래처럼 뱉긴 했으나 눈물은 흘리지 않았다. 먼저 꺼져. 다른 놈이 가래 뱉듯 말했다. 원숭이 새끼. 또 다른 놈이 그의 얼굴에 침을 뱉었다. 내일도 교실에 나타나면 정말 다리를 부러뜨릴 줄 알아. 주근깨투성이가 싸늘하게 뇌까렸다. 그는 절룩절룩 교문을 벗어나면서 추정해 보았다. 전날 그렇게 당하고도 오늘 가만히 있으니까 맘대로 취급해도 된다고 판단한 놈들이었다. 입양 자식이니 양부모는 무관심한 거라고 여기는 놈들임에 틀림없었다.

열댓 명이 한꺼번에 교문 밖으로 몰려나오고 그들 뒤에 문제의 세 놈이 어슬렁어슬렁 걸어오고 있었다. 주근깨투성이는 가운데였다. 교문을 나온 놈들이 걸음을 멈추고 삼각형으로 둘러섰다. 무슨 모의를 꾀하는 모양새였다. 주근깨투성이는 운동장을 바라보는 방향이었다. 체육복 차림에 청색 모자를 눌러쓴 윌리엄이 맹수처럼 달려가 어깨 위에 수평으로 걸쳐진 무기를 사정없이 내리쳤다. 그놈의 오른쪽 귀를 베듯 스친 나무칼이 어깨를 타격했다. 퍽! 윽! 단번에 그놈이 무너지듯 주저앉았다. 윌리엄은 다른 두 놈에게도 마구 휘둘렀다. 팔과 머리를 얻어맞고 교문 안으로 도망쳤다. 그는 도망자를 쫓아가지 않았다. 눈앞에 쓰러진 놈의 허벅지를 몇 대 갈겼다. 발로 얼굴을 두세 차례 걷어찼다. 피투성이로 변한 주근깨투성이 얼굴에 침을 뱉었다. 분노의 폭발이 저주의 폭력으로 바뀐 순간 그는 자신도 모르게 한국말로 오줌 갈기듯 뇌까렸다.

"이 새끼야. 김치는 먹고 싶어도 못 먹어."

윌리엄은 고등학교에 들어와서 잊었던 한국어를 회복했다. 외국어 공부로 한국어를 제대로 해놓으라는 양아버지의 주선으로 이민 온 한국인 부부에게 특별 교습을 받은 덕분이었다.

"이 새끼야. 이건 고춧가루 맛이야."

윌리엄이 엎어진 놈의 허벅지를 나무칼로 모질게 갈겼다.

"그만, 제발 그만!"

신음소리를 내지른 놈이 영어로 말했다.

"이 새끼야, 이건 마늘 맛이야."

윌리엄이 주근깨투성이 낯짝을 걷어찼다.

"잘못했어. 진심이야. 용서해. 제발 용서해줘."

주근깨투성이가 영어로 용서를 빌었다. 플라타너스 밑에 모여든 학생들이 고통과 비굴에 젖은 그의 목소리를 들었다. 윌리엄은 한국말을 멈췄다. 손도 발도 나무칼도 움직이지 않았다. 경찰차가 왔다. 권총을 앞세운 경찰의 명령에 그는 순순히 따랐다. 지팡이처럼 잡은 무기를 바닥에 떨어뜨렸다. 꿇어앉았다. 두 손을 머리 위로 올렸다. 수갑이 채워졌다. 곧 앰뷸런스도 요란하게 당도했다. 주근깨투성이가 실렸다. 윌리엄은 경찰차에 태워졌다. 그의 무기도 실렸다.

5

윌리엄이 휘둘렀던 나무칼은 위력이 대단했다. 백인이든 흑인이든 혼혈이든 다른 인종이든 불량기를 주체 못하는 어떤 녀석도 그에게 집적대지 않았다. 무엇과도 바꾸고 싶지 않은 자유를 얻은 그즈음의 월요일 아침이었다. 그와 흡사한 학생이 교실에 출현했다. 생김새도 피부색도 덩치도 윌리엄이었다. 재치 있는 녀석들은 "윌리엄의 사촌이 나타났다"고 떠들었다. 나쁜 뜻이 아니었다. 그의 눈치를 훔쳐보는, 약간의 아부가 묻은 말이었다. 낯선 이방인은 일본인 남학생이었다. 이름이 야마구치라 했다.

야마구치는 수업에 적응하지 못해 힘겨워했다. 무엇보다 영어를 겨우 절반 정도만 알아듣는 것이었다. 그는 양지바른 나무 밑에 혼자 웅크리고 앉아 있곤 했다. 아마도 남몰래 우는 듯했다. 윌리엄은 간섭하지 않았다. 어차피 스스로 넘어서야 하는 장벽이라며 맡겨버렸다. 그런 야마구치가 불현듯 그에게 엉뚱한 문젯거리를 던져주었다.

'손진호와 야마구치는 같은 동양인이다. 그는 특유의 야마구치라는 이름을 갖고 있고 또 그렇게 불리고 있는데, 왜 나는 윌리엄 다니엘 맥거번 따위의 묘한 이름으로 굳어져버렸는가. 도대체 왜 나는 손진호가 되면 안 되는 것인가?'

시민권 심사일이 며칠 앞에 기다리는 밤이었다. 윌리엄은 탈락을 예상하고 있었다. 양아버지와 변호사가 애를 쓰고 있어도 수갑을 찼던 일이 앞을 막아설 것 같았다. 주근깨투성이의 오른쪽 어깨 뒤편에 골절을 발생시켰던 사건은 양가 부모의 합의와 노력으로 아들들이 공권력의 처벌만은 면제 받는 쪽으로 마무리되었다. 집단 린치와 나무칼을 맞바꾼 셈이었다.

윌리엄은 자정을 넘겼지만 도무지 잠을 이룰 수 없었다. 시민권에 연연하는 것이 아니었다. 주면 받는 거고, 안 주면 안 받는 거라고 가뿐히 넘겨버렸다. 이불을 사타구니 사이에 끼운 내면에는 아까부터 촛불 같은 무엇이 밝혀져 있었다. 가슴 밑바닥에 싹을 틔운 질문 하나가 깊은 밤중에 또다시 오롯이 솟아올라 의식을 환히 비추는 것이었다.

'나는 누구인가?' 이 자문이었다.

윌리엄의 자기정체성 인식은 육체의 성장과 더불어 변화해왔다. 샌프란시스코에 처음 왔을 때는 모든 것이 너무 낯설어서 부모 형제가 새로 생겼지만 그야말로 진짜 고아가 되었다는 고립감을 연약한 뼛속에 골수처럼 새겨야 했다. 배꼽 밑에 거웃이 거무스름해진 무렵부터는 인종적인 열등감이 자아올리는 얄궂은 설움에 젖어들곤 했다. 그러나 거듭나는 계기를 맞았다. 그것이 교문 앞에서 피를 부른 폭력이었다. 경찰에서 풀려났을 때는 스스로도 뿌듯하게 확인할 수 있는 새 사람으로 태어났다. 견디기 어려웠던 고립감이 사라졌다. 지긋지긋하게 달라붙던 열등감을 떨쳐버렸다. 어떤 세계와도 얼마든지 당당하게 관계를 맺을 수 있을 것 같았다. 사춘기를 벗어난 청년의 그저 철없는 거드름이 아니었다.

시민권 심사 절차에 나가서 "미국은 나의 국가가 아니다"라고 밝히지 않고 "나의 국가인 미국에 감사하며 미국을 위해 희생할 준비가 되어 있다"라고 발언한다면 전혀 나쁜 영향을 미치지 않겠지만, 어느덧 윌리엄의 자기정체성 정립 문제는 '국가와 나'의 관계설정에 닿아 있었다.

'과연 나에게도 국가는 있는가?'

이 심각한 고민에 대한 답을 구하러 올라가는 길에 그는 평범한 질문 몇 개를 편리한 계단처럼 마련해두고 있었다.

'한국이 나의 국가인가?'

이 첫째 계단 위에서 윌리엄은 엄숙히 고개를 저었다. 번번이 그랬다. 아버지의 생사조차 알지 못하게 만든 국가, 포탄 파편으로 피란길의 어머니를 즉사시킨 국가, 프랑스 신부가 일궈낸 고아원에 꼬마 거지를 맡겨버린 국가, 결국은 어린 고아를 미국으로 입양 보낸 국가. 이러한 국가를 내가 태어났다고 해서 '나의 국가'로 받아들일 수는 없다고 그는 판단했다. 이것이 쉽지도 않았다. 태어난 국가가 한국일 뿐이다. 인간은 어디선가 태어나는 것이고, 우연히 폐허와 빈곤의 한국에서 태어났던 것뿐이다. 한국에서 태어난 사실을 그는 한낱 출생의 우연으로 규정해

버렸다.

'미국이 나의 국가인가?'

이 둘째 계단 위에서 윌리엄은 느리게 고개를 저었다. 번번이 그랬다. 한국의 고아를 데려와 인간의 성장과 성숙에 필요한 좋은 환경을 아낌없이 제공해준 고마운 국가, 내가 태어나진 않았지만 어린 나를 실제로 돌봐주고 길러주고 가르쳐준 국가. 이러한 국가는 태어난 곳도 아니고 유년의 추억을 묻은 곳도 아니지만 충분히 '나의 국가'가 될 자격을 갖추었다. 그러나 미국이 나의 국가는 아니다. 앞으로 독립하여 이 광활한 땅덩어리의 어느 구석에서 살아가게 되겠지만 미국 국민이나 시민으로서 '충분한 소속감'을 품고 살아갈 수 있겠는가? 현재 나는 소속감이나 애국심과는 전혀 다른 차원의 정서를 간직하고 있다. 보은(報恩)이라는 이성의 문제, 도리의 문제가 그것이다. 딱히 미국이라는 국가에 은혜를 갚겠다는 것은 아니다. 양부모에게 은혜를 갚고 싶다는 것이 적합하다. 미국이라는 국가에게는 은혜를 갚겠다는 것보다 신세를 졌으니 그만큼 갚아줘야겠다는 계산이 서 있다. 정확히 집어낸다면, 이것은 부채의식이다. 나에게 부채의식을 안겨준 국가는 '나의 국가'가 아니라 신세를 갚아주면 되는 상대에 불과하다. 그는 어려운 방정식의 해답에 이르듯 심각하게 조리를 세워뒀다. 이것도 쉽지는 않았다. 담담히 수용할 수 있었다.

'나의 국가는?'

이 셋째 계단 위에서 윌리엄은 오래 머물러야 했다. 답은 뻔히 정해져 있었다. 한국도 미국도 나의 국가가 아닌 바에야 내게는 국가가 있을 수 없다는 것이었다. 그러나 국가는 반드시 있어야 할 것 같았다. 이 명백한 자가당착이 새로운 질문을 불러왔다.

'국가가 없는 개인의 존재는 불가능한 것인가?'

이 넷째 계단 위에서 윌리엄은 플라톤의 '국가론'을 더듬으며 소수의 뛰어난 철학자들이 멋지게 통치하는 이상적인 국가를 한 단계 더 넘어 개인의 일상생활에 국가라는 느낌도 주지 않는, 그래서 개인에게는 국가가 없는 것과 다름없는 유토피아 국가를 상상해 보았다. 하지만 그런 국가는 세상 어딘가에 존재할 수도 없거니와 설령 있다고 해도 통치의 대상인 개인으로 살아가야 하는 것을 거부하지 못하는 바에야 그것은 '국가가 없는 개인의 존재'를 보장하거나 충족시킬 수 없을 듯했다.

윌리엄이 사타구니의 이불을 빼내 얼굴을 덮었다. 며칠째 밤을 내리 매달려온 넷째 계단의 모순을 아직도 풀지 못했다는 항복의 몸짓이었다. 답답하고 캄캄한 틈바구니에서 우우우 괴성을 질러대는 눈앞에 별안간 지난주 수업시간의 3분 발표가 펼쳐지고 있었다. 플라톤은 정의롭지 못한 국가의 네 가지 형태를 제시했다. 군인의 명예욕이 통치하는 공명국가, 소수의 집권자들이 부(富)를 최고 가치로 추구하는 과두국가, 독재자가 절대권력을 휘두르는 참주국가, 국민 전체가 통치에 참여하는 민주국가 등이다. 키 작은 동양인 학생이 맡은 역할은 '민주국가'를 정의롭지 못하다고 규정한 서양철학 거두의 주장을 비판하는 것이었다.

플라톤의 스승 소크라테스는 개인의 필요에 의한 합의 위에서 국가가 창조되었고 법은 국가를 유지하는 가장 중요한 수단이니 개인은 법에 복종해야 하며 그것이 곧 국가에 복종하는 것이라고 제시했다. 여기서 가장 중시하고 싶은 관점은 국가를 형성하고 유지하는 개인이 어떤 개인이냐 하는 것이다. 민주국가의 핵심은 개인이라고 생각하기 때문이다. '데모크라시'의 어원인 '데모크라토스'에 이미 그것은 잘 나타나 있다. '데모스'와 '크라토스'가 합성된 그리스어 데모크라토스에서 데모스는 다수 또는 대중이지만 결국 '작은 인간들'이란 뜻이다. 개인이 없으면 데모스도 없다는 것이다. 크라토스는 '힘'이란 뜻이다. 데모크라토스는 '작은 인간들'의 힘이 모여서 데모크라시를 창조한다는 이치를 담은 말이다. 플라톤은 자신과 같은 극소수의 철인만이 '국가를 통치할 만한 수준의 개인'이 될 수 있고, 나머지 수많은 개인은 그들의 통치를 받으면 되는 존재라고 보았을 것이다. 그래서 나는 현대의 관점에서 플라톤의 국가관은 데모크라시의 근원을 간과하고 무시한 오만에 의한 오류라고 비판하며, 현대야말로 모든 '작은 인간'이 '데모스'의 역할과 가치를 새로이 확인하고 확실히 각성해야 하는 시대라고 주장한다.

박수가 터졌다. 교사가 일어섰다. 급우들도 일어섰다. 기립박수 소리가 벽을 울렸다. 그들은 진정으로 놀라고 있었다. 영어를 모르는가 싶도록 과묵한, 작은 체구지만 찢어진 눈꼬리 어딘가에 무시무시한 폭력성을 숨겨둔 것 같은, 아시아 대륙의 동쪽 가장자리에 새끼손가락처럼 딸린 가난뱅이 나라에서 입양돼 왔다는 고아 출신이 언제부터 저렇게 논리 정연한 자기세계를 갖춘 '작은 인간'이었단 말인가. 이런 경외감마저 담은 집단적 칭찬이었다.

그 박수와 그 기립에 문득 정신을 차린 것처럼 윌리엄은 이불을 박차고 벌떡 일어나 무심결에 책상다리로 앉았다.

"나에겐 국가가 없다. 국가 없이도 개인은 존재할 수 있다. 개인의, 작은 인간의 존재 이유가 국가의 구성원이 되는 데 있는 것은 아니지 않는가."

마치 무엇에 씌거나 홀린 것처럼 혼잣말을 중얼거린 찰나, 좌우명과 흡사한 문장이 가슴에 새겨졌다.

자유의 작은 인간이 되겠다.
그 길을 찾아 나서겠다.

물론 경찰에 연행됐던 폭력 사건의 대가였지만, 윌리엄은 마치 자기 내면에 똬리를 틀고 앉은 '자유의 작은 인간'을 심사관에게 들킨 것처럼 시민권 심사에 탈락했다. 양부모는 당황했다. 다음 기회를 기다리자며 살뜰한 위로를 베풀고 싶어 거의 쩔쩔매는 시늉이었다. 하지만 그는 무덤덤하고 의연했다. 미국사회에서 헌법적 권리와 의무를 거머쥔 개인으로 살아가자면 언젠가는 시민권을 받아야 한다는 사실을 잘 알고 있었지만, 국가 없는 개인의 길을 추구하겠다는 청년에게는 그것이 부질없는 라이선스처럼 여겨졌다.

사흘 뒤, 윌리엄은 집을 나왔다. 자기 인생에서 자발적으로 결정한 최초의 여행이라고 확신하면서…….

6

'최초의 여행'은 다른 말로 '가출'이었다. 윌리엄의 첫 기착지는 로키 산맥 아래 휴양지 모텔이었다. 제법 근사한 레스토랑도 딸려 있었다. 주인은 늘그막에 접어든 백인 부부였다. 남편은 늘씬하고 아내는 뚱뚱했다. 사흘을 묵었다. 그는 아침에 짐을 꾸려두고 토스트를 먹으러 레스토랑에 들렀다. 월요일 아침이라 손님은 창가에 앉은 백인 중년 한 쌍이 전부였다. 늘씬한 주인이 외톨로 커피를 홀짝이는 윌리엄 앞에 앉았다.

"오늘은 첫눈이 올 것 같은데."

"잔뜩 흐린 날씨가 그럴 것 같습니다."

"오, 영어가 유창하군. 젊은이, 여행 중인가?"

"그런 셈입니다."

"정확한 이름은?"

윌리엄은 귀찮은 질문을 받았다는 표정을 숨기지 않았다.

"적어둔 그대로 브라운이라고 해두죠."

"좋아. 브라운." 하고 주인이 슬그머니 의자에 엉덩이를 내려놓으며 목소리를 낮게 깔았다. "나의 눈에는 브라운에게 지금 일자리가 필요한 것 같은데?"

그는 주저하지 않았다.

"잘 보셨습니다. 범법자는 아닙니다."

"그렇지. 온몸에, 특히 얼굴에 방랑자라고 써놨군."

주인이 너그러운 함박웃음을 지었다. 그리고 그것은 윌리엄에게 생애 첫 아르바이트를 제공하는 친절한 안내문이 되었다. 그날부터 모텔은 그에게 돈 내고 잠자는 처소가 아니었다. 짧으면 여섯 달 길면 열두 달도 보장하는, 숙식과 주급을 제공하는 일터로 바뀌었다.

주인 부부는 너무 대조적인 몸매와는 정반대로 그를 상대하는 태도는 똑같았다. 본명을 묻지 않았다. 출신을 묻지 않았다. 학벌도 부모도 묻지 않았다. 윌리엄의 전부가 그저 '브라운'일 따름이었다. 브라운, 내년 봄날을 대비해 화단을 정리해야 해. 브라운, 접시에는 물기가 완전히 없어야 해. 브라운, 시장하면 언제든 주방 냉장고를 열어. 브라운, 주급이야. 윌리엄은 '브라운'이라는 기호에 따라 움직여주기만 하면 되었다. 더 바라는 것이 없었다. 이 점이 그는 퍽 마음에 들었다. 이런 산골에 처박혀 접시 닦는 손으로 꽃밭을 꾸미고 정원수를 돌보며 아무런 욕망 없이 살아갈 수 있다면 '자유의 작은 인간'으로 늙어갈 수도 있을 것 같았다.

어느 아침에는 뚱보 안주인이 브라운을 불러 접시 닦는 문제로 가볍게 잔소리를 했다. 그때부터 그는 접시 닦기를 즐거운 놀이로 받아들였다. 이왕이면 정말 제대로, 손님들이 음식을 올려놓기가 미안할 정도로 반짝반짝 닦아주고 싶었다.

접시닦이 브라운으로 로키산맥 휴양지에 박혀 버린 윌리엄, 그러나 밤에는 독서하는 청년으로 변신했다. 늘 그의 머리맡에는 소설책 한 권과 시집 한 권이 놓여 있었다. 소설은 켄 키지의 『뻐꾸기 둥지 위로 날아간 새』, 시집은 앨런 긴즈버그의 『울부짖음 그리고 또 다른 시들』이었다. 그 시집을 펼칠 때는 어느 페이지로 가든 언제나 처음의 두 행부터 읽고 넘어갔다.

나는 내 세대의 최고 영혼들이 광기로 파괴되는 것을 보았다. 허기와 신경증으로 헐벗은 채

자신을 이끌고 새벽녘 흑인 구역으로 가서 분노의 한 방울을 찾으러 다니는

그날 한낮의 모텔은 한가했다. 저녁에 도착할 단체 예약손님을 기다리는 일만 남아 있었다. 땅은 질척질척했다. 사나흘 이어진 이상고온이 얼음과 잔설을 녹여 놓았다. 스테이크로 주인 부부와 점심 자리를 함께 한 윌리엄은 느긋한 오후 시간에 앨런의 시를 읽어보기로 했다.

"브라운, 한 가지 물어봐도 돼?"

늘씬한 주인이 레스토랑을 나서려는 윌리엄을 불렀다. 언뜻 오랜만에 받는 질문이라는 생각에 미친 그는 이제 계약을 해지하자는 말이라도 들을 것 같은 느낌을 받으며 얼굴에 살짝 긴장을 내비쳤다.

"브라운은 야구에 흥미가 없어?"

너무 뜻밖의 질문이어서 그는 웃지 않을 수 없었다.

"그렇습니다."

"권투나 농구나 풋볼은?"

"별 흥미가 없습니다."

"그래서 그렇게 텔레비전에도 관심이 없구나."

하얗게 야윈 손이 팔랑 허공을 건드렸다. 가서 맘대로 하라는 뜻이었다.

"책을 읽으러 갑니다."

"진정한 방랑자는 책도 읽어야 해. 나 같은 사람에게는 독서가 집에 앉아서 여행을 하는 것이고."

늘씬한 주인이 무겁게 고개를 끄덕였다. 무언가 중요한 사실을 스스로 확인하는 듯했다. 윌리엄은 등을 돌리며 새삼 만만찮은 노인이라 여겼다. 그러나 그의 이력에는 캄캄했다. 물어본 적이 없었다. 아는 것이라곤 달랑 하나뿐이었다. 원목책상과 의자, 2인용 소파로 꾸려진 그의 협소한 업무실에서 고용 계약의 대화를 나눴던 때였다. 윌리엄은 벽에 걸린 사진들을 눈여겨보았다. 로키산맥 사계를 담은 큼직한 컬러사진들 밑의 조그만 액자 속 흑백사진들에 더 눈길이 끌렸다. 혼자 대포 옆에 붙어선 군인, 한꺼번에 담배를 피우는 군인들, 가슴의 훈장을 뽐내는 상반신 독사진. "1차 세계대전 때 포병장교였어." 늘씬한 주인이 짤막한 사진 설명처럼 말했다. "아, 그랬군요." 그는 더 묻지 않았다. 내가 궁금해하면, 나를 궁금해한다. 이런 경계의식이 순간적으로 돌출한 것이었다.

윌리엄은 침대에 드러누웠다. 침실에서 유일한 장식은 머리 위에 걸린 설경 사진 하나였다. 다른 아무것도 없었다. 작은 옷장 옆에 생뚱맞은 장식품처럼 자리 잡은 트렁크에 창문으로 비쳐든 햇빛이 오롯이 쏟아지고 있었다. 그것이 참 좋았다. 트렁크 위에 놓여 햇볕을 쪼이고 있던 『울부짖음』을 펼치는 마음은 제목과는 아주 다르게 차라리 아늑한 편이었다. 시집 읽기에 꼬박 삼십 분쯤 몰입하여 「울부짖음에 대한 주석」과 다시 만났다. 낭송하고 싶었다.

세상은 거룩하도다! 영혼은 거룩하도다! 피부도 거룩하도다!
코도 거룩하도다! 혀와 성기와 손과 항문도 거룩하도다!
모든 것이 거룩하도다! 모두가 거룩하도다! 모든 곳이 거룩하도다!
매일이 영원 안에 있고!

"그래, 그래! 거룩하고도 거룩하도다!" 하고 '아멘'을 부르짖듯 목청을 올렸던 윌리엄은 얼핏 어떤 정체불명의 소리가 고막을 건드리는 것 같았다. 거의 환청 수준이었다.

"똑, 똑, 똑."

좀 둔탁한 그것은 그러나 노크 소리였다.

"기다려주세요."

그가 시집을 펼쳐진 대로 침대에 엎어두고 일어섰다. 청바지에 두툼한 검정색 스웨터를 입었으니 따로 옷을 챙길 필요는 없었다. 방문을 당겼다. 늘씬한 주인 옆에 카키색 점퍼 차림의 중년 백인 하나가 서 있었다. 낯선 얼굴은 일부러 그러듯 처음 보는 동양인 청년에게 친절한 미소를 지어 보였다.

"브라운, 아니, 윌리엄."

주인이 그의 진짜 이름을 불렀다. 윌리엄은 무언지 알 수는 없어도 특별한 상황이 벌어졌다는 것을 직감했다. 낯선 백인은 청년의 불안정한 눈빛을 확인하면서도 그 미소를 지우지는 않았다.

"내 방으로 같이 가서 이야기를 하자."

주인의 목소리에는 측은지심 같은 것이 묻어 있었다.

"예."

윌리엄이 방문을 나섰다. 빈손이었다.

세 사람은 로키산맥 사계 사진들과 포병장교 사진들이 걸린 공간으로 옮겨갔다. 주인은 책상 앞 의자에 앉고 두 사람은 소파에 앉았다. 낯선 백인이 스스럼없이 말을 꺼냈다.

"윌리엄 다니엘 맥거번. 정확한 이름이지?"

"예."

윌리엄의 아랫배에는 어느새 자신은 도피생활에 나선 범죄자가 아니라는 의식이 든든히 채워져 있었다.

"이것이 내 명함이야."

낯선 백인의 명함을 윌리엄은 왼손에 쥐고 들여다보는 시늉을 했다.

7

나는 기척을 느끼고 눈을 떴다. 아버지가 물을 마시고 있었다.

"일어나신 겁니까?"

"아직 5시도 안 됐어. 더 자거라. 나는 많이 잤다."

"아닙니다. 잠이야 언제든 자면 되지요. 이게 어떤 여행인데 이렇게 같이 일어난 시간에 새로 누우면 되겠습니까?"

아버지가 허허 웃음을 날렸다. 내가 벽에 붙은 미등을 켰다. 불그레한 기운이 어둔 방안에 번졌다. 아들이 화장실을 다녀오는 사이, 당신은 다탁에 앉아 그 소설을 뒤적이고 있었다.

"불을 다 켭시다. 하루를 활기차게 여는 거지요. 아버지는 그 소설을, 저는 노트북의 아버지를 읽어보는 겁니다."

"안 졸려?"

"아무렇지도 않습니다. 간밤에 저는 윌리엄의 가출이 '발견'되는 데까지 퇴고했는데, 그 소설에도 그때 모텔로 찾아온 '낯선 백인'에 대한 '청년'의 회상이 담겨 있습니다."

"그래?"

"그건 제가 읽어드릴게요."

전등 스위치들을 올린 내가 번역본에서 그 장면을 펼쳤다.

청년이 묘하게 웃었다.

"오또상, 당신은 미국에 가출한 사람을 찾아내는 것을 업으로 하는 회사가 있다는 것을 알고 있습니까?"

"그런 회사도 있나?"

청년이 다탁 위에 놓인 콜라 잔을 집어 들었다. 남자도 따라하듯 콜라 잔을 집어 들면서 그저께 낮에 청년이 시커먼 액체가 들어 있는 병을 '아메리카제국주의 병(a bottle of U.S. Imperialism)'이라 불렀던 것을 떠올렸다. '아메리카제국주의'를 한 모금씩 마셨다.

"그래요. 그런 회사의 에이전트는 발견 확률이 65퍼센트를 넘는다고 뽐내고 있습니다. 그래서 저는 결국 발견돼서 다시 윌리엄으로, 맥거번 가문으로 되돌아가고 말았습니다."

"모텔로 찾아온 그 사람과 같이 집으로 돌아갔던 건가?"

"아니요. 자유로이 있어도 좋고, 돈이 필요하면 보내준다, 다만 언제나 가출한 자가 주소를 양친에게 통보해 준다는 조건이었어요. 물론 그것은 양친의 뜻이었지요."

"그건 좋은 조건 아닌가?"

"이제 그만 돌아와서 고등학교도 마치고 대학도 들어가는 그런 정상인으로 돌아와 달라는 강렬한 요청을 최대한 부드러운 방법으로 표현한 것이었다고 생각합니다."

"집으로 돌아가긴 갔군?"

"그로부터 2주쯤 지난 뒤에 이제 그만 돌아가겠다는 전화를 했습니다. 무엇보다도 양부모의 은혜를 갚기 위해서 고등학교도 마치고 대학도 들어가겠다는 마음을 냈던 겁니다. 그러나 그때 저의 생각, 저의 영혼을 지배한 것은 『뻐꾸기 둥지 위로 날아간 새』라는 소설과 『울부짖음』이라는 장시였다고 할 수 있습니다. 아, 징병카드가 도착할지도 모르는데 그것이 공중에 떠버리지 않도록 해야만 맥거번 가문의 명예에 험을 주지 않는다는 점도 명백히 고려했습니다."

"징병카드는 왔고?"

"집에서 받았습니다."

"대학은 들어갔고?"

"집에서 들어갔습니다."

"그게 무슨 말인지?"

"대학도 집에서 다니게 되었다는 뜻입니다."

남자와 청년은 구김살 없이 웃었다.

마치 그 소설의 '청년'과 오래된 기억 속에서 재회하는 것처럼 골똘한 생각에 잠겼던 아버지가 조심스레 말했다.

"65퍼센트? 그 수치는 기억에 없다. '발견됐다'는 말은 했던 것 같다."

"다른 것은요?"

"징병카드, 대학, 그런 것도 사실이다."

"콜라를 아메리카제국주의라 부른 것은요?"

아버지가 눈살을 찌푸렸다.

"그건 아니다. 그 작가가 나한테 자기 친구들은 콜라를 그렇게 부른다고 했다."

"그 작가가 허구의 특권을 작게 한 번 써먹었던 거네요. 아들도 가지겠다는 특권이니까 용서해줍시다."

아버지의 얼굴이 환히 펴졌다.

"저는 이제 대학생 윌리엄과 만나야 합니다."

"늙은 아버지를 앞에 앉혀 놓고 아버지의 못난 대학생 시절을 들춰내겠다는 거구나."

"특권을 얼마나 부릴까, 고민해볼게요."

나는 아이처럼 웃으며 힘차게 노트북을 열었다.

8

윌리엄 다니엘 맥거번은 샌프란시스코주립대학(SFSU) 신입생이 되었다. 대학을 선택하면서 매우 중요한 거래의 양보할 수 없는 조건처럼 내세운 것은 '전혀 낯설지 않고 집에서 걸어 다닐 수 있는 대학'이었다. 그 대학이 SFSU였다.

샌프란시스코 헤이츠의 맥거번 저택을 나와서 부담 없는 산책을 즐기듯 걸어가기 좋은 대학을 선택한 그는 낯선 환경에 새로 적응해 나가는 일을 몇 년 뒤에 맞이할 인생의 과제로 밀쳐두었다. 대학도 군무도 벗어나면 민들레 씨앗처럼 세상 어디론가 날아가서 독립하게 되는 그날까지는 그냥 한 자리에 나무처럼 정주하고 싶었다. 이 결심은 로키산맥 휴양지 모텔에 처박힌 그의 존재가 '발견'되고 나서 가출을 중지할 때 세운 것이었다. 그러나 정신은 이미 나무에 불어오는 바람이었다. 정신은 정처 없는 자유의 바람, 몸은 한자리에 버티는 나무—비유하자면, 이것이 대학 새내기 윌리엄이었다.

그해 가을이 깊어가고 있었다. 그는 『뻐꾸기 둥지 위로 날아간 새』의 두 번째 정독을 마쳐가는 중이었다. 모텔 생활에서는 제대로 이해할 수 없었던 어떤 언어들이 이제는 그의 영혼에 소름으로 돋아 있었다. 한마디 요약으로는 '인간 사회가 곧 정신병동'이라는 강렬한 충격이었다.

하늘이 푸르른 어느 오후였다. 윌리엄은 토픽 뉴스처럼 강의실에 퍼진 '켄 키지의 버스' 소식을 듣게 되었다. 켄 키지가 자신의 추종자들과 어울려 페인트칠로 울긋불긋 꾸민 중고 버스 한 대로 미국 횡단 여행을 떠난다, 뜻을 함께하면 누구든 동행할 수 있다, 특권은 환각제들을 맘껏 누리는 것이다. 그날 저물 무렵이었다. 윌리엄은 빅토리아풍 저택의 현관 앞 계단에 턱을 괴고 앉아 창문에 비쳐드는 금빛 햇살을 멍하니 바라보며 곧 퇴근해올 아버지를 기다렸다. 어머니가 친구들과 캐나다 여행을 떠나 집에는 부자(父子)만 있는 날이었다.

백인 아버지와 동양인 아들이 마주앉은 식탁에는 아버지가 챙겨온 햄버거 두 개와 냉장고에서 꺼낸 콜라 두 잔, 그리고 반숙 달걀 넷이 놓여 있었다. 반숙 달걀은 아버지가 좋아해서 아들이 미리 삶아뒀다. 물이 끓기 시작해서 정확히 5분 지나면 달걀을 꺼내 바로 찬물에 넣는다. 이 간단한 규칙이 이를테면 윌리엄의 반숙 달걀 레시피였다. 아버지가 시무룩한 아들에게 말을 걸었다.

"윌리엄, 생각이 많은 모양이구나."

아들은 얼른 반응하지 않았다. 그는 아버지의 인생이 장교였다는 사실을 새삼 헤아려보았다. 일흔 살을 서너 해 앞둔 연령도 고려해보았다.

두 조건에만 집어넣어도 아버지가 자신의 뜻을 받아들일 것 같지 않았다. 차라리 말하지 말 것인가. 그는 손으로 이마를 문질렀다.

"고민이 생겼구나. 여자친구 문제냐?"

아버지가 햄버거를 한 입 깨물어 뜯었다. 아들은 묵묵히 반숙 달걀 두 개의 껍데기를 벗겨 아버지의 접시에 올려놓았다.

"고맙다. 그런데 무슨 일이냐?"

윌리엄은 털어놓긴 털어놔야겠다고 판단하면서 엉뚱한 질문을 내놨다.

"형님은 언제 함장이 돼요?"

해군 장교로서 지금은 잠수함을 타고 있는 아버지의 진짜 아들이 아버지의 자랑스러운 명예라는 것을 그는 잘 알고 있었다.

"때가 오겠지. 오늘이 없는 내일은 없다. 윌리엄도 장래에 대한 생각이 바뀌었나? 군인의 길을 택하고 싶나?"

"징병을 피할 생각은 없습니다만……. 형님 밑에서 요리를 맡을까요?"

아들이 익살스레 웃고, 아버지는 호탕하게 웃었다.

"재밌는 생각이다. 수영은 잘하니 해군이 어울리긴 하겠구나."

"수영 전문이 아니라 반숙 달걀 전문 요리병이 되는 겁니다."

아버지와 아들이 다시 웃음을 터뜨렸다. 썰렁하던 분위기는 풀어졌다. 윌리엄이 슬그머니 화제를 돌렸다.

"아버지, 켄 키지는 아시지요?"

"뻐꾸기 둥지 위로 날아간 새?"

"켄 키지의 사람들이 버스를 마련해서 여행을 떠난다고 합니다."

차마 거기에 동참하고 싶다는 의사를 내놓진 못한 아들이 햄버거를 만지작거리며 그 버스의 좋은 점부터 설명하려는데 아버지가 말을 가로챘다.

"그 버스에 대해서는 나도 들어서 알고 있다. 윌리엄이 그 소설을 읽었다는 것도 나는 알고 있다. 켄 키지는 마약을 연구하는 병원의 정신과에서 조수로 일했으니, 마약도 잘 알고 정신병원도 잘 알 거다. 그래서 그런 소설을 쓸 수 있었겠지. 하지만 그 소설이 유명하다고 해서 그의 언행이 올바른 것은 아니다. 더구나 그 버스는 문제가 많을 수밖에 없을 거다. 켄 키지는 자유의 버스라고 부르고 싶겠지만 그만큼 더 위험한 버스다."

아버지는 '학교와 수업은 어떡하고?'라는 질문을 아예 꺼내지 않았다. 가출도 감행했던 아들에게는 그게 하찮은 문제라는 점을 익히 파악하고 있었다.

"환각제나 마약이 넘쳐난다고 해서 범죄의 버스라는 뜻은 아니다. 그 버스를 타게 되는 젊은이들은 범죄자들이 아니라 자유를 외치는 젊은이들이기 때문이다. 그러나 그 버스는 결국 그들에게 방종의 덫이 되고 타락의 늪이 될 수밖에 없을 거다."

아버지는 아들에게 목소리를 크게 높인 적이 없었다. 태평양의 크고 작은 섬들에서 2차 세계대전의 포화를 견뎌내고 일본 점령군을 거쳐 다시 한국전쟁으로 불려나갔던 장교 출신이지만 퇴역과 더불어 군율의 모든 것도 반납한 사람처럼 너그러운 가장이었다.

"윌리엄이 경찰에 잡혀가야 했던 그날부터 나는 나의 막내아들도 자기 고유의 세계를 만들어가는 성년이 됐다는 것을 인정해오고 있다. 그 사건은 너의 방법이 옳진 않았지만 나는 정당방어라고 생각했고 마침 내 윌리엄이 미국사회에서 독립할 수 있는 신호라고 생각했다."

아버지가 아들을 똑바로 쳐다보았다. 오랜만에 보는 엄격한 눈빛이었으나 한국에서 데려온 고아를 어떤 경우에도 친아들로 키웠다는 자부심도 고여 있었다.

"공원에 진을 치고 있는 젊은이들 속으로 들어가고 싶나?"

아버지가 말한 '공원'이란 집에서 멀지 않은 '골든게이트 파크'였다. 아직 기계장비들이 파헤친 적 없는 그곳은 나무들이 무성한 자연 상태 그대로 보존돼 있었다. 자연 속에서, 자연과 함께, 자연의 방법으로 살아가겠다는 젊은이끼리 느슨한 동지처럼 한데 뭉쳐서 공동생활로 어울려 지내기에는 알맞은 공간이었다. 윌리엄은 망설이고 있었다. 물러설지 맞설지, 그의 내면에는 두 세력이 팽팽했다. 아버지의 말씨가 단호해졌다.

"나는 히피들의 장발도 구멍 뚫린 청바지도 좋다. 그러나 마리화나도 싫고 LSD 같은 환각제는 명백히 반대한다. 히피들은 유별난 차림새로 거지들처럼 공동체 생활을 하고, 사이키델릭 음악에 광란의 춤을 추고, 앨런 긴즈버그의 시에 열광하고, 환각제를 남용하면서, 그런 삶의 패턴으로 미국의 병든 자본주의에 맞선다고 한다. 그러나 그런 방식은 불행한 결말, 비극적인 종말을 담보한 것이다. 왜냐하면 그런 방식은 미국사회를 더 병들게 할 것이고, 개인적으로도 거기서 벗어나지 못하면 끝내 자신의 인생 자체가 환각으로 변해버리게 될 것이기 때문이다. 환각제, 특히 마약은 가장 무서운 경계 대상이다. 윌리엄, 이래도 켄 키지의 그 환각 버스를 타러 가야 하겠나?"

아버지는 안색이 어두워졌다. 금세라도 아버지와 아들의 관계를 걸 것만 같았다. 윌리엄의 내면에 팽팽히 맞서 있던 두 세력 중 하나가 갑자기 무너져버렸다. 아들이 반숙 달걀을 집어 아버지에게 건넸다.

대학 새내기 윌리엄은 늦가을에 '히피의 경계'를 걸어가고 있었다. 아직은 장발이 아니었다. 그러나 여자처럼 길러야겠다는 생각에 기울고 있다. 귀걸이와 목걸이와 팔찌가 없었다. 이것들을 지니고 싶지는 않다. 청바지에 구멍을 내거나 상의에 원색 그림을 그려놓은 것도 아니었다. 물론 그림이나 문구를 그리고 싶긴 하다. 어느 틈엔지 티셔츠에는 노랑 빨강 꽃들이 활짝 피어 있다. 아버지가 '환각 버스'라 단정한 켄 키지의 버스를 타러 가려던 유혹을 접긴 했으나 집에서 걸어가도 다리가 아프지 않은 헤이트-애슈베리를 가끔씩 찾고 있다. 히피들이 찾는 언더그라운드 소식지를 읽고, 거기서 소개한 책과 사이키델릭 음반을 구하고, 그들의 상점들을 기웃거린다. 앨런 긴즈버그의 시집 『울부짖음 그리고 또 다른 시들』은 몇 차례나 완독했다. 거기에 수록된 '또 다른 시들'의 한 편인 「아메리카」에서 질문으로 이뤄진 몇 행을 노래처럼 암송하는 것을 좋아한다.

아메리카, 언제 우리 인류의 전쟁을 끝낼 거지?
아메리카, 언제 좀 천사가 될 거지?
언제 무덤을 통해 네 자신을 들여다볼 거지?
아메리카, 왜 너의 도서관들은 눈물로 가득 차 있는 거지?

이 질문들을 윌리엄은 시인이 아메리카의 심장과 두뇌를 겨냥해 쏘아댄 화살로 받아들였다.

'오늘의 아메리카가 무덤을 통해 자신을 통찰해야만 눈물로 가득 찬 도서관들도 보일 것이고, 그 성찰과 그 눈물이 천사의 존재를 눈에 띄게 해줄 것이다. 시인의 천사란 다른 무엇이 아니고 전쟁을 끝장낸 평화다. 그 평화가 히피다.'

이것이 한 젊은 애독자의 음미였다.

윌리엄은 『뻐꾸기 둥지 위로 날아간 새』는 군데군데 밑줄을 쳐두고 그것만 다시 읽곤 한다. 유니섹스를 표현하는 차림새에는 정서적으로 당기지 않아도 성적 해방에는 관심이 끌리고 있다. LSD에는 손을 대지 않았다. 마리화나는 몇 번 피웠다. 그 몽롱함과 그 나른함은 기억에 남아 있다. 매력적인 시간이었다.

그는 머잖아 나이트클럽 '머더스'를 드나들 계획이다. 생겨난 지는 얼마 안 되지만 히피들의 천국이라 불리는 공간이다. 그 소문의 천국 앞을 지나갈 때마다 사탕을 머금은 입 안에 단물이 고이듯 달콤한 유혹이 단전 부위의 어느 자리를 채웠지만 가까스로 참아냈다. 현재는 장발이 아니듯 복장도 정신도 해방을 위한 광란에 흠뻑 젖어들 준비를 제대로 갖추지 못하고 있다.

맥거번 저택의 나무들이 헐벗었다. 밤이 깊었다. 윌리엄은 침대에 드러누워 켄 키지의 그 소설에서 밑줄쳐둔 한 부분을 찾아냈다.

토끼는 자연 세계의 법칙이 정해놓은 자기의 역할을 받아들이고 늑대를 강한 자로 인정합니다. 그리고 자기 몸을 지키기 위해 교활해지고, 수세에 몰리면 겁을 먹고 도망을 칩니다. 그래서 늑대가 주위에 나타나면 구멍을 파서 거기에 숨지요. 토끼는 그런 식으로 버티며 목숨을 부지해 갑니다. 자기 분수를 아는 거지요. 그래서 늑대와 싸우려고 대드는 일이 없지요. 그런데 그것이 현명한 걸까요? 그럴까요?

책을 덮고 엎드렸다.

'주근깨투성이의 어깨를 부러뜨렸던 나의 나무칼은 늑대에게 굴종하는 것이 아니라 당당히 맞서 저항한 토끼였다고 할 수 있는가? 정의와 용기를 담보한 행동이었다고 할 수 있는가? 아니면 폭력에 폭력으로 맞선 야만에 불과했던 것은 아닌가? 그러한 폭력과 야만으로 평화와 자유를 지속할 수 있겠는가?'

선불리 답을 내릴 수가 없었다. 질문을 바꾸었다.

'내가 히피 세계를 추종하게 된다면 그것은 정의인가? 아닐 수도 있지만, 최소한 야만은 아니지 않는가? 물질적인 욕망을 절제하는 것, 과소비를 거부하는 것, 사회적인 속박에서 벗어나는 것, 꽃을 사랑하고 꽃의 상징을 인간의 영혼에 심어주는 것, 이러한 추구가 왜 야만이란 말인가? 아니, 세상을 위한 정의가 아닌가?'

얼굴이 달아올랐다. 주먹을 불끈 쥐었다. 그러나 이내 맥이 빠졌다.

'켄 키즈의 버스를 포기했던 것을 지금도 아쉬워하거나 후회하지는 않는다. 그 양보에 담았던 가치도 얼마나 소중한 것인가? 양친을 괴롭히게 된다는 것, 특히 아버지를 실망시키게 된다는 것, 입양된 고아로서 배은망덕의 길을 택하게 된다는 것, 이래서 가족관계를 파괴할 수도 있다는 것, 이것은 한 인간으로서 야만을 저지르는 행동이 아닌가?'

진퇴양난의 덫에 걸린 것 같았다. 두 손으로 얼굴을 가렸다. 양친의 은혜를 배반하지 않으면서도 자유의지를 추구할 수 있는 길을 찾아야 했다. 몸을 뒤집었다. 두 팔을 펴고 반듯하게 누웠다. 눈을 감았다. 숨 쉬는 시신처럼 꼼짝하지 않았다. 하지만 머리는 바삐 움직이고 있었다. 지혜로운 방안을 찾아내려는 조용한 몸부림의 시간이 얼마나 지났을까. 문득 미소를 머금은 얼굴이 희열의 꽃으로 활짝 피었다.

'히피의 세계로 들어서더라도 생활의 근거를 숲속으로 옮겨가지 않는다면? 집을 떠나지 않고 자유의지를 추구한다면? 이 어중간한 타협이 현재의 최선 아닌가?'

'타협'을 결론으로 거머쥐었다. 내용은 형식을 창조하고 형식은 내용을 담아낸다는 생각을 했다. 정신을 외형으로 드러내고 싶었다.

숲속에서 집단적으로 거주하는 히피가 아니라, 집에서 먹고 자는 히피가 되겠다. 삶 전체로써 밀고 나가는 히피는 못될지라도, 히피 정신을 삶의 가장 소중한 가치로 추구해 나가는 히피가 되겠다. 지금부터 머리를 기른다. 이것이 새로운 출발이다.

이 결의를 책의 뒤쪽 면지에다 또박또박 볼펜으로 쓰고 나서 머릿속 어딘가에 마치 조각칼로 정신의 헌장을 새겨넣듯 몇 차례나 거듭 읽어 술술 외는 암송으로 확인했다. 오랜만에 몽롱할 만큼 평안해졌다. 그것이 수면제 역할을 해준 듯이 쉽게 잠을 이루었다. 그러나 꿈을 꾸었다. 짤막한 영화 같았다. 현몽(現夢)이란 말이 있지만 잊지 못하는 기억의 재현이었다.

9

굴집 앞에 일곱 식구들이 일렬횡대로 서 있다. 나이 차례인데 희한하게도 정수리 높이가 마치 '도'에서 '시'로 올라가는 오선지의 콩나물 대가리들처럼 고르다. 막둥이가 진호다.

"좌에서 우로 관등성명, 시작!"

육손이가 작대기로 흙바닥을 쿡쿡 찌른다. 그의 지휘 아래 아침마다 일과를 여는 의식이다. 아이들이 차례로 자기 이름을 외친다. 이름처럼 생김새가 다 다르다. 똑같은 것도 있다. 옷차림이다. 모두가 하나같이 거무튀튀한 무명 반바지 위에 꾀죄죄하게 닳아빠진 흰색 셔츠를 걸치고 있다. 패잔의 분대 병력이 점호를 받는 꼬락서니다. 유니폼 아닌 유니폼은 육손이가 장만해 입힌 것이다.

"현재 부모가 없는 우리는 오늘 아침도 자기 성명을 당차게 부르는 것으로 시작했다. 기분 좋은가?"

"예에!"

다음은 '윗산'으로 올라간다. 굴집 위의 낮은 야산에 올라가 똥 누는 데도 육손이의 철칙이 있다. 구멍을 파서 누고 덮어야 한다. 아침에 윗산 오르기를 좋아하는 진호는 동편 비탈로 네댓 걸음 내려가 엉덩이를 까고 쪼그려 앉는다. 엉겅퀴 두 포기가 어우러져 앞을 가려주지만 급경사여서 종아리가 팽팽하다. 멀리 아늑한 수평선과 창망한 바다를 바라보고 싶은데 바다는 온통 잿빛이다. 잔뜩 흐린 하늘과 똑같다. 그는 실망하면서 아랫배에 힘을 넣는다. 방귀만 나온다. 이내 똥 누기를 포기하고 일어선다. 두 다리가 뻣뻣하다. 허리띠를 질끈 동여맨다. 붉은 벽돌

건물과 높다란 종루가 눈에 든다. 그 꼭대기의 십자가가 조그만 부호 같다. 치열한 전투가 지나갔으나 아무 탈 없이 남은 교회다. 그 많은 포탄들이 저렇게 큰 교회도 피해 갔다는데, 왜 엄마의 목은 피해 가지 않았나. 이런 부질없는 원망을 또 곱씹은 진호가 별안간 으스스한 골목에 들어선다. 육손이형의 생일, 생일턱 준비. 이 말을 외듯이 독백한다. 염장생선들이 널려 있다. 목 잘린 돼지대가리들이 무시무시한 해골처럼 진열돼 있다. 그 앞에 수녀가 서 있다. 그는 눈곱만큼도 망설이지 않는다. 후다닥 달려 나가면서 오른손으로 마치 제비가 잠자리를 물듯이 수녀의 지갑을 가로챈다.

"조놈 잡아라! 조놈 잡아라!"

쏜살처럼 내빼는 진호는 돌아보지 않는다. 육손이형의 생일턱, 이 일념뿐이다. 아주머니 하나가 두 팔을 벌리고 있다. 상체를 왼쪽으로 기웃하면서 오른쪽 겨드랑이 밑으로 쏙 빠져나간다.

"조놈 잡아라! 도둑이야 도둑!"

앙칼진 목소리에 아랑곳하지 않는 진호가 왼쪽으로 꺾는다. 큰길로 나갈 수 있는 건어물 골목이다.

"고놈 잡으소! 고놈 잡으소!"

어둔 골목이 삼십 미터쯤 남아 있다. 뚝, 진호가 멈춰서 버린다. 털썩 주저앉아 두 손을 머리 위로 올린다. 딱지처럼 생긴 통통한 금색 지갑을 오른손에 쥐고 눈은 무릎 앞의 반질반질한 구두를 보고 있다. 아버지의 것이다. 얼굴부터 보고 싶지만 왠지 고개가 세워지지 않는다.

"요놈, 여기에 꿇어앉아."

매서운 명령이다. 이마가 훌렁 벗겨진 순경이다. 아버지는 온데간데

없다.

"수녀님은 이리로 앉으세요."

대머리 순경이 수녀에게 빈 의자를 권한다.

"고맙습니다."

수녀는 목소리가 부드럽다. 고개를 숙인 진호는 순경과 수녀와 책상과 벽으로 꼼짝 못하게 에워싸여 있다.

"돼지머리는 뱃놈들이 잘 찾는 건데, 성당에도 고사 같은 게 있나요?"

"내일은 저기 강 건너 우리 성모의 집에 인부들이 많이 오게 됩니다. 그분들에게 새참으로 막걸리와 삶은 돼지머리를 드리자고 우리 신부님이 결정하신 일입니다."

대머리 순경이 진호의 귀를 세게 당긴다.

"요놈, 수녀님 말씀 잘 들었어? 요놈아 하느님 사업을 망치려 하면 되나? 일어서봐."

진호는 귀가 아파 냉큼 일어선다.

"고개를 들어봐요. 얼굴은 봐야지."

수녀가 소곤소곤 말한다. 진호는 잠자코 버틴다.

"요놈이, 쪼끄만 놈이, 장차 뭐가 되려고. 귀가 먹었나. 고개 들어."

순경이 그의 턱을 떠받치자 진호의 시선과 수녀의 시선이 마주친다.

"착한 눈이구나. 나는 벨라뎃다 수녀라고 해. 이름이 뭐야?"

"손진호."

"집은?"

진호는 머뭇거린다. 굴집을 가르쳐주면 형들에게 해로울 것 같다.

"아버지는 뭐하셔? 엄마는?"

진호는 입을 꾹 다문다. 할 말을 참는 것이 아니다. 갑자기 목구멍으로 울컥울컥 치미는 설움의 덩어리를 게워내지 않으려 하고 있다.

"요놈이 날치기를 해도 아버지 엄마는 겁나는 모양이구나. 어차피 아버지나 엄마가 데리러 와야 나갈 수 있어. 안 그러면 쥐가 우글거리는 영창에 가둬버린다. 요놈아, 알겠나?"

진호가 울음을 토해낸다.

10

크리스마스가 다가왔다. 어느덧 윌리엄은 머리칼이 어깨에 닿았다. 제법 푸짐한 장발이었다. 히피의 육체적 상징을 완성해 가는 동안 히피의 정신도 장발처럼 치렁치렁해졌다. 히피를 등장시킨 시대적 배경, 히피의 철학과 문화에 대한 글들을 탐구한 것이었다. 그는 형식과 내용의 일체를 중시했다. 외형이 히피라면 내면도 히피여야 했다. 속은 허깨비처럼 비워둔 채 겉멋이나 부리고 록 음악에 맞춰 몸이나 흔들어대는 자들은 멍청이에 지나지 않는다고 생각했다. 습관적으로 환각제를 즐기고 습관적으로 성적 유희나 탐하는 자들은 타락한 무리에 지나지 않는다고 생각했다.

윌리엄은 자신의 운명과 시대적 조건의 관계에 대한 윤곽을 파악하고 있었다. 한국이 식민지에서 벗어난 직후에 태어나 한국전쟁의 고아로 전락한 아이가, 그 포성이 멈춘 뒤 어느 날 돌연 미군 수송기에 태워져 하와이를 거쳐 샌프란시스코에 부려진 일은 2차 세계대전 종전과 더불어 미국사회에 일어난 '베이비 붐'의 물결에 송사리처럼 방류된 격이었다. 신문에 나온 한 통계는, 그가 대학 새내기로 살아가는 그해의 미국 인구에서 20세 이하는 무려 40%를 차지한다고 했다. 이들 신세대의 특이성을 분석한 글도 입양아로 자라나 그 세대에 편입돼 있는 황색인의 눈에는 불거져 보였다. 베이비부머들은 자신을 낳아준 부모 세대와는 경제적으로나 교육적으로나 아주 다른 환경에서 길러졌는데, 무엇보다도 아이들의 자율성을 존중하고 진취성을 북돋아주는 새로운 교육방식이 물질적 풍요와 융합되어 '새로운 세대'의 등장과 '새로운 문화'의 출현으로 귀결되었다고 했다.

허버트 마르쿠제의 『일차원적 인간』을 완독한 12월 하순의 토요일 저녁, 윌리엄은 가로등이 켜진 거리를 따라 혼자서 걸어가고 있었다. 딱히 목적지가 없는 그의 의식을 지배하는 것은 스스로 정리해둔 문장이었다.

'기술의 진보가 소비사회를 만들어 인간에게 인위적인 욕구를 부추기고 그것이 인간을 노예화한다. 소비사회는 개인에게 폭력을 행사하진 않지만 존재를 통제하면서 교활한 억압을 관철한다.'

비로소 '자유'의 새로운 의미를 깨달았다. 그 자유는 표현의 자유, 신앙의 자유, 사상의 자유에 머무는 것이 아니라 그것을 넘어서는 가치였다. 물질의 지배로부터, 돈의 지배로부터, 소비의 지배로부터 해방되는 자유를 뜻하는 것이었다. 물질과 돈과 소비의 사슬에서 풀려나는 자유, 아니, 개인이 그 사슬을 주체적으로 풀어헤치는 자유, 이 자유를 추구하는 투쟁은 참정권 획득이나 분배 평등을 위한 정치적 투쟁과는 다른 차원의 투쟁이라는 것을, 이 자유를 추구하는 정신이 바로 히피의 뿌리여야 한다는 것을 그는 확신하고 있었다.

거의 삼십 분쯤 정처가 없었던 윌리엄은 나이트클럽 머더스 근처를 느린 걸음으로 걷고 있었다. 무의식에 가까운 행보였으나 틀림없이 의식의 한 갈래가 선택한 목적지였다. 그것은 바람을 쐬러 나가야겠다고 옷을 차려입는 가운데 순간적으로 일어났던 일이었다. 무릎과 허벅지를 칼로 찢어놓은 청바지 위에다 빨강 노랑 장미꽃이 만발한 티셔츠를 껴입고 흰색 방한 외투를 걸치는 몸놀림의 어느 무심결 찰나에 머릿속으로 '머더스'라는 이름이 얼핏 스쳐갔던 것이다.

머더스 앞에서 윌리엄은 몇 발짝 멈칫거렸다. 하지만 돌아서지 않았다. 조금 떨리는 손으로 출입문을 잡았으나 곧바로 단골손님마냥 느긋하게 들어섰다. 귀를 찢는 록 음악과 자욱한 연기가 피할 수 없는 세례처럼 온몸을 덮쳤다. 어쩌면 새 히피의 출현을 축하하는 열렬한 세리머니 같았다. 폭발음을 뿜어대는 록 밴드 앞 좁은 바닥은 광란의 현장이었다. 번쩍이는 오색 사이키델릭 불빛들이 허공의 희뿌연 연기를 숨 가쁘게 난도질하는 가운데 수십의 젊은 몸뚱이들은 미친 듯이 마구 흔들고 있었다.

그는 왼쪽 중간쯤에 놓인 원탁으로 안내되었다. 이십대 중반은 됐을까. 백인 여자 하나가 몽롱한 시선으로 이방인의 동석에 호기심을 건넸다. 그녀는 코와 입으로 조금씩 연기를 뱉어내고 있었다. 마리화나 같았다. 의자 하나를 사이에 두고 그녀의 오른쪽에 앉은 그는 동료의 환각을 훼방하지 말아야 한다는 주의를 곤두세우고 광란의 춤판을 비스듬히 외면하는 자세로 그녀와 같은 방향을 바라보았다. 맞은편 벽에도 유리 조각처럼 부서진 오색 불빛이 날뛰고 있었다. 그것은 록 음악의 리듬을 따라 팔랑팔랑 까불며 현란한 불빛을 반사하는 플라스틱 잎사귀들이었다.

연기를 멈춘 그녀가 연체동물 같은 손짓으로 자기 앞의 큼직한 유리잔을 집었다. 노란 액체가 담겨 있었다.

11

아버지가 그 소설 읽기를 마쳤다. 나는 노트북을 닫았다. 고베 항구에 아침이 펼쳐지고 있었다.

"그 소설에는 히피 얘기가 한마디도 없지 않습니까? 그 작가에게는 말하지 않았던 겁니까?"

"그랬어. 그 작가도 히피에는 관심이 없었어. 이 소설에 나온 대로 지구 온난화 문제는 심각하게 말했는데, 히피운동은 언급도 안 했어."

아들이 슬쩍 아버지를 건드렸다.

"히피에 한 발을 들이고 머더스에 처음 찾아가셨던 그때요."

아버지가 가로챘다.

"노란 액체를 맛보고 신나게 보냈다고 얘기해줬는데?"

일흔세 살의 노인이 부끄럼 타는 눈빛으로 무언가 드러내기 난감한 것을 덮으려 했다. 아들은 단박에 치고 들어갔다.

"그거 말고요, 아버지는 그날 밤에 그 여자와 동침했던 거지요?"

"이 소설에도 그런 얘기는 없었는데?"

아버지가 눈을 껌벅였다. 자신의 어떤 치부가 어디에 공개됐는가를 의아해하는 표정이었지만 그것으로 부끄럼을 가려보려는 속셈 같았다. 나는 이른 아침부터 당신에게 비밀의 문을 열어주시라고 강요하지는 않으려 했다. 이따금 집요하게 캐물은 '까마득한 디테일'만 해도 노인에겐 벅찬 노역이었으니…….

"소설이니까 상상해서 집어넣었어도 되는 건데." 하고 나는 좀 희떠운 효심을 부리듯 다른 말을 꺼냈다. "어머니와 베트남 여행을 하셨던 때가 재작년 12월이었지요?"

"그랬지. 그때 잘 다녀왔다. 망설이는 나를 끌다시피 해서 데려갔던 거다. 다낭, 후에, 이런 곳에 가봤니?"

"한 번요. 같이 공부하는 학생들하고 며칠 다녀왔습니다."

"다낭은 정말 좋은 휴양지로 변했더라. 다녀와서는 내 마음도 많이 편해졌다."

"그때 시차 고생을 하셨어요?"

"나는 위스키로 쉽게 잡았는데, 네 엄마는 위스키로도 안 되더라. 나도 몰랐지만, 그때 이미 몸이 많이 허약해져 있었던 거지."

어머니를 불러온 것은 아들의 실수였다. 내가 잽싸게 능글맞은 질문을 던졌다.

"백인 히피 여자, 그 얘기를 어머니에겐 고백하셨어요?"

아버지가 쿡쿡 웃었다. 아들은 들키지 않게 한숨을 돌렸다. 어쨌든 겉보기에는 당신을 어머니의 죽음과 격리시키려는 뜻을 이뤘기 때문이었다.

"베트남에 가서는, 베트남에서는 그런 일이 없었느냐고 묻더라. 고백하면 자신이 용서해줄 뿐만 아니라 하느님께도 대신 용서를 구해줄 거라고 하면서……. 결혼하기 전에 짤막하게 끝나버렸던 히피 시절도 털어놓았다. 혈혈단신 낯선 땅에 뚝 떨어진 사내로서 아내를 맞자면 무엇보다도 과거를 숨기지 말아야 했다. 더구나 네 엄마는 당당한 남자를 원하는 사람이었고……. 노란 액체를 마신 머더스의 그날 밤은…….”

아버지가 손가락으로 두어 차례 코 밑을 쓰다듬었다. 나는 기다렸다. 당신은 아득히 흘러간 과거의 어느 날에 청혼을 앞둔 여자에게 고백했던 그 장면을 아들의 눈앞으로 불러왔다.

“……그래. 머더스의 그날 밤은 청년 윌리엄에게 인생을 통틀어 처음이자 마지막으로 경험한 몇 가지를 제공했다. 유리잔의 노란 액체는 말해줬던 대로 LSD칵테일이었다. 오렌지주스에 LSD를 섞은 거였지. LSD는 그날 밤이 처음이었다. 그날 밤에 나는 그 여자와 같이 잤다. 추웠지만 환각이 추위도 날려버린 낭만적인 밤이었다. 아침에 깨어나니 숲속의 헛간 같은 곳이었다. 그 여자가 만들어놓은 낙엽 이부자리가 있었다. 커다란 자루 속에 낙엽을 잔뜩 집어넣고 주둥이를 듬성듬성 꿰맨 거였다. 그 여자에겐 내가 몇 번째 남자였는지 몰라도, 나는 총각을 바친 여자였다. 아침에 골이 깨지는 것 같은 고통 속에서 정신을 차리니 그 여자가 환각제 만드는 비법 하나를 가르쳐줬다. 손쉬운 비법이었다. 내가 숲속을 먼저 떠났는데, 그 여자는 나에게 평생 잊지 못할 선물을 하나 더 남겨줬고…….”

오십 년 만에 다시 고베의 아침을 맞은 아버지가 아들에게도 덮어두려 했던 옛일 하나를 더 털어놓았고, 나는 노트북의 소설을 퇴고하는 과정에 어떤 장면을 보완하게 되었다.

12

윌리엄이 총각 딱지를 떼고 사나흘 지났다. 양친은 아침에 친구들과 부부 동반 옐로스톤 여행을 떠났다. 그는 강의를 빼먹기로 작정했다. 오늘 밤에 다시 찾아갈 '머드스의 축제'를 위해 체력을 비축해두고 싶었다. 실컷 늘어지게 늦잠을 잤다. 정오에 다가서는 한 찰나였다. 절호의 기회를 놓치지 말아야 한다. 이 생각을 느닷없이 날아든 무슨 행운의 패처럼 거머쥐게 되었다. 주저하지 않았다. 바나나 한 아름을 사들고 집으로 돌아와 곧장 그것들을 남김없이 발가벗겼다. 하얀 속살들을 접시에 쌓아두고 껍질들은 모조리 냉동실에 넣었다. 낙엽 이부자리에서 백인 여자가 일러준 한 가지 정보를 또렷이 불러냈다.

"바나나껍질에는 환각 성분이 함유돼 있어. 먼저 냉동실에서 얼려야 해. 그런 다음 꺼내서 오븐에 넣고 200도로 태워. 그리고 피우면 돼. 나는 재미를 봤어. 손수 만들 수 있으니 그것도 소비의 쇠사슬 하나를 잘라버리는 자급자족의 하나잖아?"

윌리엄은 바나나껍질들이 나무껍질처럼 딱딱해지기를 기다리는 동안 언더그라운드 신문에서 수집해놓은 LSD 자료들을 훑어보기로 했다. 아직 그 정체를 눈으로 직접 보진 못했으나 단 한 번의 체험만으로도 대단한 놈이란 것을 알아챘기 때문이었다. 머더스에서 그 여자의 오렌지 주스를 몇 모금 얻어마셨다. 거기다 그놈을 얼마만큼 탔을까. 일요일 늦은 아침에 탈출하듯 낙엽 이부자리를 빠져나와 양친이 예배 보러 나간 틈에 집으로 들어가서 곧장 샤워기를 틀었다. 따끈한 물줄기들에 알몸을 맡기고 눈을 감았다. 그러나 캄캄하지 않았다. 눈앞에 동전처럼 생긴 금빛 동그라미들이 떼를 지어 춤추고 배꼽 밑에는 짜릿짜릿한 황홀의 자극이 몇 초 간격으로 지칠 줄 모르고 이어졌다. 그 여자가 침대에 누워 있었다면 샤워를 하다 말고 젖은 몸 그대로 덤벼들었을 것이다.

'리세르그산 디에틸아미드(LSD)는 호밀 밀 보리 쌀보리 등 맥류에 기생하는 버섯에서 추출한 물질로 개발한 환각제다.'

이 설명을 얼른 이해했다. 환각 성분이 들어 있는 술을 만드는 원료가 바로 맥류라는 점을 알고 있었다.

'설탕에 액체 LSD를 한 방울만 떨어뜨려 흡수해도 2시간에서 12시간까지 효과가 지속된다.'

이 설명에 몸을 떨었다. 그 여자가 오렌지주스에다 액체든 정제든 가루든 그놈을 얼마나 탔는지 자기 몸에는 효과가 12시간 넘게 지속된 것이었다.

'후각, 시각, 청각, 촉각이 저마다 독립된 황홀경으로 초대하게 되는데, 익숙한 경험자는 그것들을 한꺼번에 복합적으로 느끼게 되면서 이데아로 들어갈 수 있다.'

이 설명에 입맛을 다시듯 쩝쩝거렸다. '익숙한 경험자의 이데아'에 들어가고 싶었다.

'후각이 냄새의 온갖 주파수들을 낱낱이 맡게 되고, 시각이 현란한 보석의 현무를 보게 되고, 청각이 모든 음계의 떨림을 낱낱이 포착함으로써 그것들이 몸속에서 기타처럼 일으키는 공명의 전율을 맛보게 되고, 촉각은 관능적인 에너지를 뇌로 보내 모든 말초신경에 전류 같은 자극이 흐르게 된다.'

이 설명에 강렬한 유혹을 느꼈다. 단 한 번의 어정쩡한 경험만으로 적어도 시각과 촉각에서는 황홀의 세계를 엿볼 수 있었으니 방금 꿰찬 지식들을 앞세우고 하루빨리 '익숙한 경험자'의 반열에 올라서기로 했다.

'캘리포니아주에서 LSD 복용은 여전히 불법이 아니다.'

이 설명에 쾌재를 불렀다. 경찰과 부닥칠 일은 생기지 않으니 아버지의 눈만 피하면 된다고 확인한 기쁨이었다.

윌리엄은 점심을 간단히 해치웠다. 까놓은 바나나 세 개, 빵 한 개, 그리고 오렌지주스 한 컵. 묘한 노릇이었다. 오렌지주스를 보는 순간에 다시 배꼽 밑으로 전류 같은 자극이 짜릿짜릿 일어났다. 그 여자를 보고 싶었다. 그 여자와 다시 그 오렌지주스를 마시고 싶었다. 그 여자의 낙엽 이부자리에서 그 여자와 황홀히 뒹굴고 싶었다. 이번에는 아주 느린 동작으로 오랜 시간에 걸쳐 관능의 유희를 즐길 수 있을 듯했다. 배꼽 밑에 불끈한 힘이 모였다. 슬며시 오줌이 마려웠다.

윌리엄은 변기 뚜껑을 들어 올리고 오줌 누는 자세를 잡았다. 그런데 얄궂었다. 거기서 통증이 뻗쳐왔다. 간신히 오줌 줄기는 나왔다. 따끔따끔 아팠다. 볼일을 마쳤다 싶어서 고개를 수그렸다. 정액 방울 같은 것이 그 끝에 맺혀 있었다. 그러나 빛깔이 달랐다. 허옇지 않았다. 누랬다. 고름이었다. 소스라쳤다. 어깨를 덮으려는 치렁치렁한 장발들이 저마다 길쭉한 주사바늘처럼 일어서는 것 같았다. 성병에 걸린 건가. 그 여자가 성병을 옮긴 건가. 귀동냥으로 들었던 임질 같았다. 방으로 달려가 사전을 펼쳤다. 친절히 알려줬다.

'임균에 의해 발생하는 성병으로, 주로 성교로 옮아 성기의 점막에 침입하며, 오줌을 눌 때 요도가 몹시 가렵거나 따끔거리고 고름이 심하게 난다.'

그는 아뜩했다. 자신의 증상과 딱 맞아떨어졌다. 억장이 막혔다. 숫총각을 떼면서 임질에 걸리다니. 그 여자를 원망했다. 오늘 밤에 다시 머더스에 들어가면 그 여자와 재회할 수도 있을 것이었다. 그런데 만나면, 뭘 어쩐단 말인가? 창녀라며 혼낸단 말인가? 고쳐 달라고 따진단 말인가? 길게 한숨을 뿜어냈다. 병원에 가는 것 말고는 달리 방법이 없었다. 병원에 다녀올 시간은 넉넉했다. 병원부터 가나, 바나나부터 태우나. 잠시 망설였다. 냉동실의 바나나껍질 하나를 꺼내 보았다. 딱딱했다. 충분히 언 것 같았다. 환각제를 만들어놓고 병원에 다녀오기로 했다.

그는 오븐 뚜껑을 열었다. 생선 비린내가 코를 찔렀다. 무시했다. 딱딱한 바나나 껍질들을 오븐 속에 넣었다. 손으로 만지기만 해도 부서지는 재가 되도록 태워야 한다. 연소 온도를 200도까지 끌어올려야 한다. 수칙을 외고 야무지게 가동 버튼을 눌렀다. 그러나 곧 자책감에 빠졌다. 순전히 임질의 충격이었다. 멍청한 히피, 타락한 히피를 거부하고 철학적으로 무장한 히피의 일원이 되자고 했던 자기맹세가 첫발부터 붕괴의 위기에 몰려 있다는 것을 직시했다. 식탁 의자에 앉았다. 오븐이 돌아가는 것처럼 비로소 사고가 돌아가고 있었다.

'소비의 노예가 되지 않는 길이 환각의 노예가 되는 길인가? 환각의 성적 유희를 추구하는 길이 소비의 노예를 벗어나 자기 인생의 진정한 주체가 되는 길인가?'

얼떨결에 히피의 세계로 회의를 드리웠다.

'숲속에서 먹고 자며 록의 리듬에 몸을 맡기고 성병을 감당해야만 진정한 히피의 길을 걸어가는 것인가? 시민들이 살아가는 사회 속에서 삶의 철학으로써 히피의 길을 추구하기란 정녕 불가능한 것인가?'

두 손으로 얼굴을 감쌌다. 오줌이 마려운 듯했다. 방광은 비었으나 임질 걱정이 늘어져 새로 요의를 자극한 것이었다. 병원에 갈 때까지는 오줌을 누지 말아야겠다고 마음먹었다. 그 통증을 느끼기 싫고, 그 고름을 보기 싫었다. 타는 냄새가 났다. 오븐 밖으로 연기가 새나오고 있었다. 십여 분쯤 더 태우면 될 것이라고 계산하면서 자신을 비웃고 말았다. 임질을 걱정하며 숲속의 히피 생활을 새삼 거부하는 시간에 직접 환각제를 만들고 있는 인간—이 허접한 모순 상태가 스스로 어처구니없었다.

부엌과 거실에 연기가 자욱했다. 윌리엄이 창문을 열려고 의자에서 일어선 바로 그때였다.

"이게 뭐야? 불이야?"

양아버지였다. 그는 깜짝 놀랐다. 지금쯤 옐로스톤에 있어야 할 퇴역 중령이 귀신처럼 나타났다.

"무슨 일입니까? 갑자기 돌아오신 겁니까?"

"옐로스톤에 산불이 났다는 라디오 뉴스를 듣고 내일 다시 캐나다 쪽으로 출발하기로 했어. 네 어머니는 집 앞에 나를 내려주고 쇼핑을 갔어. 그런데 오븐 속에는 뭐냐? 까먹고 있었냐?"

금빛 털이 돋아난 손가락이 정지 버튼을 누르고 오븐 뚜껑을 열었다. 시커먼 연기가 꾸역꾸역 쏟아져 나왔다.

"이게 뭐야? 뭘 태우는 거야?"

아들은 답을 하지 않았다. 하지만 양아버지가 식탁 위 접시에 한국의 가래떡처럼 쌓아둔 하얀 바나나를 쏘아보았다.

"바나나껍질을 태우는 거야? 이게 뭐하는 짓이야!"

억센 손아귀가 젊은이의 뺨을 갈겼다. 윌리엄은 털썩 의자에 주저앉았다. 미국 생활 십여 년을 통틀어 양아버지의 첫 체벌이었다. 그는 묵묵히 고개를 숙였다. 당신이 마주앉았다.

"바나나껍질을 태워서 환각제를 만들 수 있다, 아니다, 이런 논란을 나도 얼마 전에 사무실에서 듣게 되었다. 그건 전혀 내 관심사가 아니야. 히피? 좋아. 그러나 마약은 안 된다고 내가 분명히 했잖아? 마리화나를 피워볼 수는 있겠지. 자기 손으로 환각제를 만든다? 이것은 헤로인 같은 마약을 상습적으로 복용하겠다는 선언과 마찬가지야. 나는 받아들일 수 없어. 그건 절대 용납할 수 없어."

양아버지가 매서운 말을 마쳤다. 눈에 불티가 튀고 있었다. 인위적으로 맺은 부자(父子)의 연을 인위적으로 싹둑 잘라버릴 가위를 쥐고 있는 것 같았다. 당신이 창문을 열어놓고 다시 의자에 앉았다. 윌리엄은 두 손으로 이마를 받치고 있었다. '히피'도 '임질'도 삽시간에 하얗게 잊어먹은 그의 머리를 점령한 것은 '나의 양친'과 '나의 국가'였다. 맥거번이라는 '나의 양친'은 '은혜 갚기'라는 말을, 아메리카라는 '나의 국가'는 '신세 갚기'라는 말을 마치 낚싯줄의 고기처럼 대롱대롱 매달고 있었다. 그것이 요술을 부린 듯이 징병카드로 바뀌었다. 당신은 연기하든 입대하든 아들의 판단에 맡긴다고 했고, 그는 히피의 평화와 버클리대학의 징병반대 선언에 동감하면서도 신중히 선택하겠다고 했던 일이었다.

"아버지."

이윽고 윌리엄이 얼굴을 들었다.

"미안하다. 손찌검을 해서."

"아닙니다. 아버지를 존중하고 이해합니다. 아버지는 장교 정신으로 인생을 살아가시지 않습니까?"

퇴역 중령이 어깨를 움찔했다. 그 계급장을 새로 붙이는 것처럼.

"아버지, 군대에 가겠습니다."

윌리엄은 결연했다. 벅차올랐던 가슴이 뻥 트였다. 그 한마디로 양친에 대한 은혜 갚기와 미국에 대한 신세 갚기를 한꺼번에 해결하는 기분이었다.

"윌리엄."

굵직한 두 손이 식탁 위에서 보드라운 두 손을 우악스레 감쌌다.

2장
꽃과 전단

1

미국 캘리포니아에서 베트남 다낭까지는 아주 먼 길이다. 그러나 윌리엄 일병에게는 전장으로 가는 길이 너무 짧았다. 항공기에 실려 갔기 때문이었다. 미군 수송기가 아니었다. 전세 민항기였다. 일본 오키나와 미군 기지에 착륙해 두어 시간 쉬고 나서 그 미국령 섬을 이륙한 항공기는 고작 세 시간을 못 채우고 다시 착륙 준비에 들어갔다. 기내 방송이 나왔다.

"안전벨트를 착용하고 즉시 전등을 꺼야 합니다."

술집처럼 시끌벅적하던 기내가 삽시에 잠잠해졌다. 금속 부딪는 소리들이 나고 머리 위 전등들이 일시에 꺼졌다. 앞쪽을 차지해 수다쟁이들처럼 떠들어댄 공군이든, 그들 뒤쪽에 무더기로 모여 앉아 곧잘 웃음보를 터트린 해병이든, 윌리엄처럼 꽁무니로 밀려나 얌전히 굴었던 육군 보충병이든, 모든 장병들이 '전등을 끄라'는 기장의 말을 이 비행기가 어느 정글 속 대공포의 표적이 될 수 있다는 경고로 받아들인 것 같았다. 전쟁터를 떠올리는 실존의 개인 하나하나가 어쩔 수 없이 본능적으로 드러낸 죽음에 대한 두려움이었다.

항공기가 착륙했다. 여승무원의 상냥한 목소리가 기내에 퍼졌다. 승객 여러분이 베트남에 오신 것을 환영한다는 말이었다. 메모지의 문장을 그대로 읽어댄 저 아가씨는 우리가 여행이라도 나온 줄 아는구나. 윌리엄은 쓴웃음을 지었다.

베트남 대지는 후텁지근한 공기로 그를 환영했다. 활주로에 옅은 어둠이 깔렸으나 아스팔트 바닥을 달구었던 열기가 첫발을 내디딘 가랑이로 타고 올라와 목도리처럼 목을 휘감았다. 말로만 들어온 열대의 저녁을 실감하는 신입 보충병에게는 유감스럽게도 에어컨 달린 신식 막사가 돌아오지 않았다. 비행장과 가까운 텐트 막사였다.

질기고 두껍고 뜨끈한 텐트 안에서 첫날밤을 견디는 윌리엄은 언뜻 엉뚱한 상념에 잠기기도 했다. 나폴레옹 군대나 히틀러 군대가 러시아의 추위에 시달리다 패퇴했듯이, 성조기 군대는 베트남의 더위에 시달리다 꼭 그런 꼴을 맞을 듯했다. 그러나 아직은 그가 몰라서 그렇지 베트남의 미군 병사에게 더위는 그다지 벅찬 상대가 아니었다. 물론 적들이 제일의 경계 대상이었지만 더위보다 훨씬 더 무서운 상대는 '생각'이었다. '생각'은 전투병을 나약하게 만드는 내부의 감염병균 같은 적이었다.

건성건성 지나가는 현지 적응 기초훈련을 소화하며 닷새를 보낸 윌리엄은 드디어 개인화기와 관물을 챙겨 보충병 열댓 명과 함께 다낭 쪽으로 떠나야 했다. 텐트 막사에서 50킬로미터 떨어져 있다는 본대를 찾아가는 이동 수단이 어처구니없게도 우편 트럭이었다. 그들은 미국에서 날아온 우편물을 수북이 담아둔 바구니들과 자루들 틈바구니에 잘못

던져진 전쟁 소모품처럼 실려야 했다. 운전병의 너스레가 걸작이었다.

"베트콩들도 연애편지는 공격하지 않으니까 이 트럭이 가장 안전할 거야."

그의 예언이 적중하여 달리는 우편 트럭은 적의 공격을 받지 않았다. 하지만 보충병들은 명령시각보다 십여 분 늦어진 오전 11시 10분을 지나 대대본부 앞에 내렸다. 말이 포장도로지 파인 데가 곰보자국 같아서 자동차에게는 비포장도로보다 못한 길이었다.

막사는 판잣집이었다. 벽은 엉성해서 좋고 천장은 촘촘해서 좋았다. 벽으로는 바람이 잘 드나들고, 천장은 비를 막아줄 만했다. 윌리엄은 나무 침대를 배정 받았다. 대형 냉장고에서 꺼낸 맥주도 맛보았다. 패잔병 취급을 받으며 며칠 죽쳤던 텐트와는 견줄 수 없이 시원한 집이었다.

보충병들은 모두 브라보 중대에 배속되었다. 그들은 모르고 있었지만, 어떤 전투에서 병력 손실이 컸던, 다시 말해 전쟁의 상처를 크게 입은 중대였다. 역시 그들은 모르고 있었지만, 그것은 브라보 중대의 적개심과 복수심이 그만큼 더 뜨겁게 불타고 있다는 뜻이기도 했다.

점심식사에 이어 정훈장교가 정신교육을 실시했다. 윌리엄은 거의 졸면서 들어도 세 가지는 놓치지 않았다.

첫째, 우리가 왜 여기에 와 있으며 여기서 무엇을 하고 있는가에 대하여 어떤 복잡한 생각이나 의문도 가지지 말라는 것이었다. 멍청이가 되라고 강요하는 훈시의 목표는 베트남전쟁에 반대하는 반미평화운동이나 징집거부운동 따위에 영향을 받아 군인정신이 흔들려서는 안 된다는 것을 주입하는 데 있었다.

둘째, 6개월 뒤에는 일본으로 일주일간 휴가를 갈 수 있다는 것이었다. 이 말은 병사들의 졸음을 깨웠다. 윌리엄도 바삐 머리를 굴렸다. 6개월 후 1주 휴가라, 그러면 복무 13개월의 절반이 지나가겠구나. 이런 계산이 냉큼 이뤄졌다. 그의 뒤통수에서 욕을 섞은 볼멘소리도 나왔다. "엿이나 먹으쇼. 그날까지 무사히 살아 있어야 휴가도 있는 거지, 염병할." 정말 똑똑한 녀석이었다.

셋째, 베트남 여자들은 거의 다 성병에 걸렸으니 무조건 멀리하고 휴가 때까지는 섹스를 인내하라는 것이었다. 이 당부를 듣고 윌리엄은 슬그머니 자신의 사타구니 쪽으로 손을 넣었다. 총각 딱지를 떼버린 기념으로 걸렸던 임질과 진료와 투약의 장면이 느리게 지나갔다. 입대를 택한 시간을 돌이켜보았다. 결정적 사건은 임질이었다. 임질에만 걸리지 않았더라면 양아버지에게 바나나껍질 태우기를 들켜서 뺨을 얻어맞았더라도 양친에 대한 은혜 갚기와 아메리카라는 국가에 대한 신세 갚기를 한꺼번에 해치우는 길이라며 그토록 성급하게 입대를 택하지는 않았을 것이었다.

2

윌리엄 일병은 브라보 중대 1소대 1분대였다. 첨병정찰이나 청음초소를 도맡는 그들을 중대 병사들은 '잡종분대'라 불렀다. 비꼬는 뉘앙스로 부르든, 듣는 쪽과 부른 쪽이 서로 웃자는 뜻이든, 그것은 정확한 명칭이었다. 1분대는 여러 인종으로 짜인 조직이었다. 분대장은 바이킹 조상의 용맹을 자랑스러워하는 백인 병장, 유탄발사기는 조상이 아프리카 콩고의 족장이었다고 은근히 뽐내는 흑인, M60 기관총은 멕시코인 여성과 스페인계 남성이 내놓은 혼혈, 의무병은 흑백 혼혈, 통신병은 아일랜드계 백인이다. 소총수들도 다양했다. 부모가 다 에콰도르 순종 출신이라는 땅땅한 아메리카 토종, 제대하면 메이저리그 유격수가 될 것이라는 흑인, 그의 황홀한 비전에 대해 너를 응원하기 위해 파파라치처럼 따라다닐 테니 연봉의 5퍼센트만 지불하라고 흥정을 붙이는 흑인, 아버지는 인도 출신이고 어머니는 타이완 출신이라는 베트남인처럼 까무잡잡한 동양 혼혈아, 순수 황인종으로 체격이 작고 날렵해서 어쩌다 '다람쥐'라 불리기도 하는 윌리엄.

잡종분대가 임무를 받았다. 800미터 전방에 보이는 우거진 야산 중턱의 바위덩어리를 확보해 일몰시까지 참호작업을 끝내고 익일 8시까지 사주경계에 돌입하라. 병사들은 분대장을 꼭짓점으로 삼아 속이 텅 빈 피라미드 대형으로 흩어져 한 걸음씩 나아갔다. 일렬로 정찰을 나갈 때는 다섯 번째에 서는 윌리엄이 이번에는 오른쪽 맨 뒤에 섰다. 상체를 거의 직각으로 꺾은 그는 눈을 매섭게 뜨고 잔뜩 긴장해 있었다. 전방주시에 신경을 곤두세운 것이 아니었다. 가느다란 살육의 선을 두려워하고 있었다. 정글에서는 매복한 저격수의 총구보다 더 무섭다는, 수통이든 옷자락이든 철모든 건드리기만 하면 꽈당 터져서 육체를 찢어버린다는 부비트랩. 시원한 교육장 의자에 늘어지게 앉아서 화면으로 지켜보았던, 허공의 실처럼 눈에 띄지도 않는 연결선이 눈 깜짝할 사이에 저지르는 끔찍스런 파괴의 장면은 몸서리치게 잔인한 요술 같았다.

잡종분대는 수색 전진을 순조롭게 진행했다. 어느 인종도 부비트랩을 건드리지 않았다. 지뢰도 밟지 않았다. 총성도 잠잠했다. 적이 방치한 지역을 잘 골라잡은 요행이었다. 흘린 것은 땀밖에 없었다. 전투복을 흥건히 적시고 확보한 바윗덩어리는 배를 깔고 앉은 커다란 물소처럼 생긴 것이었다. 분대장이 임무 완수를 보고하는 무전에서 '물소바위'라 명명했다. 곧바로 물소바위 뒤에 참호를 팠다. 포탄이나 수류탄이 떨어지면 몰살 구덩이가 될 테지만 진지전을 붙기에는 안성맞춤이었다. 12시 방향에서 6시 방향까지는 바위가 막아주고 있었다. 그것만 내세우면 분대장의 말마따나 '천연 요새'라 불러도 크게 과분한 것은 아니었다.

서녘에는 아직 붉은 기운이 남았다. 하늘 한복판의 반달도 창백해 보였다. 그러나 저녁 어스름이 스멀스멀 산봉우리를 감싸는 가운데 잡종 병사들이 감당할 하루치 어둠이 슬그머니 참호 속으로 잠입하고 있었다. 똑같은 C-레이션을 먹어치운 그들은 둘씩 짝지어서 차례로 두 시간씩 바위에 붙어 지키는 불침번 의무를 맡아야 했다. 중대 병력이 어떤 꿍꿍이로 뒤를 받치든 밤새 물소바위를 떠나지 않는 것이 그들에게 할당된 하룻밤의 몸값이었다.

이심전심 심심하다고 느꼈을까. 문득 잡담이 활발해졌다. 불침번 둘을 제외한 모두가 판초우의를 바닥에 깔아둔 참호 속에 주저앉아 지껄여댔다. 어둠의 구덩이가 수다의 구덩이로 바뀌자 발가벗은 여자들이 속속 등장했다. 꾸며대는지 털어놓는지 세 녀석이 돌아가며 신나는 경험담을 풀어헤쳤다. 입대 전 그들의 젊음은 온통 성적 탐닉에 바쳐진 것 같았다. 조상이 콩고 무슨 부족의 족장이었다는, 수다의 구덩이 안에서만 벌써 백인 여자 둘과 흑인 여자 하나를 해치운 테네시 출신 흑인 상병이 벙어리처럼 듣고만 있는 윌리엄에게 말을 걸었다.

"우리 다람쥐는 신나는 밤이 없었어? 사이즈가 안 맞을 것 같아서 썩

혀두기만 했어?"

인종차별을 감지한 윌리엄이 빈정거렸다.

"사이즈? 너흰 크기는 큰데 물렁물렁하잖아? 우린 총구처럼 단단해. 13개월 마치고 돌아가면 사이즈 큼직한 창녀 하나 사서 차례로 해주고 누가 더 좋았는지 물어보기로 해. 내가 뒤에 해도 괜찮아."

"그런 내기는 그레이스하고 붙어봐. 백인들은 진짜 물렁물렁하거든."

아일랜드계 백인 통신병이 발끈 들이댔다.

"잘됐네. 윌리엄 말대로 우리 셋이서 한번 붙어 보자."

족장 후손이 허연 이빨을 드러냈다.

"그렇게 웃지 마. 새까만 암말이 징그럽게 웃는 거 같아."

통신병의 말에도 인종차별이 묻어 있었다. 족장 후손이 슬그머니 일어섰다.

"백인 여자들이 왜 목화밭의 흑인 남자를 꼬드겼을까? 오직 이거였지."

그가 배꼽에 팔꿈치를 박고 팔을 거의 수직으로 치켜세웠다. 통신병도 일어섰다.

"그 시절에 우리가 너희들을 뭐라고 불렀는지 알기나 하셔? 족장 나리?"

족장 후손의 눈에 불꽃이 튀었다.

"뭐라고? 더 지껄여봐! 그 더러운 혓바닥을 짤라버리겠어,"

그가 오른손을 허리춤으로 옮겨갔다. 거기엔 칼이 꽂혀 있었다. 통신병도 오른손으로 허리춤을 더듬었다. 거기에도 칼이 꽂혀 있었다. 서로 오른손을 더는 움직이지 않았다. 십여 초였을까. 문득 잠잠해진 어둔 참호 안에서 두 시선이 칼날처럼 부딪치고 있었다. 어느 쪽이든 오른손을 먼저 움직이기만 하면 피를 부를 참이었다.

"이제 그만. 둘 다 자리에 앉아! 베트콩들이 지켜보며 비웃고 있겠어."

분대장이 두 병사를 번갈아 쏘아보았다. 통신병이 먼저 입을 열었다.

"놀릴 뜻은 아니었어. 미안해."

그가 한 발 나서서 오른손을 내밀었다. 만약 족장 후손이 잽싸게 칼을 뽑으면 피를 흘릴 쪽은 통신병이었다. 하지만 '암말 같다'는 놀림을 받았던 그가 어색하게 웃으며 오른손을 앞으로 내밀었다.

"피부색은 달라도 우리는 전우잖아. 내가 깜빡했어."

악수가 이뤄졌다. 서로 소리 내어 웃었다. 이미 밤하늘은 촛불의 세계를 이루고 있었다.

윌리엄의 불침번은 새벽 4시부터 6시까지였다. 그는 깔끔하게 잠을 깼다. 손목시계를 보았다. 3시 45분이었다. 머리까지 덮었던 모포를 걷어내고 가만히 상체를 일으켰다. 바위 너머로 멀리서 여명이 번져오고 있었다. 새날의 신선한 기운을 안으로 불러들이듯 그는 하품을 하며 기지개를 켰다. 허리와 어깨에서 뿌드득거렸으나 입으로는 소리를 내지 않았다. 에콰도르 출신 미겔 상병이 다리를 가슴 쪽으로 끌어모았다. 선득한 모양이었다. 하지만 기상할 시간이었다. 윌리엄과 불침번 짝이었다.

"윌리엄, 고마워. 깨우기도 전에 일어나고. 오줌 누고 와서 교대해."

메이저리거를 꿈꾸는 흑인 상병이 총을 어깨에 걸고 참호 뒤 나무 사이로 들어갔다. 푸드득푸드득. 윌리엄은 새들이 날개 치는 소리를 들었다. 잠시 주의를 기울였으나 곧 놓아버렸다. 오줌 누러 나타난 인간에게 놀랐을 것이라고 판단했다.

정확히 4시 33분이었다. 그 시각을 윌리엄은 잊지 못한다. 일출시간이 얼마나 남았나 하며 시계를 보았던 것이다. 아직 30분은 더 참아야겠다며 바위 너머를 바라보았다. 전방 백오십 미터 지점에는 경계선이 뚜렷하게 드러나 있었다. 바위 앞엔 평평한 초지가 펼쳐져 있고, 그 건너편은 고무나무숲이었다.

"저게 뭐야?"

순간적으로 그는 혼잣말을 했다. 그러나 머리칼이 곤두섰다. 분명히 움직이는 물체였다. 그것은 고무나무숲 바로 앞 초지에 엎드려 물개처럼 느리게 기고 있었다.

"저기 봐. 12시 방향."

윌리엄이 속삭였다. 미겔은 9시 방향 허공을 바라보며 목을 좌우로 돌리는 중이었다.

"날이 다 샜는데, 짐승인가?"

전투 경험을 제법 쌓은 미겔이 느긋하게 굴며 자세를 고쳤다. 윌리엄은 바위 위에 총신을 얹어 물체를 겨누었다.

"진짜로 왔네. 저 새끼들은 자살조야, 길을 잘못 들어선 것들이야, 대체 뭐야. 배짱 좋구나. 세 놈이다. 조금 더 기다려."

"수류탄 공격을 못하게 해야지."

윌리엄이 속삭였다. 목소리는 떨렸다.

"20미터만 더."

기어오는 물체들이 뚝 멈추었다.

"어, 저것들이 뒤로 빠지고 있어. 기습을 들켰다는 거야, 길이 틀렸다는 거야? 에라, 갈기자."

미겔의 손가락보다 윌리엄의 손가락이 더 빨랐다. M16 두 정이 불을 뿜었다. 정적의 새벽이 산산이 부서졌다. 참호 안의 모든 병사가 화들짝 일어나 개인 화기를 챙겼다. '잡종분대'는 잡종이 아니었다. 인종차별에 민감하긴 해도 전우애가 두터운 용감한 조직이었다.

"12시 방향, 전방 100미터, 적 3명 출현 후 후퇴, 위급 상황이었습니다."

미겔이 분대장에게 보고했다.

"졸았으면 한방에 다 갈 뻔했어. 저것들은 우리를 계속 지켜보고 있었던 거야. 무전 날려. 적 3명 출현. 응사 없이 후퇴. 일출 후 수색."

통신병이 지휘통제실로 무전을 날리자 분대장은 침착하게 상황을 정리했다.

"조명탄 올릴 시간도 아니고 추격할 상황도 아니다. 세 놈은 미끼였어. 틀림없이 본대가 저 숲속 어디에 숨어 있을 거야. 해가 뜰 때까지 사주경계를 철저히 하자."

윌리엄은 전우들의 칭찬을 받았다. 의무병은 다람쥐가 양떼를 잡아먹으려는 늑대 세 마리를 내쫓았다는 말도 했다. 아침 7시. 햇볕이 쨍쨍했다. 분대장, 흑인 하나, 백인 둘, 아시아 혼혈 하나로 꾸려진 수색대가 적 출현 지점과 그 주변을 정찰하고 귀환했다. 전과는 피에 젖은 적의 모자 하나였다. 윌리엄의 것이었는지 미겔의 것이었는지. 최소한 한 녀석은 총알을 먹었다는 증거였다.

"뒤로 기고 있었으니 총알이 머리를 뚫고 들어가 똥구멍으로 튀어나왔을 거야. 부상당한 놈을 끌고 갔는지 죽은 시체를 끌고 갔는지 우리는 알 수가 없어."

분대장이 밀짚모자처럼 생긴 허름한 국방색 모자를 윌리엄에게 내밀며 전과 기념으로 잘 간직하라고 했다. 그는 멈칫거렸다. 분대장의 말대로 자신의 총알이 모자에 핏자국으로 남았을 것만 같았다.

"아닙니다. 버리지요 뭐."

"왜? 이런 건 부적이야."

즉각 그가 핑계를 끌어댔다.

"행운의 부적이 아니라 복수의 표적이 될 것 같습니다."

3

잡종분대는 저녁식사를 하러 지휘통제실과 가까운 식당에 들렀다. 나쁜 소식이 기다리고 있었다. 탄약 운반 트럭이 기습당해 '2명 전사에 트럭도 빼앗겼다'는 것. 그들은 구워낸 쇠고기 토막을 포크로 찍는 중에 더 나쁜 소식을 들어야 했다. 남베트남 대대 병력과 합동작전을 나간 미군 대대 병력의 일부가 그들과 헤어지고 얼마 지나지 않아 지뢰밭에 갇혀 전사 3명과 부상 13명의 손실을 입었는데 터진 지뢰들이 적군만 쓰는 도약식이어서 더 치명적이었다는 것. 밟으면 허리 높이까지 폭발해 육체를 반으로 갈라버리기도 한다는 바운싱베티…….

"남베트남 놈들이 베트콩 아니었어?"

"개자식들."

"멍청한 새끼들."

그들은 남베트남 병사들에게 악담을 퍼부었다. 미군 병사들은 남베트남 군인들을 우습게 여겼다. 적과 동족이어서 은연중 한통속으로 변해버리는지 전투력은 깡통인데다 전투가 벌어지면 어디론가 사라져버리는 놈들이 부지기수라는 소문이 퍼져 있었다.

소대장이 저녁식사를 마친 소대원들을 집합시켰다. 하루 저녁에 듣는 세 번째의 아주 나쁜 소식을 알려줬다. 내일 또다시 작전을 나간다고 했다. 작전에서 돌아오면 사흘은 쉬게 해주는데 고작 하루만 쉬게 하다니! 모두가 툴툴거렸다.

"태풍이나 와버려라."

"최악 허리케인, 그거 좋겠다."

"그러면 우리는 며칠 푹 쉬었다가 물에 떠내려가는 베트콩을 건져주러 가는 거지."

"와우, 평화의 사도 나오셨네."

"오, 주여, 허리케인을 주소서!"

"아멘."

잡종들은 불만과 불평을 입으로 풀었다. 윌리엄은 담배연기만 보탰다.

이튿날은 아침부터 햇빛이 쨍쨍했다. 태풍이 말라죽을 지경이었다. 1소대는 12시에 어떤 야산 앞 도로변에서 트럭을 내렸다. 사방은 조용했다. 땡볕과 녹음이 겨루고 있었다. 미군과 베트콩이 피 튀길 장소는 아닌 듯했다. 무장한 이방인들이 벌 받느라 폭염 속으로 끌려나온 꼴이었다.

'13시까지 175고지에 설치된 박격포를 접수하라.'

소대장이 잡종분대에 하달한 명령이었다. 달리는 트럭에서 전투식량을 까먹어야 했던 잡종들에게 분대장이 농담처럼 떠들었다. 부비트랩 건드리지 말고, 지뢰 밟지 말고, 총알 먹지 마라. 늘 강조하는 '3불'이었다. 더위, 정글 행군, 총소리, 대포소리에 익숙해진 윌리엄은 그의 주의 사항을 들을 때마다 '3불에다 아군의 오폭만 피하면 죽거나 다치지 않을 테니 이걸 더 추가해서 4불을 염불하면 좋겠다'는 핀잔을 먹이고 싶었다. '염불(念佛)'이란 단어가 흑인이나 백인에겐 낯설 테지만 그 설명을 덧붙이더라도 언젠가는 '4불'을 외고 다녀야 한다는 충고를 해주고 싶었다.

작전 계획은 단순했다. 선발로 나간 잡종분대가 목표지점을 접수하면 그들 후방에서 200미터 간격을 유지하고 있던 다른 분대들이 지체 없이 합류하여 다함께 야산을 타고 내려가 마을에 진입한다는 것이었다. 두어 달 전 지뢰에 중상을 입고 후송된 소대장의 후임으로 나타난 백인 중위 토마스는 베트남 사람들에게 유별난 적개심을 품은 장교로 알려졌다. 윌리엄의 귀에도 들려온 그의 신상 정보가 그것을 뒷받침해주었다. 1965년 11월에는 해병 중대장이었던 친형이 베트남 정글에서 전사했고, 두어 달 전인 1966년 12월에는 오랜 친구가 마을 수색 중 절름발이 소년이 뒤에서 던진 수류탄에 즉사했다.

윌리엄이 베트남에서 다섯 달을 보낸 동안 잡종분대에는 넷이 새로 충원되었다. 아일랜드계 백인 통신병은 무전기가 부비트랩의 선을 건드려 중상을 입고 헬기로 후송됐으나 자신의 떨어져 나간 팔처럼 목숨을 건지진 못했다. 그의 빈자리는 얼굴에 주근깨가 촘촘한 이탈리아계 백인이 메웠다. 부모가 다 에콰도르 순종 출신이라던 아메리카 토종 미겔 상병은 수색 중 저격수의 총알에 무거운 자루처럼 쓰러져 다시는 일어서지 못했다. 그의 빈자리는 꺽다리라 부를 수밖에 없는 유대계 백인이 메웠다. 인도와 타이완의 혼혈 황인종과 M60 흑인, 이들 두 병사는 같은 날 같은 장소에서 거의 동시에 지뢰를 밟고 긴급히 날아온 헬기에 실려 갔다. 둘의 빈자리는 불법 이민자 출신으로 미국 시민권을 노리는 멕시코인과 유난히 새까맣고 호리호리한 흑인이 채웠다. 그래서 잡종 분대는 변함없이 '잡종'을 유지하고 있었다.

12시 37분. 그들은 목표지점을 접수했다. 박격포는 없었다. 설치했던 흔적만 남아 있었다. 통신병이 소대장 토마스에게 무전을 날리는 사이, 윌리엄은 수통의 물을 홀짝이며 저만치 아래에 그림 속 풍경처럼 펼쳐진 작은 마을을 한눈에 내려다보았다. 화염방사기로 덤비면 단박에 불덩어리로 타오를 삼십여 가옥들이 사방의 낮은 야산을 울타리 삼아 그 안에 펼쳐진 들판에서 곡식을 거두며 오붓하게 살아가는 모습이었다. 마을 앞뒤에는 햇빛을 반사하는 조그만 연못도 서너 개 박혀 있었다. 주민들에게 꾸준히 물고기를 공급해주는 원천일 것이었다. 움직이는 물체라곤 눈에 띄지 않았다. 굴뚝에서 올라오는 연기 한 오라기도 없었다. 3시 방향 산 아래의 물소들마저 저마다 굵은 정물 같았다. 평화로웠다. 평화, 그 자체였다.

"전략촌으로 만든다는데 벌써 사람들은 다 나갔나? 너무 조용해 보여."

윌리엄 옆에 앉아 담배연기를 길게 내뿜은 의무병이 말했다. 마구 지져놓은 곱슬머리 흑발만 아니라면 순종 백인 행세에도 들키지 않을 녀석이 슬쩍 드러낸 '빨간 십자가'의 착한 마음을 윌리엄이 성가셔하지 않았다.

"정말 평화롭네. 우리가 안 갔으면 좋겠어."

의무병이 진지하게 물었다.

"정말 히피였어?"

"잠시. 흉내만."

"나도 제대하면 샌프란시스코로 갈 거야. 거기서 대학에 들어갈 계획이야. 알리바마는 지겨울 것 같아."

"히피가 되고 싶어?"

"일 년 정도는 그러고 싶어. 몸이 좀 망가진다 해도 공동체 생활에 들어갈 거야. 그러고 나면 베트남의 기억을 많이 지우게 되겠지."

의무병이 튕긴 담배꽁초가 탄피처럼 날아갔다.

예정보다 20분 앞당긴 13시 정각에 175고지에서 잡종분대와 합류한 1소대 전원은 담배를 피우거나 오줌을 갈긴 뒤 분대별로 흩어져 야산을 타고 내려갔다. 부비트랩이나 지뢰는 없을 것 같았다. 작전 경험이 부족한 소대장은 한 달만 무사히 버티면 미국으로 돌아갈 잡종분대장과 대화를 나누며 나란히 걷고 있었다. 장교와 병사의 벽을 넘어선 다정한 친구 같았다.

"타앙—!"

총성 한 발이 울렸다.

"엎드려!"

"9시 방향!"

잡종분대장이 손가락으로 허공을 찔렀다.

"으윽!"

윌리엄의 왼편, 소대장 옆에서 신음소리가 들려왔다.

"9시 방향, 집중사격!"

소대장이 매섭게 명령했다. 수십 개의 소총들이 일제히 불을 뿜었다. 총알 수백 개가 한꺼번에 나무 몇 그루에 소낙비처럼 쏟아졌다.

"한 놈이 떨어졌어."

누군가 말했다. 우거진 나무 위에서 굵은 두리안처럼 떨어지는 인간을 윌리엄도 똑똑히 보았다. 의무병이 저격당한 병사에게 달려들었다. 복불복 게임에서 불운의 패를 잡듯 총알을 먹은 신참 유대인이 벌렁 드러누워 사지를 부들부들 떨고 있었다.

"불운한 날인데, 그래도 조금 운이 좋았던 거야. 폐는 피해 갔어. 괜찮아. 사지도 멀쩡해."

의무병이 압박붕대를 꺼내며 위로의 말을 그의 귓구멍으로 솜처럼 쑤셔 넣었다.

통신병이 지휘통제실을 연결했다. 소대장은 눈 아래 마을로 헬기를 보내라고 했다. 정적이 드리워졌다. 총알을 피하려고 엎드려 있는 병사들의 등허리에 불볕이 내리꽂히고 있었다. 3분쯤 지났다. 잡종분대가 일어섰다. 나머지 소대원들은 9시 방향으로 일제히 엄호사격 자세를 취하고 있었다. 윌리엄은 상체를 구부리고 앞으로 나갔다. 어쩐지 괜찮을 듯했다. 저격수는 한 놈이 아니라 두 놈이었다 해도 살아남은 놈은 일단 두더지처럼 숨었거나 여우처럼 내뺐을 것이었다.

손바닥보다 큼직한 잎사귀들이 치렁치렁 우거진, 윌리엄은 그 이름을 알 수 없는, 잡종분대의 어느 누구도 그 이름 따위에 관심을 두지 않는 우람한 나무 밑 맨땅에 한 인간이 비스듬히 엎드린 자세로 널브러져 있었다. 아직은 따끈할 인간의 옆구리를 분대장이 군홧발로 떠밀어 뒤집었다. 피로 버무린 흙덩이가 들러붙은 얼굴이었다.

"여자잖아. 권총으로 자살한 것처럼 맞았어. 데이비드에게 복수의 재미를 보라고 선물도 못하겠네. 아깝게 됐어."

데이비드는 저격당한 유대인이다. 분대장이 쩝쩝대며 허리를 일으켰다. 시체의 조그만 왼쪽 맨발에 아슬아슬하게 걸려 있던 까만 샌들이 툭 벗겨졌다. 오른발 옆에는 다른 한 짝이 뒤집혀 있었다. 폐타이어로 만든 '호치민 샌들'이었다.

"저건 윌리엄의 발에나 맞겠는데."

바이킹 후예가 허연 이빨을 드러내고 윌리엄을 쳐다보았다. 그러나 그는 발치 앞에다 시선을 꽂고 있었다. 시체 위에 불현듯 다른 여자가 겹쳐졌기 때문이었다. 누군지 도저히 알아볼 수 없어도 앞가슴이 시체와 같은 핏빛이었다. 그것만은 확실했다. 어린 시절 피란길의 어느 더운 날 대낮에 마지막으로 보았던 어머니의 앞가슴이었다. 포탄 파편이 목에 박혔던, 얼굴조차 떠올릴 수 없는, 흥건히 피에 젖은 가슴으로 남은 어머니. 그는 진저리쳤다.

"내년에 와보면 이 나무가 몰라보게 커버렸을 거야."

멕시코인이 말했다.

"왜?"

호리호리한 흑인이 물었다.

"저기."

멕시코인이 엄지손가락으로 어깨 너머를 가리켰다. 거기에는 까무잡잡한 황인종 여자의 너무 가벼워 보이는 시체가 널브러져 있었다.

브라보 중대 1소대는 오후 1시 30분쯤 마을 뒤쪽에 당도했다. 소대장이 분대장들에게 인원 보고를 받았다.

"이미 통보는 돼 있다. 어기는 것은 저항하는 것이다. 수상하면 갈겨라!"

소대장의 목소리가 신경질적으로 날카로웠다. 간신히 억누르고 있는 분노를 토하는 것 같았다.

1소대에겐 운이 좋은 날이라면 좋은 날이었다. 수색 행군 중 병력 손실은 부상 1명뿐이었다. 부비트랩도 없었고 기습 공격도 없었고 박격포도 터지지 않았다. 나뭇가지에 올라앉은 저격수의 총질에 병사 하나가 부상당한 일이야 긴장을 놓지 말라는 경고였다고 여겨도 그만이었다. 그러나 토마스 중위는 잔뜩 열이 받친 상태였다. 운이 좋기로 따지자면 그가 정말 천운을 만난 날이었다. 방아쇠를 당기는 저격수의 표적은 소대장이었겠으나 바로 그 찰나에 왼쪽의 데이비드가 재치기를 하느라 상체를 수그리며 방패처럼 대신 총알을 맞았다. 농구선수나 배구선수로 나서면 딱 좋을 꺽다리가 딱 걸리듯 재치기를 하지 않았더라면 그 총알은 토마스의 관자놀이에 명중했을 수도 있었다. 그는 그것이 재수 더럽게 기분 나빴다. 겉으로 티는 내지 않았으나 마을로 접근해오는 동안 발자국마다 지뢰를 밟는 기분이었다. 내가 죽을 뻔했구나. 형님이나 친구처럼 이 더러운 땅에 코를 처박을 뻔했구나. 이 말을 속으로 수없이 곱씹었다.

주민들은 마을 복판에 위치한 집에 모여 있었다. 마당을 가득 채운 그들은 오십 명쯤 되었다. 아주머니들과 아이들, 그리고 노인들이었다. 청년이든 처녀든 젊은이는 눈에 띄지 않았다. 소대장은 그들 앞에다 M60 기관총을 설치하라고 했다. 그것은 수상쩍은 행동에는 가차 없이 갈겨버리겠다는 살육 협박이었다.

비무장 민간인들 앞에는 M60 기관총을 중심으로 소대장과 3분대, 의무병과 부상병이 남았다. 다른 병사들은 분대별 수색에 나섰다. 전우 하나를 또 잃을 뻔했던 잡종분대는 3시 방향을 맡았다. 나무줄기로 뼈대를 세우고 자잘한 나뭇가지나 대나무를 발처럼 엮어서 벽으로 삼고 갈대 같은 풀들을 지붕으로 덮은 허술한 가옥들이 뽀얗게 표백된 마당 가장자리에 그림자를 걸쳐두고 있었다.

"테리, 윌리엄, 저기!"

테리 상병은 화염방사기를 짊어지고 있었다. 분대장이 손가락으로 가리키는 지점은 짚으로 덮어둔 구덩이였다. 먹을거리가 아니라 불순한 젊은것들이 틀어박혀 있을지도 모른다고 생각했거나, 다섯 집을 뒤졌어도 총을 갈겨댈 언턱거리조차 찾아내지 못했으니 병사들이 너무 무료해 한다고 생각했거나. 둘 중 하나였다.

"요따이렌! 라이라이!"

손들고 나오라고 윌리엄이 세 번 외쳤다. 아무런 반응이 없었다. 덮개를 들춰봤자 곡식 나부랭이나 나올 것 같았다.

"테리, 갈겨!"

삽시간에 악마의 혓바닥 같은 불길이 가옥을 덮쳤다. 테리의 실수였다. 아니, 실수를 가장한 고의였다. 분대장이 구덩이 속으로 수류탄 하나를 야구공처럼 던져 넣었다. 폭음과 함께 허공으로 솟아올랐던 파편들이 좌르르 마당에 쏟아졌다. 까만 콩알이었다.

"집안에 숨겨둔 수류탄들이 터질지 몰라. 철수."

분대장이 농담처럼 명령했다. 사나운 바다가 아니라 고요한 촌락에서도 바이킹의 용맹을 주체하지 못하는 분대장을 힐끗 쏘아본 윌리엄이 그 눈초리로 테리를 째려보았다. 백색 얼굴이 타오르는 가옥의 불길을 받아 벌겋게 익는 듯했다.

"따닥! 딱!"

불길 속에서 비명소리가 튀어나오고 있었다. 발길을 옮기고 있던 병사들이 습관적으로 총부리를 돌렸다. 그러나 그것은 대나무 마디가 터지는 소리였다. 그들이 일곱 번째 가옥을 수색하는 동안 화염방사기를 먹은 가옥은 까맣게 폭삭 내려앉았다. 폭발은 전혀 없었다. 태리의 불장난만 아니었다면 싱거운 병정놀이 같은 가옥 수색이었다. 마지막 남은 열한 번째 가옥이 외딴집처럼 따로 떨어져 잡종분대를 기다리고 있었다.

"저거."

분대장의 M16 소총이 불을 뿜자 덩달아 모든 소총이 불을 뿜었다. 윌리엄은 방아쇠를 당기지 않았다. 그는 똑똑히 보았다. 검붉은 개였다. 분대장을 따라 모두가 마당 안으로 들어섰다. 벌집이 되었을 개 한 마리의 빨간 피가 뽀얀 마당의 서너 뼘 너비를 흥건히 적시고 있었다. 그러나 그것은 전쟁의 흔적이 아니었다. 죽었거나 병신으로 전락한 전우들에 대한 복수심을 투명가면처럼 덮어쓴 인간들이 보잘것없는 사냥을 즐긴 흔적에 불과했다. 윌리엄을 포함한 넷은 피 흘리는 개를 지키듯 마당에 남고 나머지 대원들은 두 패로 갈라져 가옥의 왼쪽과 오른쪽을 끼고 뒤편으로 사라졌다.

"한국인들은 개고기를 먹지?"

발밑에 거꾸러져 있는 개를 맨 먼저 명중시킨 분대장이었다.

"한국인들은 개하고는 섹스를 안 하니까 개고기를 쇠고기처럼 먹어도 되는 겁니다."

윌리엄이 시니컬하게 받아친 순간이었다.

"꽝! 꽝!"

가옥 뒤에서 거푸 폭발음이 터졌다. 수류탄 두 방이었다. 별안간 마을 복판에서도 기관총 갈기는 소리가 들려왔다. 소대장이 잡종분대의 수류탄 폭발음에 화답하는 것 같았다. 헬기 하나가 175고지를 넘어서고 있었다. 부상병을 실어갈 것이었다.

심심풀이 장난하듯 가옥 하나를 불태우고 개 한 마리를 죽인 잡종분대는 뒤늦게 전과를 올렸다. 채소밭처럼 위장한 땅굴을 발견해 아무것도 없을 줄 알고 그냥 수류탄 두 방을 먹였는데 남자 하나와 여자 하나가 걸레처럼 찢겼다. 협소한 땅굴에서 끌려 나와 집 그늘 아래 반듯하게 눕혀진 여자를, 윌리엄은 잠시 살펴보았다. 삶을 스무 해나 채웠을까. 남자를 사랑해서 처녀나 바쳤을까. 말짱히 남은 얼굴은 예쁘장하고 핼쑥했다. 그러나 옆구리로 흘러내린 내장에는 벌써 파리들이 엉겨 있었다. 젊은 시체 두 구가 베트콩이 아니어도 그만일 테지만, 전과로 내세울 만한 증거물도 노획했다. 미군이나 한국군을 죽이고 탈취했거나 암시장의 뒷구멍으로 흘러나왔을 카빈 소총 두 정과 탄창이 그것이었다. 이 시체들도 전쟁의 흔적이 아니라 사냥의 흔적이라고, 그는 생각했다.

소규모 평정작전 하나가 끝났다. 철수를 준비하는 1소대는 기록에 남겨야 할 전과와 덮어야 할 전과를 거두었다. 잡종분대가 죽인 젊은이 둘과 노획한 무기는 기록에 남을 것이고, 소대장의 명령으로 사살한 물소 다섯 마리와 그걸 항의하러 덤벼드는 남녀 노인 다섯을 덤으로 쏘아 죽인 백주의 사냥은 불태운 집이나 죽인 개처럼 애초부터 지상에는 없었던 존재들로 처리될 것이었다.

소대장이 통신병의 무전기를 잡았다. 윌리엄은 불볕이 쏟아지는 허공을 바라보며 담배연기를 길게 불었다. 새털구름 하나 없는 하늘이었다. 하느님이 지상을 내려다보기에는 더없이 좋은 날이었다. 이 생각이 스쳐가자 그는 후룩 다리를 떨었다. 3분대 소총수 지미가 그에게 다가섰다. 샌프란시스코 출신이다. 같은 민항기, 같은 우편 트럭을 타고 왔던 보충병 동기다. 이번 작전을 나오기 전날 저녁에 깡통 맥주를 함께 마시며 시시껄렁한 잡담의 유쾌한 시간을 함께 누렸다. 아버지는 불가리아 출신이고 어머니는 터키 출신인데 모계 혈통에 누런 것이 많이 섞여서 첫눈에도 황인과 백인의 혼혈처럼 보이는 얼굴이다. 그가 윌리엄에게 일러바치듯 나직이 속살거렸다.

"소대장 저 새끼, 완전 또라이야. 베트콩이든 민간인이든 베트남 족속에게 복수하고 싶으니까 주인들이 물소들을 끌고 오게 해서 대들게 만들려고 일부러 죽였던 거야. 뭐야? 노인이 팔을 휘저으며 소리를 질러봤자지. 늙은 팔은 소총이고 깡마른 주먹은 수류탄인가?"

윌리엄이 꽁초를 군홧발로 짓이겼다. 소대장의 오른쪽 집게손가락에 잔인한 형벌을 내리는 것 같았다.

"종군기자 새끼들은 다 어디 갔어? 저 새끼를 고발하고 싶어."

지미가 가래침을 긁어 뱉었다. 윌리엄이 탄식하듯 입을 열었다.

"……나는, 지미, 전쟁이 더 싫어. 소대장은 전쟁을 즐기는 놈인가? 나는, 한국전쟁의 고아였어."

"이민도 아니고 평범한 입양도 아니었구나."

지미의 눈빛에 측은해하는 기운이 어렸다.

"수녀원의 고아원에서, 조그만 학교에서 부모 없이 살았던 그 시절이 훨씬 더 좋았어. 그 시절을 돌아봐야만 내 마음에 묻은 피를 어느 정도는 씻을 수 있을 거야."

윌리엄이 눈을 들었다. 멀리 고향의 하늘을 바라보는 것 같았다.

4

순경이 훈방한 손진호를 벨라뎃다 수녀가 지프차에 태웠다. 갈대밭 사이의 울퉁불퉁한 도로를 지나 강을 건너고 다시 자갈도로를 몇 분 더 달렸다.

"집에 왔어."

어머니처럼 포근한 말이었다. 그러나 진호는 '집'이라고 실감할 수 없었다. 수녀원이나 고아원에 들어선 것 같지도 않았다. 학생이 없는 학교를 찾아온 듯했다. 정문을 통과하며 얼른 세 가지를 차례로 보았기 때문이었다. 기역 자 형태로 늘어선 기다란 건물, 건물 앞의 텅 빈 넓은 운동장, 건물을 에워싼 푸른 솔숲.

벨라뎃다 수녀가 현관 왼쪽의 성모마리아 좌상을 쳐다보며 성호를 그었다. 진호는 어설프게 시늉으로 따라했다. 수녀의 손을 잡고 건물 안으로 들어선 그의 첫 임무는 '씻는 일'이었다. 운전해온 아저씨가 꾀죄죄한 아이를 샤워실로 데려갔다.

"샤워기는 많아. 지금은 낮잠을 자거나 쉬는 시간이라서 아무도 없으니까 아무 데서나 씻어라. 새옷을 가져올 거니까 그때까지 머리부터 다섯 번쯤 비누로 빡빡 감아라. 머리에 이가 많지? 그놈들은 내가 참빗으로 잡아내지 뭐. 자, 들어가."

진호는 발가벗은 알몸으로 난생처음 샤워기 꼭지 밑에 섰다. 구둣주걱 같은 조절기를 밑으로 내렸다. 찬물이 빗줄기처럼 쏟아졌다. 움찔, 몸을 움츠렸다. 그러나 시원해서 좋았다. 마음도 덩달아 시원해졌다. 두부토막처럼 생긴 비누를 집었다. 촉감이 딱딱했다. 킁킁 냄새를 맡아보았다. 꽃향기를 풍기고 있었다. 비누를 머리에 마구 문지르고 손톱으로 두피를 할퀴듯 빡빡 긁어댔다. 신음소리가 늘어졌다. 즐겁고 시원한 탄성이었다.

머리만 말린 진호가 알몸 그대로 샤워실 개수구 앞에 세숫대야를 뒤집어 깔고 앉아 모가지를 빼냈다. 아저씨가 참빗을 그의 정수리에 꽂았다.

"아파도 참아라. 빈틈없이 훑어보자."

그는 눈을 감았다. 참빗이 두피를 세게 긁으며 이마 쪽으로 내려왔다.

"이것 봐라. 한 번에 세 마리야 네 마리야? 구멍 속으로 쓸어 넣어라. 머리에 약도 좀 쳐야겠다. 이가 나오면 형제들에게 놀림 당한다."

그가 살짝 눈을 떴다. 깨알 같은 새까만 놈들 서넛이 이마 밑 마른 시멘트 바닥에 떨어져 꼬물대고 있었다. 얼른 손바닥으로 거칠게 쓸었다. 부끄러웠다. 처음 받은 느낌이었다.

진호는 녹색 반바지 위에 각종 도형 무늬가 어지러이 찍힌 반팔 남방을 입었다. 바지는 맞고 남방은 헐렁했다. 검정 슬리퍼도 받았다.

"씻고 보니까 똘똘하게 잘 생겼네. 아버지께 인사드리러 가자."

벨라뎃다 수녀는 진호의 손을 잡고 복도를 걸었다. 방향이 엇갈린 흰

옷의 두 수녀가 상냥한 미소를 보냈다. 방문이 활짝 열린 방에는 책들이 벽을 이루고 있었다. 책장을 등지고 책상 앞에 앉아 있던 사람이 돋보기 안경을 벗고 의자에서 일어섰다. 진호는 깜짝 놀랐다. 할아버지였다. 하얀 턱수염이 가슴까지 내려와 은빛 실타래처럼 반짝이고 있었다. 옷도 흰옷이었다. 얼굴만 햇볕에 그을린 농부처럼 구릿빛이었다. 조그만 겨드랑이 속으로 들어온 큼직한 두 손이 힘차게 솟아올랐다. 비로소 눈을 마주친 진호는 또 깜짝 놀랐다. 할아버지의 눈동자가 파란색이었다.

"손, 진, 호. 아들아, 잘 왔다. 하느님, 이 아들을 보내주셔서 감사드립니다."

벨라뎃다 수녀가 살며시 뱉었다.

"아멘."

흰 수염 푸른 눈 신부의 손에서 풀려난 진호는 다시 벨라뎃다 수녀의 손을 잡고 기거할 곳으로 갔다. '안드레아'라는 한글 종이명찰이 문틀 위쪽에 붙은 방. 그것을 읽을 수 있었다. 굴집에서 육손이형에게 한글도 배웠던 것이다. 뜻은 몰랐다. 사람 이름인지 동네 이름인지 나무 이름인지 짐작조차 못해도 묻지는 않았다.

안드레아 방에는 나무로 짠 이층 침대가 일곱 짝으로 머슴애 열넷이 기거할 수 있었다. 열두 번째로 들어온 그는 창가 맨 가장자리 이층을 맡았다. 아이들 열둘은 모두가 고만고만한 사연에 고만고만한 또래들이었다. 여덟 살, 아홉 살, 열 살을 합쳐서 열한 명이고 나머지 하나는 큰형 역할을 맡은 열일곱 살 청년이었다.

진호는 첫날부터 아이들과 잘 어울렸다. 곧 형제들이 많아졌다. 새 큰형도 생겼다. 열일곱 살 청년의 세례명이 안드레아였다. 어쩌다 굴집 형들이 보고 싶긴 했지만 “아버지 어머니가 어떤 사람이었든 이제는 ‘아버지’의 아들로서 모두가 대가족의 일원이라고 생각해야 한다”는 안드레아 큰형의 말을 마음으로 받아들였다. 일반 가정에 형제자매간의 다툼이 일어나듯 안드레아 방에서도 이따금 티격태격 부딪치는 소리가 발생했다. 그래도 싸움으로 부풀지는 않았다. 큰형의 공정한 판결과 동병상련의 분위기가 갈등을 풀어주고 대립을 녹여주었다.

흰 수염 푸른 눈 신부의 품에 든 지가 십 년도 더 되었다는 안드레아 큰형은 좀 기형적으로 생겼다. 몸집은 왜소한데 머리가 호박덩어리만 했다. 저걸 무거워서 어떻게 달고 지내나. 이런 첫인상을 진호도 받았다. 가장 매력적인 곳은 두 눈이었다. 굵고 맑고 늘 빛났다. 이름은 구한모였다. 방문 앞 이층 침대를 맡은 큰형의 머리맡에는 외국어 사전과 외국어 서적들이 놓여 있었다. 해외유학을 준비하는 학생 같았다.

숱한 날들이 바람처럼 지나갔다. 가을이 왔다. 어느덧 진호는 소소한 지식을 제법 꿰차고 있는 아이였다. ‘안드레아’는 예수님의 12사도 중 한 분으로 어부고, 베드로의 아우이고, 순교의 시간에는 십자가에 매달려 숨이 끊어진 순간까지 이틀에 걸쳐 설교를 멈추지 않은 성인이며, 우리나라 최초의 순교자 김대건 신부가 ‘안드레아’라는 것도 알게 되었다. 영일만 바닷가 한적한 모래밭에 수녀원과 고아원이 생겨난 사연도 누구에게든 너끈히 들려줄 만했다. 안드레아 큰형이 때때로 들려준 이야기를 그 나름대로 엮어낸 것이었다.

흰 수염 푸른 눈 신부는 프랑스 노르망디 해변 마을에서 태어났다. 생부는 목수였다. 소년이 되어 신학교에 들어갔다. 유럽에 1차 세계대전이 발발했다. 위생병으로 4년을 복무했다. 야전병동은 고통만 넘쳐나는 아비규환이었다. 군복을 벗었다. 영혼에는 신음소리만 가득했다. 아버지 앞에, 성모마리아 앞에 다시 무릎을 꿇었다.

사제 서품을 받았다. 어둠의 나라, 고통의 나라, 억압의 나라로 가서 뼈를 묻기로 했다. 마르세유에서 기선에 몸을 실었다. 1923년 봄날이었다. 싱가포르와 고베를 포함한 열다섯 기항지를 거쳐 드디어 부산항에 내렸다. 꼬박 마흔여섯 날 걸린 뱃길이었다. 기차를 타고 대구로 올라가는 차창을 통해 식민지 나라의 올망졸망한 초가 마을들을 보았다. 만나야 하는 사람들이 살고 있는 곳이었다.

구원사업을 펼치기 시작한 것은 조선 땅에서 십여 년째 보내는 때였다. 대구에서 팔십여 리 떨어진 산골 마을에 터를 잡았다. 작은 성당을 짓고 성당보다 큰 규모로 수녀 양성 교육당을 세웠다. 뜻을 함께하는 수녀들이 없다면 구원사업은 엄두도 못 낼 일이었다. 수녀들은 그 실행자들이었다. 산골 성당에 수녀가 되겠다는 처녀들이 나타났다. 여섯 명으로 출발해 다시 십여 년이 더 흐르는 동안 삼십여 명으로 불어났다. 마음이 아프지만 돌려보낸 경우가 없지 않았다. 가장 심각한 문제는 문맹이었다. 심덕이 곱고 신앙이 두터워도 까막눈으로는 교리를 공부할 수 없고 가르칠 수 없었다. 육아 복지 음악 교육에도 제일의 조건은 글을 이해할 수 있는 것이었다.

조선이 해방됐다. 이방인 신부는 쉰 살이었다. 어느덧 머리가 하얗게 세고 있었다. 턱에는 흰 수염이 자라났다. 이미 수녀원 승인을 받은 산골 공동체는 병약자 노약자 사십여 명을 한 식구로 보살피고 있었다. 하지만 터가 너무 협소했다. 구원사업을 확대할 수 없었다. 노르망디 고향 마을을 떠올렸다. 그것이 계시였다. 물산이 풍부하고 터가 넓은 바닷가로 이주를 가야 했다. 영천에서 기차를 탔다. 종착역이 포항이었다.

일본인이 수만 명이나 살았다는 항구도시엔 적산가옥이 흔했다. 대다수가 일본식 목재가옥이었다. 색다른 적산가옥도 있었다. 일본군대가 버리고 떠난 막사였다. 침략자의 병영은 넓은 땅도 남겨두었다. 포항에서 성당을 꾸려나가는 친구와 형산강 강둑을 따라 하구로 걸어가다 해송 방사림이 에워싼 기역 자 건물을 가리켰다. “저건 뭔가? 강 건너 마을 저쪽에 붙은 저 건물.” “일본군 막사였어.” 머릿속의 번개를 보았다. 십자가가 내리친 말씀의 빛 같았다. “저기 가보자.” 발길을 돌렸다. 걸어온 둑길을 되짚어 올라가서 다리를 건너면 갈 수 있다고 판단했다. “뭔가에 꽂힌 사람 같네. 앞으로 계속 가자. 하구에 나룻배가 있어. 그러면 훨씬 더 가깝겠지?” “그래. 하느님께서 어서 가보라고 하시네.” 나룻배에는 한쪽 다리를 못 쓰는 노인 사공이 앉아 있었다. 건빵과 지전 한 장을 건넸다. 노인이 횡재라고 했다. 그러나 진짜 횡재는 흰 수염 푸른 눈 신부를 기다리고 있었다.

안드레아 큰형은 그 뒷얘기를 짧게 마무리했다. 동생들도 맨날 눈으로 보고 있으니 세세히 들려줄 필요가 없다는 것 같았다.

“아버지 신부님은 일본군 막사와 병영을 불하받으셨다. 일부 토지는 매입도 하셨다. 하느님께서 무기로 보습을 만든 일이라고 하셨다. 이름도 직접 지으셨다. 누구나 부르기 쉽게 송정수녀원과 송정고아원을 합쳐서 ‘송정원’이라 하셨다. 이 동네가 송정동이다. 시설도 많이 늘리셨다.”

송정원 시설은 정문, 성당, 의무실, 장미정원, 운동장, 생활관, 수도원, 식당, 묘목밭 순으로 짜여 있다. 일본군 막사를 개조했다는 생활관이 번듯하다. 도회의 학교처럼 생긴 2층 콘크리트 건물이고, 남실 여실을 분별한 칸칸마다 나무로 짠 이층 침대들이 놓여 있고, 네 칸 건너 샤워장이 있고, 마흔 명 기준으로 화장실이 있다. 식판들을 가지런히 쌓아놓는 식당은 식사시간마다 문을 활짝 열어젖힌다. 전봇대는 없어도 전깃불이 켜진다. 대형 발전기가 돌아가는 것이다.

소나무들이 제법 울타리 모양으로 둘러싼 송정원에서 거의 유일한 단풍 구경은 정문 옆 성당 앞뜰을 지켜주는 은행나무 두 그루였다. 일본군이 심었을 때부터 큼직했는지 몰라도 우람한 암수 은행나무가 샛노랗게 물든 11월 첫날 늦은 오후, 송정원 아이들의 반 편성이 이뤄졌다. 세 학급이었다. 한글을 모르거나 어설프게 아는 아이들(1반), 한글을 읽고 쓰는 아홉 살 이하 아이들(2반), 그리고 학교를 다녔던 열 살 넘은 아이들(3반). 교실은 없었다. 성당을 교실로 쓴다고 했다. 젊은 수녀들이 교사였다. 유난히 머리 굵은 안드레아 큰형도 3반을 가르친다고 했다. 그날 밤이었다. 큰형이 침대에 누운 동생들에게 따로 알려줬다.

"아버님은 전쟁이 더 남쪽으로 내려오는 일은 없을 것이고 질질 끌어대면서 병사들만 희생시키고 있는 휴전협상도 성사는 될 것이기 때문에 내년 봄에는 송정동에 분교를 세울 것이라고 하셨어. 우리 형제자매들을 위해서, 십 리 길을 걸어서 학교에 다니는 동네 아이들을 위해서 꼭 분교를 세워야 한다는 말씀이셨어. 그래서 이번 겨울에는 우리 형제자매들이 학교 갈 준비를 해둬야 하는 거다."

수업시간은 짤막했다. 하루에 한 시간씩이었다. 1반은 오전 10시부터 40분 수업, 2반은 11시부터 45분 수업, 3반은 오후 2시부터 50분 수업. 과목은 국어와 산수, 둘뿐이었다. 흰 수염 푸른 눈 신부가 미사를 집전하는 자리에는 지게처럼 생긴 좌우 받침대 위에 이동식 칠판이 불안하게 자리를 잡았다. 교과서는 없었다. 칠판의 분필 글씨들이 교과서였다. 연필과 공책은 지급되었다.

2반에 든 진호는 배울 것 없는 국어시간이 따분했다. 산수시간에는 눈빛이 초롱초롱 반짝였다. 다섯 자리 숫자의 덧셈 뺄셈을 척척 해냈다. 담임 수녀가 구구단을 외어도 좋다고 했다. 그날 오후를 바쳐 구구단을 다 외었다. 혼자서 걸어가며 단조로운 노래처럼 부를 수도 있었다.

아이들이 규칙적인 학습을 시작한 무렵에 수녀들은 묘목 이식 작업에 들어갔다. 송정원 뒤편 넓은 모래밭에는 곰솔 묘목 수천 그루가 벼처럼 자라나고 있었다. 바닷바람에 끄떡없이 견뎌내는 어린 소나무들을 흰 수염 푸른 눈 신부는 11월 초순부터 12월 중순까지 남김없이 옮겨 심는다는 계획이었다.

"나의 묵상 중에 오신 하느님 아버지는 우리 송정원이 긴 안목을 가져야 한다고 일깨우십니다. 전쟁과 빈곤은 고아들을 불어나게 할 것이고, 우리는 시설을 늘려가야 합니다. 시설만 아닙니다. 이 바닷가에도 우물을 파면 다행히 하느님의 선물로 마실 수 있는 물이 나오는데, 앞으로 식량 문제를 생각하면 여기서 그 물을 이용해 더 많은 채소밭을 일궈야 하고 과수원도 해야 합니다. 그러자면 터를 크게 넓혀야지요? 선결조건이 방풍림 방사림 조성입니다. 일본군이 심어놓았고 우리도 부지런히 심어왔지만, 솔숲이 없으면 모래먼지 때문에 특히 겨울에는 생활도 어렵게 되지만 농사는 거의 불가능해집니다. 그래서 이맘때는 꼭 이식해야 합니다. 묘목 밭에는 또 씨를 뿌립시다."

곰솔 묘목 이식에는 찰흙으로 뿌리를 감싸주는 일이 번거롭고 까다로운 노역이었다. 송정원은 온통 모래땅이었다. 어디에도 찰흙이 없었다.

수녀들이 손수레를 끌고 마을 앞 들판으로 나갔다. 논에는 삽을 댈 수 없고 공터에서 찰흙을 찾아야 했다. 실어 나른 찰흙은 가마솥 크기로 나눠 알맞게 물을 붓고 쉽게 달라붙도록 반죽을 해서 묘목의 가녀린 뿌리에다 두텁게 발라주었다. 말라죽느냐 자라나느냐. 이 성패는 찰흙 반죽이 붙어 있느냐 떨어지느냐에 달려 있었다. 그것이 아기 곰솔에게는 영양을 얻어 뿌리를 내릴 수 있는 생명의 원천이었다. 얕은 모래구덩이로 옮기는 모든 묘목을 한 그루씩 아기처럼 조심스레 보듬어 안아야 했다.

성당 수업이 두 주일 지났다. 월요일이었다. 2반 담임 수녀가 뜻밖에도 자리를 배정한다고 했다. 앞서는 아이가 처지는 아이를 도와주라는 뜻이었다. 국어도 산수도 잘하는 진호의 짝꿍은 단발머리 여자애였다. 분홍색 얼굴은 동그스름하고, 코는 좀 도도해 보이고, 눈망울이 굵었다. 첫인상이 부잣집 딸이면 딸이지 버려진 고아 같지는 않았다.

"나는 최영희."

"나는 손진호."

"뺄셈이 어려워. 알아듣게 가르쳐줘."

영희가 사르르 눈웃음을 지었다. 진호가 미소를 머금었다. 영희는 앞자리에서 빌려오는 뺄셈에 막혀 있었다. 진호는 '64-37'을 문제로 적어놓고 손가락을 폈다 접었다 설명을 해나갔다. 4는 4개고, 6은 60개고, 4개에서 7개를 빼려니 모자라서 6의 60개에서 10개를 빌려오고, 14개에서 7개를 빼면 되니……. 드디어 정답 '27'을 알아낸 영희의 얼굴이 발그레 달아올랐다. 진호의 눈에는 탐스런 분홍 장미꽃 같았다.

새해 첫 산수시간이었다. 담임 수녀가 앞으로 나흘간은 국어 산수 공부를 쉬면서 주님공현대축일 준비를 하게 된다고 알려주더니 칠판에다 산수 문제 대신 마태복음 몇 구절을 적었다. 아이들이 국어 실력을 뽐내듯 소리 내어 읽은 그 짧은 문장에는 긴 사연이 담겨 있었다. 진호는 동방박사 삼인이 '왕이 태어남을 알리는 별을 보고 아기예수 태어나신 곳으로 경배하러 왔다'는 마태복음 한 구절에 얽힌 이야기를 재밌게 들었다.

주님공현대축일 준비를 위한 네 번째 수업은 담임 수녀의 질문에 개인 또는 전체가 대답하는 형식으로 진행되었다. 마지막 문제는 세 동방박사의 이름을 대는 것이었다.

"가르쳐줬는데, 아는 사람이 없어요?"

진호는 속삭이는 혼잣말로 외어보았다.

"주님공현대축일에 동방박사 삼인을 한 반에 한 사람씩 뽑기로 했는데, 우리 2반에서는 이 문제를 아는 형제자매들끼리 가위 바위 보를 시키려고 했어요. 정말 아무도 없나요? 좀 틀려도 괜찮아요."

영희가 왼손을 움직였다. 그러나 진호의 오른손을 잡아 번쩍 치켜 올렸다.

"진호야? 영희야? 누가 말해?"

"손진호가 압니다. 저는 몰라요. 까먹었어요."

"진호, 일어서서 말해봐. 영희가 손까지 들게 했는데."

영희가 속삭였다.

"빨리, 산수처럼 가르쳐줘."

진호가 일어섰다.

"가스파르, 멜키오르, 발타나르, 입니다."

담임 수녀가 혼자서 기쁘게 박수를 쳤다.

"발타나르, 가 아니고, 발타사르, 이지만, 100점입니다."

아이들이 크게 박수를 쳤다. 영희가 맨 먼저 치는 것을 진호는 알았다.

느닷없이 봄기운이 몰려든 것처럼 포근하고 잔잔한 날씨였다. 동방박사들을 앞세운 주님공현 행렬이 송정원 운동장을 출발하는 시간은 11시였다. 맨 앞은 동방박사 일행이다. 이들을 모셔갈 낙타 세 마리는 황소 한 마리와 달구지 하나와 마부 한 사람으로 바뀌었다. 마을에 사는 평신도 농부가 흰 수염 푸른 눈 신부의 부탁을 받아 자기 집 황소와 달구지를 동원하며 마부 노릇을 자청했다. 황소 뿔은 나팔을 거꾸로 꽂아둔 것 같았다. 달구지 위에는 금빛 천으로 몸을 휘감고 금박지로 만든 왕관을 쓴 아이 셋이 점잖게 앉아 있었다. 가운데 앉은 멜키오르는 3반에서 뽑힌 남자애, 그 왼쪽에 앉은 가스파르는 1반에서 뽑힌 여자애, 그 오른쪽에 앉은 발타사르는 손진호였다. 저마다 조그만 도구를 하나씩 배꼽 앞에 두었다. 몰약을 뜻하는 까만 약통, 황금을 상징하는 금빛 촛대, 유향을 상징하는 앙증맞은 주전자.

달구지 바로 뒤에는 흰 수염을 길게 늘어뜨린 푸른 눈 신부와 검은 베일로 머리를 가린 수녀들이 줄을 지어 서고, 그들 뒤에는 안드레아 큰형이 십자가 모형의 피켓을 들고 서 있었다.

'C+M+B, 1953'

암호 같은 그 뜻을 진호는 출발 전에 알게 되었다. 안드레아 큰형이 굵은 머리 안에 저장해놓은 지식을 꺼낸 것이었다.

"C, M, B에는 두 가지 뜻이 있다. 동방박사 삼인의 이름에서 머리글자를 따온 것이기도 하고, 그리스도께서 이 집을 축복하소서, Christus Mansionem Benedicat, 여기서 세 단어의 머리글자를 따온 것이기도 하다. 'C+M+B, 1953'이란 1953년에는 우리 행렬이 찾아가는 곳마다 그리스도의 축복이 내려지기를 축원하는 의미다."

안드레아 큰형 뒤에는 하얀 베일의 수녀들과 아이들이 서너 명씩 짝을 이뤄 길게 늘어섰다. 수녀들도 아이들도 모두가 딱딱한 금박지로 만든 별을 하나씩 쥐고 있었다. 황소가 성당 앞을 지나 정문 밖으로 나서고 있을 때, 달구지에 앉은 발타사르는 잠깐 왼쪽으로 고개를 돌렸다. 아무도 몰래 노란 은행잎 열 장을 영희에게 선물할 수 있도록 해줬던 은행나무 두 그루는 이파리 하나 없이 발가벗은 알몸으로 오랜만에 내리쬐는 따사로운 햇볕을 받고 있었다. 옆에 앉은 애가 영희였으면, 이런 생각이 가느다란 빛처럼 그의 머릿속으로 비쳐들었다.

정문을 나와 금세 신작로를 벗어난 달구지는 높다란 소나무들이 듬성듬성 지켜선 공터를 지나 마을 골목으로 접어들었다. 진호는 왕관을 한 번 만져보고 주위를 두리번거렸다. 왼편은 초가집 뒷모습이 이어지고, 오른쪽은 좁은 마당과 초가집 앞모습이 이어졌다. 세 번째 집이었다. 봄볕 같은 겨울 햇살이 아까운지 마루에 걸터앉아 허리춤을 뒤집어 이를 잡고 있던 식구들이 멍하니 눈을 들어 왕자처럼 차린 진호 일행을 바라보았다. 마을은 조그마했다. 골목을 사이에 두고 앞뒤로 붙은 초가들은 많아야 서른이었다.

황소가 재치기하듯 거친 숨을 내뿜으며 골목을 벗어났다. 진호의 눈앞에 하얀 모래밭이 펼쳐졌다. 저 앞쪽의 오백 미터나 떨어진 곳에는 기다란 일직 공제선이 놓여 있었다. 강둑이라는 것을 그는 알아차렸다.

황소가 방향을 오른쪽으로 꺾었다. 모래밭 속으로 들어가야 했다. 마부의 발걸음이 푹푹 빠지는 모래밭 속으로 낙타 대역의 황소는 어린 동방박사들을 모신 달구지를 느릿느릿 끌어갔다. 진호는 목적지를 보았다. 일백 미터쯤 남은 모래밭에 말뚝 두 개가 박혀 있었다. 며칠 뒤부터 미군들이 장비와 목재를 싣고 와서 공사를 시작하게 된다는 분교 건물이 들어설 자리였다.

황소가 말뚝 앞에 멈췄다. 금색 별을 하나씩 들고 온 긴 행렬이 달구지를 에워쌌다. 건물은 없지만 분교를 에워싼 것이었다. 흰 수염 푸른 눈 신부가 황소 앞에 섰다. 진호는 그 형형한 눈빛을 볼 수 있었다.

"형제자매들이여, 오늘 우리는 별을 하나씩 들고 동방박사들을 따라 이곳에 와 있습니다. 지금 이곳에는 성모마리아도 아기 그리스도도 보이지 않고 오직 말뚝 두 개가 우리를 기다리고 있습니다. 하느님 아버지께서 왜 이런 모래밭 속으로 우리를 인도하셨을까요? 저 말뚝에 아버지의 뜻이 깃들어 있습니다. 여기는 우리 송정원이 몇 년 동안 기도해온 분교가 들어서는 자리입니다. 배움에는 아버지의 뜻이 있습니다. 며칠 전에는 미군들이 와서 재작년 여름의 치열했던 포항 전투 때 이 모래밭에 떨어졌던 포탄 파편들도 다 수거해 갔습니다. 그 전투는 우리 송정원 바로 옆에도 몇 개의 포탄이 떨어지게 하지 않았습니까? 그러나 나는 피란을 거부했고, 하느님의 뜻을 믿었습니다. 그때 하느님의 가호로 우리 형제자매들은 아무도 다치지 않았고 모든 시설도 다 무사했습니다. 머잖아 반드시 전쟁도 멈추게 됩니다. 미국과 중국이 휴전협정을 체결할 겁니다. 오늘 우리가 하나씩 들고 온 별은 미래의 빛을 위해 심는 씨앗입니다. 형제자매들이여, 우리 모두가 그런 마음으로 지금 자신이 밟고 있는 모래밭 속에다 자신의 별을 심어 둡시다. 심고 나서, 우리 모두 그 자리에 꿇어앉아 분교를 세워주시는 아버지 하느님을 위해 주님공현대축일의 감사 기도를 올립시다."

"아멘."

"아멘."

신부가 모래밭에 꿇어앉았다. 수녀들과 아이들도 꿇어앉았다.

"성부와 성자와 성령의 이름으로."

모두가 금색 별을 잡은 손으로 성호를 그었다. 신부의 흰 수염이 모래밭에 닿았다. 아무도 말소리를 내지 않았다. 너도나도 숨을 죽이고 손으로 모래밭에 구멍을 만들었다. 빛의 씨앗, 한낮의 별을 심는 자리였다. 안드레아 큰형은 두 말뚝 사이에 피켓을 깊숙이 꽂고 있었다. 달구지 위에 앉은 진호는 다시 'C+M+B, 1953'의 뜻을 헤아렸다. 어쩔 수 없이 눈시울이 촉촉이 젖고 있었다. 발타사르의 거추장스런 치장을 벗어버리고 달구지에서 풀쩍 뛰어내려 금색 별 하나를 모래밭 분교 터에다 정성껏 심고 싶었다.

교실 두 칸, 작은 교무실 한 칸, 공용변소, 마당이라 불러야 알맞을, 배구장 너비의 찰흙 운동장, 철봉대 셋. 이것이 송정분교의 전모였다. 미군이 목조건물을 짓고, 교육청이 분교(分校)로 승인하고, 송정원이 부속품을 기증했다. 모든 일을 빈틈없이 꾸려낸 이는 고아들이 아버지라 부르고 스스로는 하느님의 종이라 부르는 흰 수염 푸른 눈 신부였다. 신부는 하느님께서 이뤄내신 일이라 했다.

분교는 형산강 강둑과 송정원의 중간쯤 되는 곳이었다. 앞마을, 뒷마을, 송정원과 거리가 비슷비슷했다. 주위에는 집이 없어서 외딴집 같았다. 개교한 봄날에는 초록빛 밭들과 하얀 모래밭에 둘러싸였다. 앞쪽은 밀밭 보리밭이었다. 그 너머엔 형산강 다리와 가까운 앞마을이 분교 방향으로 늘어져 있었다. 뒤쪽은 넓은 백사장과 듬성듬성 나무들이 박힌 모래언덕이고 그 너머엔 또 마을이었다. 형산강 하구나 영일만 바다로 나가는 어부들이 모여 살았다. 서쪽으로는 집 한 채 없이 평평하게 펼쳐지는 밀밭 보리밭을 형산강 강둑이 끊어버렸다. 동쪽의 모래밭을 백 미터쯤 가로지르면 주님공현대축일에 발타사르로 분장한 진호가 달구지를 타고 지나왔던 작은 마을이고 그 다음이 송정원이었다. 아이들은 1학년부터 4학년까지 한 학급씩이었다. 모든 학급에는 여염집 아이들과 송정원 아이들이 반반쯤 섞였다. 수업은 2부제로 1학년과 3학년이 오전반이면 2학년과 4학년은 오후반이었다. 격주로 바뀌었다.

5

헬기가 하강하고 있었다. 캄보디아 국경과 가깝다는 지점이었다. 윌리엄은 손목시계를 보았다. 9시 57분. 그는 미군 대령과 소령의 뒤통수에 앉아 있었다. 황송하게도 높은 장교들과 함께 한국군 맹호부대 어느 중대전술기지로 날아가는 황색인 일병의 특별임무는 '통역'이었다.

소령이 한국 출신 병사를 마치 갈증과 더위에 찬물 마시듯 임시방편 통역병으로 찍었을 때, 그는 속으로 좀 당황했으나 거절 의사를 드러내지 않았다. 긴급 조달에 담겼을 사정을 헤아리며 '정확한 통역'을 바라는 것은 아니라는 점을 눈치로 때려잡기도 했거니와 아주 오랜만에 한국인들을 보고 싶다는 감정이 무슨 식탐처럼 갑작스레 꿈틀댔다. 물론 '엔간한 통역'은 해낼 자신감도 발동했다.

그는 한국어 교습을 열심히 받은 적이 있었다. 고교 시절이었다. 일시는 매주 토요일 오후 3시부터 4시 30분까지, 장소는 맥거번 소유의 주유소 사무실, 교사는 그것을 세 얻어 영업하는 한국인 중년 부부. 고교에 들어간 즈음부터 가출을 감행한 때까지 두 해에 걸쳐 주말의 어길 수 없는 약속처럼 이뤄졌던 과외수업은 어차피 외국어 한둘쯤은 유창하게 할 줄 알아야 한다는 양아버지의 교육열이 만들어낸 것이었다. 성과도 좋았다. 서울에서 이민 왔다는 아저씨나 아주머니와 교재 없는 온갖 대화를 나누며 이따금씩 읽고 쓰기를 곁들인 덕분에 흘려버렸던 한국어를 되찾을 수 있었다.

헬기가 착륙 동작에 들어갔다. 윌리엄 일병은 미미한 마약 증상을 타는 듯했다. 미군 수송기에 태워져 한국 땅과 영영 이별했던 것이 벌써 몇 년이나 흘러갔는가. 손가락으로 헤아려 보았다. 열 손가락을 다 꼬부려도 모자랐다. 헬기가 땅에 닿았다. 빈손으로 내린 그는 키다리 백인 대령의 두어 걸음 뒤를 좇아가며 까맣게 잊었던 자신의 한국 이름을 한 음절씩 불러보았다.

"손, 진, 호."

스스로 너무 낯설었다. 신문이나 책에서 눈으로만 읽어보는 이름 같았다. 손진호라는 이름을 그는 미군 일병 윌리엄 다니엘 맥거번과 일치시킬 수 없었다. 별개의 인간, 전혀 다른 존재 같았다. 그러나 그는 틀림없이 한국 고아 출신 손진호로서 현재 미군 일병 윌리엄이었다.

미군 장교 둘과 병사 하나가 한국군 대위의 안내를 받아 들어선 나무그늘 속에는 한국군 소위와 병장이 브리핑을 준비해두고 있었다. 대령과 소령은 두 한국군과 거수경례에 이어 가벼운 악수도 나누었다. 거수경례만 올린 윌리엄은 어정쩡한 자리에 끌려온 느낌을 받았다. 한국군 셋과 마주쳤으나 아무도 그에게 한국말을 건네지 않았기 때문이었다.

브리핑 자료는 아주 간단했다. 큼직한 백지 한 장에 그려놓은 조잡한 그림이 전부였다. 가로로 널따랗게 퍼진 타원형 철조망이 기지를 에워싼 가운데 9시 방향, 12시 방향, 3시 방향에 각각 1개 소대 병력을 배치하고, 각 소대는 저마다 3개 참호를 구축하고, 그들 사이에 일정한 간격으로 미군 전차 3대를 배치한다는 개념도였다. 미군 전차가 지킬 세 지점에는 사다리 표시가 돼 있었다. 더 보탤 설명이 있다면, 참호들을 연결하는 교통로 확보가 금일 17시까지 완성되고, 3시 방향에서 9시 방향의 전방 밀림지대에는 이미 크레모아를 설치하고 지뢰를 묻어뒀다는 것이었다. 이런 내용으로 짜인 대위의 차분한 영어 브리핑을 윌리엄은 듣고만 있었다. 발음도 알아들을 수준에다 말은 글을 읽듯 정확했다. 통역으로 보탤 것이 없었다. 대령도 그에게 눈길을 주지 않았다.

"적의 연대급 공격에도 48시간 이상 지탱할 수 있는 강력한 진지 구축, 탄약 및 보급품 확보가 필수사항입니다. 내일 10시 미군 기갑소대가 도착하고 탄약과 보급품이 보충되면 이번 한미연합작전에서 우리 중대의 전술기지는 완성됩니다."

대위가 브리핑을 마쳤다. 미국 유학을 했나. 윌리엄이 이런 짐작을 했지만, 대령은 눈살을 찌푸리고 있었다. 말을 안 듣고 고집으로 대거리하는 아이 앞에서 교사가 겨우 화를 참아내는 경우처럼 언짢아하는 표정이었다. 무슨 영문인지 그는 낌새도 알기 어려웠다. 베트남 전장에 와서 거의 여섯 달을 채우는 동안 한 번도 구경하지 못했던 '단단한 진지'를 구축해둔 것 같은데, 어디가 마땅찮아서 기분 나빠 한단 말인가. 일병의 마음속에 갓 뭉쳐진 의구심을 대령이 낚아챘다.

“이 기지는 지나치게 방어개념에 치중하고 있어. 덤벼드는 적만 격퇴하겠다, 이런 개념에 불과해. 강력한 전투부대를 구성해 적의 요충지를 점령하고, 그것을 방어하면서 지속적인 수색정찰로 북베트남의 주력부대를 찾아내고 격멸해 나가야 하는데, 여기에 편안하게 엎드려 있으면, 적이 찾아오지 않으면, 적이 이곳을 우회하기라도 한다면, 그래도 여기서 병력과 시간만 낭비하고 있겠는가?”

질타 같은 질문에 대위가 윌리엄을 쳐다보았다. 통역을 하라는 눈짓이었다. 통역을 중간에 세워 직접 부닥치는 것을 피하겠다는 계산이구나. 이런 속셈을 간파한 그는 은연중 대위의 편이 되어 “아주 잘돼 있는데 왜 신경질을 내는지 모르겠어요”라는 한국말을 앞세우고 차분히 옮겨주었다.

“혀는 좀 꼬부라져도 한국말을 아주 잘하네. 미국 유학 갔다가 미군이 된 거야? 미국 시민권 받으려고?”

병장이 던진 질문이었다. 영어도 잘하는 대학생 같았다. 그의 방정맞다면 방정맞은 입놀림에 대위와 소위는 아무런 반응을 나타내지 않았다. 대령이 다시 말했다.

“대위, 대위는 ‘마지노라인’의 전략적 실패에 대해 알고 있는가?”

“예. 압니다. 한국 육군사관학교에서도 가르칩니다.”

대위가 재깍 영어로 답했다. 대령의 목소리가 더 날카로워졌다.

“프랑스 군대의 마지노라인이 히틀러 군대를 상대하는 전쟁의 전략적 실패였다면, 한국군의 이러한 중대전술기지는 전투의 전술적 실패로 귀결될 수밖에 없어.”

대령이 말을 끊었다. 대위는 입을 다물고 있었다. 알아듣지 못한 것인지, 알아듣고도 멍청한 척하는 것인지. 잠시 껄끄러운 어색한 침묵이 흘렀다. 윌리엄이 억지로 나선 듯이 통역을 했다. 그래도 대위는 입을 열지 않았다. 두 눈의 총기가 더 반짝이고 있었다. 어쩌라는 거냐? 그래서 어쩔 건데? 배를 쨀 거냐? 이런 배짱을 부리는 것 같았다. 대령이 먼저 말했다.

"기갑소대는 당초보다 앞당겨 오늘 16시에 도착한다. 그러나 방어만으로는 안 된다. 주간에는 수색정찰을 나가야 한다. 적을 찾아내서 섬멸해야 한다. 호치민 루트에 대한 폭격을 견디지 못하는 적은 반드시 임시 근거지를 찾아 이동할 수밖에 없다. 우리의 이번 연합작전은 바로 그 적을 찾아내 섬멸하는 데 있다. 대위, 내일부터 수색정찰을 실시하라."

윌리엄이 즉시 통역을 했다. 대위가 입을 열었다. 그러나 이번에는 한국말이었다. 야무진 목소리였다.

"나는 한국군 장교입니다. 한국군 중대장이며, 이 기지를 책임지는 지휘관입니다. 그래서 당연히 한국군 대대장, 연대장, 사령관의 명령을 따라야 합니다. 당신의 뜻은 알겠습니다. 내가 거절할 이유도 있지만 내가 거절하는 것은 아닙니다. 나에게 명령하지 말고, 나의 상관과 상의하기 바랍니다. 나의 상관이 당신의 뜻에 따라 명령을 내린다면, 나는 충실히 이행하겠습니다. 특히 채명신 사령관을 설득해야 할 것입니다. 이상입니다."

윌리엄은 사나워진 분위기를 누그러뜨려야 한다고 판단했다. 그래서 대위에게 슬쩍 윙크를 보내고 뜻은 같아도 말은 바꾸었다. 당신의 뜻을 반드시 어기려는 것은 아니니 당신이 나의 연대장이나 사령관과 상의해서 결정하는 편이 훨씬 더 효과적인 방법이다. 이런 식이었다.

"좋아. 그게 좋겠어."

대령이 대위에게 손을 내밀었다. 까무잡잡한 손이 큰 손을 잡았다가 이내 풀더니 거수경례를 올렸다. 소위와 병장도 거수경례를 올렸다.

"일병, 너, 머리가 좋아 보인다."

병장이 돌아서는 윌리엄의 뒤통수에 한국말을 던졌다. 그는 돌아보지 않았다. 이 기지에 남아 그들과 어울려 지내지 못할 바에야 더는 관심도 미련도 없이 떠나고 싶었다. 헬기는 대화를 진행한 나무그늘에서 오십 미터쯤 떨어진 자리에 대기하고 있었다. 미군 셋과 한국군 셋이 미결 과제를 맞들 것처럼 엉성하게 어울려 헬기 쪽으로 걸어갔다. 나무그늘에서는 벙어리로 서 있던 소령이 대령에게 건의하듯 떠들어댔다. 그의 말에는 귀를 닫은 윌리엄이 무심결에 모자를 벗고 이마의 땀을 훔치려 했다.

"진호, 손진호? 손진호 맞지?"

10시 방향이었다. 윌리엄은 땀을 훔친 왼손을 내리며 무심결에 시선을 돌렸다.

"어!"

윌리엄의 오른손에 있던 모자가 땅바닥에 떨어졌다. 불볕이 그의 얼굴을 사정없이 파고들었다. 그러나 그는 눈을 똑바로 뜨고 쳐다보았다. 고작 대여섯 걸음 앞의, 한 손에 야전삽을 들고 있는 두 한국군 병사를, 아니, 둘 중에 키 작은 왼쪽 병사를. 다만 그는 목구멍에 솜뭉치가 박힌 것처럼 말이 막혀 버렸다. 그래서 머릿속에서만 그 병사의 이름을 외치고 있었다.

"진호 맞구나. 손진호! 진호야!"

그 병사가 야전삽을 팽개치고 크게 불렀다.

"기수다! 송기수!"

비로소 윌리엄의 입에서 한국 이름이 나왔다. 외침이 아니었다. 속삭임이었다.

"송기수."

"진호야!"

한국군 병사가 외쳤다.

"기수야!"

미군 병사도 외쳤다.

서로 억세게 부둥켜안고 온몸을 흔들어댄 두 병사가 두 손으로 상대의 어깨를 맞잡았다. 얼굴은 눈물범벅이었다.

대령과 소령이 돌아섰다. 한국군 셋도 돌아섰다. 소령이 성큼성큼 두 병사에게 다가갔다. 대위도 따라붙었다.

"중대장님, 송정분교, 그러니까, 국민학교 짝꿍이었습니다. 진호가 미국으로 입양 간 뒤로는 오늘 처음 만났습니다. 꿈만 같습니다."

대위가 기수의 말을 통역으로 소령에게 옮겼다. 윌리엄은 목이 메어 아무 말도 할 수 없었다. 대령도 다가왔다. 소령이 대령에게 대위의 말을 일렀다. 대령이 고개를 끄덕이며 손목시계를 보았다.

"어렵지만, 지금은 5분을 주겠다. 미안하다."

"감사합니다."

윌리엄이 영어로 말하고 거수경례를 올렸다.

"감사합니다!"

송기수도 영어로 따라하고 거수경례를 올렸다.

"어딜 갈 시간도 없구나. 저기라도 가."

대위가 가리키는 곳은 높다란 야자나무 밑이었다. 윌리엄은 똑똑하고 야무진 그에게도 거수경례를 올렸다. 기수도 그를 따라했다. 두 병사가 다시 어깨를 맞잡았다. 기지의 모든 시선이 야자나무 그늘에 쏠려 있었다.

"5분? 5분이 뭐야?"

"어떡해? 4분밖에 없어. 이미 1분은 썼어."

"진호야."

"기수야. 내 이름을 송정원과 송정분교를 떠난 뒤로는 처음 듣는 것 같다. 서로 이름만 백 번쯤 부를까?"

윌리엄, 아니 진호의 눈시울이 또 홍건해졌다. 기수도 또 눈물을 흘리고 있었다. 젖은 눈으로 마주보고 있던 키 작은 두 병사가 다시 부둥켜 안았다. 기수가 울먹이며 말했다.

"그냥 이러고 있자. 이러고 몇 마디만 하자."

"그래. 기수의 심장이 쿵쿵거리는 걸 느끼고 있으니 좋다."

"한미연합작전이라고 들었지만, 진호를 만날 줄이야 꿈에도 생각 못 했다."

"나도……. 통역으로 따라오면서도 기수를 만날 상상도 못했다."

"퀴논에서 여기까지, 어제 우리 대대는 7시에 출발해서 19번 도로를 타고 17시에 도착했어. 240킬로라고 했으니, 한국으로 치면 부산에서 대전까지 이동한 거지."

"여기는 캄보디아 국경과 가까운데, 북베트남 정규군이 나올 거야. 게릴라보다는 훨씬 센 놈들이지."

"나도 들었어. 지아라이성이라든가, 성 이름도 지랄 같은데, 완전히 산악이고 정글이니까 콩들이 설치고 다니기엔 좋아 보이네."

"지아라이성은 지랄이 되고, 베트콩은 콩이 되고, 그 한국말이 참 재밌다. 기억 속에 가물거리는 김치냄새 같다."

진호가 쿡쿡 웃었다. 기수도 쿡쿡 웃었다.

"웃으니 좋다. 울다가 헤어질 뻔했네. 진호야, 월남에서는, 베트남에서는 절대로 다치지도 말고 절대로 죽지도 마라. 약속하지?"

"그래야지. 기수야. 베트남에서는 절대로 다치지도 말고 절대로 죽지도 마라. 약속하지?"

"응. 그래."

기수가 팔에 힘을 더 넣었다. 가슴과 가슴을 맞댄 약속이 굳세게 이뤄졌다.

"제대하거든 한국에 한 번 찾아와라. 미국에서는 한국으로 올 수 있잖아?"

"응."

"꼭 와라."

"그래."

두 병사가 포옹을 풀었다.

"나는 이번 작전 마치면 일본으로 휴가 간다. 휴가 가기 전에 내가 전화할게. 미군이 한국군 부대에 전화하기는 쉬울 거다. 저 소령한테 특별히 부탁해서라도 꼭 전화할게."

"우리 중대장님도 좋은 장교다. 전투도 잘하고. 우리가 이렇게 만난 것을 보고 있는데, 잘 바꿔주실 거다. 아, 진호야!"

"아, 기수야!"

진호가 먼저 기수를 껴안았다. 똑같이 울음을 깨물고 있었다. 흐르는 눈물을 막을 수는 없었다.

“기수야, 송정분교에 가서, 종달새, 노고지리.”

“응. 노고지리.”

“우리, 노고지리, 한 번만, 더 잡아보자.”

“그래. 오기만 해라. 나는, 옛날 실력, 그대로다.”

더 물릴 수 없는 작별의 모습을 두 미군 장교와 한국군들이 땡볕 속에서 말없이 지켜보고 있었다.

6

봄날이었다. 오전반 수업을 마친 진호는 벨라뎃다 수녀의 허락을 받아 기수와 둘이서 노고지리를 잡으러 갔다. 기수가 집에서 들고 나온 사냥 도구는 형편없었다. 활짝 펼쳐야 손수건보다 조금 넓어질 그물 조각 하나와 연필처럼 생긴 나무토막 네댓 개가 전부였다. 진호는 혀를 차고 싶었으나 기수는 보란 듯이 앞장섰다. 분교 앞 밀밭은 초록의 호수였다. 두 아이가 어느 지점에 앉았다. 멀찌감치 떨어져 바라보면 까만 공 두 개가 잔잔한 초록빛 수면 위에 떠 있는 것 같았다.

“저게 다 노고지리들이야?”

진호가 허공의 까만 점들을 가리켰다. 수백은 돼 보였다.

“그래.”

기수가 어미 노고지리 생포 순서를 설명했다. 허공의 노고지리들을 쳐다보고 있으면 몇 마리가 바지랑대 높이만큼 밑으로 내려와 잠시 주위를 살피느라 한자리에 멈춰 있다. 그때는 숨소리도 죽이고 가만히 밭둑에 앉아 있어야 한다. 그러면 어느 순간에 쏜살처럼 밀밭 속으로 꽂히는 놈이 있다. 그 지점의 한두 발 이내에 노고지리 둥지가 있고, 둥지 속에는 알이 서너 개 있다. 알을 품어주러 오는 거다. 조금 기다렸다가 뛰어들면 어미가 놀라서 후다닥 날아오른다. 그 자리에 바로 둥지가 있다. 둥지를 찾아내면 알은 절대 건드리지 말고 그물만 쳐두고 나와서 또 가만히 기다려야 한다. 그러면 어미는 알을 품으러 돌아오게 돼 있다. 그때 조금 기다렸다가 다시 뛰어들면 날아오르다가 그물에 딱 걸린다.

머잖아 기수의 이론을 실습할 기회가 왔다. 솔방울처럼 생긴 노고지리 한 마리가 아래를 경계하듯 허공의 한 지점에 박혀 있다 밀밭 속으로 내리꽂혔다. 진호는 조바심이 났다.

"아직 멀었나?"

"오줌 한 번 눈다고 생각해라."

진호는 속으로 하나부터 마흔까지 셌다. 기수가 벌떡 일어났다. 두 아이가 밀밭 속으로 뛰어들었다. 불과 서너 발짝을 옮겼는데 저만치 앞에서 노고지리 하나가 솟구쳐 올랐다.

"저기다."

밀밭 고랑을 따라 서른 발짝쯤 달려 나간 기수가 허리를 꺾어 보물찾기 하듯 샅샅이 살폈다.

"여깄다."

기수 옆에 쪼그려 앉은 진호는 처음 보았다. 수북수북 자라난 밀들의 밑동 틈새에 종지처럼 박힌 둥지, 그것은 능숙한 장인(匠人)이 메마른 지푸라기로 정교하게 짜놓은 예쁜 공예품 같았다. 두 손바닥을 맞대 오므리면 알맞게 쏙 들어갈 둥지 안에는 도토리보다 좀 통통한 점박이 알 셋이 앙증맞게 놓여 있었다. 기수가 그물 조각을 펼쳐 둥지 위에 덮었다.

"노고지리는 둥지 근처에 내려앉아서 자기 발자국을 따라 둥지로 들어가고, 나갈 때는 둥지에서 그대로 날아오르기 때문에 이 발자국을 건드려 놓으면 다시 돌아와서 알아차리는 수가 있어. 여기를 절대 건드리면 안 돼."

기수의 손가락이 가리키는 모래 고랑에는 노고지리 발자국들이 불가해 문자처럼 어지러이 찍혀 있었다. 진호는 고개만 끄덕였다. 기수는 노고지리가 걸어서 들어오는 곳에 마치 대문을 열어두듯 한 뼘 간격으로 나무토막 두 개를 꽂아 그 끄트머리에다 그물 모서리를 단단히 조여매고 나머지 나무토막들을 그물이 반 뼘 높이로 버티게 해주는 기둥으로 써먹었다.

"나가자."

두 아이는 아까처럼 밭둑에 앉아 허공을 지켜보았다. 잇따라 오줌을 다섯 번은 눌 만하게 기다렸을까. 진호의 시선에 문득 정지한 솔방울 같은 것이 들어왔다.

"정말로 왔네."

"기다리자."

그 노고지리가 곧 밀밭 속으로 내리꽂혔다. 오줌 한 번 누는 틈을 기다려준 기수가 표적을 노리는 맹수처럼 뛰어나갔다. 진호는 다른 몇 군데서 날아오르는 노고지리들에게 시선을 빼앗겼다.

"잡았다! 빨리 와봐!"

기수는 그물 속의 어미 노고지리를 막 손아귀에 넣었다.

"자, 선물이다."

기수가 오른손을 내밀었다. 참새처럼 생긴 녀석을 두 손으로 받아든 진호는 거푸 세 번을 소스라쳤다. 너무 포근했다. 털 식은 숯덩이 같았다. 그래서 흠칫 놀랐다. 그것이 숨을 할딱이고 있었다. 곧 죽을 것만 같았다. 그래서 또 흠칫 놀랐다. 눈을 보았다. 사과 씨앗 같았다. 함초롬히 젖은 눈이었다. 우는 것 같았다. 그래서 가슴 쩌릿하게 흠칫 놀랐다. 진호는 살며시 오므리고 있던 두 손을 슬며시 펼치고 말았다. 손바닥을 박차고 날아간 노고지리가 허공 속으로 허공 속으로 미친 듯이 솟아오르고 있었다. 진호의 시선은 그 가녀린 발에 묶인 실처럼 가없이 풀려나갔다.

"어, 놓쳤나?"

기수가 그물을 거뒀다. 진호는 허공만 쳐다보고 있었다.

"처음엔 다 그렇다. 안됐기도 하고 그랬을 거다. 나도 처음에는 그랬다. 어미는 알이 잘 있으니 방금 생포됐던 거는 까맣게 잊어버리고 곧 다시 오게 돼 있다. 새로 잡을까?"

"손에 넣어봤으니 됐다. 나가자."

진호가 돌아섰다. 기수가 뒤에서 말했다.

"불쌍한 어미를 잘 놔줬다. 한 번은 집에 들고 가서 밥알도 먹이고 벌레도 먹이고 해봤는데 며칠 못 살더라. 날려준 어미는 깃털 몇 개 빠졌다고 걱정 안 해도 된다. 알들이 말짱한데 뭐."

밀밭에는 초록의 잔물결이 살랑이고 있었다. 노고지리 하나가 또 바지랑대 높이로 내려와 멈췄다. 인간의 손이 두렵기만 했던 어미새가 중력의 힘보다 강한 모성애에 이끌리고 있는지 몰랐다.

7

아침 6시, 잡종분대는 레스토랑에 초대된 것처럼 특별대접을 받았다. 야채와 버섯과 생새우로 만든 스프, 따끈따끈 빵, 그리고 스테이크. 그러나 한 꺼풀 벗겨보면 반길 대접이 아니었다. 지상의 마지막 식사가 될 수도 있으니 식사다운 식사라도 하고 떠나라는 희떠운 동정을 베풀어 주는 시간이었다. 그들은 불평 없이 먹어치웠다. 그러나 씹어 삼키지 못한 어떤 덩어리가 남아 있었다. 식사를 마치고 콜라를 잔에 채우는 윌리엄에게 M60 보충병으로 들어온 호리호리한 흑인 바이로 일병이 던진 농담도 그것이었다.

"화장실에서 수음이라도 하고 갈까? 근사한 아침식사를 했으니 사정의 짜릿한 기분도 한 번 더 맛봐둬야 하는 거 아니겠어?"

윌리엄은 죽을지 모른다는 녀석의 두려움을 읽었다.

"너는 스테이크를 두 덩어리나 먹었잖아? 스테이크는 스태미너를 공급해주는데, 쓸데없이 힘 빼지 말고 아껴둬야지. 사이공까지 안 가도 얼마든지 구할 수 있잖아? 하룻밤에 일곱 번, 럭키 세븐, 안 그래?"

바이로가 히죽거렸다.

"너는 곧 휴가 가잖아? 일본? 일본 여자도 죽여주지. 내가 일본 기지에서 근무했잖아. 오, 윌리엄, 오, 브라보!"

바이로가 배꼽 아래의 물건을 두 손으로 감싸 쥐고 자동소총 갈겨대는 시늉을 했다.

대다수 병사들이 아침식사에 나갈 준비를 하고 있을 때, 잡종분대는 벌써 군장을 짊어지고 열을 지어 헬리콥터중대 이착륙장으로 이동했다. 그들을 기다리는 H47 시누크는 비정한 고철 덩어리 같았다. 인간의 감정을 허용하지 않을 태세였다. 나갈 때는 분대 병력을 태우지만 들올 때는 어딘가에 들러 소대 병력을 태운다고 했다. 시누크가 굉음을 지르며 프로펠러를 돌리기 시작했다. 이번 작전을 끝내면 미국으로 돌아갈 분대장이 운전석 칸막이를 등에 기대고 앉아 잡종 대원들을 한눈에 집어넣고 소리를 질렀다.

"왜 '코끼리 사냥'이라 했는지 알아?"

그들은 별개로 보급 받은 전투식량과 실탄 박스를 헬기에 실으며 작전명이 '코끼리 사냥'이란 말을 듣긴 했으나 흥미 없는 소식처럼 무심히 흘려버렸다. 그걸 머리에 담아둔다고 총알이나 부비트랩이나 지뢰가 비켜갈 것은 아니었다.

"작전참모가 코끼리 잡아서 바비큐 해먹고 싶었나?"

테리가 빈정거렸다.

"코끼리는 물소보다 더 질길 텐데."

윌리엄이 슬쩍 거들었다. 다들 폭소를 터트렸다. 괜한 억지였다. 헬기가 이륙했다. 모두 입을 다물었다. 그는 아래를 내려다보았다. 정글이 잔디밭 같았다. 그것은 헬기가 안정적인 정상고도에 진입했다는 지상의 신호이기도 했다. 분대장이 허연 이빨을 드러냈다. 재밌는 것을 떠올린 모양이었다.

"왜 코끼리 사냥이 되었느냐. 북베트남 정규군들은 우리가 찾아가는 호치민 루트에 훈련시킨 코끼리들을 투입해서 무기를 실어 나르고 있다는 거야. 그 코끼리들 중에는 혼자 내버려둬도 임무를 완수하는 놈이 있어서 그놈을 '영웅 코끼리'라고 부른다는데, 우리 CIA 정보에 의하면

하노이의 호치민 할아버지가 영웅이라는 그놈을 노스 코리아의 보스에게 감사 선물로 보냈다는 거야. 사우스 코리아는 존슨의 요청으로 전투부대를 베트남에 파병해서 달러를 벌어 가고, 노스 코리아는 호치민의 요청으로 특수임무를 수행하는 극소수를 파견해주고 영웅 코끼리를 받아간 거지."

노스 코리아, 사우스 코리아를 들먹이는 바이킹 후예의 시선이 윌리엄을 더듬었으나 그는 아무런 반응 없이 눈만 껌벅대고 있었다. 단지 분대장의 일장 연설이 말짱 지어낸 헛소리는 아닐 것으로 받아들였다. 대규모 한국군 전투부대가 베트남에 들어와 있고, 진짜 한국인 목소리가 한국군 작전지역에서 느닷없이 반전·반미 선무방송을 해댄다는 소문이 있으니 어떤 방식으로든 노스 코리아가 노스 베트남을 도와주고 있을 것이었다.

"코끼리하고 팬텀기하고 싸우는데 이게 뭐야? 질질 끌려다니면서 청춘들만 죽이거나 병신을 만들고 있으니."

게르만족 신참 보충병의 불평을 테리가 쥐어박았다.

"생각을 하지 마라. 이게 전투수칙 제1조야. 까먹었어?"

윌리엄은 그것을 어기는 중이었다. 베트남과 캄보디아의 접경지대 산악 정글을 거쳐 사이공 근처까지 뻗어 내려가 있다는 호치민 루트라는 길이 실제로 만들어져 있는가, 코끼리가 무기를 지고 다닌다는 그 길이 트럭도 다닐 만한 비포장도로인가, 그냥 사람이나 짐승이 다닐 만한 좁은 길인가. 대체 어떻게 생겨먹은 길이기에 적의 정규군이 남하하는 비밀 루트라는 것이고, 미군은 그 길을 교량처럼 폭파하지 못해 안달이란 말인가. 그는 실체를 보고 싶었다.

오전 10시부터 팬텀기 편대가 호치민 루트 어느 지점에 집중적으로 네이팜을 갈겨대고 미련 없이 사라졌다. 코끼리 사냥을 위한 작전지역에 구축해야 하는 A, B, C, D의 전술적 거점 중 마지막으로 D를 위한 임무를 마치고 돌아간 것이었다. 한창 지옥의 불바다로 타오르는 건너편 산등성이에 터진 그 폭음은 인근 산악지대를 부르르 떨게 만들었다. 분대장이 지진 같다고 하자 몇이서 그렇다고 맞장구를 쳤지만, 윌리엄은 거대한 괴물이 고통스레 울부짖으며 몸부림치는 전율 같았다. 그러나 그들은 감사의 박수라도 보내야 하는 처지였다. 네이팜이 불지옥으로 황폐화시킨 자리, 그 안전지대를 그야말로 안전하게 확보해야 하는 날이었다. 시누크를 타고 한 시간 넘게 날아온 잡종분대가 오전 8시에 내린 데는 전날 불태워졌다는 B지점이었다.

신병훈련소 연병장 너비의 B지점은 흡사 지독한 산불이 지나간 자리 같았다. 나무들도 잡초들도 새까만 잔해로 널려 있었다. 그 폐허를 병사들은 좋아했다. 지뢰와 부비트랩의 공포에서 해방된 구역에 들어섰기 때문이었다. 사위도 고요했다. 동서남북 어느 쪽이든 쨍쨍 소리를 내지르듯 불볕이 쏟아지고 있을 뿐, 새가 우는 소리도 짐승이 바스락거리는 소리도 무자비했을 화염에 까맣게 타죽은 듯했다.

팬텀기 편대가 사라지고 한 시간쯤 지나 잡종분대는 '집터' 수색과 정찰을 마무리했다. 분대장이 무전으로 소대장을 불러내 집터는 안전하게 확보했다는 보고를 날렸다. 집터, 브라보 중대가 기지를 구축할 폐허의 자리에는 위험물이 한 점도 발견되지 않았다. 새까만 잔해들을 치워야 하는 성가신 작업만 기다릴 따름이었다. 분대장이 대원들을 집합시켰다.

"12시 정각에 본대가 도착한다. 지금부터 우리는 정글로 들어가 전방 500미터 지점까지 수색한 뒤 11시 30분 이곳에 돌아와서 본대를 위한 경계태세를 갖춘다. 팬텀과 네이팜이 적들도 짐승처럼 멀리 쫓아버렸을 것이다."

분대장이 '그러나' 하고 주의사항을 이어갔다. 윌리엄은 다시 지형을 둘러보았다. 12시 방향부터 7시 방향까지는 깊은 골짜기로 내려가는 급경사 산비탈이다. 이쪽으로는 적들이 이판사판 허를 찌르는 모험을 한답시고 기어오른다면 몰라도 떼거리로 몰려오기란 불가능해 보였다. 소수 특공대의 침입을 방어한다는 개념으로 경계근무에 철저해야 하는 조건이었다. 나머지 방향은 전방 500미터에 이르도록 두드러진 요철 없이 뻗어나가고 그 한참 뒤에는 제법 높은 산봉우리 삼형제가 버티고 있었다. 미리 불지옥을 피했거나 용케 도망친 대병력이 덤벼든다면 십중팔구 그쪽에서 나타날 것 같았다.

분대장의 예측은 적중했다. 그의 주의사항은 무용지물이 되었다. 지뢰도 부비트랩도 저격수도 없었다. 잡종분대가 발견한 것은 집터 가장자리에서 400미터쯤 떨어진 지점의 똥구덩이였다. 똥냄새를 처음 맡은 병사는 테리로, 사냥개 코를 달고 다닌다는 전우들의 칭찬이나 핀잔을 헛되지 않게 했다. 인간이 얕게 파묻어 놓은 인간의 고체 배설물은 녹색에서 흑색으로 변해가는 중이었다.

B지점 집터는 정오 무렵부터 시끌벅적했다. 1소대, 2소대, 3소대, 4소대를 실은 시누크들이 거의 5분 간격으로 착륙과 이륙을 반복하고, 이어서 전차 3대도 나타났다. 브라보 중대 병력은 경계병을 제외한 모두가 열외 없이 오후 내내 집터 정리와 땅을 파는 노역에 동원됐다. 잡종

분대는 전원 경계 임무를 맡았다. 윌리엄은 멕시코 출신 하비에르 에르난데스와 나란히 3시 방향을 지켜봐야 했다. 아무런 은폐물 없이 노출돼 있어서 저격수가 노리기만 한다면 꼼짝없이 쓰러질 테지만, 두 병사는 저 아래의 깊은 골짜기가 이따금씩 재치기하듯 올려 보내는 시원한 공기를 받아 마시는 재미를 즐기고 있었다.

윌리엄이 담배를 피우며 생각에 잠겼다. 브라보 중대가 B지점에 구축하는 '사격 진지(Fire Base)'는 열흘 전쯤 자신이 직접 듣고 보았던 한국군 대위의 브리핑에 등장한 '중대전술기지'를 거의 그대로 베낀 것이었다. 이 사실을 알아차리고 남몰래 기분이 우쭐해진 자신을 어떻게 봐야 하는가. 이 문제였다. 사춘기 때부터 입대할 때까지 '나의 국가'는 한국이 아니라고 수없이 되뇌었지만 피는 속일 수 없는 것인가, 아니면 전쟁터라는 비정상적인 환경 탓인가. 담배꽁초를 튕긴 그에게 하비에르가 말을 걸었다.

"여기서는 경계근무를 앉아서 해야 더 좋겠지?"

"편한 자세로 하라 했겠다, 기어오르는 놈만 죽이기로 한다면."

윌리엄이 주저앉았다. 야전삽으로 타고남은 재를 치워둔 맨땅이었다.

"네이팜탄에 맞으면 살이 엉켜서 눌러 붙는다는 거 알아?"

하비에르가 물었다. 윌리엄은 대답하지 않았다.

"얼굴에 맞으면 얼굴 살이 흘러내려서 목에 붙어버리는 식이야. 어떤 놈들이 그런 걸 만들었나?"

하비에르가 군홧발로 방금 모깃불 더미에서 꺼낸 감자 같은 돌멩이를 냅다 걷어찼다. 까만 돌멩이는 허공에 포물선을 그리며 비탈의 우거진 녹음을 뚫었다. 그가 윌리엄 옆에 앉았다. M16 개머리를 사타구니 사이에 박은 두 병사는 산비탈의 녹음 밑으로 시선을 뻗어나갔다. 갑자기 하비에르가 아래를 가리키며 반가워했다.

"저것 봐. 멧돼지 두 놈에, 저건 또 들소야 뭐야?"

윌리엄도 보았다. 멧돼지 두 마리는 위로 기어오르고, 소 한 마리는 비스듬히 아래로 내려가고 있었다. 하비에르가 엎드려쏴 자세를 갖추었다. 윌리엄이 소리치듯 말했다.

"소는 그냥 놔둬!"

하비에르가 느긋하게 받았다.

"힌두교 신자 같네. 알았어. 어차피 도망가고 있으니."

암수 한 쌍인지, 죽어도 같이 죽겠다는 것인지, 두 멧돼지는 자꾸만 사격의 거리를 좁혀오고 있었다. 네이팜 불길을 피해 막무가내 골짜기 건너로 도망쳐온 놈들 같았다.

"우리 중대의 음식 냄새를 맡고 올라오는 것 같은데, 바비큐 파티를 벌여?"

윌리엄은 입을 다물었다. 인간들을 사냥하는 인간이 멧돼지 사냥을 멈춰야 한단 말인가. 이런 '생각'이 반항처럼 뇌리에 꽂혔다. 그는 총을 겨누지 않았다. 말리지도 않았다. 그냥 지켜보고 있었다.

"내가 다 잡아?"

하비에르가 물었다. 곧바로 총성이 터졌다. 연발이었다. 멧돼지 두 놈이 옆으로 쓰러졌다. 병사들이 뛰어왔다. 하비에르가 총신을 잡고 몸을 일으키며 아래를 가리켰다.

"브라보! 멧돼지 바비큐!"

"브라보!"

분대장과 테리가 소리쳤다. 소대장도 나타났다.

"좋아. 바비큐 준비해."

소대장의 지시를 받은 신참 졸병들이 노획물을 운반하러 산비탈로 내려갔다.

"베트콩 시신은 낭떠러지로 던지라고 시키더니, 멧돼지 시체는 끌고 올라오라는 거야?"

누군가 가래침처럼 내뱉은 말을 윌리엄은 들었다. 베트남 신참들을 첫 작전에 투입하기 전에 공포심 극복 훈련의 하나로 적의 시신들을 골짜기로 던지게 했다는 소문이 나돌았는데……. 그는 지옥의 불길이 사그라지는 건너편 산등성이 쪽으로 하염없이 시선을 풀었다.

산비탈 아래는 다시 조용해졌다. 네이팜에 기겁했던 그 소는 총성에 또 놀라서 허둥지둥 내뺐는지 흔적도 없었다. 하비에르가 걱정스레 물었다.

"내가 죽인 멧돼지를 내가 먹어도 될까?"

"못 먹으면 내가 먹어줄게."

윌리엄이 그의 무릎을 툭 쳤다.

"도대체 시민권이 뭐란 거야? 빌어먹을."

"샌디에이고로 들어온 지가 15년도 넘었다고 했지?"

"여섯 살 때였으니, 그렇지. 아버지는 배짱이었어. 원래 멕시코 땅이었는데 왜 우리가 불법이민이냐, 이거였지. 이제 양친은 힘이 빠졌고, 여동생이 셋이야. 나는 반드시 시민권을 받아야 해. 그러자니 어떡해? 베트콩을 많이 죽여주고 멀쩡하게 돌아가야지."

하비에르는 어쩔 수 없었던 선택을 저주하는 듯했다.

"나는 너보다 몇 년 늦게 미국에 왔다. 합법 입양이었지."

"그러면 시민권은 편하게 받았을 거 아냐?"

"아니. 없어. 못 받았어. 사고를 한 번 쳤거든."

"너도 그래서 베트남에 온 거야?"

윌리엄은 굳이 숨기고 싶진 않았다.

"시민권도 받아야지. 그 문제도 있었지만……. 괌, 알아?"

"태평양 어디에 있다는 섬이지?"

"맞아. 괌에 앤더슨 공군기지가 있어. B52들이 포탄을 싣고 이곳 하노이까지 출격하는 거야. 하노이를 석기시대로 되돌려주겠다는 거지."

"미친 발상이야."

"그 미친 발상을 보호해주는 외곽 경비부대에 팔자 좋게 지내다 보충병으로 차출됐어. 의미를 부여했지. 십 년 넘게 나를 키워준 양부모와 아메리카……, 무엇보다도 신세를 제대로 갚아주고 싶었어."

"너는 생각이 많고 깊어 보여."

"그런 인간이 되었을 테지. 한국전쟁의 고아에, 백인들 세상으로 입양에, 안 그렇겠어?"

"이해할 수 있어. 그런데 한국은 힌두교야?"

"아닌데. 왜?"

"아까 소는 죽이지 말라고 난리쳤잖아?"

"아, 그거……. 한국에서 아주 친했던 친구를 이 정글에 와서 만났어."

"언제? 어떻게?"

윌리엄이 상황을 설명했다.

"추억이 많은 친구야?"

"많지는 않아도 선명하게 남았어. 정말 아삼하게 떠오르네."

윌리엄은 창졸간에 까마득한 과거의 어느 지점으로 돌아가고 있었다.

"들려줘봐. 이미 전과도 올렸지만, 경계 임무는 내가 열심히 하고 있을게."

하비에르가 윌리엄의 무릎을 흔들며 졸랐다.

8

송정분교가 여름방학을 마쳤다. 개학 첫날은 한여름 같았다. 오후 4시에도 햇빛이 쨍쨍했다. 동네 소들은 바닷가 백사장에 드문드문 펼쳐진 풀밭으로 모여 다니고, 소를 풀어놓은 아이들은 얕은 바다 속에 흩어져 조개를 잡고 있었다. 진호의 손을 잡고 물 밖으로 나온 기수는 부서지는 파도의 끝자락이 닿을락 말락 하는 촉촉한 모래밭에 손으로 구덩이를 파서 조개 담은 그물망을 묻었다. 한 번 고개를 갸웃하고는 자신의 검정 고무신 두 짝에 젖은 모래를 가득 넣어 그 앞에 놓았다. 장소 표시, 소유 표시였다. 진호는 그 옆에 검정 슬리퍼를 엎어뒀다.

"물새알 보러 가자."

기수는 진호가 해보지 않았던 것을 하나라도 더 같이 해보고 싶었다. 두 아이는 이별의 시간을 앞두고 있었다. 진호가 벨라뎃다 수녀에게 얻어낸 한정 시간이 마치 금 간 주전자에서 물이 한 방울씩 똑똑 새어나가는 것처럼 속절없이 줄어드는 중이었다. 다음 날부터 진호는 분교에 나가지 않는다. 안드레아 큰형과 영어 공부만 하기로 되어 있다. 담임과

학급 아이들에게는 오전반으로 나갔던 오늘 넷째 시간에 작별인사를 했다.

"물새알은 풀밭에 있나, 나무에 있나?"

"백사장에 있다. 물새는 웃긴다. 백사장에 구덩이 파서 알을 낳는다. 둥지라는 게 지푸라기도 하나 없고 그냥 모래밭에다 사람 뒤꿈치로 쿡 찍어놓은 거 같다."

"모래가 보드라우니 그래도 되기는 되겠다. 물새들은 모래밭에 알을 낳으니까 노고지리처럼 둥지를 만들 줄도 모를 거라?"

"그럴 거다. 편하기는 편하겠는데, 둥지 만드는 재주는 없는 새들이다. 내가 산수를 못하는 것처럼."

기수가 헤헤 웃었다. 코밑의 앞니 하나가 텅 비었다. 엊그제 실로 뺐다고 했다.

"요새는 산수도 잘하는 거지. 곱셈 나눗셈도 안 틀리는데."

"짝꿍 잘 만난 덕분이다."

진호가 가만히 말했다..

"여권이 안 나오면 좋겠다."

"그게 뭔데?"

"여권이 있어야 미국에 들어갈 수 있단다."

지난주 월요일 흐린 오후였다. 진호는 지프차를 탔다. 동승자도 처음 송정원에 실려 오던 그날과 똑같았다. 운전하는 아저씨, 벨라뎃다 수녀, 그리고 손진호. 벨라뎃다 수녀가 여권사진을 찍어야 한다고 일러줬다. 여권이 무언지 까맣게 모르는 진호는 송정원의 카메라로 찍지 않고 굳이 시내 사진관으로 찾아가는 이유도 알 수 없었다. 한 가지 확실히 아는 사실은 머잖아 여권이 나오면 미국으로 떠날 날이 다가오게 된다는 것이었다.

분교를 지어준 맥거번 중령은 초여름 한 달 동안 흰 수염 푸른 눈 신부를 세 번이나 찾아왔다. 가을에 퇴역해서 샌프란시스코로 돌아가는데 한 아이의 입양을 승낙해달라는 부탁이었다. 신부는 거절했다. 독립해서 나가는 날까지 뒷바라지한다는 송정원의 원칙을 앞세웠다. 세 번째로 찾아온 장교가 '아이 키우는 일은 기나긴 기도와 같다고 생각한다'는 말을 했다. 신부의 마음이 흔들렸다. 직책을 맡은 수녀들과 의논했다. 단 한 번, 유일하게, 맥거번 중령에게만 입양을 허락하자. 의견이 모아졌다. 그렇다면 누구를 보낼 것인가. 벨라뎃다 수녀가 손진호를 지명했다. 신부도 고개를 끄덕였다. 곧이어 전원이 동의한 천거 사유가 붙었다. 이왕지사 똘똘하고 활기찬 아이를 보내서 장차 공부도 많이 할 수 있도록 해줘야 한다는…….

해가 서쪽으로 이울었지만 아직은 백사장이 식어가는 구들장 같은 열기를 머금고 있었다. 조개를 잡느라 물속에 오래 머물렀던 두 아이는 따끈한 느낌이 좋았다. 하지만 어쩔 수 없었다. 얼굴에는 짠물이 마른 흔적과 같은 쓸쓸한 기운이 묻었다. 그것은 작별을 준비하는 마음이었다. 심심풀이하듯 한가로이 풀을 뜯는 소들과 등지는 쪽으로 백 미터쯤 걸어가 마치 지뢰를 수색하는 병정처럼 움직이기 시작했다. 물새들 수십 마리가 정물로 앉아 있는 자리와는 돌팔매질 거리였다.

"요것 보라. 딱 두 개다."

"찾았나? 잘 찾네. 물새야, 물새야, 기수가 알을 찾았다."

진호가 물새들에게 큰 소리로 일러바쳤다. 문득 물새 두 마리가 날아올랐다. 잇따라 모든 물새들이 훠이훠이 송정원 쪽으로 날아갔다.

"물새들이 신부님께 일러주러 갔네."

두 아이는 모래밭에 꿇어앉았다. 종지를 끼울 만하게 파낸 모래둥지에 타원형 구슬처럼 생긴 물새알 두 개가 놓여 있었다. 까만 점들이 빽빽하게 박힌 물새알 쌍둥이를 진호는 뚫어지게 들여다보기만 했다. 기수가 말했다.

"이 두 알은 물새로 태어나서 잘 날아다닐 거다. 다른 날 같으면 내가 가져가서 삶아먹을 건데, 물새들이 신부님한테 일러바칠까 싶어서 그냥 놔둔다."

그때였다. 하늘이 쪼개지는 소리가 터졌다. 수평선 쪽에서 시커먼 먹구름이 말떼처럼 빠른 속도로 몰려오고 있었다. 천둥소리가 거푸 세 번 더 터졌다. 벼락도 번뜩였다. 굵은 빗방울이 곧 장대비로 바뀌었다.

"물새알은 괜찮겠나?"

진호가 뒤를 돌아보았다. 아무것도 보이지 않았다. 눈앞은 온통 빗줄기였다.

"까딱없다. 모래둥지니까 빗물이야 금세 빠질 건데 뭐. 어, 우리 소!"

기수가 소스라쳤다.

"소야! 소야! 우리 소야! 거기 서라!"

기수가 울먹였다. 한가로이 풀을 뜯던 소들이 불현듯 미쳐버린 듯이 젖은 백사장을 내달려 풍덩풍덩 바다로 뛰어들고 있었다. 소들이 모조리 바위처럼 물속으로 가라앉을 듯했다. 기수가 달렸다. 진호가 따라붙었다. 소낙비에 흠뻑 젖는 바다는 아까 아이들이 조개를 잡고 있던 때처럼 그저 잔잔했다. 기수는 고무신을 벗어둔 자리에 멈춰 섰다. 여기저기 흩어져 있던 동네 아이들이 달려와서 기수 곁에 일렬로 늘어섰다. 크고 작은 열댓 마리의 소들은 바다 속으로 백여 미터나 들어가 있었다.

"소야, 나오너라!"

"소야, 빨리 나오너라! 집에 가자!"

부르튼 목소리였다. 그러나 바닷속에 누런 바위처럼 박힌 소들은 움직일 낌새가 없었다. 네 발이 바닥을 짚고 있는지, 그만 가라앉을 것인지. 누구도 알지 못했다. 빗줄기는 거세도 천둥과 번개는 멈췄다.

"소야! 소야! 나오너라! 어서 빨리 나오너라!"

아이들이 한꺼번에 외쳤다. 일곱 번, 여덟 번. 아이들이 목을 놓아 외쳤다. 그러나 바닷속의 누런 바위들은 움직일 줄 몰랐다. 열두 번, 열세 번. 아이들은 목이 쉴 지경이었다. 문득 빗줄기가 뚝 끊어졌다. 거짓말처럼 소낙비가 그쳤다.

"어, 소가 나온다."

누군가 탄성을 질렀다. 정말이었다. 뿔과 머리만 수면 위로 드러낸 소 한 마리가 아이들 쪽으로 움직이고 있었다.

"다 따라 나온다."

아이들은 흥분했다. 소들이 둥둥 떠내려 오는 바위처럼 아이들이 기다리는 쪽으로 나오고 있었다.

"소도 헤엄칠 줄 아네. 저것 봐라. 개헤엄 친다."

"개헤엄이 아니고 소헤엄이다, 소헤엄."

헤엄을 그친 소들이 네 다리로 첨벙첨벙 걸어 나왔다.

"아이고, 우리 소야!"

너도나도 잃었던 동생을 맞듯 바닷물로 뛰어든 아이들이 누구 하나

실수 없이 단번에 '우리 소'를 알아보고 고삐를 잡았다. 기수는 온몸이 홀딱 젖은 줄을 까맣게 모르고 있었다. 진호도 그랬다. 바닷가에서 맨발을 동동 굴리며 목을 놓아 소를 불렀던 아이들은 모두가 그랬다.

'안드레아 방' 출입문 위의 네모난 벽시계가 9시에 다가서고 있었다. 진호는 화장실 가듯 침대를 내려와 현관으로 나갔다. 별들이 총총히 박힌 밤하늘엔 은하수가 기다랗게 동서로 비스듬히 뻗어 있고, 반달이 '하얀 쪽배'처럼 은하수를 건너는 중이었다. 분교 교실에서 책상을 두드리며 배운 노래 하나가 밤하늘에 그대로 펼쳐지고 있었다. '은하수를 건너서 구름나라로/구름나라 지나선 어디로 가나?' 반달을 바라보며 조용히 '반달'의 한 구절을 불러보았다. 비행기를 타게 된다는 자신의 처지 같았다. 나는 구름나라도 지나서 어디로 간다는 것인지……. 하지만 모래밭 운동장에 들어선 진호는 기수와 함께 보낸 늦은 오후의 시간들을 되짚어보고 있었다. 조개잡이, 물새알, 실컷 맞은 소낙비, 천둥과 번개에 놀란 소들의 피신, 아이들의 애절한 외침과 소들의 헤엄, 그리고 해거름에 아무런 소동도 없었던 것처럼 고무신을 신고 윗도리를 걸치고 잡은 조개를 챙겨서 소를 몰고 집으로 돌아간 기수와 동네 아이들. 그 모든 장면이 자신의 머리로 찍어놓은 사진이었다. 앞으로 어디서 살든 오래오래 간직할 사진이었다.

"여기다."

먼저 온 기수가 철봉대에서 기다리고 있었다. 진호가 만든 약속이었다. 소를 앞세우고 등을 보이며 고개를 수그린 기수, 그의 이름을 떨리는 목소리로 바삐 부른 진호가 친구에게 돌아볼 틈도 주지 않고 일방적으로 시간과 장소를 던져버렸다. 이대로 다시는 못 볼 수 있다는 것을 견딜 수 없어서였다.

"저녁 잘 먹었나?"

"니가 잡아준 큰 조개는 내가 골라서 먹었다."

"진주알은 없더나?"

"모르고 그거도 먹어버렸다."

어둠 속에 얼핏 하얀 웃음꽃이 피고 졌다.

"오늘 밤에도 공짜영화나 돌려주지."

기수가 괜히 투덜거렸다.

"공짜영화, 좋긴 좋더라."

진호도 아무렇게나 끌어댔다.

두 아이가 만나고 있는 철봉대에는 지난주 토요일 저녁에 처음으로 네모반듯한 은막이 걸렸다. 흰 수염 푸른 눈 신부가 미군 영사기를 빌려와서 '공짜영화'를 돌렸다. 주민들은 동네를 텅 비우다시피 운동장으로 모여들었다. 송정원 가족들과 이웃 주민들이 자연스레 어울리는 자리이기도 했다. 진호와 기수는 다정히 모래밭에 주저앉아 한국영화 〈태양의 거리〉를 쳐다보았다. 피란민이 모여든 도시에 떠도는 불량한 아이들의 얘기였다. 진호는 남의 사연 같지가 않았다. 오래 잊고 지냈던 굴집 형들이 보고 싶었다. 특히 육손이형이 그리웠다. 새삼 고맙기도 했다. 그가 아니었더라면 굴집 형들도 영화 속 '전택이'처럼 악의 길로 나갔을지 몰랐다. 아니, 그가 나쁜 형이었다면 굴집이 악의 소굴로 변했을 것이었다. 진호는 알고 있었다. 맥거번 중령을 따라가지 않더라도 다시는 육손이형과 굴집 형들을 만날 수 없다는 것을. 여권사진 찍으러 시내 사진관으로 나갔던 그날이었다. 벨라뎃다 수녀에게 부탁해서 지프차를 굴집 근처에 세우고 혼자만 내렸다. 굴집은 집이 아니었다. 그냥 굴도 아니었다. 막대기들로 짜놓은 엉성한 바리게이트 한복판에 '경찰서장'의 '출입엄금'이라는 빨간 경고판이 매달려 있었다. 음산해 보이는 시커먼 아가리 앞을 그러나 냉큼 떠날 수 없었다. 육손이형의 목소리가 그 안에서 울려 나올 것만 같았다. 고향으로 무사히 올라갔을까. 전쟁이 끝나야 피란살이를 마칠 거라던 할아버지 어머니 동생들과 다시 만나기는 했을까. 중학교 1학년 때 어머니 심부름으로 임진강변 어느 마을을 떠나 포항에 근무하는 아버지에게 내려왔다 하룻밤 자고 나니 전쟁이 터져 귀향하지 못했는데, 당신은 인천상륙작전에 불려나가 전사하고 혼자만 포항에 남게 되었다던 육손이형…….

"선물로 준 동화책, 세 번이나 다 읽었다."

"잘했네. 재밌더나?"

기수는 고개만 끄덕였다. 두 아이는 말을 잃었다. 전등 불빛을 머금은 생활관의 창들에 시선을 두고 있던 진호가 오른발 고무신으로 자꾸만 모래바닥을 파고 있는 기수에게 밝은 목소리로 말을 붙였다.

"벌거벗은 임금님, 정말 바보지?"

"그래."

"성냥팔이 소녀는?"

"슬프더라."

기어이 기수가 손등으로 눈시울을 훔쳤다.

"기수야, 울지 말자."

진호가 두 손으로 기수의 어깨를 잡았다. 그러나 울지 말자는 아이도 눈물을 흘리고 있었다. 기수가 진호를 와락 부둥켜안았다.

"우리, 울지 말자."

"지금 여기서 쪼끔만 울고는, 앞으로는 울지 말자."

똑같이 울음을 깨물고 있는 두 아이의 맞붙은 몸이 똑같이 들썩이고 있었다. 별똥별 하나가 바다 쪽으로 내리꽂혔다. 송정원 뒤 솔숲에서 하얀 새 몇 마리가 자리를 옮겨 앉듯 움직였다.

"송기수."

"응."

"손진호."

"응."

두 아이는 그저 이름만 한 번씩 부르고 그것이 틀리지 않았다고 확인해주듯 외마디 답만 했다. 이제 곧 헤어져 영영 만나지 못할지라도 서로 이름만은 잊지 말자고 맹세를 거는 것 같았다. 그 이름이 반지든 목걸이든 또 무엇이든 어떤 물건 따위에 견줄 수 없이 가장 고귀한 이별의 선물이라고 여기는 것 같았다.

"이게 무슨 소리지?"

기수가 말했다.

"가만히 있어 봐."

진호는 생활관 이층 세탁실에 전등 불빛이 환히 밝혀진 것을 알아차렸다. 조금 전까지도 캄캄했던 곳이었다.

"수녀님들이 음악을 틀어놓았나?"

기수가 불쑥 '음악'이라 했다. 진호가 고개를 저었다. 그러나 '음악이 아니다'라는 뜻은 아니었다. 축음기에서 나오는 음악은 아니라는 뜻이었다.

"음악 같은데?"

"눈을 감고 가만히 들어보자."

진호가 눈을 감았다. 기수도 눈을 감았다.

전등이 밝혀진 이층의 열린 창에서 흘러나오는 그것은 여러 사람이 다함께 무언가를 두드리는 소리였다. 동당동당……. 단조로운 반복이었다. 그러나 부드럽고 감미로웠다. 박자에 맞추듯 오르락내리락 강약을 타고 있었다. 그러한 것들이 하나로 어우러지며 소리를 넘어 어떤 성스러운 음악으로 거듭나고 있었다. 문득 진호는 성모마리아의 신비롭고 자애로운 자장가 같았다.

"수녀님들이 모여 앉아서 마른 빨래에 다듬이질을 하고 계시는 거야. 그런데 성모마리아가 주재하고 계시나 봐."

"음악인 줄 알았다."

기수가 침을 삼켰다.

"맞다. 음악이다. 기수야."

"응."

"가만히 더 들어보자."

진호는 지그시 눈을 감았다. 동당동당……. 어둔 운동장으로 잔잔한 물살처럼 번져오는 부드럽고 감미로운 음악이 어린 아이의 가슴속으로 저며 들어와 성모마리아의 신비롭고 자애로운 자장가처럼 켜켜이 쌓이고 있었다.

9

요나스 요나손은 쉰 해를 거슬러 올라가야 하는 1968년 2월, 새봄이 막 바다를 건너오는 쌀쌀맞은 절기의 사나흘을 고베에서 보냈다고 했다. 사흘이었는지 나흘이었는지 딱 집지는 못해도 몇몇 기억은 정확히 내놓았다.

윌리엄 일병이 달포 가까이 묵어온 그 작가의 집을 떠난 때는 그해 2월 초순의 어느 오후였다. '오또상'의 승용차로 도쿄 히비야공원 앞에 닿은 윌리엄은 차 안에서 재회의 기약이 불가능한 작별의 굳센 악수를 나누었다. 이십여 미터 앞에는 낯선 일본인 남자가 '야기 노부오'를 기다리고 있었다. 삼십대 중반의 평범한 체구, 안경잡이였다.

미군 탈주병을 넘겨받은 안경잡이는 영어를 더듬거렸다. 그러나 기차에 올라 나란히 앉은 두 남자는 한 치 에누리 없이 일본인 선후배였다. 고베에 내린 그들은 역 근처에서 쇠고기덮밥으로 허기를 메웠다. 다음은 택시를 잡아타고 바다와 가까운 여관 앞에 닿았다. 사나흘 밤을 같은 방에서 묵어야 했다. 이틀이었는지 사흘이었는지 낮에는 고베 시내를 여행객처럼 돌아다녔다. 체크아웃 날이었다. 중요한 사람이 모텔에 찾아오기로 돼 있었다. 하지만 약속보다 한참이 지나가도 소식이 없었다. 불길한 예감에 사로잡힌 두 남자가 가방을 들고 나서는 참에 헐레벌떡한 일본인 남자가 나타났다. 지각으로 나타난 그는 안경잡이와 체구나 나이가 비슷해 보였다. 일본인치고는 영어 발음이 덜 딱딱한 인사치레가 사과나 변명이 아니었다.

"선생님은 만나기 어렵게 됐어요."

근심을 내비치는 눈빛을 윌리엄은 포착했다. 여관 입구 옆에는 회색 도요타 승용차가 대기하고 있었다. 지각한 남자가 고베역 근처에 차를 세웠다. 엔진을 끄진 않았다. 운전석 옆자리의 안경잡이가 도어를 열었다. 그는 엉덩이만 빼낸 자세에서 뒷자리의 윌리엄에게 웃음과 함께 불끈 쥔 주먹을 보여주었다. 윌리엄이 운전석 옆자리로 옮겨 앉았다. "우리는 오사카로 갑니다." 하고 자신을 힐끗 쳐다본 남자에게 그는 정면을 응시하며 "오사카로 가는군요." 하고 오사카를 아는 체했다. 하지만 지각한 남자는 말없이 기어를 바꿀 뿐이었다. 윌리엄은 오사카란 지명이 낯설지는 않아서 가만가만 어린 시절의 기억을 더듬어 들어갔다.

오사카란 지명을 언제 어디서 누구에게 들었던가를 끝내 집어내지 못했던 그 장면까지가 요나스 요나손의 기억에 저장된 '1968년 2월 고베'의 사나흘이었다. 나는 그 디테일을 캐묻지 않았다. 아버지가 쉰 해 만에 다시 찾은 고베의 이틀째, 2박으로 예약해둔 고층호텔 커피숍에서 11시에 만나기로 약속된 사람이 그때 만나기로 했지만 만나지 못했던 그 '선생님'과 동일인이나 마찬가지이기 때문이었다.

아침 8시를 한참 지난 2층 레스토랑은 빈자리가 많았다. 아버지와 나는 "재밌게 먹어보자"며 잼 바른 토스트와 미소된장국, 낫또와 커피라는 어색한 짝으로 가볍게 아침식사를 마치고 곧장 룸으로 올라왔다. 약속시간까지는 두 시간쯤 남아 있었다. 양치를 하고 다시 다탁에 마주앉았다. 윌리엄 일병이 일본으로 휴가 나오기 직전의 전투, 그의 마지막 전투, 멧돼지 바비큐를 해먹은 다음 날 새벽 2시경부터 먼동 트는 무렵까지의 아비규환 현장을, 아버지가 다큐 필름 재생하듯 들려줘야 하는 차례였다.

"그 시사지에도 전투 상황이 정리돼 있지만 내가 처음 이야기했을 때 이미 밝혔다시피 그것은 한마디로 묵시록의 시간이었다고 말할 수밖에 없겠다."

아버지의 태도에는 변함이 없었다. 어머니 장례를 마친 뒤 집에서 그랬듯 어김없이 또 '묵시록의 시간'이라 규정한 그날 몇 시간을 당신의 인생에서 아예 삭제해버린 듯했다. 내 노트북에는 이렇게 정리돼 있었다.

경계임무를 교대한 윌리엄과 하비에르는 땅 파는 노역 대신 바비큐 땔나무 준비를 맡았다. 비육우 도살장에서 일했다는 3소대 흑인 병사가 총알 박힌 멧돼지 두 마리를 해체했다. 윌리엄은 꺼내놓은 짐승의 내장을 힐끗 보았다. 두 달 전이었나. 불과 서너 걸음 떨어져 지켜보았던 인간의 그것과 비슷했다. 1소대 2분대 백인 병사였다. 재수 더럽게 바운싱 베티를 밟고 뒤로 벌렁 나자빠진 그는 본능적으로 자신의 배꼽 밑으로 쏟아져 나온 물체를 두 손으로 감싸 안으려 했는데……. 윌리엄은 파리들도 힐끗 보았다. 네이팜 불지옥은 흑수정 조각처럼 반짝반짝 빛나는 것들만 못 태웠는지 적출된 내장에 벌떼처럼 들러붙어 있었다. 흡혈충 같은 미물들이 후송을 기다리는 '재수 더러웠던 인간'의 쏟아져 내린 내장에도 똑같이 들끓었다는 것을 하릴없이 떠올려야 했다.

해질녘에 파티 아닌 파티가 열렸다. 누구든 원하는 병사는 질긴 멧돼지 살점과 '시바스 리갈' 한 잔을 얻어걸릴 수 있었다. 윌리엄은 껴들지 않았다. 중대장과 소대장들은 몇 잔씩 더 마셨다. 까무잡잡하고 왜소한 적들을 네이팜이 짐승처럼 멀리 쫓아버렸으니 며칠 정도는 조용할 것이라는 기대를 걸어둔 눈치였다.

지상에 어둠이 두터워졌다. 하늘에 별들이 살아났다. 언제 보아도 별들은 어둠의 총총한 꽃밭이고 은하수는 어둠의 희뿌연 거리였지만, 그 밤은 아니었다. 별들과 은하수가 어우러진 국경의 밤하늘은 수만 개의 촛불을 밝혀놓은 마을의 한복판으로 은빛 깨끗한 냇물이 가로질러 흐르는 지상의 어느 평화 구역을 고스란히 들어 올려서 그대로 뒤집어놓은 모습이었다.

얼굴과 손에 모기약을 처바르고 교통로 안에서 판초우의로 아랫도리를 가린 윌리엄은 눈을 감고 있었다. 코 고는 소리들을 들으며 흙벽에 등을 기대어 '생각'을 하지 말자는 생각을 반복적으로 불러들였다. 어느 결이었는지. 그도 낮게 코를 골고 있었다. 무기를 품은 잡종 병사들이 잠든 짐승처럼 행복해 보였다. 고달픈 선발대로서 눈뜨기 바쁘게 특별식사를 대접받고 이른 아침부터 설쳐댔으니 적들이 출현하지 않는다면 정신없이 곯아떨어져야 하는 밤이었다.

느닷없이 청음초 조명지뢰가 터졌을 때, 윌리엄은 그것을 보지도 듣지도 못했다. 총성에 흠칫 놀라 눈을 뜨고 분대장의 명령대로 1소대 경계지역으로 총질을 해대긴 했으나 전투 개시와 전투 전개의 정황을 전혀 알지 못했다. 여명과 더불어 총성이 멈춘 다음에야 대충 머릿속에서 전투 상황도 같은 그림을 그릴 수 있게 되었다.

교통로 안에서 잠들었던 병사들은 모두가 윌리엄과 마찬가지였다. 총성에 잠을 깨서 본능적으로 총을 잡은 전쟁의 기계들이었다. 그들이 총구를 전방으로 겨누었을 때는 전차 세 대가 탐조등으로 앞을 비추고 있었다. 박격포 포탄 몇 발이 전차 주변에 떨어졌다. 적이 날린 것이었다. 전차의 기관총들이 불을 뿜었다. 공중에 조명탄이 터졌다. 윌리엄은 전방 100미터 안쪽에서 엎드린 자세로 기지를 향해 총을 갈겨대는 적들을 발견했다. 그들 꽁무니에서 크레모아가 터졌다. 아마도 더 많은 적들이 몰려오는 모양이었다. 교통로에서 솜씨 좋은 투수처럼 던진 수류탄들이 펑펑 터졌다. 전방 정글에도 포탄들이 터지고 있었다. 후방의 포병들이 중대장의 좌표 통고를 받아 실수 없이 때리는 중이었다. 자기 위치를 사수하라. 중대장의 명령이 교통로에 퍼졌다. 전차의 기관총, 병사들의 개인 화기, 멀리 날아가는 수류탄, 후방의 대포, 크레모아. 미군의 절대 우위 화력들이 야간 침투를 감행한 적들의 근접을 효과적으로 막아내고 있었다.

별안간 3시 방향에서 총성이 터져 나왔다. 윌리엄의 뒤쪽이었다. 1소대 1분대, 2분대는 즉시 후방 경계병을 지원하라. 중대장의 다급한 명령이었다. 윌리엄은 지체 없이 교통로를 뛰쳐나왔다. 누군가 신음소리를 냈다. 등에 총알을 먹은 것 같았다. 분대장이 위생병을 소리쳐 불렀다. 윌리엄은 왼쪽 종아리에 뜨끔한 느낌을 받았으나 허리를 직각으로 꺾어 하비에르가 멧돼지를 사살했던 지점으로 달려갔다. 둘씩 짝지어 십여 미터 간격을 유지하는 초병 여섯이 엎드린 자세로 산비탈 아래를 향해 마구잡이 총질을 해대고 있었다. 윌리엄도 엎드렸다. 시커먼 인간들이 조명탄 불빛 아래 표적 같은 육체를 선명히 내놓고 산비탈 밑으로 내빼는 중이었다. 기습 실패를 알아차리고 후퇴하는 놈들이었다. 그는 갈기지 않았다. 침착하게 정조준을 했다. 둘쯤을 거꾸러뜨릴 생각이었다. 한 놈의 등이 잡혔다. 방아쇠만 당기면 명중시킬 것 같았다. 그런데 오른손 집게손가락이 뻣뻣했다. 나무토막처럼 굳어버렸다. 꼬부려지지 않았다. 목표물과 총구의 중간 지점에 낯선 여자가 기우뚱하게 버텨서 있었다. 얼굴은 알아볼 수 없어도 피에 젖은 가슴은 선명히 드러났다. 지난번 작전 때 나뭇가지에서 떨어졌던 저격수 여자인가, 도저히 얼굴을 그려낼 수 없는 어머니인가. 그가 소스라치는 순간, 밤하늘의 별 하나가 떨어져 총구를 막아버리는 듯했다.

석 달 전 아버지는 여기에 이르러 그날 새벽에 감당한 윌리엄 일병의 마지막 전투 상황을 멈춰버렸다. '총구에 꽃을 꽂은 병사'를 표지 사진으로 삼은 시사지에는 다음과 같은 기록이 담겨 있었다.

승리의 주요 요인은 사격진지 구축과 철저한 경계였다. 중대장의 지휘도 훌륭했다. 멧돼지 바비큐 파티를 사기 진작의 차원에서만 적절히 통제한 그의 자제력, 자정이 넘어서 경계초병들을 일일이 찾아봤던 그의 자상함, 진격하자는 1소대장의 적개심을 주저앉힌 그의 침착함, 이것들이 부하의 희생을 최소화했다. 여명이 밝아오자 중대장은 팬텀기의 긴급 출격을 요청했다. 퇴각하고 있던 북베트남 정규군 병사들은 정글 속에서 팬텀기 두 대의 폭격을 무참히 얻어맞을 수밖에 없었다.

브라보 중대는 소대장 1명 포함해 8명 전사, 5명 중상, 11명 경상이었다. 전사자와 중상자는 거의 모두 최초의 박격포 선공에 당한 경우였다. 적은 기지 바로 앞에만 시체 47구와 중상자 5명을 남겼다. 그들 대다수는 개인화기나 수류탄, 전차 기관총의 희생자들이었다. 정글을 수색해서 최종 확인한 전과는 크게 확대되었다. 적 시신 164구, 중상 포로 16명, 개인화기…….

전투 개시의 상황도 알려줬다.

새벽 1시 34분에 청음초 조명지뢰가 터졌다. 깜박 졸다가 깨어난 중대장은 짐승이 건드렸나 했다. 적들은 중앙의 2소대 정면에 주공 병력을 배치하고 좌우에 협공 병력을 배치한 것으로 추정되었다. 상황이 종료된 이른 아침에 전방을 수색한 결과, 적들이 가설한 통신선이 중앙의 박격포 진지에서 좌우로 뻗어나가다 끊어진 것을 찾아냈다. 그것은 통신선 설치 중에 청음초 조명지뢰를 밟았다는 증거였다. 적들로서는 뜻밖의 사고였다. 더 준비할 여유가 없었다. 그래서 박격포부터 쏘아대야 했다. 수집된 첩보에 따르면, 북베트남 정규군 2개 대대와 공병 1개 중대가 몰려왔다는 것이었다.

고베 고층호텔에서 요나스 요나손은 윌리엄 일병의 마지막 전투에 대한 기억을 조금 더 늘렸다.

"몰살을 당할 뻔했던 전투에서 오히려 우리 희생자의 스무 배도 넘게 죽이고, 나는 왼쪽 종아리에 가벼운 총상을 입었다. 전과 수색을 끝낸 다음에야 알게 됐지만, 용케도 총알이 피부를 스친 것이었다. 절름발이로 살아갈 팔자는 아니었을 테지. 지금도 그 자국은 화상자국처럼 남아 있다. 아침에 후송 헬리콥터가 왔다. 전선기자 둘은 그걸 타고 왔다. 중대장이 나에게 휴가 때도 됐으니 쉬면서 치료를 받으라고 했다. 그 호사를 사양하지 않았다. 전과 확인, 적의 동태 파악을 위한 정글 수색을 마치고 기지로 돌아오면서 나는 앞주머니에 백합처럼 생긴 꽃 한 송이를 꽂고 있었는데, 헬기에 오르기 전에는 그걸 다치게 하지 않으려고 내 총구에다 꽂아뒀던 거다."

하얀 그 꽃을 윌리엄 일병은 이른 아침에 팬텀들이 쑥대밭을 만들어 놓은 중대기지 전방의 정글을 수색하는 중에 발견했다. 멀쩡히 누워 있다면 열대의 태양에 그을린 손진호나 송기수와 다른 데가 없어 보이는 젊은 육체, 그러나 파편을 맞고 뇌수가 삐져나온 시체, 그 무참히 파괴된 머리를 기도하듯 내려다보고 있던 꽃이었다.

윌리엄 일병은 통원치료로 닷새쯤 병원 신세를 지고 다시 닷새쯤 빈둥빈둥 뒹굴며 지냈다. 휴가 출발을 하루 앞둔 날 한낮에 구릿빛 얼굴의 낯선 전선기자가 그를 찾아와 얄팍한 책을 선물처럼 건넸다. 시사주간지였다. 그는 표지부터 살폈다. '총구에 꽃을 꽂은 병사'가 바로 자신이란 것은 절반만 나온 옆얼굴로도 대뜸 알아볼 수 있었다.

"왠지 그 시사지는 버릴 수가 없었다. 밤하늘에 샛별이 있듯이, 총구의 그 꽃이 내 인생에는 샛별이 돼줄 것 같았다. 그래서 오십 년이나 더 지난 뒤에도 가지고 있었던 거다. 누구에게 자랑한 적은 없었다. 일본의 그 작가 집에서 한 달쯤 신세를 지고 있었을 때도 그 시사지는 보여주지 않았다."

"그랬군요."

"내가 윌리엄 일병이라는 것을 증명해야 하는 공적 절차가 아니고서는 그 시사지를 처음으로 보여줬던 사람이 네 엄마고, 두 번째가 아들 너다."

"시사지 에디터가 좀 모자랐던 겁니다. 그 사진의 제목은 '총구에 꽃을 피운 병사' 또는 그냥 '총구에 핀 꽃'이 더 어울릴 것 같습니다."

"총구에 핀 꽃……."

아버지가 아련히 떠오르는 이름처럼 불렀다.

"그 꽃은 히피의 꽃이었습니까?"

"그렇게 불러도 됐을 거다. 평화를 갈망한 꽃이었으니까."

아버지는 회색 면바지와 반소매 하늘색 남방 위에 민무늬 회색 재킷을 입었다. 아들은 청바지와 연초록 반팔 티셔츠 위에 미색 점퍼를 걸쳤다. 호텔 커피숍으로 내려갈 시간이었다.

"이름도 얼굴도 알려지지 않은 유명인물이 되어 일본으로 휴가를 나오셨던 거네요."

"그렇게 보면 그렇지. 하지만 설령 그 표지 사진을 열심히 보았던 독자라고 해도 내가 아니고서야 어느 누가 그 병사가 윌리엄 일병이라는 것을 알아보았겠나?"

"혹시나 송기수라는 친구가 보았다면 손진호라는 것을 알아보지 않았을까요?"

잠깐 망설인 아버지가 고개를 끄덕였다.

"하지만 영어 시사지가 그분의 손에야 들어갔겠습니까? 참, 그분하고는 결국 통화를 못하고 일본으로 휴가를 떠났다고 하셨지요?"

그 시사지를 휴가 기념품처럼 챙긴 윌리엄 일병이 도착한 곳은 도쿄 북쪽 사이타마현 이리마에 있는 존슨 기지였다. 출발에 앞서 두 차례 송기수와 통화를 시도했으나 성공하지 못했다. 이 사실을 나는 이미 아버지에게 들었지만 혹시 빼먹은 베트남 얘기에 박혔나 해서 다시 물어보았다. 당신이 벽에 꽂힌 전자키를 빼서 아들에게 맡기고 방문을 쳐다보며 말했다.

"한 번 더 했다. 세 번째 전화는 똑똑한 한국군 대위와 만났던 그 소령을 직접 찾아가 부탁을 했다. 한 시간쯤 지나서 소령이 나를 호출했다. 그 대위와 통화가 됐다며 지금 바로 연결시킬 수 있다고 했다. 그 대위가 전화기 앞에 기다리겠다고 했겠는데, 나는 소령에게 감사하다는 인사만 남기고 그만두었다. 그 대위의 목소리를 듣겠다고 부탁한 일은 아니었던 거다."

요나스 요나손의 늙은 몸에 윌리엄 일병의 시간은 이제 얼마나 남아 있을까. 승강기로 걸어가는 당신의 자그만 뒷모습을 바라보는 내 머릿속으로 퍼뜩 그런 생각이 스며들었다.

카운터와 가까운 창가 자리에서 몸을 일으킨 은발 여성이 손을 흔들었다. 나하고는 전화로만 세 번 대화를 나눴다. 세 번 다 내가 건 것이었다. 첫 번째와 두 번째는 올해 4월 중순과 5월 중순에 서울에서 고베로 걸었고, 세 번째는 그저께 밤에 간사이공항 인근 호텔에서 고베로 걸었다. 내가 생면부지 늙은 여성의 집으로 전화를 걸 수 있었던 것은 서울 어느 출판사 대표의 도움을 받은 덕분이었다. 몇 년 전 한국어 번역판으로 출간된 그녀의 에세이집을 나는 지난 3월 하순에 대학 도서관에서 대출을 받을 수 있었다. 어떤 책보다 꼼꼼히 읽었다. 밑줄 치고 싶은 여러 부분을 베껴 적었다. 베헤이렌을 이끄는 일본 지식인들의 활약상과 함께 무엇보다도 '손진호'를 담아낸 글들이 수록돼 있었다. 그 책의 존재를 내게 알려준 것은 비교문학연구학회 세미나 자료집에 실린 노교수의 논문이었고…….

은발 여성은 요나스 요나손보다 세 살 위다. 마주 앉은 두 사람의 얼굴은 똑같이 나이보다 한참 덜 늙어 보였다. 이제 일흔 고개를 바라보는 학교 동기생이 만난 것 같았다. 그러나 서로가 한 번 목소리를 들은 적도 없는 초면이었다.

"어쩐지 손진호 선생님이 많이 만났던 사람처럼 친숙하게 느껴집니다."

곰살궂은 미소와 '일본인적'으로 살짝 어설픈 한국말에 담은 심정을 나는 읽어낼 수 있었다. 까마득히 흘러가버린 1968년 2월의 어느 날에 당신이 이곳 고베의 모처에서 만나기로 했으나 만나지 못했던 '선생님'의 미망인이니, 생전의 남편과는 몇 번인가 모르게 당신의 사연으로 얘기를 나눴을 뿐만 아니라, 최근에 당신의 아들이 완독했다는 그 책에도 당신의 사연을 엔간히 담아뒀다는 뜻이었다.

"저는 강 선생님을 얼마 전에 처음 만났다가 다시 만나는 기분입니다."

'선생님'의 미망인을 '강 선생님'이라 호칭한, 아무래도 '서양인적'으로 살짝 어설픈 요나스 요나손의 한국말 대응도 나는 알아들었다. 지난 4월에 이메일로 아버지에게 '선생님'의 미망인과 그 저서를 알렸던 내가 어제 아침에는 간사이공항을 출발해 고베 호텔로 이동하는 리무진 버스 안에서 자세한 소개를 들려줬으니…….

자신을 '손진호 선생님'이라 부른 것에 호응하듯 요나스 요나손이 대뜸 '강 선생님'이라 불러준 여성은 태평양전쟁이 한창 치열해지고 있던 1942년 9월 일본 오사카에서 자이니치—재일조선인 2세로 태어났다. 아버지는 고향이 제주도고, 어머니는 고향이 전라도 목포였다. 평화운동에 맹렬한 일본 지식인과 1969년 1월 정식 혼례를 올린 뒤에도 언제나 조선인의 성명으로 존재해오다 그 에세이집을 출간한 즈음에 드디어 일본인 성명의 여권을 받게 되었다. 남편을 여의고 늘그막에 접어들면서 스스로 일본국에 소속되겠다는 서류를 관공서에 제출한 것이었다. 그 이유를 강 여사는 자신의 그 저서에 담은 한 에세이에 이렇게 밝혀두고 있었다.

한국으로 돌아갈 계획도 생각도 없는 상태에서 자이니치의 국적을 끝내 한국으로 고집하는 일도 국적을 초월한 세계시민을 추구하며 살아왔고 또 그렇게 생을 완주하겠다는 나의 신념에는 모순으로 걸릴 수밖에 없다는 결론을 내리게 되었다. 정신은 늘 국경을 초월하고 있어도 여권이 있어야 국경을 넘어설 수 있는 세계에서는 몸이 삶을 놓고 있으며 몸이 죽음을 놓을 땅에다 나의 이름을 두겠다는 선택이었다. 진작부터 이따금씩 그런 고민을 해보지 않았던 것은 아니지만, 아주 뒤늦게 나는 비로소 조선인 부모님의 자식에서 해방되어 일본시민이 아니라 세계시민의 일원으로 거듭나는 최후의 의식(儀式) 하나를 마칠 수 있었다.

이 사연을 나는 리무진버스 안에서 아버지에게 들려줬다. 당신은 묵묵히 고개만 끄덕였고…….

"손 선생님은 아들을 하나 두셨고, 저는 딸이 하나 있어요. 런던에서 공부한 딸은 현재 스코틀랜드 남자와 결혼해서 에든버러에 살고 있어요. 손 선생님과 저의 공통점은 국경을 초월한 세계시민의 길을 꿈꾸는 노인이라는 것이지요."

젊은 시절에는 예쁘다는 소리를 들었을 강 여사는 마냥 활달해 보였다. 여든 고개를 몇 년 앞에 뒀으나 볼에 주름이 없는 것처럼 성품에도 구겨진 데가 없어 보였다. 자이니치라는 존재의 조건마저도 건드리지 못했던 타고난 천성일까, 자이니치라는 존재의 조건을 타파하려고 부단히 충돌했던 후천적 노력의 결과일까. 이런 생각을 내가 해보는 사이, 아버지가 따끈한 커피로 입술을 적시고 말했다.

"세계시민의 이념은 간단하고 투명해서 좋지 않습니까? 인류평화, 이거면 끝이니까요."

강 여사가 호호호 웃으며 오른손을 내밀었다.

"어쩌면 손 선생님은 돌아가신 저의 남편과 똑같군요. 이 세상에서는 한 번도 직접 만나지 못했던 두 사람이 어쩌면 그렇게 똑같은 말을 할 수 있나요? 우리는 친구로군요. 나이로는 내가 누나지요."

강 여사가 맞잡은 손을 흔들며 즐겁게 떠들고, 요나스 요나손은 반가운 친구를 오랜만에 만난 듯이 웃고 있었다.

"아, 그러고 보니 손 선생님은 벌써 오십 년 전에 '개인, 작은 인간'의 중요성을 강조했던 청년이었군요. 그때 일본에 남겨둔 글에 그 생각이 들어 있었지요. 그이가 그 글을 보고는 '평범한 청년이 아니다. 특별한 탈주병이다.' 이런 말을 했답니다. 요즘에야 내가 자주 떠올리는 단어가 '개인, 작은 인간'이라는 겁니다. 우리 모두는 지구의 모래 한 알에 불과하지만 '작은 인간'이 세계평화와 민주주의의 가장 중요한 알갱이라고 생각하고 있답니다. 내가 여든 살을 바라보는 나이에 와서야 겨우 철이 든 것처럼 그런 상념에 빠지곤 하는데, 손 선생님은 청년 시절에 이미 그런 사고를 전개했으니 '개인, 작은 인간'의 선각자입니다."

요나스 요나손이 가벼이 손사래를 치고 말머리를 돌렸다.

"고인이 되신 선생님과는 1968년 2월에 한 번 만날 기회가 있었는데, 이렇게 친구 같고 누님 같은 강 선생님과 처음 만나고 보니, 그때 선생님을 만나지 못했던 일이 더욱 아쉽게 생각됩니다."

강 여사가 상기되었다.

"그해 그날, 나도 알아요. 그이와 내가 같은 집에 있었던 겁니다. 결혼식은 이듬해 올렸지만 그때 우리는 같이 살고 있었답니다."

강 여사의 연애와 결혼에 얽힌 사연을 나는 그 에세이집에서 읽었다. '나이가 열세 살이나 많고 생김새마저 야쿠자 오야붕 같은 일본 남자'를 오사카에 살고 있는 '조선인 어버이'가 극렬히 거부했기 때문에 어쩔 도리 없이 '국가와 국가, 민족과 민족 간의 원한을 초월하는 수단'이라는 명분과 '사랑의 수호'라는 명분을 앞세워 일 년 남짓 가족 몰래 고베에서 동거부터 하게 되었단다. 그러니까 윌리엄과 '선생님'이 만나기로 했던 1968년 2월 그때는 사랑에 빠진 두 남녀가 동거를 시작해 달포를 지나는 언저리였다는 것인데, 내가 읽은 에세이집에는 손진호 또는 미군 탈주병 윌리엄 일병과 '선생님'의 그때 불발한 약속에 대한 언급은 한마디도 없었다.

"혹시 선생님께서 그때 사랑의 꿀단지에 빠져 있느라 약속을 지키지 못했던 겁니까?"

"손 선생님은 일본 시절에 과묵한 탈주병으로 알려져 있었는데, 알고 보니 조크도 아주 잘하는군요."

두 노인이 아이처럼 웃었다. 나는 덩달아 즐거웠다.

"꿀단지, 이 단어는 정말 모국어 같아요. 세계시민의 사전에도 등록합시다."

"저도 그 말은 까먹지 않고 있었네요."

"한국말에서 '저'는 '나'의 낮춤말인데, 지금부터는 그러지 말고 편안하게 이야기하기로 하지요."

"그거야 뭐, 그러지요."

두 노인은 죽이 잘 맞았다. 오누이로 성장했다고 소개해도 믿길 듯했다.

"1968년 2월의 그날은 나도 잊지 못해요. 그날 아침에 손 선생님을 만나러 나갈 준비를 하고 있던 그이는 사랑의 꿀단지에 빠져 있었던 게 아니었어요. 그 시간에 갑자기 경시청 간부 두 사람이 우리 둥지로 찾아왔던 겁니다. 그때는 손진호, 그러니까 미군 탈주병 윌리엄 일병이 연기처럼 사라졌다는 언론 보도가 나오고 나서 거의 한 달이 지난 때였잖아요? 그 기간을 윌리엄 일병은 도쿄 근교에 사는 작가의 집에서 보냈고, 그 집에서 나와 고배로 왔던 것이고요."

"예. 그랬습니다."

"경시청 간부들은 예고도 없이 둥지로 찾아와서 미안하다는 사과부터 구하더니, 안으로 들어오라고 허락하면 들어가고, 나가라고 하면 나가겠는데, 우리는 당신을 괴롭힐 생각은 전혀 아니고 또 우리가 당신을 괴롭힐 권리도 없으니, 어디서든 대화할 시간을 허락해 달라는 것이었어요. 그들을 응접실로 들어오게 했고, 그이를 태우러 왔던 베헤이렌 동지가 문 밖에서 기다리다가는 눈치를 채고서 강 선생님이 묵고 있던 여관으로 가게 됐던 것인데, 경시청 간부도 그이를 손댈 수 없었던 이유는……."

강 여사가 미일안보조약을 들먹였다. 일본 사법당국이 왜 일본에서 탈영한 미군을 숨겨주고 돌봐주는 베헤이렌 활동가들을 건드릴 수 없었던가. 이 법적 배경을 설명하려는 것이었다. 아버지는 대충 어렴풋이 기억하는 내용이고, 최근에 그것을 조사해놓은 나는 소상히 아는 내용이었다.

1960년에 개정된 미일안보조약 6조를 근거로 체결된 미일지위협정 9조 2항에는 '합중국 군대의 구성원은 여권 및 사증에 관한 일본국의 법령에서 제외되고, 외국인 등록 및 관리에 관한 일본국 법령의 적용에서 제외된다'고 명시돼 있었다. 일본 땅에 존재하는 모든 미군은 일본의 출입국관리법 적용을 받지 않고 외국인 등록 의무도 면제되었다. 윌리엄 일병은 베트남 다낭에서 날아와 존슨 기지라는 일본 땅을 밟았을 때 일본 관리에게 입국심사를 받지 않았다.

"미일지위협정이 우리 베헤이렌에게는 정말 고마웠지요. 미국과 일본, 두 국가 간 불평등의 역설이 만들어낸 평화운동의 합법지대였다고도 할 수 있겠지요."

강 여사는 지금도 그 역설에서 고소한 냄새를 맡는 표정이었다. 아버지가 아들에게 힐끗 눈길을 보냈다. 방금 들은 말이 좀 난해하다는 신호였다. 나는 강 여사에게 양해를 얻어 설명을 더 보탰다.

일본 행정당국은 일본에 존재하는 미군의 숫자를 알지 못했다. 이곳저곳 산재하는 미군 기지의 영외거주 미군조차 제대로 파악할 수 없었다. 출입국관리법과 외국인 등록 의무가 적용되지 않는 외국인이니 그들은 일본 거주 외국인 통계에도 포함되지 않았다. 더구나 미일지위협정을 근거로 입법된 형사특별법에 따라 미군은 일본 국내법의 영향권 바깥에 존재했다. 일본 사법당국은 미군 체포에 협력을 해주거나 체포한 미군을 미군 헌병대에 인도해야 하는 의무만 부여받고 있었다. 따라서 일본 땅에 존재하는 미군은 일본 땅에 존재하면서도 일본의 주권 바깥에 존재했다. 일본에 있는 미군이 거머쥔 이 특권적 존재의 양태를

'유령'이라 부른 일본 지식인도 상당히 많았다. '유령'이라는 지칭은 미일지위협정의 불평등성에 대한 일본인의 비난과 저항을 담은 말이었다. 전승국 미국의 패전국 일본에 대한 식민지적 우월지위를 거부해야 한다는 일본인의 자존심도 담고 있었다.

일본 경찰은 '유령'이 잠적한 경우에도 미군 측의 요청에 의해 탈영병을 체포하고 그를 미군 측에 인도할 의무만 지녔을 따름이었다. 미군 탈영병을 숨겨주거나 미군에게 탈영을 권유하거나 미군의 탈영을 방조하는 '일본인'을 처벌할 법적 근거는 없었다. 미군은 출입국관리도 외국인 등록도 면제되는 '유령'이니 '유령'과 어찌어찌했다는 일본인을 법적으로 단속하고 처벌하기란 불가능한 일이었다. 이 불평등이 베트남의 평화를 갈망하고 지원하는 베헤이렌에게는 든든한 근거지와 다름없었다. 베헤이렌의 보호를 받고 있던 미군 탈영병이 일본 경찰에 체포된다고 가정해 보면, 그는 미군 헌병대에 넘겨져 미군 법정에서 처벌을 받게 되지만 그를 숨겨주고 도와준 일본인은 일본 국내법에 저촉될 것이 없었다.

"그날 경시청 간부들이 그이를 찾아와 부탁한 일이 뭔지 아세요?"

아버지가 숨을 깊게 들였다. 나는 귀를 세웠다.

"자신들의 감시망이나 정보망에서 완전히 사라져버린 손진호, 윌리엄 일병의 행방만 알려달라는 것이었어요. 손 선생님은 몰랐겠지만 그때는 '요코하마 루트'가 막혀 있었어요."

다시 내가 강 여사의 양해를 얻어 아버지에게 설명을 보태려 했다. 오누이 같은 두 노인이 똑같이 좋은 방법이라 맞장구쳤다. 베트남전쟁에서 일본으로 휴가를 나온 걸음에 탈영을 선택한 미군은 베헤이렌의 지원을 받아 제3국으로 망명할 수 있었다. 처음 뚫었던 비밀루트가 요코하마항에서 바이칼호(소련 국적 정기여객선)를 타고 일단 소련 땅에 안착하게 되는 이른바 '요코하마 루트'였다.

"어쩌면 손 선생님은 그때 그이를 불쑥 찾아왔던 경시청 두 간부에게 큰 신세를 졌는지도 몰라요."

"무슨 말씀인지?"

"그들은 그이에게 이랬어요. 손진호가 고베항에 들어온 중국 여객선을 타지 않았느냐. 중국은 경유지에 불과하다. 최종 목적지는 북조선 평양이다. 이렇게 우리는 파악하고 있다. 문제의 병사가 그렇게 탈출했다는 사실만 확인하게 되면 우리도 이 귀찮은 임무에서 완전히 손을 뗄 수 있다. 그러니 확인만 해달라. 이런 부탁이었거든요."

아버지의 눈가와 입가에는 미소가 피어 있었다. 강 여사의 얘기가 흥미롭고 새롭다는 뜻이었다.

"사랑의 꿀단지가 아니라, 그런 일이 일어났던 거군요."

"그이의 대답이 걸작이었어요. 아, 그러냐. 그러면 나도 당신들도 기다려 보자. 윌리엄 일병이, 손진호가 평양에 도착한다면 평양이 가만히 놔두겠느냐. 티브이에 라디오에 신문에 떠들썩할 테고, 손진호가 직접 선전방송에도 나오지 않겠느냐. 그러니 우리는 가만히 기다려 보자. 이랬던 겁니다. 그러니까 그것이 경시청 간부들에게는 애매한 답변이 되었던 거지요. 고베를 떠났으니 베이징을 거쳐 평양으로 들어가게 된다는 것인지, 그게 아니라는 것인지, 얼마든지 편리하게 해석해도 좋은 답을 들려줬던 거였지요."

요나스 요나손이 불쑥 끼어들었다.

"그때 약속이 깨지고 나는 곧 오사카로 실려 갔어요. 운전사가 안내자를 겸했는데, 그 사람이 오사카로 가면서 그러더군요. 사실은 며칠 뒤에 당신을 고베에서 중국으로 탈출시킬 선박을 알아보고 있었는데, 무슨 문제가 생긴 것 같다고요. 이 말을 들은 내가 느린 영어로, 그러나 몹시 퉁명스럽게 물었어요. 중국으로? 그 다음은 평양? 누가 그걸 마음대로 정하는 거냐? 왜 내 의사는 묻지도 않느냐? 이랬더니, 그 사람이 차를 길가의 쑥 들어간 자리에 세우고는, 천만에, 그런 오해는 하지 말라고 했어요. 아마도 내가 강하게 반감을 드러냈더니 당황을 했던 것 같은데, 그 사람의 설명을 더 듣고 나서는 내 마음도 풀어졌어요. 사실은 그 문제로 오늘 오전에 '선생님'과 만나기로 돼 있었던 거다. '선생님'이 직접 당신에게 우리의 계획에 대해 충분히 설명하고 당신의 의사를 확인하겠다고 하셨다. 불의의 사태로 고베항이 막히거나 당신이 반대하는 경우에는 일단 오사카로 이동해서 당분간 은둔하기로 돼 있었다. 자세한 상황은 몰라도 경시청의 사냥개들이 당신에 대한 어떤 냄새를 맡은 것 같다. 이래서 우리는 오사카로 간다. 이런 설명이었지요. 오사카에서 나를 돌봐준 사람은 일본에 귀화한 조선인이었요. 조총련을 열심히 도와주는, 미국의 베트남 침략을 규탄하는 오십대 교수였는데, 고향은 경상도 포항이라 하더군요. 그래서 나는 그 교수에게 포항에서 전쟁고아로 지내야 했던 어린 시절도 한국말로 편안하게 이야기할 수 있었지요."

나도 듣지 못한 내용이었다. 강 여사가 더 들어갔다.

"그랬군요. 그때 그이가 윌리엄 일병을 만났다고 가정해 봅시다. 만약 그때 그이가 손 선생님에게 현재 상황으로 봐서는 중국에 정착하거나, 베이징을 거쳐 평양으로 들어가는 것이 일본에서 하루빨리 벗어날 수 있는 길이라고 권유했다면, 그때 기준에서는 어떻게 했을까요?"

아버지는 주저하지 않았다.

"결론은 반대였습니다. 일본에서 숨어 지내야 했던 시절에 나는 날짜 지난 영어 신문들을 어떤 것은 글자 하나 안 빼고 다 읽곤 했어요. 베트남전쟁에 반대하는 신문에서도 마오쩌둥이 주도하는 문화혁명의 야만성과 폭력성을 적나라하게 알려줬답니다. 그런 중국에 나는 가지 않았을 겁니다. 평양에 대해서는 생각이 좀 복잡했을 겁니다. 내가 거부할 수밖에 없는 일이 기다리는 곳인가 하면, 나의 모험심을 자극하는 매력이 기다리는 곳이기도 했으니까요. 물론 그 매력은 '선생님'을 만나지 못했던 고베에서 생긴 게 아니고 오사카에서 생긴 것이었으니까, 만약 그날 '선생님'과의 약속이 이뤄진 고베의 어느 자리에서 '선생님'이 내 의사를 물었다면 나는 반대했을 겁니다."

"어떤 이유였나요?"

강 여사가 조심스레 물었다. 나도 궁금했다.

"나는 선전도구로 나서게 되는 나의 존재를 끔찍하게 생각하는 탈주병 청년이었습니다. 그러니 평양으로 가는 것은 거부할 수밖에 없었을 겁니다. 프로파간다의 길을 택하는 것이잖아요? 그런데 오사카에서 갑자기 생겨났던 평양의 매력이란 것은……, 그 조선인 교수에게 들었던 건데, 북조선의 북쪽 꼭대기 어딘가에 한국전쟁 때 포로로 잡혀온 군인과 경찰을 모아놓은 어떤 동네가 있다고 했습니다. 내가 아버지의 생사와 행방을 모르고 있다는 사연을 듣고는 그 얘기를 해줬던 겁니다. 아버지가 포로로 끌려가서 그 동네에 살고 계실 수도 있다는 가정이었는데, 그 동네를 찾아가면 한국전쟁 때 사라져버린 아버지를 만날 수 있을 것이다, 무엇에 홀렸는지 그런 실낱같은 희망이 생겨났던 겁니다. 그 덕분에 나는 며칠을 속으로 끙끙 앓았고요."

강 여사의 낯빛이 흐릿해졌다.

"손 선생님이 한국전쟁 기간에 고아가 됐다는 정보는 나도 알고 있었지만, 구체적인 사연은 몰랐어요. 세계적 시민이든 국가적 인민이든 인간에게 혈육은 존재의 근본이지요. 나는 손 선생님의 그때 그 마음을 이해할 것 같아요. 나는 그이와 같이 지금부터 삼십여 년 전이었던 1987년 가을에 두 언니네를 만나기 위해 북한을 방문했던 일이 있습니다. 두 언니네는 1973년에 귀국선 만경봉호를 탔답니다. 그이의 특별한 경력과 활동 덕분에 평양의 초대를 받을 수 있었던 것이고, 또 그래서 최고 권력의 도움을 받아 청진 쪽에서 평양까지 실려 왔던 두 언니네를 만나기는 만났는데……."

강 여사의 눈빛이 젖었다. 아버지도 '귀국선'을 알고 있었다.

"나도 일본 도피생활 동안에 몇 번 봤던 뉴스지요. 그때는 막연히 좋은 일이라고 여겼던 건데……."

당신의 낯빛도 흐려졌다.

"미안해요."

"아닙니다. 늙으면 다시 아이가 된다고 하잖아요."

"예. 그런가 봐요."

두 노인이 오누이처럼 정답게 웃었다.

"손 선생님은 탈영한 뒤 일본에서 거의 일 년이나 막막하게 견뎠던 거지요?"

"예. 일본 탈주생활만 12개월을 꼬박 채우고도 일주일 정도 더 붙였지요. 1967년 3월 하순에 탈영을 했으니까, 고베에서의 사나흘은 11개월째였던 거지요."

요나스 요나손이 또박또박 일렀다. 아들에게 죄다 들려줬을 뿐더러 심문과 흡사한 보충 질문에 답변하느라 어슴푸레한 세부사항마저 들춰냈으니 까마득한 기억들을 새삼 가지런히 정돈해둔 노인이었다.

"내가 나이도 한참 많은 그이를 이성으로서 좋아하기 시작한 때가 1967년 사쿠라꽃이 만개할 무렵이었고, 바로 그때 손 선생님은 어느 날 갑자기 '한국계 미군 탈영병'이라는 특이신분의 톱뉴스 주인공으로 우리 앞에 나타났지요. 나의 인생과 손 선생님의 인생은 정말로 불교에서 말하는 오묘한 인연이 있었나 봅니다. 이렇게 뒤늦게 다 늙어서야 만나게 되었지만요."

"불가사의한 인연, 이 말씀을 하신 겁니까?"

강 여사가 반복했다.

"맞아요. 불가사의한 인연."

아버지가 이어갔다.

"불가사의한 인연이 있기는 있었을 겁니다. 1967년 봄날 어느 저녁이었지요. 윌리엄 일병은 도쿄 긴자 거리의 길바닥에 떨어져 있던 영어 삐라를 주워 들고 호텔로 들어갔다가 이튿날 아침에 탈영의 길을 택했던 것인데, 삐라에 나와 있던 그 글을 쓴 사람이 바로 강 선생님의 남편이었으니까요."

"어떻게 그걸 봤어요?"

강 여사의 눈에 별빛이 들었다.

"제가 말씀드리겠습니다."

내가 강 여사에게 '손진호와 윌리엄'을 주인공으로 장편소설을 쓰게 된 사연부터 털어놓고 노트북에 저장해둔 그때 장면을 들려줬다.

10

윌리엄 일병은 오후 1시 무렵부터 도쿄 시내를 배회하고 있었다. 일본에서 보내는 휴가 사흘째. 그는 혼자였다. 청바지 위에 옅은 밤색 점퍼를 걸치고 어깨에는 검정색 가방을 걸었다. 먼 시골에서 무작정 대도시로 굴러든 촌뜨기 같았다. 길을 몰랐다. 갈 곳을 몰랐다. 갈 곳도 없었다. 그러나 돈은 많았다. 점퍼 안주머니에 잘 끼워둔 지갑에는 미국 달러로 환전한 일본 지폐 15만 엔이 꽂혀 있었다. 하룻밤에 여자를 서넛이나 바꾸는 환락을 내리 며칠 질펀하게 펼친 다음에도 느긋하게 택시를 부를 수 있을 것이었다. 병사 월급과 전투수당이었다. 정당한 노동의 대가였다. 그러나 생각이 달랐다. 살인의 대가로 규정하고 있었다. 국가가 떠맡긴 청부살인에 대한 수고비라 부르고 싶었다.

복잡한 거리의 어느 누구도 그를 '윌리엄'이란 미국 이름으로 불러주지 않을 미군 병사 윌리엄은 허기를 느끼고 눈에 띈 스시 식당으로 들어갔다. 점심시간의 파장인지 좁은 실내엔 담배 냄새는 넘쳐나도 손님은 대여섯만 남아 있었다. 일본인이 '다이'라 부르는 자리는 텅 비어 있었다. 그는 두어 발 길이의 일자형 식대 귀퉁이를 맡았다. 하얀 가운과 하얀 캡으로 단정히 갖춰 입은 늙은 요리사가 아양이 물방울처럼 뚝뚝 떨어지는 목소리로 인사를 건넸다. 외톨로 등장한 청년 손님을 점심에 늦어진 직장 초년생으로 여기는 눈치였다. 그는 슬그머니 장난기가 돋았다.

"아이 엠 어 아메리칸 솔저."

"하이, 하이."

늙은 눈이 토끼 눈처럼 동그래졌다. 이마의 굵은 주름살들이 벌레처럼 꿈틀거렸다. 금세 그는 장난기가 시들해졌다. 부질없는 신경전을 벌이고 싶지 않아서 손가락으로 그림을 찍어가며 점잖게 주문했다. 다랑어 뱃살을 포함한 스시 10조각, 튀김 한 접시, 그리고 작은 사케 한 병.

"휴가를 나왔소?"

늙은 요리사가 튀김, 차가운 사케 병, 술잔을 먼저 차려주며 딱딱한 발음의 영어로 나직이 물었다. 윌리엄은 숨길 마음이 없었다.

"그래요."

"베트남?"

"예."

'하이'라는 말을 거푸 몇 번이나 뱉은 그가 '베스트'라는 단어를 섞어가며 다시 나직이 속삭였다. 가장 좋은 재료로 가장 맛있는 스시를 만들어주겠다. 이런 친절을 베푸는 거라고 윌리엄은 받아들이며 헤아려 보았다. 전쟁터에 돌아가면 죽기 쉬우니 휴가 때는 맛있는 음식도 많이 먹어두라는 것인가. 그는 술을 따랐다. 빈속에 거푸 석 잔을 들이켰다. 술맛을 모르고 살아왔으나 목 넘김이 사뿐해서 좋았다. 뒤쪽의 손님들이 왁자지껄 인사를 남기고 떠났다. 발간색 흰색 스시들이 혼자 남은 손님의 눈앞에 일렬로 펼쳐졌다. 그가 또 석 잔을 거푸 마셨다. 비로소 술기운이 눈두덩을 건드리는 것 같았다. 요리 도구들을 정돈해둔 늙은 요리사가 하얀 캡을 벗고 다시 그의 앞을 지켜 섰다. 훌렁 벗겨진 앞이마를 엉성하게 가려주는 머리칼이 온통 회색이었다. 윌리엄이 술을 한 병 더 불렀다.

"술과 여자."

그가 멋쩍게 엄지를 치켜세웠다. 영어가 짧아서 두 단어만 말했지만 전쟁터에서 나온 휴가병에게는 술과 여자보다 더 좋은 게 없다는 뜻 같았다. 윌리엄은 묻고 싶었다. 왜 당신은 전쟁터에서 잠시 나온 병사에게 이렇게 친절한 겁니까? 하지만 입을 다물었다. 늙은이는 미국말이 짧고 젊은이는 일본말을 모른다는 보이지 않는 벽이 가로놓였기도 하거니와 일본의 노인 세대가 피하지 못했을 전쟁의 상처를 건드리고 싶지도 않았다.

두 병을 다 비운 윌리엄은 졸음이 덤벼드는 느낌을 받았다. 간밤을 거의 뜬눈으로 뒤척였으니 술기운이 잠기운을 부르고 있었다. 그는 말없이 바지주머니에 손을 넣어 반으로 접힌 지폐 한 장을 늙은 요리사에게 공손히 건넸다. 금고에 다녀와 거스름돈을 병사에게 넘겨준 그가 또렷한 영어로 말했다.

"베트남에 평화를! 베트남은 베트남 사람에게 맡기자!"

윌리엄은 느닷없이 뺨을 한 대 얻어맞은 것 같았다. 그가 또 영어로 말했다.

"나는 아들을 전쟁에 바쳤소. 아들 대신 평화를 원하오."

윌리엄은 늙은 얼굴을 빤히 쳐다보았다. 울음을 안으로 우겨넣고 있었다. 이번에는 이마의 주름살들이 평화 서원(誓願)의 상형문자 같았다.

"이걸 읽어보시오. 목숨을 지켜주는 부적이오."

늙은 요리사가 'lucky charm'이라 부른 편지봉투를 내밀었다. 윌리엄은 거절하지 않았다. 뚱딴지도 이런 뚱딴지가 어딨겠나 싶었지만 '럭키'

를 보장한다는 그것을 두 손으로 받아서 마치 깊숙이 보듬는다는 정성을 보여주려는 것처럼 얌전히 반으로 접어 점퍼 안주머니에 넣었다.

"언제든 다시 와도 좋아요."

그가 환히 웃었다. 윌리엄은 낮도깨비의 방망이에 놀아나는 느낌도 들었으나 그의 언행이 밉거나 싫진 않았다. 거리로 나온 그는 곧 몽롱해졌다. 잠부터 자야겠다는 생각이 들어 일찌감치 허름한 호텔을 잡기로 했다. 사거리 대각선 큰길 건너에 낮은 호텔이 보였다. 망설이지 않았다. 삼층 객실로 올라가 이빨도 닦지 않은 채 가방과 점퍼만 침대 발치에 던져두고 그대로 드러누웠다.

간밤 내내 윌리엄은 그때까지 자신의 인생을 근본적으로 다시 들여다보는 고뇌에 빠져 있었다. 스스로 물음을 내고 스스로 대답을 찾는 시간이 꼬리에 꼬리를 물고 하염없이 이어진 밤이었다. 베트남에서 '생각'을 하지 말라는 수칙을 지키기 위해 늘 의식적으로 억눌러놓았던 '생각'들이 한꺼번에 시위하듯 몰려든 격이었다.

스물두 살의 봄날, 왜 나는 일본의 미군기지에 누워 있는가? 지금, 나는 쉬러 왔다. 죽이는 의무를 쉰다. 애국을 위해? 이념을 위해? 적을 이기기 위해? 천만에. 아무것도 아니다. 죽이는 의무는 단순하다. 아주 단순하다. 내가 살기 위한 것이다. 내가 죽지 않으려는 것이다. 죽이는 의무는 죽지 않겠다는 개인적 열망이다. 방어적 살인이다. 처절한 발광이다. 그 열망, 그 살인, 그 발광을 쉬러 왔다.

죽이는 의무를 다시 실행해야 하는가? 그는 어금니를 물었다. 아니다. 그만둬야 한다. 내가 죽이지 않는다면 내가 죽지도 않는다. 내가 살기로 한다면, 나는 죽이는 의무를 버리면 된다.

하지만 길게 버티지 못했다. 온갖 현실적 난제들이 물고 뜯듯이 덤벼들었다. 당장에 내가 죽이는 의무를 버리면, 당장에 나는 어디서 어떻게 살아갈 것인가? 내가 죽이는 의무를 버리면 나도 죽지는 않을 테지만, 어디서 어떻게 살아갈 것인가? 국가가 요구하는 죽이는 의무를 무사히 다 마친다면, 죽이는 의무가 요행히도 나를 죽이지도 다치지도 않아서 멀쩡한 몸으로 돌아간다면, 그래서 시민권이나 받아서 살아가기로 한다면? 그날이 내게 오자면, 나는 앞으로 얼마나 더 죽여야 내가 죽지 않을 수 있겠는가?

여기서 숨이 막혔다.

산비탈 밑으로 도망치는 적을 정조준하고도 방아쇠를 당기지 않았던 시간이 기적처럼 나를 찾아오긴 했지만, 그날 새벽의 조명탄 속에서 나는 얼마나 갈겨댔던가? 죽이는 의무에 얼마나 충실했던가? 그날 새벽만 해도 내가 죽지 않으려는 살인을 얼마나 했던가? 살겠다는 발광을 얼마나 격렬히 했던가? 소대장만 미치광이라고 비난할 것인가? 양민도 군인도 같은 사람 아닌가? 비무장 민간인, 나를 죽이지 않을 사람들을 상대로 복수심에 불타는 상관 놈이 죽이는 의무를 자행했다는 윤리의 문제가 세계평화와 무슨 상관이란 말인가? 전쟁의 윤리? 전쟁에 윤리는 무슨 개뿔 같은 윤리인가? 죽이는 의무를 실행하면서 죽지 않으려는 발광에 충실해야만 하는 윤리가 전쟁의 절대윤리 아닌가? 이게 뭐란 말인가?

시니컬하게 자신을 몰아세웠다. 숨을 멈췄다.

한국전쟁의 고아 출신이 죽이는 의무에 충실해서 베트남전쟁의 고아들을 만들지 않았는가?

가슴을 두들겼다.

대체 어디서부터 꼬여 버렸는가? 미국 입양인가? 린치에 맞섰던 것인가? 머더스의 하룻밤인가? LSD? 임질? 바나나껍질 태우기? 앨런 긴즈버그? 뻐꾸기 둥지 위로 날아간 새? 히피? 시민권? 입대?

거칠게 머리를 흔들었다. 차분해지자고 스스로 다그쳤다. 심호흡을 반복했다. 뭉친 데를 풀어내듯 가슴을 쓰다듬었다. 격정이 가라앉은 머릿속으로 새로운 자문자답이 하나씩 오롯이 세워졌다.

지금 나를 가두고 있는 것은 무엇인가? 죽이는 의무다. 죽이는 의무를 나에게 강요한 것은 무엇인가? 국가다. 베트남전쟁은 누가 일으킨 전쟁인가? 아메리카합중국이다. 죽이는 의무는 누구의 것인가? 국가의 것이다. 아메리카합중국의 것이다. 나는 누구인가? 한국인인가? 이미 아니다. 미국인인가? 나는 미국에 신세를 갚기로 했을 뿐이지 미국을 나의 국가로 여기지는 않았다. 나는 누구인가? 개인이다. 작은 인간이다. 내가 개인으로 돌아가면, 나는 죽이는 의무에서 벗어날 수 있다. 어떻게? 어떻게 나는 국가를 버리고 죽이는 의무에서 벗어날 수 있는가? 하얀 꽃으로 총구마저 막았건만…….

윌리엄이 소스라치듯 눈을 떴다. 손목시계를 보았다. 7시에 가까웠다. 손가락으로 시간을 헤아려보았다. 거의 다섯 시간 동안 곯아떨어졌던 낮잠이었다. 머리는 편안했다. 목이 말랐다. 그는 물을 찾지 않았다. 그냥 나가서 생맥주를 마시고 싶었다. 휘황하다는 긴자의 밤거리도 쏘다니고 싶었다. 바닥에 떨어져 있는 가방과 점퍼를 집어 침대 위에 던졌다. 점퍼 안주머니를 더듬었다. 지갑은 잘 있었다. 늙은 요리사의 그 봉투가 생각났다. 빼놨다가 내일 아침에나 심심풀이로 읽어야겠다고 생각했다. 그는 안주머니에서 반으로 접힌 봉투를 꺼내 가방 위에 놓았다.

거리엔 어둠이 내려 있었다. 그는 호텔 정문에 서성이는 안내자에게 긴자 가는 길을 물었다. 왼쪽 한 번, 오른쪽 한 번, 다시 왼쪽, 그리고 직진. 가깝고 찾기 쉬웠다. 오른쪽으로 방향을 꺾는 모서리에 생맥주 그림이 그려진 술집이 기다리고 있었다. 멈칫대지 않았다. 초저녁이어서 그런지 한산한 편이었다. 닭다리 하나에 팔뚝보다 굵은 술잔을 절반쯤 비우자 오줌이 마려웠다. 화장실은 출입문 반대편인 뒤통수 쪽에 붙어 있었다. 남성용 변기는 둘이었다. 오줌이 나오는 찰나, 움찔 진저리를 쳤다. 임질 걸린 것을 확인하게 되었던 그때의 본능적인 반응과 흡사한 몸짓이었다. 그러나 아픔을 느끼진 않았다. 놀라게 만든 것은 코앞의 낙서였다. 검은 매직으로 공들인 글씨들은 모두 여섯 줄이었다. 위의 세 줄은 일본어, 아래의 세 줄은 영어였다.

베트남에 평화를!
베트남은 베트남인의 손에 맡기자!
일본 정부는 베트남전쟁에 가담하지 말라!

낙서 석 줄을 사진 찍듯 머릿속에 담고 자리로 돌아온 윌리엄은 도쿄 선술집의 화장실이 아니라 버클리대학의 화장실에 다녀온 것 같았다. 늙은 요리사와 헤어지던 장면이 떠올랐다. 그의 말이 곧 화장실의 낙서였다. 베트남전쟁에서 막대한 돈을 벌어들이고 있다는 일본, 이런 국가에 정말로 베트남전쟁에 반대하는 여론이 두텁게 형성돼 있단 말인가? 어금니를 한 번 깨물었다.

긴자 거리는 초저녁부터 복닥거리고 있었다. 윌리엄은 높아야 기껏 십 층에 미달할 것 같은 좌우 건물들을 쳐다보며 고개를 갸웃거렸다. 일본 화폐를 주조했던 곳이고 도쿄를 대표하는 번화가라는데 고층빌딩이 즐비한 마천루 지역이 아니었다. 예상이 보기 좋게 빗나갔다. 하지만 실망하는 것은 아니었다. 오히려 덜 답답해서 더 좋았다. 그의 마음을 끌어들인 것은 골목이었다. 옛날 정취가 물씬한 잡화 골목을 느리게 걸어갔다. 별난 흥취는 일지 않았다. 시들해졌다. 긴자 거리를 벗어나는 것이 좋겠다고 생각했다. 기념품을 찾거나 쇼핑을 즐길 것도 아닌 처지에는 어느 아늑한 술집이 제격일 듯했다. 이 결정을 내리는 그의 오른쪽은 온갖 시계들과 카메라들을 늘어놓은 쇼윈도였다. 카메라? 발길을 멈칫했다. 여행 가는가? 쓴웃음을 날리는 시선이 길바닥에 떨어진 선전물 같은 것을 포착했다. 두세 발 앞이었다. 허리를 구부려 집었다. 발자국은 안 찍힌 영어 인쇄물이었다. 제목을 읽었다. '미군 병사에 보내는 일본으로부터의 메시지.' 찌릿한 전율이 긴자 거리를 배회하는 한 미군 병사의 가슴을 훑었다. 삐라구나. 어린 시절에 어디선가 들었던 한 단어가 마치 성냥개비에 불이 붙는 것처럼 홀연히 떠오른 것이었다.

11

강 여사가 추천한 스시 식당에서 같이 점심을 먹은 우리 셋은 교외의 작은 절에 다녀왔다. 요나스 요나손의 기억에는 '선생님'으로 남아 있고 강 여사는 '그이'라 부르는 고인의 유골을 모셔둔 납골당이었다. 언덕이

병풍처럼 에워싼 절은 앞이 탁 트인 남향이었다. 고즈넉했다. 나는 아버지를 따라 불자처럼 두 손을 모아 삼배를 올렸다.

"인사를 드렸으니 그만 떠납시다. 나는 여기에 오래 머물 수가 없어요. 조금만 머뭇거려도 떠나기 싫어지거든요. 손 선생님은 이제 서너 달밖에 안 지났으니, 한참 더 지나 보면 내 마음을 알게 될 겁니다."

강 여사가 소녀처럼 호호거렸다. 요나스 요나손이 가만히 고개를 끄덕였다. 두 노인은 서로 외톨임을 알고 있었다. 강 여사는 오늘 오전의 호텔 커피숍에서 '손 선생님의 상처'를 듣게 되었고, 아버지는 아들이 보내준 이메일을 통해 강 여사의 '그이'는 벌써 십여 전 세상과 하직했다는 사연을 알았다. '선생님'의 죽음과 생애에 관한 정보들은 내가 사이버 공간에서 찾아낸 것이었다. 건강검진 따위를 거추장스럽게 여기며 위통 한 번 앓지 않았던 평화주의 지식인 하나가 소화불량 증세에 시달리다 오랜만에 병원을 들러 청천벽력처럼 말기 위암 판정을 받았으며, 그의 죽음은 일본 언론들이 그의 생애를 재조명하는 계기로 작용했다. 나는 영어나 한국어로 번역된 '선생님'의 글이나 '선생님'에 대한 타인의 글도 열심히 구해 읽었다.

"그이가 비석도 무덤도 반대했어요. 그이는 프랑스 작가 클로드 모르강의 『꽃도 십자가도 없는 무덤』이라는 소설을 귀하게 여겼어요. 혹시 읽어보셨어요?"

아버지가 고개를 저었고, 나는 고개를 끄덕였다.

"그 소설의 제목을 빌려온 것처럼 그이는 '비석도 무덤도 없어야 한다'고 했어요. 그 소설에 '인간을 파괴하면 모든 것을 파괴한다'는 말이 있지요. 특히 그이는 그 말의 가치를 추구한 사람이었어요. 물론 누구나

할 수 있는 말이지요. 그러나 그것을 인생의 높은 가치로 추구하는 삶은 쉽지 않지요. 전쟁은 인간을 파괴하는 원흉 중의 원흉이니까 당연히 반대해야 하고, 인간의 이름으로 평화를 옹호해야 합니다. 그러나 인간을 파괴하는 것이 전쟁과 같은 거대폭력, 절대폭력만 있나요? 자유에 대한 억압, 굶주림에 의한 핍박, 부당한 이윤추구에 의한 착취, 불의한 권력의 탄압과 감시 등등 우리의 일상생활만 둘러보아도 얼마나 많아요? 인간성을 뜯어먹는 것들이지요. 인간성을 위태하게 하는 구조를 폐기하지 못하거나 폐기할 수 없는 인간 세상을 여행하는 것이 우리의 인생인지도 모르지요. 내가 그 여행을 마치는 날에는 그이의 유골을 모셔둔 항아리에 나의 유골을 같이 넣어 달라고 딸아이에게 미리 부탁을 해놨답니다."

아버지는 듣고만 있었다. 나는 가슴이 아렸다. 언젠가 당신은 죽음의 문제에 대해 아들에게 어떤 유언을 남기시려나. 어머니 곁에 묻어달라고 하시려나. 이런 쓸쓸한 생각이 피할 수 없는 바람 한 가닥처럼 눈시울을 건드렸다. 우리는 계단을 내려와 절문 앞에 닿았다. 타고 온 택시가 기다리고 있었다. 운전사는 친절한 노인이었다.

다시 호텔 커피숍에 가기로 했다. 거기가 제일 편안하고 만만하다는 것이 오누이 같은 두 노인의 일치된 견해였다. 이미 강 여사는 동행으로 굳어져 있었다. 교토와 오사카에서 하룻밤씩 묵은 다음 삿포로로 날아가는 일정이 아버지와 아들의 여행계획이었는데, 강 여사가 "모든 일정에 일본말을 잘하는 내가 안내자로 동행하면서 이번 기회에 홋카이도 여행도 제대로 해보고 싶어요"라는 제안을 내놨고, 당신은 "고단하지 않겠어요?" 되묻고는 그게 거절 의사로 비칠 수 있다고 판단했는지 곧

바로 "나는 좋아요" 하고 아들을 쳐다보았다. 즉시 나는 환영했다. 약간의 실랑이도 뒤따랐다. 아버지가 "가이드 수고비"라는 농담까지 보태가며 여행경비를 부담하겠노라, 강 여사는 무슨 소리냐. 한참을 철없는 오누이처럼 아옹다옹 맞서다 일단은 삿포로를 왕복하는 강 여사의 항공권만 자부담하는 것으로 맺음을 보았다.

호텔 커피숍에서 오전의 그 자리를 다시 차지했을 때는 오후 4시에 다가서고 있었다. 강 여사는 여행준비도 해야 해서 오늘은 5시에 헤어지고 내일 아침 렌트카 출발시간에 늦지 않도록 하겠다더니 생과일 주스 석 잔을 주문하고는 커피와 점심을 얻어먹어서 주스는 반드시 자신이 사야 한다고 우겼다. 키위, 토마토, 오렌지. 녹, 적, 황, 삼색이 우리 앞에 놓였다. 나는 키위, 아버지는 토마토, 강 여사는 오렌지였다. 두 노인이 대화를 재개했다.

"그 삐라를 나는 호텔 방에 들어가서 읽었어요."

"글은 그이가 만년필로 썼고, 타이프는 내가 쳤어요."

"예에?"

아버지와 아들이 동시에 반문했다.

"놀랄 거 없어요. 불가사의한 인연이 있었던 거라고 했잖아요?"

"그렇군요. 정말 우리에겐 오누이 같은 그런 인연이 있었군요."

"그때 나는 아주 열정적인 베헤이렌 활동가였어요. 그이의 그림자처럼요. 자랑을 좀 할까요? 노인이 주책없다고 하지 마."

강 여사가 장난스런 시선으로 살짝 나의 얼굴을 긁었다.

"저에겐 취재이기도 합니다."

"아, 맞았어. 소설을 써놓았다고. 좋아. 그러면 더 열심히 얘기해야지.

미국의 하워드 진, 알지요?"

강 여사가 아버지와 아들에게 번갈아 시선을 보냈다.

"반전평화운동에 대한 기본예의라도 차리고 싶어서 그의 저서를 한 권은 읽었지요."

아버지가 대답했다. 나는 웃기만 했다.

"하워드 진은 그이보다 열 살 정도 손위였는데, 서로 참 존경하는 친구였어요. 두 사람에게는 상반되지만 공통적인 인생 체험이 있었어요. 하워드 진은 2차 세계대전 때 공군 폭격수였고, 그이는 태평양전쟁 말기에 중학생으로서 미군 공습에 의한 참혹한 파괴를 목격했으니, 그런 셈이지요. 1960년대 중반부터 서로 평화연대의 손을 굳게 잡았지요. 1966년 여름에는 그이가 하워드 진을 초청해 일본 여러 도시에서 반전평화 강연을 열었고, 나는 부지런히 따라다녔답니다."

강 여사가 오렌지주스로 목을 축이는 틈에 내가 끼어들었다.

"중학생 때 목격했다는 미군 폭격에 대한 선생님의 글을 읽어봤습니다. 대동아전쟁 말기에 일본이 '죽임을 당하고 파괴를 당한 것'은 그 이전에 일본이 조선을 비롯해 동아시아에서 저질렀던 '죽이고 파괴한 것'이 전부 되돌아오는 모습이었다고 하셨더군요."

"그것이 그이에게는 일본 근대사에 대한 인식의 기본토대였어요. 물론 세계시민으로 올라서는 발판이기도 했고요." 하고 강 여사가 막 떠오른 무엇을 내놓듯 말을 이었다. "하워드 진을 초대한 일보다는 베헤이렌 저널 창간이 앞섰는데, 손 선생님이 일약 일본 언론의 주인공으로 등장한 무렵부터는 나도 그 발간작업에 참여를 했어요. 매호 그이의 손을 거쳤으니 미술에 소질이 있던 내가 특히 편집디자인을 거들었던 겁니다."

아버지가 가만히 말했다.

"자이니치라고 하셨지요? 무엇보다도 그 숙명적인 한계를 그렇게 젊은 나이에 초월해 버렸다는 사실에 대하여 진심으로 존중을 표합니다."

강 여사가 손바닥으로 얼굴 가리는 시늉을 했다.

"그 늙은 요리사가 봉투에 편지처럼 넣어준 것과 긴자 길바닥에서 주운 삐리가 똑같은 거였다고 하셨지요?"

"똑같았어요."

"늙은 요리사는 틀림없이 베헤이렌 회원이었을 겁니다. 베헤이렌의 가장 중요한 특징과 강점은 '조직'이 아니라 '운동' 또는 '운동체'였다는 겁니다."

내가 강 여사에게 손짓을 보냈다. 아들이 아버지에게 설명을 보태겠다는 뜻이었다. 나는 공부해둔 내용을 간단히 간추렸다. 베헤이렌은 정치결사체, 혁명조직, 지하조직 같은 그런 규약과 강령이 없었다. 시민 개개인이 자신의 판단에 따라 자유롭게 가입하고 자유롭게 탈퇴할 수 있었다. 늙은 요리사든 중년 소설가든 젊은 교사든 남녀 누구든 성년이 된 개인이 베헤이렌의 취지에 공감하고 찬동해서 베트남전쟁을 반대하고 평화를 주창하는 운동에 동참하면 그 자리에서 바로 '베헤이렌 운동체' 하나가 탄생하는데, 여기에는 조직보다는 개개인, 국가보다는 인간 개체, 그 작은 인간의 자발성을 중시하는 원리가 지배하고 있었다. 이러한 '개인 원리'가 베헤이렌의 원칙이었고……. 아들의 설명을 귀담아 들은 아버지가 강 여사에게 말했다.

"듣고 보니 '선생님'이 '인간을 파괴하면 모든 것을 파괴한다'는 것을 귀중한 가치로 추구했다는 그 참뜻을 제대로 이해하게 됩니다. 혁명운동이나 사회운동에도 인간을 파괴할 수 있는 가능성이 얼마나 크게 열려 있습니까? 20세기 혁명운동의 다른 일면은 그 생생한 역사의 웅변이지 않습니까? 베헤이렌은 그런 가능성을 차단하려 했다는 진실을 비로소 알게 됩니다."

"내일 그이의 유골 앞으로 다시 갑시다. 그이가 자신의 진심을 알아준 사람이 찾아왔다며 술 한 잔 하자고 할 겁니다."

강 여사의 얼굴이 분홍빛으로 물들었다. 아버지가 잠시 물려둔 과거를 불러냈다.

"그 삐라에는 반전평화의 행동강령들이 나와 있더군요."

당신의 기억에 남은 두 가지를 알고 있는 내가 앞질렀다.

"상관이나 대통령에게 전쟁반대 편지를 써라. 탈주하라."

"세 가지가 더 있었지요. 대중적인 반전운동에 참여하라. 병영에서 사보타지하라. 양심적 병역거부를 선언하라."

"나는 한 가지만 했지요. 그것만으로도 나에겐 너무 벅찬 것이었지요."

강 여사가 다탁 위로 가녀린 오른손을 내밀었다.

"고마워요. 고생 참 많았어요……. 이 말은 그이가 생전에 손진호 씨와 한 번 만나기만 한다면 꼭 해주고 싶은 말이라고 했던 겁니다. 당신이 탈주생활에서 남긴 언행은 다른 탈주병들과 근본적으로 다른 무엇이 있었다고 생각했던 겁니다. 여자도 아니고, 술도 아니고, 마약도 아니고, 단순한 도피는 물론 아니고, 근본적으로 연결되는 무엇이 있었던 거의 유일한 탈주병이었다고 그이는 회상하곤 했답니다. 그러니 이 손은 나의 손이 아니라 우리를 떠나버린 그이의 손입니다."

요나스 요나손이 저승에서 찾아왔다는 그 손을 꼭 잡았다. 오누이 같은 두 노인의 눈빛이 촉촉이 젖은 것을 나는 외면하지 않았다.

3장

유폐의 노고지리

1

호텔 싱글룸의 욕조는 자그맣고 옴폭했다. 윌리엄의 알몸을 받아주기엔 안성맞춤이었다. 그는 욕조에 따끈한 물을 받아 일본인 흉내로 얼굴에 땀이 흐르도록 반신욕을 했다. 휴가 나와서 온천을 선전하는 잡지에서 발견한 방법이었다. 몸을 깨끗이 씻고 사복을 주워 입는 병사의 정신은 이미 단단한 덩어리로 굳어 있었다. 적을 죽여서 나의 죽음을 면하는, 적을 죽여서 내가 살아야 하는, 자신을 쇠사슬처럼 옭아맨 '죽이는 의무'를 자신의 손으로 벗겨서 멀리 팽개치겠다는 확고한 결의였다. 행동 순서도 정리해 뒀다.

오전 10시를 넘어선 호텔 프런트에는 남색 제복의 아가씨만 지키고 있었다. 윌리엄이 어깨에 걸어둔 검정색 가방의 끈을 일부러 조금 줄이고 윙크를 보냈다. 아가씨가 웃었다. 귀엽게 뻐드렁니가 드러났다.

"지금 체크아웃을 합니까?"

일본말 질문에 미국말 대답이 나갔다.

"예. 그렇습니다."

미국말 대답이 돌아왔다.

"도와드리겠습니다."

얼핏 아가씨가 호기심 묻은 시선을 손님의 가방에 보냈다. 열어보기라도 한다면 실망을 감추지 못할 것이었다. 속옷 나부랭이와 영어 시사지 한 권이 담겼을 뿐이었다. 열쇠 반납의 절차를 마친 윌리엄이 메모지를 얻어 두 가지 부탁을 영어로 적었다.

미국대사관 전화번호?

쿠바대사관 전화번호?

아가씨가 데스크 밑에서 두툼한 전화번호부를 꺼내 앞부분을 뒤적이더니 "오케이" 하고 혼잣말을 뱉었다. 그는 물음표 뒤에 숫자가 적힌 메모지를 돌려받아 "땡큐"를 두 번 보내고 들여다보는 척했다. '미국대사관'은 트릭이었다. 목적지는 쿠바대사관이었다. 미국과 척을 지고 있는 나라, 카스트로와 체 게바라가 혁명을 성공했다는 나라, 한국이든 일본이든 베트남이든 아시아로부터 멀리 떨어진 미지의 땅. 거기에 가서 손진호도 아니고 윌리엄 다니엘 맥거번도 아닌, 전혀 또 다른 이름으로 그저 고요한 일생을 보내겠다는 결심이었다.

"미나토구에 있지요?"

그의 손가락은 쿠바대사관을 찍고 있었다.

"예. 여기에도 그렇게 나와 있어요. 미나토구에는 도쿄 타워, 시바 공원도 있어요. 아직 가보지 않았다면, 추천하고 싶어요."

"같이 가겠다면 가지요."

아가씨가 또 뻐드렁니를 드러냈다.

"미나토구, 쿠바대사관, 이것을 일본어로 그 밑에다 적어주세요."

새 부탁을 내놓은 그가 얌전히 메모지를 밀었다.

"예. 잠시만요."

윌리엄은 알아볼 수 없는 글자들을 확인하며 다시 "땡큐"를 두 번 더 보내고 호텔을 나섰다. 마침 택시 하나가 기다리고 있었다. 운전사의 얼굴을 살폈다. 경찰모자 같은 것을 썼는데 회갑은 지났을 듯했다. 젊은 운전사라면 위치를 모를 가능성이 높아 피하려 했으나 타겠다는 손짓을 보냈다.

"여기로 갑니다. 알고 있나요?"

그는 조수석 차창 안으로 팔을 뻗어 메모지의 일본어를 보여주었다. 운전사가 손짓으로 어서 타라며 말했다.

"오케이."

택시가 출발했다. 윌리엄은 소리 없이 한숨을 돌렸다. 첫 단계는 순조롭게 풀렸다는 안도감이 가슴을 적셔주었다. '생각'을 버려야 한다. 베트남에서 가장 중요한 전투수칙이라고 강요받았던 '생각 버리기'가 지금의 가장 중요한 행동원칙이란 점을 새삼 확인했다. 당장에 버려야 하는 '생각'은 두 가지였다.

앞날을 '생각'하지 말자.

양부모를 '생각'하지 말자.

운전사가 이마 위 네모난 거울 속에 슬쩍 눈길을 넣으며 말을 건넸다. 윌리엄은 그의 영어를 제대로 알아듣지 못했다. 다만 '비자'라는 한 단어가 고막에 걸렸다.

"예. 그렇습니다."

윌리엄은 말을 걸지 말라고 부탁하듯 왼쪽으로 고개를 돌려버렸다. 화사한 꽃을 덮어쓴 나무들이 길가에 늘어서 있었다. 저게 사쿠라꽃이구나. 문득 엉뚱한 '생각'이 솟았다. 한국말로는 뭐라고 했더라……. 살구꽃? 아닌 듯했다. 뭐였지? 택시가 사거리 신호등 앞에 멈췄다. 하지만 그는 정차를 거의 의식하지 못했다. 사쿠라꽃의 한국말을 '생각'하다 말고 자신도 모르게 머릿속에서 한국 노래를 부르고 있었다. 나의 살던 고향은 꽃 피는 산골, 봉숭아꽃 살구꽃 아기 진달래, 울긋불긋 꽃대궐 차리인 동네, 그 속에서 놀던 때가 그립습니다. '살구꽃'이란 단어가 무심결에 물고 나온 추억의 노래였다.

그날은 송정원의 어린이날 운동회였다. 송정분교는 오후 수업을 잘랐다. 오전반은 10시에 못미처 마치고, 오후반은 바로 이어 한 시간만 배우고 교실을 나갔다. 흰 수염 푸른 눈 신부가 본교 교장에게 부탁을 넣은 일이었다. 면소재지에서 울려 퍼진 오포소리가 스러지고 있을 때는 송정원 생활관 화단 앞에 허연 천막이 셋이나 차려졌다. 초대 받은 미군들과 손님들, 나이 높은 성직자들이 앉을 자리였다. 아이들은 넘어져도 피를 흘리거나 크게 다칠 염려는 없었다. 운동장이 해수욕장 같은 모래밭이었다. 그래도 천막 하나에는 의무(醫務)를 나타내는 빨간 십자가가 찍혀 있었다.

백 명이 넘는 고아들은 청군과 백군으로 나뉘었다. 경기는 다섯 종목이었다. 두 아이가 한쪽 발목을 끈으로 묶고 짝지어 달리는 2인3각, 남아들의 기마전, 여아들의 풍선 터트리기, 계주, 줄다리기 순이었다. 심판 수녀들은 체육 교사처럼 호각을 불어대고, 다른 대다수 수녀들은 청군이나 백군이 되어 응원에 나섰다. 진호는 백군의 계주 선수였다. 청·백 선수가 일곱 명씩 나와서 일곱 번째 주자만 운동장 한 바퀴를, 앞의 여섯 주자들은 반 바퀴씩 돌게 되는 경기를 앞두고 백군이 응원 기세를 뜨겁게 뿜어 올렸다. 이번에 지면 점수가 제일 높은 줄다리기를 이겨도 종합점수에서 밀리는 것이었다. 2번, 4번, 6번 주자는 여아들이었다. 백군에서는 두 남아가 몇 걸음씩 뒤처진 것을 두 여아가 메워줬다. 6번 여아도 같은 공을 세우는가 하는데 진호를 서너 발 앞두고 배턴을 넘겨주려 오른손을 내밀다 그만 중심을 잃으며 앞으로 고꾸라졌다. 얼른 뒤로 나간 진호가 배턴을 빼앗듯 낚아챘다. 청군 주자는 벌써 십여 미터를 앞서 내빼고 있었다. "손진호! 손진호!" 백군 응원석에서 환호성처럼 최종 주자의 이름을 외쳐댔다. 그것이 진호의 등을 밀어줬는지 딱 두 걸음을 이겼다. 운동회의 대단원은 청·백 구별 없이 손에 손을 잡고 다함께 부르는 노래였다. 벨라뎃다 수녀가 확성기를 잡았다. 성가가 아니었다. 아이들이 풍금도 없는 분교에서 배운 노래였다. 나의 살던 고향은…….

택시가 출발했다. 그 노래처럼 아련한 이름들이 윌리엄의 가슴에 맴돌았다. 벨라뎃다 수녀님, 흰 수염 푸른 눈 신부님, 안드레아 큰형. 안드레아 큰형은 프랑스 유학을 잘 마치고 신부가 되었을까. 그는 눈을 감았다. 차마 부르지 않으려는 이름 하나를 끝내 부르지 않았다. 차마 떠올리지 않으려는 얼굴 하나도 있었다. 그러나 캄캄한 동공 앞에 둥그런 형광물체가 나타났다. 노고지리를 손에 넣고 득의와 환희가 활짝 피어난 아이의 얼굴이었다.

"기수야, 나는 이렇게 탈출한다!"

속절없이 눈시울을 적신 윌리엄이 손바닥으로 눈을 문질렀다. '생각을 버리자.' 이 생각을 또다시 반복했다. 앞날도 양부모도 잊고 있어야 했다. 앞날도 양부모도 없어야 좋은 시간이었다. 탈영과 망명, 이 확고한 '생각'에 지배당하는, 아니, 탈영과 망명으로 무장한 병사여야 했다.

택시가 멈췄다. 멀지 않은 거리를 이동했다.

"여깁니다."

운전사는 정면만 바라보고 있었다.

"감사합니다. 거스름돈은 놔두세요."

윌리엄이 경쾌하게 말했다.

"아리가도 고자이마스. 땡큐 베리 마치."

택시는 미련 없이 떠났다. 윌리엄의 눈앞은 철제 대문이었다. 그가 기둥에 붙은 동판을 쏘아보았다. 봄볕을 받는 글자들이 생명을 얻은 양 반짝이고 있었다. 쿠바대사관.

2

노트북을 덮은 나는 아버지의 뜻을 받들어 호텔 앞 편의점에 가서 캔맥주를 사왔다. 당신은 여행 중에 호텔 룸의 미니바를 이용하는 것은 이중 손해라고 했다. 여행의 소소한 즐거움에는 푼돈 아끼는 재미도 포함되는데 그것도 날리고 돈도 더 쓰게 된다는 주장이었다.

"윌리엄 일병의 주일쿠바대사관 잠입 성공을 위해, 건배!"

"좋다. 건배!"

아버지와 아들이 캔을 부딪고 몇 모금씩 마셨다.

"대한민국 정부의 비밀해제라는 어마어마한 문서를 보시겠어요?"

"비밀? 웃겼네. 일본 언론에 다 났는데 비밀은 무슨."

내가 탁자 위에 복사 문서를 차렸다. 아버지가 안경을 걸고 표지부터 살폈다. '사본'이란 스탬프 위에 펜으로 쓴 '기능명칭'이 있었다.

손진호 한국계 미군 주일쿠바대사관 망명사건:1967-68

표지 뒷장은 날짜와 제목이 짝을 이룬 '색인 목록'이었다. 타이프라이터 글씨였다. 한눈에 훑어본 아버지가 말했다.

"까마득한 옛날 행적이 정확한 날짜와 함께 등장할 모양인데, 이건 오래된 기억을 깨우는 가로등 같은 거구나."

"가로등 따라 맥주로 목을 축이며 걸어갑시다. 이제 초저녁이니 길이야 멀어도 좋지 않겠습니까?"

"그래. 어디 보자." 하고 아버지가 문서를 들고 소리 내서 읽었다. "1967년 3월 27일. 망명 동기. 미국의 월남 침략전쟁을 직접 체험하고 동전쟁을 증오한 것. 쿠바대사관 직원의 말을 일본 신문들이 인용한 것임." 그런 다음에는 눈으로만 조금 더 읽다가 문서를 내려놓으며 "이건 아니야" 하고 재미난 듯이 웃었다.

문서에는 흔적도 없는 그때 상황을 당신은 기억하고 있었다. 망명 동기를 묻는 쿠바대사관 직원에게 윌리엄 일병은 "모든 전쟁을 인간의 이름으로 증오해야 한다"라는 메시지부터 전제했다. 그 말을 받아 다그치듯 질문을 던진 쪽은 구릿빛 피부의 사십대 쿠바 여성이었다. "미국의 베트남 침략전쟁을 증오했느냐?" 그는 한마디로 "예스"라고 했다. "그것이 가장 중요하다"고 그녀가 말했다. 이것이 전부였다.

"대사관 직원은 미국에 맞서는 쿠바라는 국가의 자존과 위신을 위해 대외 공표용으로는 오직 '반미'만 내놨던 거겠지요."

"그거야 그랬겠지. 그래도 이왕이면 큼직한 발언도 잘 전해주지 않고선."

"장군이 아니고 일병이었잖요?"

아버지와 아들이 껄껄거렸다.

"그런데 이 문서는 글씨들이 너무 작은 데다 흐릿하고 어지럽네. 같이 보자."

"타자기가 안 좋았던 것 같아요. 그때는 한국 외무부도 너무 빈곤해서 고물 타자기를 썼는지."

미소 짓는 아버지 옆으로 내가 의자를 옮겼다. 서류에 '쿠바 대사'란 말이 등장했다. 즉각 당신이 반응을 냈다.

"쿠바 대사, 참 좋은 사람이었다."

요나스 요나손이 잊지 못하는 그 인물을 이미 나는 노트북에 살려놓았다.

비자를 신청하려는 일본인 청년처럼 쿠바대사관에 들어선 윌리엄 일병은 호텔 앞에서 택시를 잡아타기 전에 미리 그려보았던 그대로 '순조롭게' 곧장 대사와 조우하게 되었다. 만약 몇 분만 늦었더라면 늦은 오후에나 대사 면담이 이뤄졌을 것이었다. 대사가 점심 약속보다 한참 일찍 나가서 서점에 들러볼 계획으로 관용차를 대기시킨 바로 그 시각, 미군 탈영병이 망명을 청하는 사건이 발생했다. 서점 계획과 점심 약속을 취소한 대사는 윌리엄 일병의 군표와 신분증을 확인한 뒤 스페인말로 여직원에게 커피를 부탁하더니 사복 입은 미군 병사에게는 미국말로 물었다.

"쿠바로 정치적 망명을 신청한다는 것인가?"

"예. 그렇습니다."

단호히 대답한 윌리엄은 당신의 반짝이는 은발이 정말 멋지다는 말을 해주고 싶었다. 아부가 아니었다. 늙어가는 한 인간의 정령이 온통 그 억새꽃 머리칼로 눈부시게 피어난 것 같았다.

"신상부터 알아야 하니 이력과 생각을 적어봐. 영어로 써. 괜찮아."

윌리엄은 종이와 볼펜을 받았다. 취직을 위한 자기소개서와 같은 글을 길게 쓰는 동안 혼자만의 시간을 보낼 수 있었다. 빵, 소시지, 우유, 주스, 과일도 먹었다. 점심시간이 끝나고 그것을 읽어본 대사가 다시 그의 앞에 앉았다.

"복잡한 국제법 문제가 있지만, 쿠바는 정치적 망명자를 타국에 인도하지 않는다는 '하바나 조약' 가맹국이니 우선 신변에 대해서는 안심을 해도 좋아. 하바나, 우리말로는 아바나, 쿠바의 수도지."

"아름다운 도시, 혁명의 도시라고 들었습니다."

"동경했는가?"

윌리엄은 속이고 싶지 않았다.

"얼마되지 않았습니다. 탈영을 결심하면서 아바나를 선택했습니다."

대사가 눈웃음을 보였다. 탈영병이 마음에 든다는 표현으로 윌리엄은 읽었다.

"시를 아는가?"

"압니다."

"누구의 시를 좋아하는가?"

"월터 휘트먼, 앨런 긴즈버그, 특히 앨런 긴즈버그의 '울부짖음'을 애독했습니다."

"히피였구나."

"잠시 그랬습니다."

"좋아. 불우한 과거와 철학적 사색으로 구성된 청춘의 일대기를 잘 읽었어. 우리에겐 대화할 시간이 아주 길게 기다릴 거야. 나는 칠레 시인 파블로 네루다를 특별히 좋아하지. 1904년 생, 나하고는 동갑내기야. 아바나에서 어울렸던 적도 있었지. 같은 스페인어를 쓰니까 그의 시는 교감하기도 좋아. 친구를 하자고 했는데, 그 친구는 세계를 떠돌아다니더니 칠레로 돌아가 조국 개혁을 위해 정치에 투신하고 있고, 나는 여기에 와서 이러고 있지. 그러나 우리는 언제나 영혼의 친구야. 윌리엄."

대사가 자애롭게 굴었다.

"긴장을 풀고 마음을 느긋하게 가져야 해. 네루다의 인생을 보면, 그야말로 세계의 떠돌이처럼 살아왔어. 직업이 외교관이었다는 것이 그에게는 시인으로서 행운이었을 거야. 윌리엄, 한국에서 미국으로, 미국에서 베트남으로, 베트남에서 일본으로, 일본에서 또 여기 도쿄의 조그만 쿠바 영토로. 괜찮아. 또 새로운 여행을 준비하는 거라고 생각해버려. 여기서 아바나로 간다면, 쿠바의 여권으로 산티아고, 부에노스아이레스, 상파울루, 다시 이쪽 아시아의 도쿄, 평양, 베이징, 저쪽 유럽의 모스크바, 레닌그라드, 바르샤바, 마드리드, 바르셀로나, 암스테르담, 베블린, 파리, 런던, 로마, 아테네, 그 어디든 네루다처럼 자유롭게 돌아다닐 수 있게 되지. 그것은 윌리엄의 현실이 될 거야. 내가 최선을 다해 도와줄 결심이야. 외교적인 복잡한 문제는 윌리엄이 손댈 것이 아무것도 없어. 그건 지금부터 내가 맡아서 처리할 거야. 오늘 중으로 본국에 상황을 보고하면 며칠 안으로 훈령이 도착하게 돼. 그것만 지키고 따르는 것이 나의 책무야. 쿠바 정부의 훈령은 걱정할 것이 없어. 제국주의 국가로부터의 망명자에게는 최대한의 지지를 부여한다는 기본원칙을 지키는 나라가 쿠바거든. 윌리엄, 여기로 잘 왔다는 것을 알게 될 거야. 나는 잠시 나갔다 오겠지만 지금부터 우리 직원들과 편안하게 친해지는 거야."

윌리엄은 머릿속에 맺혀 있던 어떤 덩어리가 스르르 녹는 기분을 느낄 수 있었다. 대사의 말이 능란한 솜씨로 자신의 정신을 마사지해준 것 같았다. 커피를 차려준 백인 여성이 다시 나타났다. 미혼인지 기혼인지 분간하기는 어려워도 스페인계 혈통이 우성으로 나타난 것 같았다.

쿠바 대사는 윌리엄 일병을 맞이한 자리에서 내놓은 약속을 어기지 않았을까? 어떤 외교적 이중플레이를 하지는 않았을까? 내가 서울에서 찾아온 비밀해제 외교문서에는 일흔세 살의 요나스 요나손이 간직하고 있는 그의 인격을 증명해줄 만한 사실이 담겨 있었다. 한국계 미군 병사의 망명사건이 발생한 다음 날부터 십여 일 동안 쿠바 대사와 일본 외무성 고위관리가 주고받은 요구사항이 바로 그것이었다. 윌리엄의 망명의사를 수락한 쿠바 대사는 일본 외무성에 그 사실을 통보하면서 '쿠바로 입국하기 위한 출국에 따른 안전 보장'을 요청한다. 이틀 뒤 일본 외무성은 쿠바 대사를 초치해 '불인정' 통보와 함께 '신병 인도'를 요구한다. 즉석에서 쿠바 대사가 '인도 거부'를 표명한다. 3월 31일 일본 외무성이 '신병 인도'를 재차 요구한다. 4월 5일 쿠바 대사는 '본국 훈령에 따라 일본 외무성에 정식으로 인도 거부'를 통보한다.

그 다음은 재미없는 기록이었다. '미 국방성이 동인이 한국전쟁 고아로서 미국인의 양자로 입양되었으며 한국 국적과 미국 영주권 소지자라고 발표했다고 함'이라는 보고 밑에 주일한국대사관의 '불길한 예측'이 달려 있었다.

쿠바대사관측은 동인을 요코하마 발 '바이칼호'의 다음 선편으로 소련을 경유해 쿠바로 보내고자 하나, 동인이 한국인이니 북한에 가겠다는 의사를 표명할 수 있음. 쿠바든 북한이든 실제로 가면 국제적으로 공산측의 큰 선전자로 나서게 되는 '불길한 예측'에 대해 일본 정부도 대책을 검토 중이라 함. 아측은 면담에서 여하한 경우에도 동인이 북한이나 쿠바로 보내져서는 안 된다는 견해를 최우선 표명함.

이 보고를 받은 대한민국 외무장관이 주일대사에게 긴급훈령을 날렸다.

'불길한 예측'은 필히 막아야 함. 본건 케이스가 북괴나 쿠바로 보내지는 일이 없도록 미측과 협조하여 최선을 다하기 바람.

아버지가 쓴맛을 삼켰다. 나는 아픈 데를 찔러서 위로하려 했다.

"윌리엄 일병, 손진호는 오로지 공산국가의 프로파간다로 활용될 수 있다는 위험성 때문에 한국 정부와 일본 정부, 특히 한국 정부의 주목을 받아야 했던 겁니다."

"그러게 말이야. 이런 경우에 야박하다고 하지?"

"야박하다, 맞습니다."

당신이 하고 싶은 말을 완성했다.

"야박하게 말이야, 그래도 한국 국적도 가진 고아 출신이었는데, 고독한 한 인간의 신변 안전에 대한 염려에는 손톱만큼의 관심도 보여주지 않고 말이야. 그렇지?"

"예. 정말 야박했습니다."

아버지가 괜스레 툴툴거리고, 아들은 맞장구를 쳤다.

그 뒷장에는 주일대사가 긴급히 파악해 외무장관에게 보고한 '요코하마를 출입하는 소련 선박(정기항로)의 1967년 4월 선편 상황'이 나와 있었다.

'쓰르그메니아'호 : 4월 6일 11시 출항, 8일 나호트카 입항(일본 외무성 북동아과장은 금조에 조회한 바, 금일 선편으로 손진호가 출국한다는 것은 생각될 수 없다고 논평함). 4월 12일 요코하마 입항, 13일 동 출항, 15일 나호트카 입항.

'바이칼'호 : 4월 16일 요코하마 입항, 17일 동 출항, 19일 나호트카 입항. 24일 요코하마 입항, 25일 동 출항, 29일 홍콩 입항, 5월 2일 홍콩 출항, 6일 요코하마 입항, 7일 동 출항, 9일 나호트카 입항.

'하바로프스크'호 : 4월 26일 요코하마 입항, 27일 동 출항, 29일 나호트카 입항.

아버지가 안경을 벗고 캔맥주를 마셨다.

"이 문서에 나오는 쿠바대사관의 윌리엄은 다른 문헌들에 나오는 것과 일치한다고 했지?"

"예."

"일본 외무성 관리들의 말이나 일본 신문에 나온 베헤이렌 사람들의 말을 듣고 주일한국대사관이 이 보고를 만들었고, 다른 문헌들도 비슷한 과정을 거쳐서 만들어졌을 테니, 그럴 수밖에 없겠다."

"이 문서나 그런 문헌과는 다른 사정이 있었다는 말씀이군요."

"그렇고말고. 나호트카는 어디쯤 붙어 있나?"

"블라디보스토크는 아시지요?"

"러시아의 극동, 한반도 북쪽과 가까운 항구잖아."

"예. 나호트카는 블라디보스토크보다 더 동쪽에 있어요. 아버지가 '한국 국적 소지자'니까 일본 외무성 동북아과장이 주일한국대사관과 소통을 했던 겁니다."

"이런 케이스에는 개인의 국적이 가장 중요했던 거였어. 국가를 벗어나고 싶었던 내가 어린아이 때 떠났던 그 국가에도 여전히 묶여 있었던 거야. 그래서 골칫거리가 됐던 건데, 어차피 신변 안전에 대한 관심이 없었다면 그냥 풀어줬을 일이지. 허허, 그거 참."

아버지가 혀를 찼다. 눈빛은 웃고 있었다. 나는 냉장고에 넣어둔 캔맥주 두 통을 더 땄다. 같이 목을 축였다.

"이제 얼마 안 남았네. 남은 것들은 혼자서 봐도 되겠다."

숙제를 맡긴 교사처럼 느긋해진 나는 가방에서 책을 한 권 골라냈다. 장편소설보다 더 두꺼운 시집, 고은 시인의 『무제시편』이었다. 아버지는 알고 있지만, 나는 여행 가방에 시집을 빼먹지 않는다. 화장품, 칫솔, 치약, 그리고 시집. 이런 차례로 챙긴다고 해도 어색하지 않겠다. 내 생각에는 여행의 독서로는 시집이 제격이다. 완결된 작품을 한 편씩 만날 수 있으니 여유의 길고 짧음에 구애를 받지 않는 데다 책을 펴고 닫기에 아무런 거리낌이 없어서 좋았다.

방안에 침묵이 드리워졌다. 아버지는 아득한 과거 속으로 몰입하고, 아들은 잠시 어둔 창 너머로 시선을 풀었다. 거대한 불빛 덩어리로 둔갑한 호화 크루즈 여객선이 부산으로 가는지 상하이로 가는지 유유히 고베 항구를 벗어나고 있었다. 나는 아버지에게 말을 걸고 싶었다. 그때 저런 배를 타고 중국이나 북한이나 쿠바로 가셨더라면 지금쯤 어떤 인생을 살고 계실 것 같아요? 이 질문이 목에 걸렸다.

내가 화장실을 다녀왔다. 아버지는 복사 문서의 마지막 두 장을 남겨뒀다. 그 내용을 나는 안 봐도 알 수 있었다. 1968년 1월 중순에 도쿄 한국대사가 본국 외무장관에 보낸 전문이다. 신년 벽두부터 금일까지 일본 신문들의 보도를 종합해볼 때 쿠바대사관을 빠져나와 종적을 감춘 '동인'은 국외로 출국했음이 확실시되며 중국이나 소련을 경유해 북한으로 들어갈 가능성이 높다는 것. 아버지가 안경을 벗고 아들을 바라보았다.

"1968년 1월 중순에 베헤이렌이 쿠바대사관에서 갑자기 사라진 손진호의 행방에 대한 기자회견을 했다, 이 사실을 나는 그때 그 작가의 집에 있으면서 그 작가한테 전해 듣기도 하고 그 작가가 읽어준 신문에서 보기도 했는데, 이 문서는 그 기자회견에 대한 일본 신문들의 보도에만 의존하고 있으니, 나를 보호해주려는 베헤이렌의 트릭에 속았던 거구나."

내가 불끈 주먹을 쥐었다.

"그런데 2월 초순이 되어도 손진호는 평양의 선전매체에 등장하지 않았으니 일본 경시청 간부들이 강 선생님네 사랑의 꿀단지를 건드려야 했었나 봅니다."

아버지는 새삼 퍼즐을 맞춰보는 표정이었다. 강 여사도 오늘 오후에 커피를 마시며 자신이 아는 그때의 전후 정황을 들려줬지만, 나는 노트북에 '쿠바대사관의 윌리엄 일병'을 가지런히 담아두고 있었다.

3

쿠바대사관 담장 너머의 사쿠라꽃들이 가뭇없이 사라졌다. 그것은 윌리엄의 대사관 망명생활이 벌써 한 달을 채웠다는 계절의 신호였다. 그는 확실히 알고 있었다. 시인 네루다의 친구라는 대사가 스스로 '죽이는 의무'를 벗어던진 한 미군 병사에게 여행의 자유를 제공해주려던 노력들은 헛되이 버려졌다는 것을.

대사관 밖으로 나오기만 하면 즉각 체포해서 미군 헌병대에 넘기겠다는 일본 정부의 요지부동 원칙을 비웃어줄 수 있는, 오히려 그쪽을 먼저 지치게 할 수 있는 방안은 무엇인가? 대사관의 메이데이 휴가를 앞둔 점심 무렵에 커피를 두 잔씩 마신 대사와 윌리엄이 악수에 담은 숙의의 결론은 한 문장이었다.

"우리는 장기전으로 간다."

쿠바대사관의 첫날밤부터 독방을 누리게 되었던 윌리엄은 어느덧 대사관 유폐생활에 익숙해 있었다. 기숙사 생활을 하듯 자신의 일과표에 따라 움직이는 청년이었다. 7시 기상, 체조, 세면, 아침식사, 날짜 지난 영어 신문이나 시사지 읽기, 독서, 점심식사, 구내 산책, 탁구, 독서, 명상, 저녁식사, 방에서 혼자 일본 텔레비전 시청, 취침. 이렇게 쪼개진 시간에 자신을 끼워 넣는 일상생활을 지겨워하지 않으려 애를 쓰고 있었다. 수도승처럼 지내야 한다고 스스로 다그치곤 했다. 물론 핵심 문제는 출구였다. 언제 어떻게 대사관을 나갈 것인가? 이 궁리에 매달리는 시간에는 감옥에 갇힌 죄수와 다를 것이 없다는 울화통이 치밀기도 했다.

5월 하순의 어느 오전이었다. 날씨는 화창했으나 윌리엄은 방에 틀어박혀 우울증을 타고 있었다. 장기전, 그래, 이 장기전의 종점은 언제고, 거기서 나는 어떻게 된다는 것인가? 이런 강박이 한 청년의 삶을 옥죄는 때였다. 대사가 그를 집무실로 불렀다.

"오늘은 지친 표정이구나."

대사가 시거 연기를 길게 불었다. 가녀린 연기 한 가닥이 그의 정수리를 내려다보는 카스트로의 수염 앞에서 스러지고 있었다. 윌리엄이 먹고 싶은 음식을 겨우 참듯이 침을 꼴깍 삼켰다.

"막막한 시간을 견뎌내는 인간은 담배를 더 찾게 되는데, 윌리엄은 금연을 하는군."

탈주병의 금연 도전은 이미 달포를 채웠다. 목이 좋지 않아서라는 명분이 사실은 핑계였다. 담배라도 끊어서 대사관 신세지기의 목록을 하나라도 줄여보겠다는 뜻이었다. 그가 담배와 무관한 말을 꺼냈다.

"어린 시절이었습니다. 이 손에 어미 종달새를 넣어본 적이 있었습니다. 고향의 말로는 종달새를 노고지리라고 불렀습니다."

"노, 고, 지, 리."

"예."

"노고지리, 아름다운 이름 같구나."

윌리엄은 두 손을 내밀어 송정분교 앞 밀밭에서 송기수와 놀았던 어린 시절의 한 장면을 묘사했다.

"저의 두 손에 갇힌 어미 노고지리는 포근한 몸이 할딱거림 그 자체였어요. 사과 씨앗 같은 그 눈빛은 슬프게 젖어 있었고요. 그래서 저는 풀어주고 말았습니다. 눈 깜짝 하는 사이에 허공으로 날아오르더군요."

"잊지 못할 경험이었구나."

"예. 그런데 저의 현재 처지가 그 노고지리와 같다는 생각이 들었습니다. 저의 손은 그때 노고지리를 풀어줬지만, 저를 잡고 있는 국가라는 손아귀는 저를 풀어줄 기미도 없고 기약도 없지 않습니까?"

대사가 시거를 재떨이에 놓았다.

"그때 윌리엄이 노고지리를 풀어줬으니 언젠가는 윌리엄도 풀려날 거야. 1967년은 우리 대사관에서 우리 직원처럼, 가족처럼 보내면 되는 거야. 베트남전쟁에 나가 있다고 생각해봐. 답답할 때는 베트남과 여기를 비교해보는 것이 도움이 될 거야. 장기전으로 간다고 했으니, 언젠가는 무슨 방법을 잡게 될 거야."

"대사님, 저의 손이 그 노고지리를 풀어준 게 아니라 그 노고지리가 스스로 떠났다고 생각할 수도 있지 않겠습니까?"

"그렇게 생각할 수도 있지."

"그 노고지리는 저의 손이 좋았다면 그냥 앉아 있으면 되는 거였지요."

"맞아. 윌리엄, 손진호, 너는 그 노고지리처럼 스스로 선택할 수 있어. 무슨 말인지 알겠어. 여기든 저기든." 하고 손가락으로 바닥과 천장을 차례로 가리킨 대사가 좀 엄격한 표정으로 말을 이었다. "그러나 마음을 조급하게 먹으면 안 되는 거야. 이걸 읽어봐."

대사가 자기 앞에 놓인 신문을 윌리엄에게 밀었다. 재팬 타임스, 영어 신문이었다.

"1면에 펜으로 표시해둔 부분만 읽어봐. 평양에서 나왔다는 거야."

윌리엄은 붉은 펜으로 둘러친 기사를 읽었다.

주일쿠바대사관에 망명한 한국계 미군 병사 손진호는 베트남전쟁을 반대하며 미제국주의와 남한괴뢰도당이 강요한 노예생활을 거부하고 자유를 얻으려는 용감하고 정의로운 행동을 보였다. 미제국주의자들은 양자라는 허울로 손진호를 한국으로부터 미국으로 데려가 심하게 부려먹은 후 베트남전쟁으로 끌고 갔으며, 손진호야말로 남한괴뢰도당들이 이민, 인력수출, 입양이라는 이름으로 애국자를 팔아먹은 대표적인 사례다. 일본 정부는 미국에 맹종하기 위하여 국제법과 국제관행을 무시하면서 무슨 짓이든 하려고 한다. 미제국주의를 반대하고 정의를 추구하는 인민들이 손진호를 보호하고 그에게 자유를 안겨줘야 한다.

윌리엄이 신문을 뒤집었다.

"정치적 비난이고 선동이니까 거짓말도 섞는 거지."

대사가 대수롭잖게 말했다.

"개인은 없군요."

"개인은 시의 품에나 있지."

대사가 웃었다. 윌리엄이 두 손을 털었다.

"나는 그 마음을 이해해. 그런 기사가 암시해주는 문제는 손진호가 여전히 주목을 받고 있다는 거지. 스페인 신문, 프랑스 신문, 무슨 무슨 유럽 신문들에도 손진호의 사연이 나왔다고 본국에서 알려줬어. 미국이든 일본이든 손진호를 함부로 못하게 하기 위해 노력한 결과지. 그래서 오늘은 우리 대사관이 직접 나서서 우리 손님을 일본 언론에 노출하면 어떨까, 궁리하고 있어. 윌리엄, 손진호는 여기서 잘 지내고 있다는 사실을 실물사진과 함께 일본사회에 널리 알려주려는 거지."

"일종의 선전입니까?"

윌리엄이 거부반응을 드러냈다.

"장기전에도 도움이 될 거야. 여기 이렇게 잘 있다. 자, 보았지? 그러니 이제는 잊어버려도 돼. 이런 효과가 있을 거야. 강요하지는 않겠어."

윌리엄은 골똘히 생각했다. 그래, 대사의 뜻을 이해하자. 선전이든 뭐든 좋다. 금연을 택한 심정으로 협력을 하자. 이런 결정이 밝은 목소리로 나왔다.

"머리는 학생처럼 깎고 사진을 찍읍시다. 앞으로는 머리를 기를 겁니다. 물론 히피 스타일의 장발은 피할 겁니다. 그건 너무 눈에 띄니까요."

"여기서 나갔을 때를 생각하는구나. 좋아. 뜻이 있는 곳에는 길이 있어. 머리를 깎고 탁구대로 가자. 탁구 치는 모습이 좋을 것 같아. 그러면 얼굴도 크게 안 나오니까 더 좋지."

두 사람이 밝게 웃었다. 퍽 낙관적인 순간이었다.

"장기전에는 추억이 많으면 좋은데, 아직 젊으니까 추억이 풍부하진 않겠지만, 윌리엄에게도 그게 있었는지 모르겠어."

대사가 미소를 지었다. 윌리엄은 가만히 있었다.

"섹스 경험은 있겠지?"

윌리엄은 낯이 화끈거렸다. 임질부터 떠오른 것이었다.

"여전히 유교적이군. 내가 묻고 싶은 건 섹스가 아니야. 그건 이 대사관 안에서도 눈이 맞으면 가능한 일이지 않나? 윌리엄은 사랑을 해봤는가? 러브, 영혼이 떨리고 온몸이 떨리는 사랑, 그걸 묻고 싶은데, 그런 사랑이 있었다면 오늘처럼 답답한 날에는 그런 사랑을 회고해보는 거지. 아니, 글로 써보는 것도 좋을 거야. 그러면 시간이 물처럼 잘 흘러갈 거야."

불현듯 윌리엄의 눈앞에 얼굴 하나가 나타났다. 그는 펜과 종이를 부탁하고 싶었다.

4

흰 수염 푸른 눈 신부가 여름방학 선물을 내놓았다. 해수욕이었다. 진호는 3조, 영희는 4조였다. 송정원 뒤쪽의 솔숲을 지나면 해수욕장이었다. 솔숲은 두텁게 이뤄지고 있었다. 일본군이 심었다는 곰솔들은 흰 수염 푸른 눈 신부보다 훨씬 크고, 수녀들이 심고 키운 곰솔들은 수녀나 아이의 키만큼 자라났다. 11시에도 못미처 백사장은 벌써 군불을 때둔

구들장처럼 지글지글했다. 정오에는 맨발로 한자리에 몇 초를 못 버틸 것이었다. 해수욕장은 텅 비었다. 아이들의 독차지였다. 검정 우산을 받친 수녀들이 아이들을 바닷가 모래밭에 늘어세웠다.

"자, 준비체조부터 합시다."

하얀 베일의 젊은 수녀가 보여주는 동작을 아이들이 따라하는 방식이었다. 두 팔을 뻗치고, 발목과 손목을 돌리고, 쪼그려 앉았다 일어서고, 허리를 돌리고, 심호흡을 했다. 마지막은 주의사항이었다.

"옷은 각 조별로 수녀님들의 우산 앞에다 예쁘게 놓아두면 됩니다. 가장 중요한 것, 모두 주목, 저 앞에 깃발 두 개가 보이지요?"

"예에—."

아이들은 엔간히 들떠 있었다. 진호도 그랬다. 조별 대표들을 뽑아 헤엄대회를 열기만 한다면 일등을 차지할 것 같았다. 전쟁이 터지기 전에 동네 아이들과 저수지에서 헤엄시합을 벌였던 기억이 일으켜 세운 자신감이었다.

"저 깃발은 오늘 아침에 신부님께서 직접 꽂아둔 겁니다. 여러분들이 저 깃발을 넘어가면 너무 깊어서 사고가 날 수 있어요. 절대 넘어가서는 안 됩니다. 알았지요? 모두 약속하나요?"

"예에—."

늘어진 아이들의 대답을 바다의 두 깃발이 커다란 귀처럼 받아주는 듯했다. 해안선과 가까운 백사장에는 활짝 펼쳐진 검정우산 일곱 개가 나란히 놓였다. 1조부터 7조까지 감시자 노릇을 맡는 조장 수녀들이 앉을 자리였다. 아이들은 자기 조장의 우산 앞에다 벗은 옷을 대충 말아서 슬리퍼 위에 올려놓았다. 남아들은 팬티 차림이고, 여아들은 위아래에 얇은 옷을 걸쳤다.

바다는 호수처럼 잔잔했다. 진호는 자맥질하듯 바닥으로 가라앉았다. 꽉 닫았던 눈꺼풀을 조심스레 떼어 보았다. 짠물인데 눈이 따갑지 않았다. 바닥이 고스란히 드러나 보였다. 깨알 같은 모래알갱이들, 요런조런 조개껍질들과 고동조각들, 형형색색 자잘한 돌조각들, 송사리 같은 물고기들……. 수면 위로 얼굴을 내민 진호는 숨을 들이쉬며 깃대까지 다녀오겠다는 마음을 먹었다. 눈어림으로는 기껏 오십 미터쯤이었다. 느릿느릿 개구리헤엄으로 잔물결을 헤치며 나아갔다. 깃대를 잡았다. 깊이가 궁금했다. 밑으로 뻗은 엄지발가락에 모래알이 짚여 뒤꿈치도 내렸다. 수면이 살랑살랑 코끝을 건드렸다. 호각소리가 물수제비처럼 날아왔다. 준비체조를 시켰던 수녀가 한 손을 휘저으며 부리나케 호각을 불어대고 있었다. 그는 얼른 오른손을 흔들어 보이며 바닥을 차고 올라 자유형 헤엄으로 속력을 냈다.

"놀랐잖아."

"깃발을 넘어가진 않았어요."

진호가 숨을 몰아쉬며 싱글거렸다.

"그건 맞다. 그래도 조심해야지. 쉬었다가 다시 들어가거라."

"예."

형제자매들 모두가 바닷물에 들어가 있어도 진호는 순순히 몇 걸음 물러나 모래밭에 드러누웠다. 강렬한 햇빛이 사정없이 눈을 찔렀다. 뒤통수와 등허리는 알불을 쪼이듯 뜨거웠다. 두 발은 모래 속으로 파고들며 두 손은 부지런히 모래로 배를 덮었다. 그리고 눈과 입을 닫았다. 온몸에서 땀이 빠지는 느낌이 그냥 좋았다. 오랜만에 맛보았던 헤엄과는 영판 다른 쾌감이 뿌연 증기처럼 가슴을 채웠을 때는 팔다리가 나른히 풀어지는 것을 어렴풋이 알아차렸다.

진호가 화들짝 눈을 뜨며 윗몸을 일으킨 것은 잠결에 누군가 다급히 자기 이름을 부르는 소리를 들었기 때문이었다. 어쩌면 그것은 수녀가 불어대는 호각소리였는지 몰랐다. 수녀들이 바다로 달려가는 뒷모습을 발견한 그가 무작정 뛰쳐나갔다.

"저기, 저기!"

호각을 왼손에 거머쥔 수녀가 오른손으로 깃발 쪽을 가리키고 있었다. 다른 수녀들은 옷을 입은 그대로 바닷물에 뛰어들었다. 진호는 누군가 물에 빠졌다는 사태를 직감했다. 덩치 좋은 머슴애들이 온몸을 흔들며 허겁지겁 깃대 쪽으로 다가가고 있었다. 그는 자맥질로 그들을 앞질렀다. 저 앞에 발버둥치는 두 다리가 보였다. 이십 미터만 더 나가면 잡을 수 있겠다고 판단하며 팔다리를 더 힘차게 저었다. 옷 입은 그대로 바닷물에 뛰어든 한 수녀가 깃대 하나를 뽑아 들고 구원자를 마중하러 몇 발 더 앞으로 나갔다. 수면 위로 고개를 내밀어 한숨을 들이쉰 진호가 이내 물속으로 처박혀 바닥으로 가라앉는 아이의 뒤통수 머리칼을 틀어쥐고 그 얼굴부터 수면 밖으로 떠받쳤다.

"여기! 여기! 이걸 잡아!"

진호는 고함을 들었다. 수녀의 하얀 베일을 보았다. 작대기의 뾰족한 끄트머리도 보았다.

"영희야! 영희야! 영희야!"

진호가 울먹이며 영희를 세 번 외쳐 불렀다. 그것이 아이의 팔을 어른의 팔로 둔갑시켰다. 오른손으로는 영희의 얼굴을 수면 위에 뜨게 하고 왼손으로는 억세게 짠물을 제쳤다. 왼편 겨드랑이로 빠져 나가는 것은 짠물이 아니었다. 물컹물컹한 줄이었다. 왼손이 수녀의 작대기를 잡았다. 깃대에 모인 수녀들과 남아들이 환호성을 질렀다. 가슴 졸여 지켜보는 모든 아이들이 박수를 쳤다.

영희를 업고 뛰어나간 수녀가 젖은 모래밭에 눕혀 인공호흡부터 했다. 아이들이 에워쌌다. 다른 수녀들은 젖은 몸 그대로 꿇어앉아 기도의 자세를 잡았다. 진호는 헐떡헐떡 거친 숨을 몰아쉬고 있었다. 곧 울음을 터트릴 것만 같았다. 인공호흡 다섯 번 만이었다. 영희가 짠물을 게워냈다.

"됐다!"

진호가 탄성을 질렀다.

"됐어. 영희는 괜찮아! 하느님 아버지, 감사합니다!"

한 수녀가 기쁨에 겨워 외쳤다. 아이들이 한목소리를 냈다.

"아멘!"

진호가 한 번 더 했다.

"아멘."

영희가 다시 숨을 쉬게 되면서 송정원 해수욕은 마침표를 찍었다.

진호는 점심에 밥을 많이 먹었다. 다른 애들도 그랬다. 해수욕은 배를 몹시 고프게 하는 놀이였다. 낮잠시간에 벨라뎃다 수녀가 그를 찾았다.

"나하고 같이 가자. 신부님이 상을 주실 거야. 용감하고 정의로운 형제에게 주시는 상인데, 이 상은 조용히 받는 게 좋다고 하셨어."

진호는 벨라뎃다 수녀를 따라 아버지를 만나러 갔다. 방문은 열려 있었다. 흰 수염 푸른 눈 신부가 안경을 벗고 책상 앞으로 나왔다.

"손진호 형제, 장하구나."

은빛 털들이 보글보글한 두 손이 진호를 번쩍 안아 올렸다.

"이제는 공부를 해봐야지. 진호에게만 내가 한 번 문을 열어주는 것은 틀림없이 하느님의 뜻일 거야."

열린 문에 노크 소리가 났다. 안드레아 큰형이었다. 진호는 바닥에 내려졌다.

"안드레아 왔구나. 안드레아는 올해 11월에 프랑스로 떠날 텐데, 그 전에 특별 의무가 하나 있어. 미국 국민학교 1학년 국어책, 우리에겐 영어책인데, 이번 방학 동안에 진호가 안 보고도 전부 말할 수 있고 안 보고도 전부 쓸 수 있도록 해주는 의무야. 쉽지?"

"진호는 똑똑해서 교사가 안 좋아도 해낼 겁니다."

"진호는 영어공부를 해봐. 다 마치면 그때 내가 다시 부를 거야."

"열심히 배우겠습니다."

진호는 영문을 알 수 없어도 영어든 뭐든 배우는 것이 싫지는 않았다.

"내가 준비한 상을 줘야지."

신부가 몸을 돌려 책상 위의 누런 종이봉투를 집었다.

"책이 두 권 들어 있어. 하나는 그 미국 교과서, 또 하나는 동화책이야. 교과서를 공부하는 틈틈이 동화책을 읽어봐."

문득 아이의 눈에는 책들로 둘러싸인 아버지의 방이 거룩한 세계 같았다.

진호는 오줌이 마려워 눈을 떴다. 7시도 지나 있었다. 꼬박 열 시간 넘게 곯아떨어진 밤을 보낸 아침이었다. 팔이 뻑뻑했다. 다리는 더 뻑뻑했다. 온몸이 흠씬 얻어터진 것처럼 욱신욱신했다. 그러나 즐거웠다. 간밤을 의무실에서 지내게 된다던 영희……. 의무실은 성당 옆이었다. 동네 사람들도 찾아오기 좋은 위치였다.

진호는 꽃을 준비하고 싶었다. 얼굴을 씻고 성당 뒤편으로 갔다. 장미꽃들이 피어 있었다. 빨강, 노랑, 분홍. 망설임 없이 분홍 꽃으로 다가갔다. 빨간 꽃은 피를 토하는 것 같아서 싫고 노란 꽃은 아픈 얼굴 같아서 싫기도 했지만 자신의 가슴 깊은 곳에 찍혀 있는 영희의 첫 인상—분홍 장미꽃 같았던 얼굴을 떠올렸다. 촉촉이 이슬에 젖은 분홍 장미꽃 두 송이를 꺾었다. 하나는 꽃잎을 오므렸고, 또 하나는 나팔꽃처럼 피었다.

진호가 조심스레 의무실 문을 열었다. 문 위에서 맑은 요령소리가 떨어졌다. 소독약 냄새 같은 것이 처음 의무실에 들어선 아이의 코를 건드렸다. 약병들이 진열된 책상에는 아무도 없고, 그 옆에 붙은 하얀 문은 두어 뼘 열려 있었다. 병상은 딱 두 개였다.

"영희야."

벽을 보며 모로 누운 환자복이 흰색 홑이불을 벽 쪽으로 걷어내고 돌아누웠다.

"괜찮아?"

"응."

"자, 장미꽃이다."

"예쁘네."

영희가 꽃을 받아 코와 입술에 문질렀다.

"이제 걱정 안 해도 되겠다. 왜 혼자야?"

"수녀님은 아침 드시고 오신다고 했어. 내 미음도 가져오시고……."

분홍 장미꽃 두 송이를 이마 앞에 내려놓은 창백한 얼굴에 어쩐지 슬픈 기운이 어려 있었다. 진호는 어쩔 줄 몰랐다. 가만히 있었다. 영희의 두 눈에 이슬이 맺혔다.

"진호야, 고마워. 다 들었어. 부끄럽기도 하고 미안하기도 하고……. 나는, 어제, 그때, 정말, 죽으려, 했어."

토막토막 끊어서 겨우 털어놓은 영희가 북받치는 설움 같은 것을 어금니로 깨물었다. 눈물줄기가 베개를 보얗게 덮은 보드레한 수건으로 스며들었다.

"영희야, 왜 그래? 다 말해버려라."

진호가 영희의 볼을 어루만졌다. 그 손을 짧게 잡아준 영희가 머리맡의 수건을 집어 콧물을 훔쳐냈다. 그리고 누구에게도 말하지 않아야 한다는 약속부터 단단히 걸었다.

분교가 여름방학을 하루 앞둔 날, 글짓기 시간이었다. 제목은 셋이었다. 물새, 하늘, 모래밭. '하늘'에 마음을 두고 동시를 지으려는 진호가 창 너머로 하늘을 바라보았다. 낮게 내려앉은 회색빛 뭉게구름 틈새마다 파란 하늘이 깊은 우물처럼 드러나 있었다. 문득 노르스름한 양산을 받친 하얀 원피스의 여자가 뙤약볕 내리쬐는 모래밭을 가로질러 교무실 쪽으로 걸어오고 있었다. 수녀들만 보아온 아이의 눈에는 얼른 돋보였던 그 여자…….

영희 아버지는 인민군 의용대에 징발됐다. 두 아이를 껴안고는 도망쳐 오겠다고 다짐했다. 그러나 계절들이 바뀌어도 나타나지 않았다. 영희 엄마는 입을 하나 줄여야 했다. 딸을 송정원에 맡겼다. 엄마는 전쟁만 끝나면 2년 안에 데리러 오겠다던 약속을 지켰다. 분교로 찾아왔다. 오전 10시에 왔으나 담임이 오후반이라 했다. 좁은 교무실에서 눈물로 해후한 모녀는 밖으로 나갔다. 밀밭 보리밭 샛길을 따라 강둑으로 걸어갔다. 강둑 밑에 닿았을 때 모녀는 팽팽히 맞서고 있었다. 엄마는 아버지만 기다리고 있을 수는 없다고 했다. 영희는 알아차렸다. 엄마에게 새 남자가 생겼다는 것을. 엄마는 혼자서 강둑을 따라 시내로 건네주는 다리 쪽으로 올라가고, 딸은 혼자서 밀밭 보리밭 샛길을 따라 분교로 돌아왔다.

"엄마는 내년 2월에 나를 데려가겠다고 했어. 나는 절대로 안 간다고 했어. 여기서 살 거니까 잊어버리라고 했어. 그래서……."

야무지게 울음을 깨문 영희가 몇 차례 한숨을 쉬고 말을 이었다.

"정말 죽으려고 했던 거야. 수녀님들 몰래 물속으로 헤엄쳐가서 깃발을 넘어 깊은 데까지 들어갔던 거야. 힘이 다 빠졌지……. 이건 아무도 몰라. 진호한테만 고백한 거야. 고해성사 때도 비밀로 할 거야. 영원히 비밀로 할 거야. 하느님 아버지는 알고 계시겠지만, 그래도……."

진호가 영희의 손을 잡았다.

"그래. 그렇게 해. 괜찮아. 살아 있으면 됐지."

영희도 진호의 손을 꼭 잡았다.

"진호야. 고마워."

"그런 말을……."

영희가 손을 풀었다. 진호는 좀 아쉬웠다.

"진호는 커서 어떤 사람이 될 거야?"

"생각을 못해 봤는데……. 신부님이 영어책을 주시면서 안드레아 큰형에게 나한테 가르치라고 하셨는데, 그거 공부해 보고 재미있으면 영어로 뭐를 해볼까. 잘 모르겠어. 어떤 사람이 될지, 그런 생각도 해보지 뭐. 영희는 어떤 사람이 될 건데?"

진호가 하얀 앞니를 드러냈다.

"나는 수녀가 될 거야. 여기서 공부해서 수녀되기로 결심했어. 벨라뎃다 수녀님 같이 되는 게 내 꿈이야. 확실히 정했어."

영희는 단호했다. 진호는 명치에 강한 주먹을 먹은 듯했다. 미래의 예쁜 각시가 별안간 가뭇없이 사라져버렸다.

"왜 그래? 내가 수녀되는 것이 싫어?"

"그런 게 아니고."

"아버지가 돌아오셔서 엄마하고 동생하고 같이 살아가게 된다면 몰라도……. 아니, 아니, 나는 수녀가 되는 것이 좋아. 꼭 수녀가 될 거야."

영희는 설핏 흔들린 마음을 야물게 다잡았다. 진호는 숨이 멎는 기분이었다. 다만, 들키고 싶지 않았다.

5

오전 11시쯤 대사가 윌리엄을 집무실로 불렀다. 전날 오후에 필름 한 통을 소비하며 직접 찍었던 사진들 중에 석 장을 골라놓고 있었다.

윌리엄이 서브를 넣으려는 장면, 여직원이 왼손 쪽으로 낮게 넘겨준 공을 그가 되받아 치려는 장면, 여직원이 오른손 쪽으로 좀 높이 넘겨준 공을 그가 세게 때리려는 장면.

사진들의 등장인물과 배경은 동일했다. 두 달 꼬박 기른 머리를 미련 없이 짧게 깎아버린 윌리엄만 나온다. 흑백사진에 잘 받는 흰색 점퍼를 입었다. 대사관에서 마련해준 옷이다. 탁구대는 정원 한쪽에 차려져 있고, 그의 등 뒤로는 우거진 정원수들이 찍혀 있다.

"동작이 잘 잡혀서 기자들이 좋아할 거야."

대사가 은근히 사진 실력을 내세웠다.

"은퇴하시면 카메라 들고 세계 여행을 떠나세요."

윌리엄의 재치 있는 칭찬을 대사가 익살스레 받았다.

"카메라만 잘 다루면 뭐해? 나의 친구 네루다처럼 여자를 잘 다룰 줄 알아야지."

윌리엄은 적절한 맞장구를 찾지 못해 쑥스럽게 웃기만 했다.

"보도자료를 같이 내라고 해야 하는데, 스페인어 공부에 열중하고 있다, 네루다의 시를 스페인어로 읽을 계획이다. 이렇게 스페인어 공부를 강조해야 쿠바로 들어가려 한다는 열망을 전달할 수 있지 않을까? 이건 정치적 선전도 포함하는 거니까 좀 꾸며 놔야지."

윌리엄은 굳이 반대하고 싶지 않았다.

"미제국주의를 열심히 비난하고 있다는 것보다는 훨씬 근사해 보이겠습니다."

"그런 정치선동은 빼고 생활 위주로. 좋아. 약속하지."

그날 잠자리에 들어 윌리엄은 궁금증이 돋아났다. 아주 오랜만에 느끼는 감정이었다. 쿠바대사관에 들어온 뒤 처음으로 자기 존재를 스스로 감지하는 밤이었다. 일본 신문들이 쿠바대사관에 갇힌 한국 국적의 미군 병사 한 명에게 어느 정도 관심을 보여줄까? 무시하지는 않을까? 미국의 입장만 난처하게 만들 거라며 사진과 보도자료를 휴지통에 처박지나 않을까? 아니, 어쩌면 '나'라는 보잘것없는 한 존재를 인간의 양심, 인간의 자유라는 거울에 비춰줄 수도 있지는 않을까?

윌리엄은 일과표보다 훨씬 늦게 잠이 들었다. 그것이 그대로 늦잠으로 이어졌다. 맨손체조를 빼먹고 세면을 마친 그가 정원으로 나갔다.

"좋은 아침. 윌리엄은 쿠바대사관에 갇혀 스페인어 공부에 열중하고 있다네."

대사가 오른손의 신문을 흔들어 보였다.

"나왔습니까?"

"저리로 가지."

대사가 탁구대 위에 신문을 활짝 펼쳤다. '탁구 치는 윌리엄'의 사진이 톱기사로 등장해 있었다. 여직원이 왼손 쪽으로 낮게 넘겨준 공을 그가 되받아 치려는 장면이었다. 반지를 낀 중지가 검은 바탕의 흰 글씨들을 찍었다.

"갇힌 채 두 달 넘어, 이런 뜻이야. 이 기사에는 윌리엄이 한국 고아 출신의 미군으로 베트남전쟁에 나갔다가 일본에서 휴가 중에 탈영했다는 사실을 일본사회에 새로 환기시키듯 자세히 쓰고 있어. 기특하게도 스페인어 공부와 네루다의 시를 빼지 않았고. 베트남에 평화를 돌려줘야 한다, 이 주장이 유일한 정치적 주장으로 나왔어. 하긴 그거야 정치적 주장이 아니라 윌리엄의 양심이라고 해야지."

그는 신문에 찍힌 자신을 뚫어지게 들여다보았다. 어쩐지 퍽 낯설었다. 부유한 집안의 일본 청년이 걱정거리 하나 없이 정원의 탁구대에서 한가로이 여유를 즐기는 모습이었다.

"사진 설명에는 '손진호'가 앞이고 괄호 속에 '윌리엄 일병'이 나와. 그러니까 그 사진의 제목은 '탁구 치는 손진호'라고 해야 돼."

대사가 말을 이었다.

“최초의 계획을 바꿔서 이 신문사 기자에만 줬어. 당신에게만 주는 거다, 이래야만 기자는 특종 욕심을 발동하거든. 성공했어. 이 신문 하나만 해도 오늘 아침에는 일본사회 전체가 손진호, 윌리엄 일병, 쿠바대사관을 이야기하게 될 거야. 언젠가는 틀림없이 구멍이 생기게 돼 있어. 우리는 장기전으로 그 구멍을 기다려야지. 자유의 구멍, 해방의 구멍은 기필코 ‘탁구 치는 손진호’의 것이야.”

대사가 젊은 어깨를 쓰다듬었다. 윌리엄은 신문의 자신 앞에서 여태 한마디도 감사 예의를 드러내지 않았다는 점을 퍼뜩 깨달았다.

“며칠 뒤 일본에 선거가 있어서 사회당이나 공산당 후보로 나가면 최연소 당선의 영광을 차지할 것 같습니다.”

“역시 윌리엄은 시인의 자질이 있어. 좋은 표현이야. 하루아침에 다시 유명해진 윌리엄을 위하여 아침부터 축배의 노래를 틀어놓고 축배 한잔을 해야겠어. 우리는 그런 아침식사를 충분히 누릴 자격이 있어.”

윌리엄이 탁구대 위의 신문을 가지런히 접었다.

“말씀하셨던 그 러브에 대해 생각을 해봤습니다.”

“오우, 그런 러브가 있었나? 인생의 중대한 의미를 경험했던 거구나.”

“좋아한다, 사랑한다는 말을 다른 방식으로 표현할 수도 있었는데, 그걸 못했습니다. 물론 어렸을 때 일입니다. 입양을 나오게 되었을 때, 여자애에게 편지를 남겼습니다. 어제는 몇 시간 동안 그 일만 생각했습니다.”

“얘기를 해봐. 유망한 무명 시인의 첫사랑이 궁금해지는군.”

윌리엄은 감추고 싶지 않았다. 최영희에 품었던 감정이 고스란히 스며든 추억들을 죄다 털어놓았다. 제법 긴 시간이 냇물처럼 흘러갔다.

"가을이 오는 선선한 아침이었습니다. 미군 장교의 지프차가 태우러 오는 날이 밝았던 겁니다. 손진호를 입양할 맥거번 중령은 10시에 수녀원으로 온다고 했습니다. 저는 창가 침대에 엎드려 공책에 편지를 썼습니다. 며칠이나 고심해온 편지를, 영희에게 남길 편지를 드디어 쓰는 것이었지요. 안드레아 큰형에게 편지만 맡기고 작별인사 없이 떠나겠다는 결심까지 세워두고 있었습니다. 고심의 길이에 비하면 편지의 길이는 아주 짧았습니다. 그 편지만은 직접 복기해봤습니다. 정말 시간 가는 줄 몰랐습니다. 읽어드릴게요."

대사가 지그시 눈을 감았다. 윌리엄은 주머니의 종이를 꺼내 읽었다.

최영희에게.

영희야. 나의 잊을 수 없는 친구, 영희야.

분교 교실에는 송기수가 있어서 더 좋았고, 송정원에는 최영희가 있어서 더 좋았다.

미국이 어디 붙었을까? 지도로만 보았다. 내가 아는 것은 영어를 쓰는 사람들이 모여 살고, 우리나라보다 훨씬 잘사는 나라라는 것이다.

이제 아기만큼은 영어를 알게 되었다. 이 편지를 맡기는 안드레아 큰형의 도움이 없었다면 그것도 못했을 것이다.

영희야, 보고 싶을 거야. 그러나 참을 거야.

영희야, 벨라뎃다 수녀님 같은 수녀님이 되고 싶은 영희야. 그 꿈을 꼭 이룰 것이라고 믿는다. 사람은 꿈이 있어야 하겠지? 나도 언젠가는 꿈을 간직하도록 할게.

영희야, 가을이다. 앞으로 나는 가을을 미워하게 될지도 모르겠다.

영희야, 언제나 건강하게 잘 지내라.

최영희, 안녕—.

대사가 박수를 쳤다. 그 은발이 또다시 윌리엄의 눈에는 찬란히 피어난 내면의 꽃처럼 보였다.

"아름다운 편지였구나. 여자애는 평생을 잊을 수 없을 거야. 그런데 편지에서 사랑한다는 표현을 우회적으로라도 하지 못했다는 것은 무슨 말인가?"

윌리엄은 그날의 망설임이 새록새록 되살아났다.

"정말 힘들었습니다. '너의 꿈이 수녀님이 아니었다면 나는 맥거번 중령을 따라가지 않을 것'이라는 말을 끝내 쓰지 못했던 겁니다. '수녀님이 되고 싶은 영희야', 이 다음에다 그 문장을 넣을지 말지 입술을 말리며 고민했지만……."

"윌리엄, 가슴이 순수하구나. 그러나 다음번에는 용기를 내야 해. 용기 있는 자가 사랑을 차지한다는 말은 그런 경우에도 들어맞는 거야."

대사가 청년의 등을 어루만졌다.

6

회색 도요타 승용차는 2017년식으로 3만 킬로미터쯤 달린 차였다. 내가 운전석에 앉았다. 아버지와 강 여사는 뒷자리에 늙은 오누이처럼 나란히 앉았다.

"운전석이 오른쪽이니까 낯설지 않아요?"

강 여사가 내비게이션을 교토 '청수사(淸水寺)'에 맞추는 운전사에게 살가운 염려를 넘겼다. 대답은 아버지가 했다.

"경험이 있어요. 괜찮아요."

나는 운전대가 오른쪽에 달린 승용차를 몰아본 적이 있었다. 2016년 겨울에 어머니 생일을 기념해 가족 셋이서 영국을 돌아다녔을 때였다. 마지막 가족여행이 되고 말았지만.

"런던에서 에든버러까지 왕복을 했습니다. 그때 따님이 거기 계신 줄 알았다면 만나봤을 겁니다."

내가 설명을 더 보태고 기어를 움직였다.

"자, 그러면 점심은 교토에서, 출발."

강 여사는 신나는 아이 같았다. 앞으로 두 분이 진짜 오누이처럼 지내게 되기를 바라는 마음으로 나는 렌트카 점포의 마당을 빠져나갔다. 두 노인이 곧 대화를 열었다.

"손 선생님은 왜 이번에 도쿄는 안 가기로 했어요? 그때 도쿄에 가장 오래 있었잖아요? 자료를 보면, 쿠바대사관에만 8개월이나 있었잖아요?"

"9개월이었어요. 도쿄에 간다면, 쿠바대사관에 꼭 가봐야겠지만, 지금은 인터넷으로 보니 그때 그 정원 있는 집이 아니더군요. 연립주택 같은 데로 옮긴 모양입니다. 대사관에서 빠져나온 나를 한 달 넘게 돌봐줬던, 도쿄 근교에 살았던 그 작가도 오래전에 세상을 떠났다고 하니……. 집도 없어지고 사람도 없어진 그곳에 가서야……. 다른 이유는 없고, 그래서 도쿄는 빼기로 했어요."

"그때 쿠바대사관은 괜찮았던가요?"

"갇혀 지낸다, 나갈 길이 막막하다, 이것만 아니었다면 아주 좋은 하숙집이었지요. 네루다와 친구라는 대사부터 직원들까지, 모두가 가족처럼 대해줬어요. 더구나 하숙비도 안 받았잖아요? 공짜로 먹여주고 공짜로 재워주고, 그런 하숙집이 어디에 있나요?"

아버지가 쾌활하게 웃었다.

"어제 저녁에 케케묵은 자료들을 뒤져봤어요. 베헤이렌 저널에 내가 직접 넣었던, 쿠바대사관 정원에서 탁구 치는 사진도 찾아냈어요."

"그 사진은 제목이 '탁구 치는 손진호'지요. 대사의 솜씨였고, 대사가 직접 붙인 제목이었지요."

"우리 사람들이 그 신문을 보고는 무사하구나, 잘 버티고 있구나, 했답니다."

"간밤에 봤는데 '탁구 치는 손진호'는 한국 정부의 비밀해제 문서에도 잘 나와 있었어요."

"손진호, 윌리엄 일병은 그런 문서도 생성시켰을 겁니다. 그걸 나도 한 번 봐야겠네요."

두 노인을 즐겁게 만든 '탁구 치는 손진호' 보도는 그 문서에도 기사를 요약한 보고문으로 찍혀 있었다.

일본측은 인도를 요구하고 쿠바측이 대사관의 비호권을 주장하며 신병인도를 거부하니 암초에 걸린 배와 같아서 이대로 가면 동인이 영원한 유폐인이 될 것 같다고 보도함. 쿠바대사관측은 "만약 일본에서 쿠바인이 주일미국대사관에 망명하면 일본 정부는 곧 미국으로 출국시키는 것이 아닌가?"를 반문했다는 것임. 한편, 일본 외무성 동북아과장 면담에서는 '경시청은 외교상의 사건이므로 외교 루트를 통하여 해결해야 하니 최근에는 동대사관 부근의 경계를 풀고 교섭을 기다리고 있다'고 확인됨.

여기서 아들은 '유폐인'에 눈을 찔리는 듯했으나 아버지는 당시 기사에는 없었던 마지막 문장을 주목했다. 윌리엄 일병으로서는 짐작도 못했던, 쿠바 대사가 장담으로 예언했던, "언젠가는 틀림없이 구멍이 생기게 된다"고 했던 그 '자유와 해방의 구멍'이 생겨날 가능성을 암시했던 것이기 때문이었다.

나는 낯선 길에 조심하느라 뒷자리의 대화에는 거의 끼어들지 않았다. 고속도로에 진입했다. 붐비지는 않았다. 두 노인은 저마다 차창 너머로 여름이 오고 있는 창공을 바라보았다. 입 안의 사탕 두세 알을 녹일 만한 침묵이 흘렀다. 내가 노래를 틀까 망설이는데 강 여사가 다시 말문을 열었다.

"아홉 달이었으면, 기약된 종점도 없고 출구도 막힌 아홉 달이었으면, 절망할 수도 있었던 시간들인데, 용케도 견뎌냈습니다. 뭐라고 하나요, 한국말에 환장한다는 말이 있는데, 정말 뛰쳐나가고 싶어서 환장하고 싶었던 기억은 남아 있지 않나요?"

나도 묻지 못했던 질문에 요나스 요나손은 거리낌 없이 대답했다.

"있었지요. 그해 여름이 가고 가을이 왔을 때는 정원수에 단풍이 드는 것처럼 내 마음은 뛰쳐나가고 싶어서 단풍이 들었지요. 한두 번이었겠어요? 그런데 환장할 정도로 날아가고 싶은 사건이 생겼어요. 영어 신문에서 봤던 건데, 강 선생님은 기억 안 나세요? 베트남에서 수거한 폭탄 파편으로 도구를 만들고 일본 히로시마에서 불을 받았던 그 성화 마라톤 대회."

"아, 그걸 보았군요. 그걸 왜 몰라요. 우리도 미국 신문들을 다 모으고 종합해서 특집으로 꾸몄던 일이었습니다. 그게 1967년 8월부터 10월까지 이어졌을 겁니다. '평화의 성화 마라톤', 정말 기발한 시위였지요."

"나는 베트남 폭탄 파편으로 만든 성화 도구에 히로시마에서 받아낸 성화를 담아 비행기로 운송했다는 기사부터 봤습니다. 그 성화가 샌프란시스코에서 워싱턴까지 달려간다는 보도를 봤을 때는 정말이지 쿠바 대사관에 갇힌 뒤로는 처음으로 내가 성장한 그 샌프란시스코로 날아가고 싶어서 환장할 지경이었답니다. 왜 출발이 샌프란시스코였는지 알지요?"

"히피겠지요."

"그렇지요. 내가 젊어서는 잠시 히피였거든요. 그때 그걸 들고 달리고 싶었던 겁니다. 나는 달리기에도 소질이 있었답니다."

요나스 요나손이 너털웃음을 터트렸다.

"히피 양반." 강 여사가 호호호 웃고 나서 말을 이었다. "평화의 성화 마라톤은 결말이 쇠약해가는 히피의 모습을 보여주고 말았지요. 10월 어느 날 워싱턴에 수백만 명이 결집할 거라고 했지만 펜타곤 앞에는 겨우 5만 명이 모였다고 했는데, 그나마 약기운에 취한 젊은이가 많았다는 것이 반전 노선의 신문에도 보도됐어요. 누구였나. 어떤 리더는 펜타곤에 머물고 있는 악령들을 쫓아내기 위해 건물을 100미터 정도 공중부양 시키겠다는 주문을 외쳤다고 했어요."

요나스 요나손은 유쾌했다.

"아, 그 친구를 불러다가 도쿄의 외무성을 100미터 공중부양 시켜달라고 부탁할 걸 그랬습니다."

"그러고 보니, 정말 듣고 싶은 이야기로 들어가지 않을 수 없네요. 그때, 그러니까 1967년 연말에 일본 외무성은 공중부양 되지도 않았고 쿠바대사관에는 지진도 일어나지 않았습니다. 그런데 1968년 신년 벽두에 윌리엄 일병이 갑자기 쿠바대사관에서 사라져 버렸다는 보도가 나왔단 말입니다."

내가 고개를 조금 돌려 크게 말했다.

"1967년 12월 29일에 사라졌는데, 쿠바대사관은 1968년 1월 12일에야 성명서를 통해 언론에 밝혔습니다."

"모종의 작전이 있었던 거지요?"

강 여사가 요나스 요나손을 졸랐다. 아버지는 곧 털어놓을 듯이 웃고 있었다. 나는 바싹하게 꿰차고 있는 내용이었다.

비밀해제 문서는 1968년 1월 13일에 이렇게 찍어뒀다.

1968년 1월 12일 쿠바대사관이 성명서를 발표함. '1967년 12월 29일 윌리엄 일병이 우리도 전혀 알지 못하게 쿠바대사관을 떠났다'는 요지임. 1967년 12월에 미군 탈영병 4명이 일본에 들어온 소련 정기여객선을 타고 탈출했다는 뉴스가 나온 뒤 손진호는 자신도 그런 방식으로 탈출하고 싶다는 의견을 밝힌 적 있었다고 적시함.

그리고 닷새 뒤에는 도쿄에서 서울로 맥 빠진 외교 전문을 꽤 긴급히 날렸다.

아사히, 산케이 등 보도에 의하면, 1월 17일 일본 반전운동가들이 기자회견을 통해 손진호는 쿠바대사관에서 나온 직후에 총평회, 조총련 등과 의논한 후 자신들을 찾아와 제3국 탈출의사를 밝혔고, 이를 존중한 그들이 동인을 외국 선편에 승선시키는 데 성공했다고 하며, 기자회견에서는 동인이 미국의 월남 침략을 비난하는 성명서를 낭독하는 기록영화도 보여줬다고 함. 동인이 선택한 국가 등에 대한 기자의 질문에는 동인이 북한으로 들어가기를 원하였다고 답함. '불길한 예측'이 본 케이스의 결말이 될 수 있음.

그러나 윌리엄은 1967년 연말부터 달포 넘는 기간을 도쿄 인근 그 작가의 집에서 안전하게 지내고 있었다. 쿠바대사관의 성명서, 베헤이렌의 기자회견은 오랜 유폐에서 풀려난 미군 탈주병 하나를 안전하게 숨겨주기 위한 연출이었다. 이 사실을 당사자한테서 직접 듣게 된 강 여사가 다른 질문을 던졌다.

"남은 기록에는 손진호가 1967년 연말 연휴에 쿠바대사관을 몰래 빠져 나와서 일본노총, 조총련 본부를 거쳐 베헤이렌에 선이 닿았다는 겁니다. 이건 틀림없나요?"

5분쯤 더 달리면 휴게소였다. 요나스 요나손은 얼른 반응하지 않았다. 강 여사가 언급한 그것을 나도 읽은 적이 있었다.

손진호, 윌리엄 일병은 12월 29일 몰래 쿠바대사관을 빠져나왔다.

기약 없는 은둔생활을 끝장내자는 무모한 행동이었다. 곧바로 일본 최대 노동운동단체인 일본노동조합총평의회(총평)를 찾았다. 문이 잠겨 있었다. 연말연시, 총평도 휴가였다. 택시를 타고 조총련 본부로 찾아갔다. 역시 잠긴 상태였다. 신정 연휴를 어디선가 잘 넘겨야 했다. 낮에는 인파 속에 파묻혀 발길 닿는 대로 돌아다녔다. 밤에는 신주쿠 심야다방으로 스며들었다. 신분증을 요구하는 호텔은 위험했다. 1월 3일, 퇴근시간이 임박해 총평 간부를 만났다. 그가 잘 알고 지내는 하숙집으로 안내했다. 여주인이 몰래 전화를 했다. 미군 탈영병임을 눈치 채고 베헤이렌 사무국장에게 연락을 취한 것이었다. 마침내 새로운 안정의 선을 잡았다. 베헤이렌 사람들이 설득했다. 쿠바대사관에 인사도 한마디 없이 나와 버렸으니 8개월이나 보호해준 은혜에 대한 예의가 아니라는 것이었다. 인간적인 예의를 위해 위험을 감수하기로 했다. 승용차에 몸을 숨겨 비밀리에 쿠바대사관을 출입했다.

강 여사가 더 들어갔다.

"물론 베헤이렌은 일본노총이나 조총련과는 이념과 행동이 달랐지만, 그들로서는 미군 탈주병을 안전하게 탈출시킬 방법이 없었으니까 베헤이렌의 선과 접촉했을 겁니다. 베헤이렌의 어떤 사람들이 쿠바대사관에 인사를 하러 가자고 설득했나요? 그이한테서 그런 얘기를 직접 들었던 기억은 없는 것 같은데……."

요나스 요나손이 목을 가다듬었다.

"어쨌든 유폐의 노고지리는 쿠바대사관에서 벗어나는 선택을 했으니 그 뒤로는 날아가고 싶어서 환장할 일은 없어졌던 겁니다. 휴게소에서

차 한 잔 마시고 또 합시다."

"아무래도 남은 기록들이 사실과는 다른 모양이군요."

강 여사의 짐작이 옳다는 것을 나는 알고 있었다. 노트북을 열어서 보여드리고 싶었다.

7

1967년 12월 27일 오후 3시쯤, 윌리엄은 대사 집무실로 불려갔다.

"오늘 점심 때 특별한 선물을 받아 왔어. 윌리엄, 미안하지만 커튼을 다 치고 불을 꺼줘."

그는 의아했으나 되묻지 않았다.

"내 옆에 앉아. 이건 기록필름이야. 인트래피드호는 알지?"

"미국 항공모함 아닙니까?"

"그렇지."

대사와 윌리엄은 어두침침한 공간에서 대화를 나눴다.

"10월이었지요? 인트래피드가 요코하마에 기항하고 있는데 일본 반전운동가들이 찾아가서 병사들에게 탈영하라는 삐라를 뿌리고 확성기로 반전 평화를 외치던 뉴스를 텔레비전에서 봤던 기억이 있습니다. 대단한 사람들이더군요."

"맞아. 그게 효과가 있었던 거야. 그때 그 항공모함에 있던 병사 넷이 탈영했고, 베헤이렌이 그들을 요코하마에서 바이칼호에 태워 제3국으로 빼돌렸다는 거야."

"그 사람들의 기자회견 뉴스는 보았습니다. 그걸 공개하더군요."

"구멍이 있다, 누구든 탈영하라는 메시지였다고 봐야지. 이건 그들이 자기 모습을 내놓고 직접 남긴 성명서야. 탈주병들이 실제로 안전하게 탈출한 것을 확인한 다음에 기자회견을 열고 공개했던 건데, 같이 보자구."

영사기에 감긴 필름이 돌아갔다. 정면 벽에 붙여둔 하얀 종이에 문득 백색 피부의 서양 남자 넷이 등장했다. 젊었다. 강의실 책상 같은 것을 앞에 두고 나란히 앉았다. 멀리 여행을 떠나온 대학생들 같았다. 차례로 자기소개를 했다. 항공모함에서 신주쿠로 나왔다가 탈영했다는 것이 공통점이었다. 윌리엄은 그들의 이름을 귀담아 듣진 않았다. 왼쪽에서 두 번째, 성깔 있어 보이는 청년이 손에 편지 같은 것을 들고 있었다. 그가 그것을 읽고, 나머지 셋은 그의 발언에 확고히 동의하는 표정이었다.

지금 당신의 눈앞에 앉아 있는 우리 넷은 탈주병입니다. 미국 군대를 이탈한 우리는 애국적 탈주병입니다. 역사가 만든 상식에서 탈주병은 배반자거나 비겁자입니다. 우리를 그렇게 부르는 것은 당신의 자유입니다. 그러나 우리는 애국자입니다. 전쟁에서 벗어날 때 미국은 좋은 국가가 될 수 있다고 확신하며, 미국을 향해 전쟁을 중단해야 한다고 촉구하기 위해 탈주했기 때문입니다. 미국은 즉시 베트남에서 모든 폭격을 중단해야 하며, 베트남에서 군대를 철수하고, 베트남을 베트남인에게 맡겨야 합니다. 덧붙이는 것은, 우리는 이 성명과 만난 미국인들, 특히 군대에 있는 미국인들, 그리고 일본과 세계 모든 국가의 사람들이 베트남전쟁을 멈추게 하는 행동에 나서게 되기를 촉구합니다.

그리고 이틀이 지났다. 연말연시와 신정 연휴를 앞둔 12월 29일 저녁, 쿠바 대사와 직원들은 저녁식사를 하러 바깥 레스토랑으로 몰려나갔다. 저녁 7시 30분. 윌리엄은 어깨에 검정색 가방 하나를 걸고 혼자서 대사관 정문 옆에 딸린 출입문을 빠져나왔다. 딱 한 번 몸을 들였던 그 좁은 문으로 딱 한 번 몸을 빼내는 것이 꼬박 아홉 달 만이었다. 그는 인도를 따라 걸어갔다. 지켜보는 눈이 없는가, 수갑을 들고 미행하는 자는 없는가. 뒤통수가 따끔거렸다. 언제부터 일본 경시청이 쿠바대사관 주변의 감시를 풀었는지 어떤 사소한 트러블이든 단 한 건도 발생한 적이 없었다. 그저께는 대사가 고무적인 소식을 알려줬다. '인트래피드 4인'의 탈주 성공을 공개하는 기자회견이 보도된 날부터 다시 신경을 곤두세우고 대사관 주변을 주의 깊게 살펴왔는데 감시의 눈초리는 없었다고 했다. 하지만 그는 어떤 억센 손아귀가 뒤에서 목덜미를 잡아챌 것만 같았다. 긴장과 불안에 휘둘리는 한 탈주병의 사정과는 딴판으로 도쿄 거리는 휘황찬란했다. 몇 년 전 올림픽을 감당한 도시는, B52들이 불태우고 파괴했던 흔적을 말끔히 지워버리고 야간 시가지를 생기발랄하게 살려내는 배경으로 어둠을 활용하고 있었다.

십여 분을 걸어서 한 번 더 사거리 신호등에 닿은 윌리엄은 택시를 타기로 생각을 고쳤다. 방향 감각에 자신감이 없었다. 그저께 기록영화를 본 다음 쿠바 대사에게 대사관을 나와 긴자 거리로 가는 방향을 귀담아 듣긴 했으나 엉뚱하게 헤맬 수도 있을 듯했다. 그는 왼편으로 백여 미터 떨어진 큰 호텔을 발견했다. 택시 잡기에 좋은 곳이었다. 몸을 돌리기

전에 반대편을 살펴보았다. 미행은 없었다. 갑자기 그는 다리에 근육이 하나 더 생겼다. 호텔 정문에는 택시 몇 대가 대기하고 있었다.

"긴자 스트리트."

"하이."

중년 운전사는 영어회화 학습이라도 해보겠다는 것인지 부쩍 대화를 나누려는 눈치였다. 윌리엄은 짐짓 시계를 들여다보며 무슨 생각에 잠긴 시늉을 했다. 붉은 신호등에 걸리자 그는 더 참지 못했다.

"웨아 유아 프로므?"

윌리엄은 퉁명스레 대꾸했다.

"타이완. 스몰 아일랜드."

그가 입을 닫았다. 손님의 의중을 알아챘는지, 타이완에 실망했는지.

택시가 멎었다. 이번에도 윌리엄은 아홉 달 전에 그랬듯 거스름돈을 받지 않았다. 서로 웃는 얼굴로 '땡큐 베리 마치'와 '유어 웰컴'을 주고받았다. 쿠바 대사의 도움은 거기까지였다. 쿠바대사관을 출발해 긴자 입구에 당도하는 길을 일러준 것까지가 그의 마지막 역할이었다.

다시 윌리엄은 혈혈단신 신세가 되었다. 말 그대로 완전한 외톨이 되었다. 파괴된 동네에 멀쩡히 남은 교회를 찾아가 한 귀퉁이에 웅크려 앉곤 했던 꼬마 고아가 그로부터 열다섯 살쯤 나이를 더 먹은 어느 저녁에 전쟁의 폐허를 화려한 빌딩으로 바꿔놓은 도시의 외톨이 청년으로 버려졌다. 그러나 그는 까마득한 기억 저편의 옛날처럼 정처가 없는 몸은 아니었다. 갈 곳이 있었다.

"윌리엄, 내가 그 사람들과 접촉할 수는 없어. 그 필름은 비밀리에 받아온 거야."

쿠바 대사가 어두침침한 집무실에서 안타까워하는 눈빛을 깜박이고 있던 그때, 윌리엄은 전광석화처럼 하얀 캡의 늙은 얼굴을 떠올리고 칼로 쏘시지 자르듯 말했다.

"감사합니다. 그 사람들은 저의 힘으로 찾아가겠습니다."

'그 사람들'이란 미군 탈영병 넷을 소련으로 탈출시켰다고 공개적으로 자랑한 베헤이렌이었다. 윌리엄은 기억의 거리를 차분히 더듬었다. 여기서 나와 저쪽으로 가서 다시……. 탈영을 결정한 아홉 달 전의 발자취를 복기하고 있었다. 헛갈릴 일은 없었다. 지난 이틀에 걸쳐 수없이 더듬고 되돌려본 장면이었다. 그는 방향을 잡았다. 사람들이 스쳐 지나갔지만 눈길을 주지 않았다. 미행의 염려도 완전히 놓아 버렸다. 오직 간판들을 쳐다보고 있었다. 설마 그동안에 이사를 가거나 폐업을 하진 않았겠지. 폐업은 무슨 폐업. 한국전쟁에서 끌어들인 돈, 베트남전쟁에서 끌어오는 돈을 다 주체하지 못해서 요새도 시민들이 '진무경기'가 지속되고 있다며 즐거워하는 도쿄에서……. 괜히 빈정거렸다. 이틀 전 기록영화를 보는 자리에서 쿠바 대사가 뱉었던 시니컬한 말을 되뇐 것이었다.

"십여 년 전부터 도쿄에는 '진무경기'라는 말이 있었다는 거야. '진무(神武)'란 일본국 첫 번째 임금의 원호(元號)라는데, 그만큼 유사 이래로 경기가 가장 좋다는 뜻이겠지. 빌어먹을. 한국전쟁, 베트남전쟁이 일본 경제부흥의 원동력이 돼준 거야. 그런 일본인들이니까 양심이 찔리는 사람들이 많은가봐. 내가 도쿄로 부임해오고 얼마 지나지 않았을 때였으니까, 작년 봄이었나, 일본 신문에 나왔어. 미국의 북베트남 폭격과 미국 군대의 베트남 개입에 대한 일본 국민의 여론을 조사했는데, 80퍼센트 가까이 반대를 하고, 찬성은 5퍼센트도 안 되더군. 나머지 15퍼센트는 어중간한 거였고. 그러한 여론이 베헤이렌 같은 반전평화운동, 베트남전쟁 반대운동이 광범위한 사회적 지지를 받는 토대이겠는데…….
침략을 당한 약소국가는 불행해지고 침략 지원으로 장사를 해먹는 국가는 부유해진다? 이런 추하고 잔인한 모순을 강대국끼리 만들어서 재미를 보고 있는 거지."

있었다. 기다리고 있었다. 발그스레한 등불까지 밝혀 기다리고 있었다. 간호사 같은 하얀 옷과 하얀 캡의 늙은 요리사도 그대로 있을 것인가? 남은 문제는 그것뿐이었다. 윌리엄은 시계를 보았다. 8시 15분에 다가서고 있었다. 때가 때이니 아직은 손님이 많을 시간이었다. 누런 바바리코트의 안주머니를 슬쩍 더듬어 보았다. 지갑은 잘 있었다. 거리를 더 헤맬 것인가. 잠시 망설였다. 배는 고프지 않았다. 대사관에서 저녁식사로 돼지고기와 빵을 챙겨먹었다. 9시, 그래 9시면. 이렇게 들어갈 때를 미루기로 작정했다. 그래도 혹시나 해서 창으로 다가가 안을 들여다보았다. 아홉 달 전에 자신이 앉았던 기다린 일자형 식대에는 두 사내만 비스듬한 자세로 나란히 앉아 있었다. 당장 들어가도 차지할 자리는 넉넉했다. 하지만 문제가 풀린 것은 아니었다. 늙은 요리사가 있어야 했다. 어? 순간적으로 숨이 턱 막혔다. 밑에서 무얼 꺼냈는지 식대 앞에 캡을 쓴 요리사가 불쑥 솟았는데, 새파란 젊은이였다. 늙은 요리사의 손자뻘로 보였다. 자신도 모르게 주먹을 쥐었다. 아니야. 조수나 제자를 받았겠지. 젊은 요리사가 눈앞의 두 사내와 몇 마디 나누더니 옆으로 사라졌다. 그때였다. 다른 캡이 나타났다. 식대 위로 간신히 얼굴만 드러났다. 늙은 요리사였다. 틀림없었다. 조그만 손이 모락모락 김이 피어오르는 요리 접시를 두 사내 앞에 놓았다.

윌리엄은 염탐의 시선을 거두었다. 식대의 두 사내가 찜찜했다. 저들이 사라질 때까지는 들어가지 말자. 호흡을 가다듬었다. 날씨는 쌀쌀했다. 다방에 들어갈까 하는 생각을 해보는 머릿속에 언뜻 아홉 달 만에 담장 밖으로 처음 나왔다는 사실이 떠올랐다. 자유의 공기를, 해방의 공기를 맘껏 마셔 보자. 이런 상황에서 닫힌 공간 속에 나를 가두지는 말자. 걷기로 했다. 느긋하게 옮겨 딛는 발길은 점점 가벼워지고 있었다. 빵빵하게 내면을 채웠던 긴장과 불안이 숨을 내쉴 때마다 입김처럼 빠져나가는 것이었다.

윌리엄은 대로변 인도를 따라 직진하며 신호등 횡단보도를 아홉 차례 건넜다. 행인이 붐비는 거리는 아니었다. 어딘지 몰라도 정면에는 건물이 보이지 않았다. 무슨 공원 같았다. 발길을 돌렸다. 돌아가면 식대의 두 사내는 나가지 않았을까. 이런 기대를 걸었다.

어느 결엔가 그는 기록필름에서 보았던 탈주병 넷을 눈앞으로 불러냈다. 어떤 녀석들일까. 피부색만 보면 나하고는 전혀 다른 환경에서 성장해왔을 텐데, 탈주의 진정한 이유는 무엇이었을까? 베트남에 평화를? 미국의 베트남 침략에 대한 비난을? 양심적인 미국인과 양심적인 일본인의 반전평화연대를? 고개를 가로저었다. 녀석들의 거창한 공동성명이 가소롭게 여겨졌다. 거룩한 위선의 목소리 같았다. 더 이상 죽이는 의무를 수행할 수 없다. 내가 살기 위해 남을 죽여야 하는 의무, 국가가 부여한 그 의무를 거부하기로 했다. 이런 정도였다면? 아니야. 이것도 과분할지 몰라. 녀석들의 반전, 녀석들의 평화는 여자와 술과 마약의 환락은 아니었을까? 신주쿠의 어느 구석에서 술을 마시고 여자를 품었겠지. 대마초, 마리화나 정도는 구했을 테지. 나하고 같이 휴가를 나왔던 패거리 속에도 거기 가서 하룻밤을 보내고 와서는 모든 것을 다 맛봤다고 떠들어댄 놈들이 있었으니까, 녀석들도 그랬을 가능성이 높지. 여자를, 술을, 마약의 환락을 우리는 이제야 겨우 맛보기 시작했다. 그런데 벌써 인생의 황홀한 시간들을 포기하란 말인가? 보라. 당신들은 똑똑히 보라. 지금 여기 앉아 있는 우리가 그것을 포기하기에는 너무 너무 젊지 않는가? 이런 반문을 던졌더라면 훨씬 더 정직해 보였을 듯했다.

하지만 그는 미소를 지었다. 그래, 좋다. 여자, 술, 마약의 환락이 녀석들의 실체라고 하자. 청춘의 정체성이라고 하자. 그렇다 한들 무엇으로 녀석들을 비난할 것인가? 애국적 의무의 이름으로? 녀석들은 반전평화를 깨우쳐주는 것이 진짜 애국이며 자신들의 진짜 애국적 의무라고 선언하지 않았는가? 그 결과로 여자와 술과 마약의 환락을 누릴 수 있어서 이것만으로도 충분한 평화의 보상이라고 주장한다면, 어쩌겠는가?

윌리엄은 천천히 걷고 있었다. 알지도 못하는 탈주병 넷을 비난과 옹호의 시소에서 내려주는 대신 자신을 올려놓았다. 나는 무슨 이유로 탈주를 택했단 말인가? 발걸음에 맞추듯 자문자답을 이어나갔다. 죽이는 의무를 피하기 위해? 그렇다. 그것이 평화의 행동인가? 그렇다. 그것이 베트남에 평화를 돌려주기 위한 행동인가? 그 일은 국가의 문제고, 탈주는 개인의 문제다. 죽이는 의무의 거부와 회피, 평화를 위한 선택과 결단. 이것이 나의 진정한 탈주 이유인가? 열 걸음, 스무 걸음, 답을 내지 못했다. 분명히 긍정할 수는 있어도 '그렇다'는 답이 '진정한'이란 단서를 채워줄 수는 없었다. 머리를 흔들었다. 우격다짐하듯 그것으로 '진정한 이유'를 삼고 싶지는 않았다. 모든 위선의 말들이 깡그리 증발한 '진정한 이유'를 만나고 싶었다. 지금 그것은 어디에 있는가? 내 안에는 없는가? 누군가 가르쳐줘야 하는 것인가? 그렇지는 않을 것 같았다. 내면의 바닥에 보이지 않는 씨앗으로 박혀 있을 것 같았다. 앞으로 숱한 날들이 흐른 뒤에야 그것은 깨달음의 찰나처럼 불쑥 싹을 내밀어 올라올 것 같았다.

윌리엄은 가로등 밑에서 시계를 보았다. 9시 20분도 넘었다. 하얀 캡을 쓴, 키가 퍽 작은, 늙은 요리사와 은밀한 시선을 주고받으러 가야 하는 시간이었다. 정신을 똑바로 세웠다. 멈칫거리지 않았다. 출입문이 거리 쪽으로 밀려 나왔다. 하마터면 나오는 손님과 부딪힐 뻔하며 한쪽으로 비켜섰다. 무려 여섯 사내가 하나씩 차례로 저마다 지껄이며 그의 앞을 지나갔다. 담배 냄새, 술 냄새만 남겼다. 피식, 웃음이 샜다. 이따위 시시껄렁한 냄새가 자유의 냄새, 해방의 냄새인가. 이런 생각을 떠올린 것이었다.

윌리엄은 출입문 안으로 점잖게 몸을 들이며 일자형 식대부터 째려보았다. 텅 비어 있었다. 두 사내가 언제 떠나갔는지 말끔히 정돈된 식대는 금색으로 빛나고 있었다. 그 한복판을 차지했다. 등 뒤에서 와장창 폭소가 터졌다. 오른쪽으로 슬며시 고개를 돌렸다. 네모난 탁자를 에워싼 사내 다섯이 한꺼번에 배를 잡고 있었다. 그들 옆자리는 시큰둥하게 일제히 담배를 피우는 젊은 여자 셋이었다.

"하이. 이랏샤이마세. 곰방와."

늙은 요리사였다. 윌리엄은 일부러 일본말로 인사를 받았다.

"곰방와."

늙은 요리사는 젊은 직장인을 맞는 눈치였다. 아홉 달 전의 미군 병사를 알아보지 못했다. 어차피 손님들이 사라질 때까지는 고독을 타는 청년이거나 실연의 아픔을 삭이는 청년이거나 그러한 행세가 알맞을 상황이었다. 늙은 요리사가 나직이 던진 질문을 그는 대충 알아듣고 두 단어만 말했다.

"사시미, 사케."

늙은 요리사가 또 긴 말을 했다. 제대로 알아듣지 못한 그가 표정과 손짓으로 대답을 건넸다. 어떤 사케든 어떤 생선이든 당신이 알아서 맘대로 주세요. 이런 뜻이었다. 순간적으로 늙은 동공에 반짝, 불빛 하나가 튀었다.

"하이. 자스트 모멘트. 하이. 자스트 모멘트."

늙은 요리사가 묘한 미소를 지으며 일본말과 미국말을 섞어서 반복했다. 아홉 달 전에 만났던 동양인 미군 병사 하나를 떠올린 것이라고, 윌리엄은 직감했다. 붉은 살, 하얀 살의 생선 토막들이 흰 수건처럼 펼쳐진 무채 위에 올려지고, 그 옆에는 중간 크기의 사케 병 하나와 종지처럼 생긴 잔 하나가 놓여졌다.

"몇 시에 문을 닫습니까?"

윌리엄이 눈앞의 늙은 요리사에게 미국말로 물었다. 투나이트, 스페셜, 텐 어클라크. 이런 단어가 그의 고막에 걸렸다. 오늘은 신년 휴가의 시작이라 특별히 밤 10시까지 영업을 한다는 말이구나. 고개를 끄덕이며 술병을 집었다. 늙은 요리사가 젊은 요리사를 불러 귓속말을 했다. 그가 손님 자리로 가서 머리를 조아려가며 무슨 말을 했다. 아마도 10시에 마친다거나 이제 곧 마친다는 양해를 구한 것 같았다. 윌리엄은 잠자코 술을 마시고, 늙은 요리사는 행주를 빨아 야무지게 물을 짜고, 젊은 요리사는 출입문 앞에 '영업 종료'를 내건 다음에 탁자들과 의자들을 정돈하고, 사내 다섯은 송년 덕담에 이어지는 건배를 차례로 돌아가며 다 해야만 작파할 작정인지 세 번째 건배를 호기롭게 외치고, 여자 셋은 담배가 떨어지면 일어서겠다는 것인지 줄기차게 연기를 불어댔다. 맨 먼저 빠져나간 이는 젊은 요리사였다. 늙은 요리사가 특별한 금야를 위해 특별히 15분 일찍 퇴근시키며 금일봉도 찔러줬는지 작별인사를 건네는 그의 온몸에는 박력이 넘쳤다. 여자 셋이 일어섰다. 사내 다섯도 일어섰다. 따로 앉았던 남녀들이 언제 눈을 맞췄는지 함께 움직였다. 나이트클럽을 같이 가기로 했나. 윌리엄은 흘낏 그들을 훑어보고 다시 잔을 비웠다. 계산을 마친 늙은 요리사가 따라 나가 배웅 인사를 차렸다.

윌리엄은 출입문 여닫는 소리를 들었으나 다시 잔을 채우며 돌아보지 않았다. 딸깍, 딸깍. 전등들이 꺼졌다. 식대 위의 형광등만 남았다. 늙은 요리사가 그의 눈앞으로 돌아왔다. 윌리엄은 말없이 봉투 하나와 사등분으로 접은 신문 스크랩을 넘겨줬다. 봉투는 아홉 달 전에 늙은 요리사한테서 작별선물로 받은 것이고, 신문 스크랩은 '탁구 치는 손진호' 사진이 실린 것이었다.

"오늘 밤은 정말 특별한 밤이군."

딱딱한 미국말에는 다소 격앙된 기운이 묻어났다. 그의 시선은 신문의 사진과 눈앞의 실물을 번갈아 쳐다보느라 바삐 움직이고 있었다. 윌리엄은 아주 느리게, 그러나 아주 단호히 말했다.

"아이 원트 투 밋 베헤이렌."

늙은 요리사가 스스로 다짐하듯 말했다.

"오케이. 아이 캔."

늙은 요리사의 동작이 빨라졌다. 무채와 남은 생선 토막들을 미련 없이 쓰레기통에 처박았다. 술병도 술잔도 거뒀다. 널어놓았던 행주로 치운 자리를 빡빡 닦았다. 수도꼭지 밑에서 행주를 억세게 문질러 빨아 야무지게 짜더니 손수건처럼 활짝 펴 다시 널었다. 모든 동작이 톱니바퀴처럼 착착 맞아떨어졌다.

"따라오게."

늙은 요리사는 출입문과 반대 방향으로 걸어갔다. 윌리엄이 몰랐던 쪽문이 열렸다. 앞에는 서너 평짜리 빈터가 있고, 왼쪽에는 사다리처럼 생긴 계단이 2층으로 이어져 있었다. 늙은 요리사가 문에 노크를 먹였다. 그는 마지막 계단에 한발을 올려두고 기다렸다. 곧 빛이 쏟아져 나왔다. 할머니가 반가이 늙은 요리사를 맞았다. 그는 낯선 청년을 얼른 안으로 들게 해서 아내를 소개했다. 윌리엄은 깍듯이 허리를 굽혔다. 늙은 요리사가 아내에게 짧게 설명했다. 할머니가 윌리엄의 손을 꼭 잡았다. 곧바로 흩어졌다. 할머니는 차를 준비했다. 늙은 요리사는 전화기 앞에 바투 다가앉았다. 윌리엄은 실내를 둘러보았다. 작은 방 두 개에 거실과 부엌과 화장실이 딸린 협소한 살림집이었다. 모조리 두들겨 부숴도 샌프란시스코 맥거번 저택의 거실 하나를 만들지 못할 공간이었다.

윌리엄의 눈길을 끄는 것이 창문 맞은편 벽에 걸려 있었다. 공책 크기의 액자에 넣은 흑백사진 둘이었다. 군인이었다. 왼쪽이 오른쪽보다 더 오래돼 보이는데 어쩐지 동일 인물 같았다. 그가 사진 앞에 다가서 있는 사이, 늙은 요리사는 은밀한 목소리의 통화에 이어서 활기차게 송년인사와 신년인사를 떠들었다.

"내가 일본 이름을 지어서 알려줬어. 야기 노부오."

"야기 노부오?"

윌리엄이 급조된 자기 이름을 한 번 불렀다.

"내 친구의 이름인데, 운이 좋은 친구야. 전쟁에서도 다치지 않았고 사업도 번창하고 있어."

윌리엄이 사진으로 시선을 옮겼다.

"이 사진도, 이 사진도 선생님입니까?"

윌리엄이 늙은 요리사를 '선생님'이라 불렀다.

"이것은 다나카 미치아키, 이것은 다나카 마사히로."

다나카의 숨소리가 거칠어졌다.

"이것은 일중전쟁 때 난징 정벌에 참전했던 다나카 미치아키, 이것은 태평양전쟁 때 과달카날 전투에 참전했던 나의 아들 다나카 마사히로."

'일본군의 난징 대학살'을 고교 시절에 배웠던 윌리엄은 묵묵히 두 사진을 들여다보고 있었다.

"왼쪽은 지금 여기에 서 있고, 오른쪽은 먼 섬에서 하늘로 떠났어."

다나카의 목소리가 살짝 젖었지만 흐트러진 미국말은 여전히 딱딱했다. 주전자에서 김 빠지는 소리가 나는가 싶더니 뚝 그쳤다. 다나카가 자꾸만 끊어지는 미국말을 찬찬히 이어나갔다.

"이것은 참회의 사진이고, 이것은 추모의 사진이네. 이 참회와 이 추모가 나에게는, 우리 부부에게는 반전과 평화의 원천이라네."

누구의 눈에도 평화 만들기보다는 스시 만들기에 알맞아 보일 조그만 손이 젊은 어깨를 쓰다듬었다. 그 손길이 윌리엄에게는 '부디 아버지처럼 죽이지도 말고, 부디 아들처럼 죽지도 말라'는 절절한 당부의 말씀으로 들렸다.

8

나는 안전하게 청수사와 가까운 소바 식당 주차장에 닿았다. 강 여사가 스마트폰으로 검색하고 전화 예약을 해둔 덕분에 보라색 커튼을 드리운 깔끔하고 아담한 창가 자리를 차지할 수 있었다. 점심식사를 자루소바로 결정한 것은 요나스 요나손의 추억을 기리는 뜻이었다.

1968년 2월 어느 날, 윌리엄은 고베에서 강 여사의 '그이'를 만나지 못하고 오사카로 실려 와서, 일본에 귀화했다는 재일 조선인 교수의 집에 열흘쯤 묵은 뒤, 다시 교토로 옮기게 되었다. 그때 그를 승용차에 태운 교수가 기념처럼 데려간 데가 '청수사'였고, 관람을 마친 두 사람은 차가운 날씨에도 윌리엄의 호기심에 따라 자루소바로 점심을 먹었다.

자루소바 셋을 주문한 강 여사가 요나스 요나손에게 맥주를 하겠느냐고 물었다. 아버지는 사양했다. 나는 운전대를 더 잡아야 했다. 기모노 차림의 아가씨가 상냥한 미소를 남기고 돌아섰다.

"오십 년 전 그때, 기요미즈데라를 둘러보고 나와서 맥주는 안 마셨나요?"

"따끈한 사케를 한 잔씩 했지요."

"아하, 오늘은 더워서 그걸 피하는군요."

"술은 마음을 씻어주기도 하는데, 지금은 마음이 깨끗하니까 안 씻어도 될 것 같아요."

"술도 주성분은 물이잖아요? 한자로 물 '수(水)'에는 마음이라는 뜻도 있다고 합니다. 천 년도 훨씬 넘었다는 여기 절에다 '청수사'라는 이름을 붙인 유래에 대해 근처의 폭포를 보고 착상했던 거라고 돼 있지만,

그 이름을 짓는 스님은 '청수'에 대해 '마음을 씻는다, 마음을 깨끗이 한다'는 뜻을 더 깊이 고려했던 것인지도 몰라요."

"물 '수'에 마음의 뜻이 있다면, 그게 옳을 것 같습니다."

"그렇지요? 때로는 아무것도 아닌 지식이 엉뚱한 세계로 안내하는 열쇠가 되기도 하지 않습니까?

두 노인이 활짝 웃었다. 내가 슬쩍 거들었다.

"시인의 시가 거의 그런 원리로 탄생할 겁니다. 하나의 언어가 미지의 세계, 상상의 세계로 들어가게 해주는 열쇠가 돼주니까요."

우리는 음식을 기다리며 이야기꽃을 피웠다.

"그 옛날에 오사카와 교토에서 보냈던 2월은 여행의 기억처럼 남아 있어요. 오사카에선 나라에 가서 백제의 흔적들도 둘러봤고, 교토에선 옮겨오는 첫날에 청수사를 봤는데, 새로 윌리엄을 맡아줬던 서점 주인이 하루는 금각사에도 데려갔어요. 그 절은 금색으로 도색해놓았더군요. 절이 어떻게 생겼는지는 지워져버렸지만, 그 금색만은 기억에 남아 있어요."

"미시마 유키오의 『금각사』라는 소설을 읽어봤는지?"

강 여사가 나를 쳐다보았다.

"이번에 오래된 한국어 번역본을 구해놓긴 했는데, 아직 읽지는 못했고, 미시마 유키오와 그 작품에 대한 개략적인 정보만 알고 있습니다."

"내가 좋아하는 소설가도 아니지만 한 번쯤 읽어보면 전후 일본을 이해하는 하나의 단초는 될 거야. 우리의 오후 일정에서 두 번째가 긴카쿠지 아닌가?"

"예. 금각사로 갑니다. 아버지는 그냥 밖에서 금색만 구경하자고 하셨어요.”

“그럽시다. 금각사는 이상하게도 절의 내력이나 유서보다도 미시마 유키오를 떠올리게 해요. 미시마 유키오는 그이와 내가 베헤이렌 운동에 몰두하고 있던 시기에 점점 더 급진적인 민족주의로 치달아 가더니 결국은 1970년 11월에 군국주의적인 방식으로 난동을 일으켜 자위대 간부들에게 부상까지 입히고는 할복자살을 했지요. 그래서 그의 대표작인 『금각사』는 더 한층 유명세를 타게 됐지만요.”

아버지가 쯧쯧 혀를 찼다.

“그때 서점 주인은 사십대였는데, 그 소설에 대해 얘기를 해줬던 것 같습니다. 그 절에 화재가 난 적이 있었다, 뭐 그런…….”

자루소바가 나왔다. 미시마 유키오도 금각사도 우리의 단란한 공간을 떠나야 했다.

“소바는 소리도 내야 합니다.”

강 여사가 메밀국수 한 젓가락을 간장 탄 물에 적셔 후루룩 소리를 내며 빨아들였다.

“아버지는 좋겠어요. 음식 먹는 소리를 마음대로 내세요.”

내 말은 두 장면을 담았다. 그 소설 속 ‘청년’을 ‘남자’가 슬며시 흉보는 장면, 어느 날엔지 어머니가 요나스 요나손에게 퉁바리 먹였다는 장면.

“무슨 얘긴가?”

내가 강 여사의 궁금증을 풀어주자 깔깔대는 웃음소리가 노랑나비처럼 팔랑팔랑 떠다녔다. 장난하듯 억지로 소리를 내는 요나스 요나손의 얼굴에는 물방울이 튀었다. 자루소바에 이어 녹차아이스크림을 주문한 강 여사가 시계를 다시 1968년 2월로 돌렸다.

"교토에서는 잊지 못할 기억이 없어요?"

요나스 요나손은 담담히 펼쳤다.

"아들에게 단단히 심문을 받느라 오래된 기억들을 이것저것 다 불러냈는데……. 서점 주인에게 신세를 졌다고 했습니다만, 내가 서점에 나가서 거들어줄 수도 없고, 그래서 영어책을 두꺼운 걸로 하나 구해 달라고 부탁했더니, 그게 『제3제국』이었어요."

"히틀러의 융성과 몰락에 대한 연구지요?"

강 여사가 되물었다. 나는 지난 3월에 부랴부랴 읽었다.

"유감스럽게도 나에게 교토는 히틀러에 대한 기억으로 남아 버렸네요."

"교토에도 혐의가 없지는 않아요. 교토제국대학 철학 교수들이 중심이 돼서 '대동아공영'이라는 이념을 만들었고 그것이 일본군국주의의 융성과 몰락의 정신적 기반이 되었던 거니까요."

강 여사가 가슴속에서 쇠구슬을 하나씩 꺼내 식탁 위에 딱딱 내려놓듯 야무지게 말했다.

"그런 사연이 있었군요. 처음 듣는 얘깁니다. 그때 나는 교토나 오사카에서는 심심했다고 하면 될 겁니다. 쿠바대사관을 나와서 두 달이 다 돼가고 있었으니 긴장감도 많이 느슨해졌던 겁니다. 손진호를, 윌리엄을 보호해주는 사람들이 신경을 곤두세우고 있었던 거지, 실제로 내가 신변의 위협을 당할 만한 사건도 일어나지 않았답니다. 오사카에서는 조선인 교수와 서로 어린 시절의 온갖 추억들을 들춰내느라 고향의 아저씨를 만난 것처럼 보냈고, 교토에서는 히틀러와 씨름하느라 시간 가는 줄 몰랐던 거라고 하면 되겠어요."

"일본 경시청에서도 그때쯤은 손진호가 평양, 최소한 베이징이나 모스크바엔 들어가 있다고 판단했을 겁니다."

"그랬을 겁니다." 얼른 동의한 아버지가 회상을 이어갔다. "내가 그걸 피부로 느낀 것은 도쿄 하네다공항에서 홋카이도 치토세공항으로 날아가는 때였어요. 교토에서 다시 도쿄로 갔다고 했잖아요? 도쿄에서는 사나흘에 한 번씩 거처를 옮겨 다니다가 3월 중순에 삿포로로 날아가게 되었던 겁니다."

초록색 아이스크림 세 컵이 차려졌다. 강 여사가 요나스 요나손에게 자상한 누님처럼 굴었다.

"녹으면 초록 우유에 설탕 넣은 것이 되지요. 그러면 맛이 사라지지요. 애들처럼 먹으면서 얘기해요."

"아버지, 드세요." 하고 내가 거들었다. "윌리엄을 데려가는 홋카이도대학 교수가 그 대학 농대 2학년 학생증을 줬다는데, 공항에서 아무렇지도 않게 국내선을 탑승했다는 겁니다."

아버지는 옛날의 긴장을 지금에 새로 푸는 것처럼 기분 좋게 한숨을 불어냈다.

"선생님, 이건 수수께끼로 합시다. 맞추면 제가 저녁을 내고, 틀리면 선생님이 저녁을 내시는 겁니다. 아버지는 힌트 드리지 마세요."

"좋아. 크게 걸었네."

"지문이 깁니다. 약간의 힌트는 그 안에 있습니다. 자, 나갑니다. 1967년 12월 29일 저녁에 쿠바대사관을 빠져 나온 윌리엄 일병은 노동단체에도 조총련에도 가지 않았고 신정 연휴를 심야다방으로 전전하지

앉았습니다. 29일 심야에 늙은 요리사의 집을 찾아온 그 작가의 차에 태워졌고, 그 작가의 집에서 한 달 넘게 보냈습니다. 그리고 고베, 오사카, 교토를 거쳐 다시 도쿄로 올라갔습니다. 여기까지는 이미 정리한 줄거리입니다. 그렇다면, 홋카이도대학 교수와 함께 도쿄에서 삿포로로 날아가게 되었을 때, 그날을 앞두고 윌리엄 일병은 보호자에게 특별히 부탁을 해서 단 한 곳에 인사를 하기 위해 잠입을 했습니다. 거기는 어디였을까요?"

강 여사가 곱게 웃었다.

"홋카이도대학 교수의 이름을 대라면 내가 윌리엄 일병보다 더 정확하게 말할 수 있어. 그분은 그이의 애독자고 친구였거든. 그이가 그분에게 홋카이도 북방에서 조만간 새로운 루트가 만들어질 테니 손진호를 부탁한다고 했던 거야."

"아, 그래서 그 교수가 그런 말을 했던 거군요."

"어떤 말을요?"

"내가 오래된 걱정거리를 털어놓듯이 텔레비전이나 신문에서 얼굴만 봤지 실물은 한 번도 못 만났던 '선생님'이란 분에게 편지라도 남기고 싶다고 했더니, 그분이 그 편지를 전달하는 일은 틀림없이 해줄 수 있다고 약속을 했거든요."

강 여사의 입가에 채송화 같은 두 송이가 피었다.

"그 편지는 왔어요. 잘 왔어요. 그이하고 나하고 둘이서 그 교수님을 1968년 4월 하순에 도쿄에서 만났지요. 그분이 농업정책 세미나에 주제를 발표하러 왔던 겁니다. 이제는 그 편지가 그이의 것이기도 하고 손 선생님의 것이기도 하지요. 요새 읽어보면 어떤 기분이 들 것 같아요?"

"자신이 옛날에 썼던 편지를 자신이 다시 읽어보면 부끄럽지 않을까요?"

"표현의 문제라면 그럴 수도 있지만, 진심이나 진실의 문제라면 다르지 않을까요?"

"그렇군요. 편지를 썼다는 기억은 분명한데 내용에 대해서는 감사드린다고 인사를 올렸던 것만 얼른 떠오르는군요."

"오십 년 전인데, 당연하지요. 수수께끼로 돌아가야지. 그 문제는 주관식이 아니라 셋 중의 하나를 고르는 객관식이군. 이런저런 기록에는 용감하게도 쿠바대사관을 찾아갔다고 돼 있는데, 그건 이미 아닌 것 같고, 그 작가냐 늙은 요리사냐, 둘 중의 하나겠는데, 나는 요리사로 하겠어."

"맞습니다. 저녁을 모실 수 있는 영광을 주셔서 감사합니다."

내가 일어나서 넙죽 허리를 수그렸다. 하지만 강 여사의 표정이 흐려졌다. 눈앞에 앉은 요나스 요나손 때문이었다. 별안간 아버지가 서러운 아이처럼 손등으로 눈시울을 훔치고 있었다. 나는 어리둥절해 어쩔 줄 몰랐으나 강 여사가 나직이 속삭였다.

"난징의 아버지 사진, 과달카날의 아들 사진, 두 사진을 지금도 잊지 못하는군요."

요나스 요나손이 무겁게 고개를 끄덕였다.

4장

새 소리

1

1·4 후퇴 때
휴전 직전 그때
다섯살 아이
엄마 없는 그 아이 보았지

너무나 일찍
동서남북을 알아버린
그 아이 보았지

약 없이
아문 상처의 그 아이
몇날 며칠
씻지 않아도

눈동자 똑바로 원한 맺힌 그 아이 보았지

윤리학자 최아무개가 엄숙하다는
철학자 김기석이 신성하다는
생(生)
생 그것을
거지로 넝마주이 똘마니로 시작한 그 아이 보았지

40년 뒤
내 딸내미 다섯살 생일 아침
기쁘다가
기쁘다가
그 아이
어디서 무엇이 되었는지
어디 가서
누구의 무엇이 되었는지 손가락 덴 듯 떠올라

고은 시인의 「다섯 살」이다. 굵은 시집 『무제시편』의 뒤쪽에 붙은 유제시편의 하나인 그 시를 나는 아버지에게 고국 방문 기념처럼 드리겠다는 계획으로 호텔 방에서 또박또박 백지에 옮겨 적었다. 지금이 그 기회다. 하지만 아들 옆에 앉은 당신은 엄격히 잠든 모습이다. 윗몸은 꼿꼿이 등받이에 맡기고, 양팔은 팔걸이에 올려 두고, 머리는 바로 세우고, 입술은 다물고, 눈은 감았다. 미동이 없다. 숨도 쉬지 않는 듯하다.

나는 생각을 고쳤다. 수면으로 위장한 침묵을 건드리지 않기로 했다. 이제 한 시간쯤 더 지나면 장장 예순서너 해 만에 태생의 대지를 다시 밟게 되는 아버지…….

2018년 6월 10일 맑은 한낮에 일본 치토세를 이륙해 대한민국 인천으로 날아가는 항공기는 흔들림 없이 동해 바다를 건너는 중이었다. 국내선에 탑승한 강 여사는 고베에 도착했을 것이었다. '6월 25일 서울 재회'를 언약하고 헤어진 우리는 홋카이도에서 여덟 밤을 지냈다. 아사히카와 하룻밤, 아바시리 이틀 밤, 구시로 하룻밤, 네무로 이틀 밤, 오비히로 하룻밤, 삿포로 하룻밤.

요나스 요나손의 까마득한 기억에 남은 윌리엄 일병의 그때 동선(動線)을 따라 거의 그대로 답사하는 여정이었다. 예외는 하나였다. 과거의 시계열로는 맨 앞에 둬야 맞는 삿포로와 홋카이도대학 캠퍼스를 맨 뒤로 돌렸다. 마지막 날에 공항으로 나가야 하는 사정을 감안한 선택이었다. 장거리 이동은 열차를 탔다. 호텔은 역에서 걸어갈 가까운 데로 잡았고, 따로 찾아갈 곳은 택시를 대절했다.

여든 고개를 바라보는 이에게는 빡빡하고 버거운 길이었다. 하지만 두 노인은 지칠 줄 모르는 씩씩한 걸음걸이로 돌아다녔다. 물론 달리는 열차 안에서는 나보다 훨씬 더 자주 졸거나 깊이 잠들곤 했다. 나란히 앉아 도란도란 대화를 나누다 문득 서로 어깨를 맞대고 고개를 가누지 못한 구간도 있었다. 그때는 아바시리부터 구시로까지 종단하는 두 칸짜리 열차 안의 십여 분 동안이었다. 통로를 사이에 두고 그 모습을 지켜본 나는 가슴 미어지게 뭉클한 찰나를 겪었다. 벌써 여러 차례 끼쳐들었던, 쉰 해 만에 해후한 오누이 같다는 그 굳어진 생각 위에 새로운 감상이 무겁게 얹어진 것이었다. 어쩌면 두 노인의 그 모습이 내 눈에는, 오래전 역사의 뒤안길로 사라진 격변의 시대에 함께 스크럼 짜고 감당해 나간 어느 지점에서 도저히 잊을 수 없게 맺어졌던 동지끼리 소식 두절로 헤어져 살아오다 하염없이 세월이 흐른 뒤에야 간신히 열린 평화의 시대에 어느 날 참으로 우연히 해후해 이제는 이토록 자는 잠결에 고요히 숨을 거두어도 좋다고 아무도 모르게 서로 속삭이는 장면으로 보였다.

2

윌리엄은 1968년 3월의 삿포로에서 대학생처럼 지내게 되었다. 국내선 비행기를 평안히 태워준 학생증으로 개학을 앞두고 아직은 빈자리가 많은 홋카이도대학 도서관을 출입할 수 있었고, 나무 그루터기나 응달진 자리에는 눈덩이가 뭉쳐 있는 캠퍼스를 맘껏 돌아다닐 수 있었고, 요시다 나오마치 교수의 조카 행세로 그를 따라 어디든 행차할 수 있었다. 그러나 캠퍼스가 아닌 공간의 출몰에는 철저히 원칙을 지켰다. 가게든 식당이든 술집이든 두 번 찾지 않는 것이었다. 대학 도서관에도 사나흘 걸러 한 번 정도만 들렀다. 책을 대출해 들고 나오는 일은 없었다. 책 향기에 파묻혀 영어소설을 읽으며 혼자서 보내야 하는 한낮의 시간을 줄여나갈 따름이었다.

그날은 오후를 꼬박 바쳐 『노인과 바다』를 다 읽었다. 그는 왠지 헤밍웨이가 좋았다. 어디든 투쟁이 있는 곳에서 치열한 젊은 날들을 불태운 뒤 늘그막에는 어느 조그만 바닷가 마을에 처박혀 낚시를 즐기는 가운데 『노인과 바다』를 인간의 바다 위에 아슬아슬한 돛단배처럼 띄워놓은 헤밍웨이의 인생이 부럽기도 했다. 그럴 수만 있다면, 미지의 어느 날에 그럴 수만 있다면, 자신도 희끗희끗한 머리칼을 날리며 낚싯배에 저녁놀을 싣고 돌아오는 노인으로 생의 해거름을 보내고 싶었다.

윌리엄이 도서관을 나섰다. 어둠이 드리워진 캠퍼스에는 함박눈이 펑펑 쏟아지고 있었다. 그는 들뜨지 않았다. 오히려 경건해졌다. 하늘의 축복을 받는 기분이었다. 파멸할 수는 있어도 패배하지 않는 작은 인간. '노인'의 신념을 아로새긴 탈주병의 영혼에 마치 하늘이 바로 그때를 기다렸다는 듯이 하얀 축복의 꽃잎을 아낌없이 뿌려주는 것이라고, 온몸으로 함박눈을 받아들였다. 걸어가는 눈사람으로 변모해가는 가슴속에는 자기 확신이 가지런히 정돈돼 있었다.

파멸의 가능성을 두려워하지 않아야 한다. 체포돼도 파멸의 문으로 끌려가고, 탈출의 길이 막혀도 파멸의 길이 열리고, 탈출에 성공해도 낯선 땅 어디엔가는 파멸의 늪들이 도사리고 있을 것이다. 그러나 그때도 나는 파멸할 뿐이지 패배한 것은 아니다. 나는 패배하지 않는다. 현재도 패배하지 않았다. 내 의지의 길을 나는 택했다. 평화로 가는 길을 가고 있다. 그 길을 내가 포기하지 않는 한, 나는 패배하지 않는다.

그는 대학 정문에서 오른쪽 길을 잡았다. 축복의 하얀 꽃잎은 봄바람에 지는 벚꽃처럼 쏟아지고 있었다. 찍힌 발자국들이 곧 자취를 잃는 인도를 따라 십여 분을 걸어가 도로를 건너서 샛길의 두 번째 집 대문에 다다랐다. 윌리엄이라는 신호를 보내야 했다. 초인종을 짧게 세 번 끊어서 눌렀다. 철커덕. 잠금장치가 풀렸다.

"눈사람이 왔구나."

요시다 교수가 껄껄 웃었다. 앞머리에 손바닥만큼 머리칼이 빠진데다 돋보기안경을 껴서 나이보다 몇 살은 더 위로 보이는 입가에 송곳으로 콕 찌른 보조개가 드러났다.

"좋은 밤입니다."

윌리엄이 빙그레 웃었다.

두 사람은 거실에서 일본말로 몇 마디 나눴다. 욕조에 몸을 담가라. 샤워만 해도 됩니다. 저녁식사는 쇠고기 요리다. 좋습니다. 와인을 마실까? 아주 좋습니다. 이런 일본말을 탈주병은 들을 줄 알고 할 줄 알았다. 시나브로 텔레비전이 가르친 것이었다.

요시다 교수는 혼자였다. 아들과 딸은 도쿄에서 대학을 다니고 동료인 아내는 낙농업과 관련해 두 달 동안 덴마크 무슨 연구소에 연수를 나가 있다고 했다.

윌리엄이 씻고 나오자 이미 식탁은 차려져 있었다. 프라이팬에 구워낸 쇠고기 등심 한 접시, 쌀밥 한 공기, 단무지 몇 토막, 식었으나 구워둔 고등어 두 토막, 소스 뿌린 야채 한 접시, 마개를 빼내 살짝 막아둔 레드와인 한 병, 조그만 유리 요강처럼 생긴 와인 잔 두 개. 식탁 차림이 여느 날과는 달라 보였다. 눈 내리는 밤, 그래서? 그는 요시다 교수가 낭만적인 농학박사라고 짐작해 보았다.

"와인을 잘 몰라. 생겼으니 마시는 거지. 유일한 조건은 달지 않으면 된다는 거야. 와인을 자주 따르는 것도 좋아하지 않아. 이 잔은 한 병의 절반을 받아주지. 그래서 좋아. 어쩌다 마누라하고 둘이서 마실 때도 이 잔을 쓰지. 자, 내가 공평하게 나누지."

요시다 교수의 미국말을 윌리엄은 일본말로 받았다.

"감사합니다. 잊지 못할 식사가 될 것입니다."

서로가 와인 잔을 절반쯤 비웠을 때야 윌리엄은 알게 되었다. 자신의 인사말처럼 그 자리는 잊을 수 없을 작별의 시간이었다.

요시다 교수는 베헤이렌을 이끄는 친구 쪽에서 시레토코의 어느 지점 또는 네무로의 어느 지점이 된다는 연락을 그저께 보내왔다며, 그때 바로 알려줄까 망설였으나 서로가 뒤숭숭한 시간을 줄이려고 이제 말하는 거라고 했다. 시레토코가 어디에 붙었는지, 네무로가 어디에 붙었는지, 윌리엄은 알지 못했다. 홋카이도 북쪽 어느 바닷가에 있을 거라고 막연히 짐작해볼 따름이었다.

식탁을 정리하고 홋카이도 지도를 펼친 요시다 교수의 대머리에 전등 불빛이 번들거렸다. 탈주병은 교수의 손가락이 찍는 지점을 보았다. 노트보다 조금 더 큰 지도에서 시레토코는 새끼손가락의 거리를 두고 소련이 차지한 덩어리 섬과 거의 맞붙은 곳이고, 그 오른쪽 아래의 네무로는 소련이 차지한 조각 섬과 거의 맞붙은 곳이었다. 두 곶과 두 섬 사이의 비좁은 바다 가운데에 구부정한 경계선이 붉게 그어져 국가의 영역을 표시하고 있었다. 이 섬들이 바로 2차 세계대전 후 스탈린에게 빼앗긴 일본의 북방 영토라는 교수의 설명을 들은 탈주병이 엉뚱한 걱정을 내놨다.

"정말 잘될 것 같습니까?"

"나의 친구는 국제적인 인물이야. 미국, 소련, 중국, 북한, 유럽 여러 나라들에 동지와 다름없는 유력 지인들을 확보하고 있지. 그 친구가 직접 교섭하는 일이니까 안심해도 좋아."

"그 선생님 앞으로 편지라도 남기고 싶습니다."

"내가 정확하게 전달해주지. 약속하겠네."

아침이 밝아왔다. 4월의 첫날이 열렸다. 윌리엄이 낯선 안내자와 함께 기차를 타고 아사히키와를 거쳐 아바시리로 가는 날이었다. 그는 손을 씻고 책상에 앉아 볼펜을 잡았다.

고베에서 만날 기회를 놓쳐버렸던 '선생님'을 윌리엄이 가장 인상적으로 기억하는 것은 고무신 같은 보트를 타고 미군 항공모함에 접근해 확성기로 "탈영하라"고 외치는 장면이었다. 텔레비전에서 언뜻 보았고 신문에서는 들여다봤지만 '선생님'의 얼굴은 지식인 같지 않았다. 주먹과 박치기와 힘을 뽐내는 무식쟁이 장사로 보였다. 그것이 '선생님'의 실체를 더 궁금하게 만들었다. 이 남자는 골리앗을 쓰러뜨리려고 덤벼드는 다윗이란 말인가. 이 확성기의 말이 다윗의 돌멩이란 말인가. 이 남자는 자신의 말을 진실로 다윗의 돌멩이라고 믿는다는 것인가. 아니, 이 남자는 말을 타고 성문 앞에서 외치는 돈키호테가 아닐까. 이 확성기가 돈키호테의 창은 아닐까…….

윌리엄은 정성껏 문장을 만들어 나갔다. 간밤에 머릿속으로 미리 다듬은 편지여서 오래 걸리진 않았다. 다윗의 돌멩이도 넣고 돈키호테의 창도 넣었다. 편지지는 두 장이었다. 하지만 봉투는 두툼해졌다. 다른 것을 동봉했기 때문이었다.

요시다 교수가 운전하는 승용차의 조수석에 앉아 삿포로역으로 나가는 윌리엄의 무릎 위에는 검정색 가방 하나가 놓여 있었다. 어깨에 걸 수도 있고 손에 들어도 되는, 쿠바대사관에 들어갈 때부터 지녔던 그것은 가벼워 보였다. 요시다 교수가 마련해준 속옷, 양말, 장갑 따위들을 담았고, 밑바닥에는 영어 시사지 한 권이 쿠바대사관에서 챙겨준 신문 스크랩과 함께 깔개처럼 놓여 있었다.

3

아바시리 감옥박물관. 여기를 요나스 요나손은 꼭 보겠다고 했다. 당신이 할아버지를 추념하고 있다는 것을 나는 얼른 알아차렸다. 강 여사는 사연을 듣더니 당연히 가봐야 한다고 했다. 그것은 하루 짬을 내서 시레토코 반도에 원시 그대로 잘 보존돼 있다는 자연을 관람하자고 했던 애초 계획을 취소하는 결정이기도 했다. 아바시리에서 이틀 밤을 묵긴 하지만 저물 무렵에 도착해 오전 10시에 출발하는 2박 3일이니 온전한 하루해는 하루만 배당돼 있었다.

요나스 요나손의 할아버지에 대한 기억은 간단했다. 홋카이도 어느 탄광으로 징용을 끌려 나갔다 해방이 됐으나 편지도 소식도 끊어지고 영영 돌아오지 않은 할아버지가 고향집으로 보내온 마지막 편지의 발신 주소는 '북해도 무슨 감옥'이었다. 이게 전부였다. 더 보탤 아무것도 없었다.

"한국전쟁이 나서 피란길에 나서기 전에 어머니한테서 들었던 얘기인데, 어떻게 일본 지명을 기억할 수야 있겠습니까? 여기가 아닌지도 모르지요."

난처해하는 요나스 요나손을 강 여사가 위로했다.

"아바시리 감옥이었을 수도 있지요. 그때 감옥에 갇혔다는 것은 공산주의, 사회주의 노조와 연결됐거나 아니면 탈출에 실패하고 잡혔다는 뜻인데, 손 선생님은 할아버지의 피를 제대로 물려받은 것 같아요."

나도 거들었다.

"아버지, 강 선생님 말씀에 일리가 있잖아요?"

우리는 감옥박물관 안에서 사먹을 수 있다는 점심식사를 통해 그럴싸한 관광 기분을 맛보기로 하고 택시를 잡았다. 역 광장 맞은편 호텔에서 개천 둑길처럼 생긴 도로를 따라 달리다 짧은 다리 하나를 건넜다. 낮은 산들이 에워싼 기슭 자리의 건물들은 말이 '박물관'이지 실제로 죄수를 가뒀던 옥사 그대로였다.

아바시리 감옥박물관이 놀라게 만든 것은 다섯 가지였다. 나는 노트북에 담아둘 내용을 정리했다.

첫째는 목재건물 25동 전체를 아바시리 주민이 열아홉 해에 걸친 시민운동으로 현재 자리에다 이축·복원했다는 사실이었다. 기나긴 작업이 끝난 때는 2000년, 이미 그들은 박물관을 운영할 재단법인도 갖추고 있었다. 시민운동의 구심점은 남녀 한 사람씩으로, 남성은 아바시리신문사 사장, 여성은 시의원이었다.

둘째는 요나스 요나손과 동갑은 돼 보이는 안내인이 스스로 내놓은 이력 한 토막이었다. 강 여사가 통역을 해줬다. 전후세대 일원으로서 청년 시절에는 베헤이렌 운동을 열렬히 지지했으며, 몇 년 전에 출간된 『내 이웃에 탈주병이 있던 시대』라는 책에는 자신의 회고담도 담겼단다. 강 여사가 함구하고 있어도 쑥스럽게 자랑하듯 밝힌 것이었다. 그와 악수를 나눈 강 여사가 일본말로 조금 길게 말했다. 요나스 요나손이 미군 탈주병 손진호라거나 자신의 남편이 누구였다는 귀띔은 아니었다.

'나 역시 당신처럼 그랬다'며 반가운 옛 동지를 만났다고 말한 모양이었다. 강 여사는 그가 언급한 책을 알고 있었다. 베트남전쟁 기간에 일본에서 탈주한 미군 병사들을 도와준 '일본 노인들'의 회고를 정리한 단행본으로, 앞부분의 주인공은 단연 '손진호'라며, 감사의 글을 읽듯 덧붙였다. 도쿄 쿠바대사관으로 망명한 손진호의 그 독특한 출현은 어떤 탈주병보다 일본사회에 폭넓은 관심을 불러일으키면서 베헤이렌 운동에도 큰 자극과 도움을 줬으니 너무 늦었지만 이제라도 '그이'와 동지들의 이름으로 늙어버린 주인공에게 패를 바쳐야 마땅하지 않느냐. 우리가 즐겁게 웃으니까 한국말을 모르는 안내인도 덩달아 웃었다.

셋째는 그 감옥이 1896년에 생겨나야 했던 시대적 배경과 정치적 배경이었다. 19세기말에 일본 메이지 정부는 부동항을 찾아 남하정책을 밀어붙이는 러시아에 대항하는 방어선을 홋카이도 북방에 구축하자면 먼저 본토와 연결하는 도로와 철도를 건설해야 한다고 판단하면서 건설 인력으로는 넘쳐나는 국사범을 부려먹자는 결정을 내렸다. 물론 도로와 철도는 군대와 물자가 움직이는 동맥이고, 침략이든 방어든 전쟁을 위한 기본 인프라였다. 여기에 수용된 징역 12년 이상의 죄수들은 하루 서너 시간만 수면이 허용되는 중노동에 끌려 나가 메이지 22년(1889년)에 아무런 중장비도 없이 아바시리와 아사히키와를 연결하는 도로 총연장 228킬로미터 중 163킬로미터를 불과 8개월 만에 개통했다. 그동안 914명이 쓰러졌고, 211명이 죽었다. 통치 권력에게는 그들이 죽어도 좋고 살아도 좋고 석방돼도 좋은 존재들이었다. '살아 있는 그들'은 도로나 철도를 건설하는 '공구'이고, '죽은 그들'은 보충할 죄수들이 얼마든지 대기하니 '부양비 절약'이고, 형기와 노역을 무사히 마쳐서 '석방된 그들'은 아바시리에 정착해 새로운 도시를 일궈나갈 신민이었다.

넷째는 그 감옥이 일본 근대화의 한 상징이라는 점이었다. 아바시리 형무소는 오익방사상(五翼放射狀) 단층옥사였다. 그래서 감옥박물관 목조 8동이 일본 중요문화재로 지정되었다. 늙은 안내인은 제러미 벤담, 막스 베버, 미셸 푸코 등을 거명하는 자못 거창한 설명에 조리를 갖추었다. 형무소 건물이 왜 이토록 위풍당당한 품격을 지니게 되었는가. 메이지 유신 당시에 일본국 안에서 죄를 범한 외국인을 수용할 국제표준의 형무소를 지어야 했다. 오사방의 중앙에 위치한 지점에서는 다섯 개의 방을 동시에 감시할 수 있다. 이것이 영국 철학자 제러미 벤담이 제안한 '파놉티콘' 형무소 건축 양식이다. 그리스어 'pan'은 '모두'를 뜻하고 'opticon'은 '본다'를 뜻하며, 파놉티콘은 합성어이다. 오익방사상에서 중앙 감시탑의 조명을 어둡게 하고 죄수들의 방을 밝게 해두면 감시효과가 극대화된다. 이것이 철학적 개념으로 발전되었다. 벤담은 파놉티콘을 이상적인 사회 구조의 축소판으로 보았고, 베버는 감시시설에서 더 나아가 병영 병원 학교 공장 등에도 적용될 수 있다고 주장했으며, 푸코는 파놉티콘이야말로 효율성과 합리성을 추구한 근대 권력의 특성을 잘 보여주는 것이라고 해석했다. 일찍이 19세기 말에 서구 근대사상의 상징이 이곳 극동의 끄트머리에 형성되었고 현재도 보존되고 있으니, 철학사상의 최전선을 달렸던 푸코가 생전에 여기를 방문했더라면 어느 누구보다 감탄하고는 길이 남을 명언을 방명록에 남겼을 텐데……. 이런 내용이었다.

다섯째는 전설의 탈옥수라는 죄수의 탈옥 시도 장면을 재현해놓은 마네킹 인형이었다. 발가벗은 알몸에 길쭉한 수건 같은 훈도시로 그곳만 가린 그 사내는 파놉티콘의 감시자 위치보다 더 높은 천장을 기어가다 영원히 멈춘 상태였다.

두 노인이 감옥박물관의 점심식사를 그만두기로 했다. 이면수 구이, 야채 두 가지, 국 하나, 밥 한 공기로 꾸려진다는 그것을 여기서 천연덕스레 관광 상품으로 맛볼 수야 없는 노릇이었다. 강 여사가 휴대폰으로 불러들인 택시를 타고 역 광장과 가까운 스시 식당을 찾아갔다. 사방이 트인 자리만 남아 있었다. 먼저 생맥주가 나왔다.

"옛날의 동지가 베푸는 친절을 거부하는 것은 마음에 걸리지만……."

강 여사가 말끝을 흐렸다. 요나스 요나손도 안색이 어두웠다.

"막스 베버도 미셸 푸코도 인간 사회에 대해 자기 할 말은 다 하고 갔지만, 그 천장에 매달린 전설의 탈옥수라는 한 개인의 차원에서는 그 숱한 말들이 무슨 쓸모가 있겠어요?"

내가 받았다.

"아버지는 그 탈옥수를 보고 할아버지를 생각하신 거군요. 고향에 아내와 아들을 남겨둔 할아버지가 소식도 없이 끝내 돌아오지 않았으니, 그런 탈출에 실패해서 생을 마친 거라고……."

강 여사가 나섰다.

"나부터 무거운 기분을 털어내야겠네. 무소식이 희소식이라는 속담도 있잖아요? 전쟁터에 폭탄이 쏟아져도 멀쩡하게 살아남는 사람들이 있는 것처럼, 손 선생님의 할아버지도 어떻게든 살아남아서 고향에는 돌아가지 못했지만 어디선가 포기할 수 없는 생을 살아갔을 거라고, 밝은 쪽으로 생각합시다. 손 선생님은 그때 오사카의 조선인 교수로부터 한반도 북쪽 꼭대기 어딘가에 한국전쟁 때 잡혀온 포로들이 모여 사는 동네가 있다는 말을 듣고서 생사불명의 아버지가 거기에 계실 수도 있겠다는 생각을 하고는 평양으로 들어갈까 하는 유혹도 강하게 받았다고 했잖아요? 그런 생각이 밝은 생각인 겁니다. 설령 만나지 못한다고 하더라도 어디엔가 살아 있다는 것을 알고 있거나 살아 있다는 확신을 가지고 있다면, 이것이 시대로부터 디아스포라를 당할 수밖에 없었던 작은 개인들이 인간 세상을 긍정적으로 감당해 나가는 하나의 현명한 의식적 선택이 될 수 있는 겁니다."

타인에게 충고하는 말이 아닌 듯했다. 강 여사도 두 언니네 가족과는 이산 상태에 놓여 있었다. 한반도 북쪽의 동해안 어느 동네에 살았다는 두 언니를 만나지 못한 지가 삼십 년을 넘었다지 않았는가. 21세기의 개막을 가슴 아프게 기념하려는 것이었는지 그때부터는 무슨 영문으로 일 년에 한두 차례 날아들던 편지마저 끊어져 현재에 이르도록 생사조차 알지 못한다지 않았는가. 어쩌면 강 여사는 요나스 요나손에게 차분히 말하면서 자신에게는 엄정했을 수 있었다. 아버지가 생맥주를 잡았다.

"미안합니다. 한잔 마시고 기분을 바꿉시다."

"좋아요."

"좋습니다."

유리컵 셋이 둔한 소리를 냈다. 우리는 서로 눈을 마주치며 무언의 약속을 거는 것처럼 웃음을 나누었다. 윌리엄 일병이 오사카의 그 교수네가 아닌 곳에서도 평양으로 들어갈까 하는 망설임 같은 생각에 한 번 더 잠겼다는 사실을 나는 알고 있었다. 지금 그 장면을 꺼낼까. 내가 주저하는 틈에 강 여사가 질문을 던졌다.

"1968년 4월의 아바시리와 2018년 지금의 아바시리는 많이 다른가요?"

아버지는 맥주부터 더 마셨다.

"우선 겉보기에는 많이 달라 보이지요. 그때는 역 앞에 고층 호텔도 없었던 것 같아요. 사람이 좀 많은 시골 항구, 그런 느낌이었지요. 그런데 기차나 풍경은 옛날 그대로 같다, 이런 느낌입니다. 그때도 기차가 한 칸이었나 두 칸이었나 그랬는데 이번에도 그런 기차가 있었지요. 풍경은 변함이 없어 보였고요."

"여기에 며칠이나 있었던가요?"

"아바시리 형무소 죄수들이 생산하는 채소가 그때 이곳 주민들에게 인기가 좋았다고 합니다. 나를 안내하는 젊은 학자가 알려줬던 겁니다."

요나스 요나손은 '젊은 학자'의 이름을 '고바야시'로 기억하고 있었다. 요시다 교수 밑에서 석사논문을 준비하는 대학원생으로 지도교수의 부탁을 받아 흔쾌히 윌리엄 일병의 길 안내를 맡았던 고바야시는 홋카이도 지리에 밝은 구시로 출신에다 베헤이렌 운동을 적극 지지하는 평화주의 농학도였다. 키는 윌리엄보다 손가락만큼 작고, 몸집은 윌리엄보다 넓었다. 아이누족 피가 섞인 것 같았다.

"우리 둘은 하숙 간판이 붙은 집에 묵었는데, 그 사람이 우리를 주인 아주머니에게 아바시리 형무소의 사례를 조사해 지역사회 중심의 농업경영 모델을 연구하는 홋카이도대학 연구팀이라고 소개했어요. 특별히 기억나는 것은, 낮에는 전화가 안 오지만 저녁에는 전화가 올 수 있으니 꼭 바꿔 달라고 철저히 부탁을 하더군요."

고바야시는 낮에는 윌리엄을 데리고 여기저기 한적한 바닷가로 돌아다녔다. 한두 칸짜리 열차를 타고 몇 개의 역을 왕복한 적도 있었다. 정작 아바사리 형무소는 굴뚝도 보지 않았다. 주인이 전화를 바꿔준 것은 닷새째 저녁 7시였다. 전화는 반드시 저녁 7시에만 한다고 약속돼 있어서 두 사람은 어디를 싸돌아다니든 그 시각 전에는 방으로 돌아와 있었다. 젊은 농학도와 통화한 상대는 요시다 교수였다. 기차표가 나왔으니 네무로에 다녀오너라. 이것이 핵심이었다. 기차표는 접선할 좌표가 정해졌다는 뜻이었다. 동경 몇 도 몇 분, 북위 몇 도 몇 분. 그 지점이 네무로 앞바다에 찍혔다는 최종 통지였다. 정확히 언제? 네무로 반도의 어느 곳으로? 이 문제는 사제지간에 일부러 떠벌인 너스레에 포함돼 있었다. 이튿날 아침에 두 사람은 학교로 급히 돌아오라는 연락을 받았다는 작별인사를 남기고 아바시리역으로 나갔다.

"그때는 그 친구에게 할아버지 얘기를 안했군요. 그러니 형무소에 가보자고 하지 않았던 거겠지요."

강 여사가 요나스 요나손을 건드려보는 듯했다.

"고바야시 씨의 영어가 나의 일본어보다는 좋았는데, 그 얘기는 못하겠더군요."

"특별한 이유가 있었나요?"

"나를 위해 애를 쓰는 일본인에게 일본 역사의 아픈 데를 건드리진 말자. 뭐, 이런 정도였을 겁니다. 도쿄 인근의 그 작가에게 철없이 한 번 찔러봤던 미안함도 남아 있었거든요."

"역시 당신은 아주 훌륭한 탈주병이었네요."

"전설의 탈주병은 되기 싫습니다. 어떤 박물관에 그 전설의 탈옥범과 같은 꼴로 전시돼서 자유니 평화니 떠들어대는 구경꾼들의 시선과 손가락질을 받게 된다면, 그건 정말로 저주 받은 인간이 되는 거지요."

말은 시니컬해도 표정은 환한 요나스 요나손이 강 여사에게 건배하자는 눈짓과 손짓을 보냈다. 두 노인이 구김살 없는 얼굴로 잔을 치켜들었다. 나는 빠졌다. 곧 초밥 세 접시가 차려졌다. 1968년 4월의 윌리엄은 이제 네무로에 당도할 즈음이었다. 거기부터는 내가 강 여사에게 제법 긴 이야기를 들려줬다.

4

고바야시와 윌리엄이 버스 느낌을 주는 단칸짜리 열차를 내려 허술한 판잣집 같은 네무로 역사를 빠져 나왔을 때는 고만고만한 목재가옥들 저 너머의 서녘 하늘에 꺼져가는 불덩이 구름들이 석양을 가리고 있었다. 고바야시가 택시 기사에게 7시 30분에 여기서 만나자는 약속을 걸고는 미리 지폐 한 장을 맡겼다. 20시 20분, 이 시각을 되뇌며 윌리엄은 손목시계를 보았다. 아직은 세 시간도 더 남아 있었다.

"저녁을 먹어 둡시다."

"예."

"배멀미를 할 수 있으니, 가볍게 우동으로 하지요?"

"예."

고바야시는 역 앞 큰길에서 스스럼없이 오른쪽 인도를 택했다. 외삼촌이 네무로 바닷가에 살고 있어서 학창 시절에 몇 차례 방문했다더니 한 번쯤 들렀던 식당이 떠오른 모양이었다. 그가 찾아간 식당은 좁다란 골목의 끄트머리였다. 의자 넷을 갖춘 네모난 식탁이 셋이었다. 정원 열두 명의 공간에 손님은 막 들어선 둘뿐이었다. 주인은 머리가 하얀 할머니였다. 희한하게도 얼굴은 피둥피둥했다. 왠지 모르게 윌리엄은 우동이 맛있을 것 같았다.

"어제, 오늘, 기차여행이 좋았습니다."

술을 하겠느냐는 고바야시의 친절을 물린 윌리엄이 감사의 인사를 차렸다. 진심이었다. 전날 하루해를 바쳤던 아바시리에서 구시로까지, 그 철길은 처음 두어 시간 동안은 드문드문 바다를 보여주더니 그 뒤로는 온통 깊은 산중의 외길로 뻗어 있었다. 남하의 철길은 한두 시간 간격으로 봄이 오는 속도의 차이를 보여주었다. 정오 무렵까지는 응달진 자리마다 양처럼 웅크린 잔설과 연둣빛 새순이 돋아난 자작나무가 자주 띄었다. 오후 2시 즈음에는 풀들이 초록으로 물들인 초지를 볼 수 있었다. 아직 풀꽃은 보이지 않았다. 하지만 오후 3시를 넘은 다음에는 야산 군데군데 연분홍 치렁치렁한 벚꽃들이 화사한 무덤을 이루고 있었다. 오늘 오후를 보낸 구시로에서 네무로까지, 이 철길에는 봄이 완연했다. 날씨는 비를 뿌리다 햇빛이 드는 변덕을 부렸지만 나무들도 풀들도 대지의 봄기운을 허공으로 밀어 올리고 있었다. 이따금 오른쪽에 나타나는 바닷가 마을은 마냥 고즈넉했다.

"먼 미래의 어느 날, 다시 오세요. 본디 아이누족의 땅이었던 내 고향은, 홋카이도는 원시의 자연을 잘 간직한 섬으로 남아 있을 겁니다. 두고 보세요. 홋카이도는 자연 때문에 각광을 받는 날이 올 것입니다. '네무로'란 아이누 족속의 말로는 '니무오로'라고 하는데, 울창한 나무라는 뜻입니다."

고바야시는 자부심과 확신을 듬뿍 담은 눈빛이었다.

"언젠가 이곳을 다시 찾아오는 날이 온다면, 울창한 나무라는 이 바닷가를 다시 찾아올 수 있는 날이 온다면, 세상은 지금보다는 평화가 많아진 곳이 되어 있겠지요."

"국가나 거대폭력이 평화를 파괴할 수 있지만, 작은 인간의 영혼에 평화가 살고 있다면 평화는 패배하지 않는다. 당신의 그 신념을 오래 기억할 겁니다."

우동 두 그릇이 나왔다. 모락모락 김이 피어오르고 있었다.

"고춧가루 안 타요?"

고바야시가 농담 비슷하게 던졌다. 윌리엄은 재깍 받아쳤다.

"현재 저는 손진호가 아니라 윌리엄 다니엘 맥거번입니다."

고바야시가 고개를 돌려 재치기하듯 웃었다. 윌리엄의 미국말을 알아듣지 못한 할머니가 의아하게 토박이를 쳐다보았다. 두 사람은 똑같이 젓가락질을 잘하는 것처럼 뜨끈한 우동 국물을 똑같이 남기지 않았다. 속을 데우고 시원스레 풀어주는 방법이 똑같은 족속끼리 서로 눈웃음을 나누며 일어섰다. 골목에는 어둠이 짙게 깔렸다. 당사실 같은 가랑비가 다시 뿌리고 있었다. 변방의 거리를 방랑자처럼 터덜터덜 걸어 보려던 계획을 바꿔야 했다.

"이런 어중간한 시간은 어디서 보내는 것이 가장 좋을까요? 군인은 답을 알고 있답니다."

"나는 도서관이지만, 군인은 유곽이겠지요."

"맞아요. 숏 타임이라는 게 있지요."

윌리엄은 우쭐하게 넉살을 부렸다. 그냥 그러고 싶었다. 아니, 지루하고 초조한 자투리 시간을 아예 쓰레기처럼 써버리고 싶었다. 앞으로 두어 시간 뒤의 나는 어떻게 되는 것인가? 이 생각을 뿌리째 뽑아버리고 싶은 시간이 너무 더디게 흐르고 있다는 불만이 그의 내면에서 불안의 똬리로 엮이는 중이었다. 고바야시는 그것을 꿰뚫어보고 있었다.

"괜히 어울리지 않는 말을 하는군요. 저리로 가요. 내가 숏 타임보다 더 재미난 이야기를 해줄게요."

고바야시가 큰길 건너편의 찻집을 가리켰다. 과자와 빵도 파는 찻집은 손님이 없었다. 저녁 끼니 때 군것질 하러 나올 어른은 없을 것이었다. 고바야시는 화장을 열심히 해놓은 젊은 아주머니에게 눈에 띄는 대로 골고루 주문했다.

"요시다 교수님이 존경하는 육종학자 한 분이 있어요. 혹시 들어봤나요? 한국 이름으로는 우장춘이라고 합니다."

"우장춘? 처음 듣습니다."

"일본에서 태어나고 일본에서 공부했지만 한국전쟁 기간에 고국을 위해 봉사한다는 정신으로 한국에 들어가서 가난한 한국을 위해 농업 발전에 기여하고 벌써 십여 년 전에 한국에서 눈을 감았습니다. 우장춘 선생님의 박사학위 논문은 나와 같은 공부를 하는 일본 사람들에게는 저명하답니다. 다윈의 진화론이 안고 있는 허점을 찌르고 들어간 천재성이 번뜩이는 논문이지요. 여기서 나는 그런 학문적인 것이 아니라, 우장춘 선생님의 기가 막힌 인생에 대해 얘기해주려고 합니다."

윌리엄은 귀를 세웠다. 과자를 먹을 때도 차를 마실 때도 아슬아슬하게 털털거리며 이어나가는 고바야시의 미국말을 한마디도 놓치지 않았다. 조선이 어떻게 망했는가를 대충 알고 있는 윌리엄에겐 낯선 대목이 섞이기도 했던 고바야시의 이야기는 우장춘 전기를 읽어주듯 길고도 진지했다. 간략히 간추리면 이런 것이었다.

우장춘의 아버지는 우범선이다. 우범선은 개화사상으로 무장한 조선국의 훈련대장이었다. 1895년 우범선은 일본 사무라이들과 함께 명성황후라는 임금의 아내를 시해하는 일에 가담했다. 그리고 일본으로 피신, 망명했다. 우범선은 일본 여자와 결혼했다. 장남이 우장춘이다. 우범선은 시해당한 집안에서 밀파한 자객에게 피살됐다. 어린 우장춘은 저녁식사 시간에 이웃집으로 아버지를 부르러 갔다가 칼을 맞고 방안에 무참히 쓰러져 있는 아버지를 발견했다. 그 방은 친구처럼 접근해온 조선인 자객이 머물던 방이었다. 그 뒤 우장춘은 스님의 손에 의탁해 절에서 지내다가 일본 정부의 도움을 받아 공부를 하고 훌륭한 육종학자로 성장했다. 아버지의 나라가 해방된 뒤 아버지의 나라로 들어갔다. 한국에서 우범선은 용서 못할 매국노로 찍혀 있었다. 그래도 우장춘은 빈곤에 허덕이는 고국을 위해 자신의 역량을 다 바치고 병이 들어 한국 땅에 묻혔다. '씨 없는 수박'이 특이한 수박이니까 그걸로 우장춘을 기억하는 한국인이 많겠지만, 한국인은 김장김치가 없으면 못 산다는데 그 배추도 우장춘이 개발한 것이고…….

지루하고 초조한 시간을 보내고 있는 탈주병의 가슴을 느닷없이 쓰라리게 만든 인물이 우장춘이었다. 칼을 맞고 무참히 쓰러진 피투성이 아버지는 아들의 영혼을 어떻게 지배했을까? 매국노로 찍힌 아버지는 아들의 영혼을 어떻게 지배했을까? 이런 의문은 뒷날의 그에게 우장춘 관련 자료들을 찾아보게 만들었다.

택시는 약속시간에 기다리고 있었다. 고바야시와 중년 운전사가 나눈 일본말 대화를 윌리엄은 대충 알아 들었다. 알뜰히 들으려 하지 않았다. 타인의 손에 자신의 운명을 맡겨야 하는 밤이었다. 가랑비는 그치고 바람이 세차게 불어오는 어둠을 헤치며 택시는 윌리엄의 새로운 운명을 결정할 어느 포구를 향해 거침없이 달려 나갔다. 무거운 침묵이 작은 공간을 가득 메웠다. 문득 고바야시가 그의 손을 잡았다. 윌리엄은 포근한 그 손을 꼭 잡았다. 말은 건네지 않았다. 택시가 멈췄다. 고바야시가 헤드라이트 불빛을 따라 앞창 너머를 살펴보았다. 윌리엄도 무심히 그를 따랐다. 방파제 앞이었다. 허연 물보라가 튀어 올랐다. 묶인 배들이 흔들리고 있었다. 여남은 척은 되어 보였다. 고바야시와 운전사가 인사를 주고받았다. 택시는 거꾸로 돌아서 곧바로 사라졌다. 사나운 바람이 어깨에 가방 하나 걸고 있는 탈주병의 얼굴을 갈겼다. 후룩 끼쳐든 한기에 그는 몸을 떨었다.

"10분 남았어요. 그런데 저기 사람이 기다리고 있네요."

"갑시다."

윌리엄이 앞장섰다. 파도가 규칙적으로 방파제를 때리고 있었다. 그때마다 허연 물보라가 튀어 올랐다. 고바야시와 방파제 위의 시커먼 사내가 마주섰다. 덩치가 쌍둥이 같았다. 둘이 악수를 나누었다. 고바야시와 윌리엄이 짧은 포옹을 나눴다.

"행운을 빕니다."

"감사합니다."

오늘 밤을 이 마을에서 자고 간다는 고바야시가 떠났다. 선장이라는 사내가 방파제를 내려갔다. 윌리엄은 갑판에 올라 오른쪽으로 잔뜩 고개를 꺾었다. 고바야시는 이미 형체를 알아볼 수 없는 그림자처럼 방파제를 벗어나고 있었다. 선장이 소리를 한 번 지르고 손짓으로 윌리엄을 불렀다. 그가 휘청휘청 다가갔다. 권총 모양으로 바뀐 손의 검지가 마구 쑤시듯 바닥을 가리켰다. 꾸물대지 말고 잽싸게 들어가라는 뜻이었다.

윌리엄은 순종했다. 갑판 밑의 밀실 같은 공간으로 내려갔다. 퀴퀴한 비린내가 코를 찔렀다. 생선 썩는 냄새 같았다. 울컥 구역질이 치밀었다. 그러나 그는 마음을 다잡아 묵묵히 바닥을 깔고 앉았다. "하이", "웰컴" 따위를 껌 씹는 소리처럼 뱉은 사내들을 그는 쓰윽 훑어보았다. 어두컴컴해도 얼굴은 알아볼 수 있었다. 왼쪽부터 백인, 백인, 백인, 흑인, 백인이었다. 모두 다섯이었다. 안경 쓴 녀석은 없었다. 군복을 벗었지만 그들이야말로 미군 탈주병이라 불러도 어울릴 생김새와 피부색이었다. 한 번씩 눈빛을 건네는 것으로 인사를 대신했다. 어쩐지 말을 걸고 싶지 않았다. 틈만 생기면 술과 여자를 찾았던 시시껄렁한 녀석들일 것이라고 지레짐작을 해버렸다.

엔진에 동력 걸리는 소리가 어창(魚艙) 벽을 울렸다. 배가 움직였다. 후진이었다. 거꾸로 돌리려는 준비였다. 삼사 분 지났을까. 배가 붕 뜨는가 싶더니 거대한 물건처럼 바닷물에 떨어졌다. 이런. 이거 뭐야. 난리로군. 젠장맞을. 큼직한 물고기처럼 갇힌 탈주병들이 한마디씩 툴툴거렸다. 윌리엄은 배가 포구를 빠져나오기 바쁘게 큰 파도에 얹혔다 그대로 떨어진 것이라고 짐작했다. 배는 요동을 쳤다. 전후, 좌우, 상하의 구별을 두지 않았다. 겁 없는 곡예를 멋대로 벌였다. 선체 옆구리에서 둔탁한 소리가 터져 나오는 순간에는 옆으로 쓰러질 듯하고, 파도를 올라탔다 떨어지는 찰나에는 이물을 물속으로 처박을 듯하고, 또 어떤 순간에는 어창 속 여섯을 공중부양 시켰다 털썩 떨어뜨렸다.

삼십여 분을 견뎌냈을까. 흑인이 맨 먼저 구역질을 했다. 곧바로 구역질의 도미노가 일어났다. 윌리엄도 몇 차례나 왝왝거렸다. 아무도 걸쭉한 음식을 토해내진 않았다. 너도나도 저녁식사를 서둘러서 가볍게 해치운 것이었다. 토하고 또 토해도 좋아. 우리는 자유의 몸이 될 거니까. 술병을 든 백인이 떠들었다. 녀석만 토하지 않았다. 차라리 노래를 부를까? 미친 소리. 여기에 여자가 있으면? 구역질로 키스하게? 이딴 잡담들을 한참 떠들었다. 배의 요동이 수그러드는 것 같았다. 바다가 침대로 바뀌나. 가운데 앉은 백인이 말했다. 그랬다. 배가 거짓말처럼 얌전해졌다. 윌리엄은 시계를 보았다. 아직 멀었다. 고바야시가 찻집을 나와 역으로 택시를 타러 가면서 일러준 정보로는 목적지까지 두 시간 정도 걸린다고 했으니.

모두가 멀미를 벗어났다. 백인 넷, 흑인 하나가 한층 활발해졌다. 선장을 혀에 올렸다. 가미가제 특공대 출신인데 살아남았으니 그를 살려둔 것이 우리를 위한 신의 가호였다고 술병 든 녀석이 떠들자, 그 옆의 백인 녀석이 그걸 받아 문제를 내는 교사처럼 말했다. 과연 우리를 위해 살아남은 선장은 전쟁을 더 미워하느냐, 돈을 더 좋아하느냐. 윌리엄은 녀석을 쏘아보았다. 그냥 심심풀이라고 해도 험난한 칠흑의 항해를 결정한 선장에 대한 예의가 아니었다. 하지만 입을 다물었다. 껴들지 않기로 했던 결심을 새삼 반듯하게 세웠다. 선의를 경제적으로 보상한다, 이게 좋잖아? 윌리엄 옆의 백인이 좀 시니컬하게 투덜거렸다. 그만두자는 뜻 같았다. 그래서 가마가제 특공대 출신이라는 선장은 평화주의도 실천하고 위험수당을 받듯이 돈도 챙기는 사람으로 처리되었다.

갑자기 선체가 격렬히 흔들렸다. 바다 밑 어딘가에 지진이라도 일어난 듯했지만 실제는 기다랗게 반원을 그리며 굽이도는 배의 옆구리를 거센 파도들이 사정없이 들이받고 있었다. 어느새 탈주병들은 배의 침몰을 상상하지 않았다. 산길을 달리는 트럭이 험한 구간을 통과하는 것쯤으로 여겼다. 끔찍한 야간 항해를 두어 시간 겪어내면서 용감한 수병으로 거듭난 사내들 같았다.

윌리엄이 둥근 창에 다가앉았다. 두 손으로 눈가를 가렸다. 캄캄했다. 아무것도 보이지 않았다. 꿈틀거리는 파도를 분간할 수 없었다. 바다는 질펀한 어둠 그 자체였다.

"불빛이다!"

윌리엄이 창에서 떨어지는 순간, 누군가 환호하듯 소리쳤다. 둥근 창을 뚫고 들어와 그의 관자놀이를 스쳐 지나간 한 줄기 빛이 어창 안벽에 야광 장난감 매미처럼 붙어서 잠깐 바들거리다 사라졌다.

"맞아. 서치라이트였어!"

흑인의 외침이 윌리엄에게 고바야시가 일러준 정보들을 떠올리게 했다. 구나시리 섬 앞바다, 소련 영해, 소련 경비정.

"소련 경비정이 오고 있는 거야."

"만세다! 드디어 자유다!"

탈주병들이 흥분했다. 으슬으슬하고 퀴퀴하고 어두침침한 지하 감옥에서 구원의 밧줄을 붙잡은 사람들 같았다. 윌리엄은 호흡을 가다듬었다. 베헤이렌은 틀리지 않았다. 약속한 시간의 정확한 위치에 소련 경비정이 출현했다. 기록필름에 등장한 미군 탈주병 넷이 일본을 무사히 탈출했다는 소식을 듣긴 했지만 어쩌면 이번엔 어긋날지도 모른다고 남몰래 깊은 속에 꼬불쳐뒀던 불안의 덩어리가 녹고 있었다. 어창 문이 열렸다.

"레디!"

선장이 매섭게 미국말을 가래처럼 세게 뱉었다. 윌리엄의 귀에는 '꺼져'라고 들렸다. 소련 경비정으로 옮겨 타는 방법을 선장이 토막 영어와 손짓으로 설명했다. 어느 누구도 질문하지 않았다. 어창에서 나가는 차례도 그가 정해줬다. 들어선 역순, 윌리엄이 일번이었다.

선장이 사라졌다. 몇 분쯤 침묵이 흘렀다. 왜 이리 오래 걸려. 육지가 아니고 바다야. 자동차가 아니고 배야. 파도가 높아서 서로 붙이기도 어려울 거야. 이런 말을 탈주병끼리 주고받았다. 좀이 쑤시고 있었다. 그러나 기다려야 했다. 모두 입을 다물었다. 십 분쯤 더 지났다. 다시 어창 문이 열렸다.

윌리엄이 다람쥐처럼 고물의 굴뚝으로 나갔다. 경비정의 강렬한 서치라이트가 일본 고깃배를 비추고 있었다. 가랑비는 그쳤다. 바람도 드세진 않았다. 고깃배는 멈췄지만 파도가 흔드는 대로 일렁거렸다. 경비정이 고깃배 옆으로 바짝 붙었다. 맞붙이기는 자꾸만 어긋났다. 물론 파도 때문이었다. 파도가 냉전이념의 전사처럼 설쳐대고 있었다. 소련과 일본이 친구로 지내지 않으니 결코 두 배의 정다운 도킹을 허락하지 않겠다는 것 같았다. 그러나 두 배는 잠시나마 로프에 묶여야 했다. 그것이 정해진 규칙이었다. 선장이 경비정 쪽으로 로프를 던졌다. 두 배가 어설프게 묶였다. 털모자를 눌러쓰고 털외투를 걸친 곰 같은 녀석이 밧줄을 잡아 당겼다. 두 배가 옆구리끼리 거의 맞닿았다. 그가 고깃배 이물 갑판으로 건너뛰었다. 그것이 신호였다. 러시아 경비원이 어획량을 조사하는 척하며 고깃배로 건너왔을 때 탈주병들은 경비정 갑판으로 뛰어 내려야 했다.

로프가 고깃배와 경비정을 묶었지만 파도에 얹히는 쪽만 높아지니까 둘의 높낮이는 끊임없이 어긋나고 있었다. 윌리엄은 굴뚝을 에워싼 철책 위로 올라갔다. 가랑비와 파도에 젖어 발밑이 미끄러웠다. 경비정 갑판으로 뛰어내릴 높이는 충분했다. 호흡을 조절했다. 경비정과 고깃배의 높이가 거의 같아졌다 경비정이 밑으로 내려가는 찰나, 사내 하나가 강렬한 불빛이 비춰주는 바다 위의 명확한 경계를 거침없이 뛰어넘었다. 서로 맞붙지 못하는 목선과 철선이 만든 틈바구니는 바다가 아니었다. 전혀 다른 세계를 구분하는 경계였다.

5

구시로역 앞 호텔에서 하룻밤을 묵는 날이었다. 우리는 저물 무렵에 열차를 내려 호텔과 가까운 식당에서 쇠고기 구이로 든든히 먹고 오늘 밤은 푹 쉬자며 일찍 헤어졌다. 그래봤자 강 여사만 따로 떨어졌다. 아버지와 아들은 트윈룸에 함께 들었다. 아사히카와, 아바시리에서는 부자(父子)도 딴방을 썼지만, 네무로 도착을 앞둔 나는 아버지에게 몇 가지를 확인하고 싶었다. 목을 축여줄 캔맥주 두 통이 필요했다.

간사이공항으로 아버지를 만나러 나갈 준비를 하는 동안 서울에서 아마존에 주문을 넣었던 영어 회고록은 후반부에 이따금 윌리엄에게 시선을 주고 있었다. 아니, 윌리엄은 없었다. 필자는 '윌리엄'이라는 이름을 쓰지 않았다. 처음부터 끝까지, 어김없이 시종일관 '손'이라 불렀다. 황인종도 이물처럼 끼게 되었다는 점을 부각시켜 더 관심을 끌어보겠다는 의도였는지 몰라도 아무튼 '윌리엄'은 온데간데없고 오로지 '손'이었다. 그 책의 존재를 아버지는 알지 못했다. 미군 탈주병 모임에는 얼씬거리지 않고 살아왔으니 그럴 만했다. '손' 앞에서 나는 표시해둔 부분을 펼쳤다.

어창의 문이 열리고 닫혔다. 누군가 한 명이 들어왔다. "손?" "손인가?" 하지만 묵묵부답이었다. 쿠바대사관에 박혀 지낸 한국계 미국인 한 명이 일행이 될 수도 있다더니, 그 황인종 한 명이 출현한 것이었다. 처음부터 그는 특이한 인간이었다. 거친 밤바다에 시달리는 내내 영어를 모르는 황인종처럼 한마디도 하지 않았다. 소련 경비정에 무사히 안착한 다음 깨끗한 식당에 초대되어 아주 늦어진 저녁식사로 자유의 첫 식사를 할 때도 손은 테이블 끝에 앉아 다섯 탈주병들과는 떨어져 있었다. 의식적으로 경계의 울타리를 치는 모습이었다. 외톨이를 즐기는 고독한 인간형이었을 것이다.

함장이 제공한 숙소와 음식은 일본 가미가제 특공대 출신이 태워준 어선의 어창에 비하면 파라다이스 수준이었다. 단체로 들어간 공간이지만 침대 시트는 깨끗했다. 식당에는 빵과 보드카와 연어 요리가 넘쳐났다. 아쉽게도 없는 것은 여자였다. 여자만 있다면 파라다이스가 완성되는 것이라고 필자가 말했다. 동료들은 히히거렸다. 손은 못마땅한 표정이었다. 여전히 벙어리로 있었다. 벙어리의 자유를 집적대는 것은 존재하지 않았다.

여기가 어디쯤인가. 궁금증들을 털어놓았다. 함장에게는 물어보지 않기로 했다. 그런 것은 묻지 않는 것이 좋다는 불문율이 있다고 믿는 사람들이 되었다. 오호츠크 바다를 건너가고 있을 거라고 수군거렸다. 한낮에는 북극곰들처럼 떠내려 오는 유빙 구경이 특별한 볼거리였다. 유빙들은 오호츠크 바다에 있다는 증거라고 누군가 아는 체를 하자, 한 녀석이 여기서 배 한 척을 사서 유빙 관광객이나 태우고 다녀도 얼마든지 팔자 좋게 살아갈 수 있겠다고 떠벌였다. 서로 실없이 쳐다보며 히죽히죽 웃었다. 그러나 손은 냉소를 머금었다. 그는 늘 혼자였다. 손님 대우를 받는 탈주병들에게 거의 무한정으로 주어진 카드놀이에 다섯 명이 청춘의 금덩이를 몽땅 걸어둔 것처럼 온통 정신을 몰두하는 시간에도 손은 자기 침상에 누워 있거나 식당 구석에 앉아 창밖으로 바다만 바라보고 있었다.

그러나 손은 한국어가 아니라 영어로 말하는 황인종이었다. 이 사실을 경비정 안에서 확인할 기회가 있었다. 함장이 마련한 탈주 성공 기념 파티에서였다. 함장이 통역사 한 명을 대동하고 여섯 탈주병들을 식당으로 불러 모았다. 식탁에는 보드카와 연어더미가 놓여 있었다. 술을 못 마시는 필자는 마음이 졸아들었다. 도수 센 술은 못 마신다고 통역에게 살짝 말했다. 그는 완강히 거절했다. 탈주 성공을 자축하는 건배의 자리인데 이걸 피하면 함장에 대한 예의가 아니라는 것이었다. 함장이 탈주병들을 위해 건배하고, 탈주병들이 함장을 위해 건배하고, 모두의 행운을 위해 또 건배했다. 이때 손은 "건배"를 함께 외쳤다.

함장이 혼자서 손뼉을 크게 세 번 쳤다. 남색 제복을 입은 젊은이가 술 한 병을 들고 왔다. 통역이 설명했다. 함장님께서 특별히 아껴두셨던 술을 특별한 손님들을 맞이한 영광을 위해 내놓으니 한 사람이라도 도전해주는 손님이 있기를 바란다며, 술은 90도짜리라고 했다. 함장이 자기 유리잔을 가득 채워 빵조각부터 입속에 쑤셔 넣고 숨을 깊이 들이쉬더니 술을 꿀꺽 단숨에 삼켜버렸다. 다음 순간, 덩치 큰 함장이 목에 불화살을 맞은 짐승처럼 울부짖었다. 필자는 질려버릴 지경이었다. 탈주병 측에도 비장의 무기가 있는 줄은 몰랐다. 그가 손이었다. 손은 다섯 명을 힐끗힐끗 차례로 쏘아보고는 "건배"보다 조금 더 긴 말을 뱉었다. "내가 마실게. 예의는 갖춰야지." 손이 함장을 따라 했다. 먼저 입속에 쑤셔 넣은 빵조각이 함장의 것보다 더 커보였다. 덩치는 함장이 손을 압도했으니 입도 함장이 손보다 훨씬 컸지만 뜯어낸 빵조각은 손의 것이 더 컸다. 손의 세리머니도 함장과 달랐다. 고통을 깨무는 신음을 흘리며 허리를 굽혀 좌우로 세차게 머리를 흔들었다. 함장을 따라 구경꾼들도 박수를 쳤다.

사나흘 동안이나 바다를 달려 이른 아침에 드디어 경비정을 벗어난 탈주병들은 예인선을 거쳐 이름 모를 항구에 내려 아침을 먹었고, 곧 승용차에 분승돼서 공항으로 나갔으며, 한 시간쯤 날아가 역시 이름 모를 공항에 내려서 모스크바 가는 민항기를 기다리게 되었다. 이 공항에는 충격적인 일이 우리를 기다리고 있었다. 꽃다발을 안은 소녀들, 카메라맨들, 숱한 구경꾼들이 우리를 열렬히 환영했다. 통역을 겸한 가이드도 나왔다.

덤으로 불어난 동행의 안내를 받아 점심을 얻어먹고 비행기에 올랐다. 비행기 안은 난장판이었다. 어른, 아이, 온갖 잡동사니들, 닭장 속의 닭들, 강아지들이 장바닥을 이루고 있었다. 나중에 책에서 읽었지만, 그것은 중국 시골의 삼등 열차나 진배없었다. '진짜 미군들'이 잔뜩 인상을 찌푸리고 있는데 '가짜 미군'으로 분리돼도 상관없을 손이 날카롭게 지껄였다.

"너희들은 저 사람들이 우스워 보여? 말랑말랑한 겁쟁이들이 열심히 살아가는 사람들을 비웃어? 너희는 술과 여자만 있으면 되잖아? 마약도 필요해?"

이 힐난은 손이 처음으로 동료들에게 말다운 말이라고 내놓은 것이었다. 필자가 격하게 주먹을 날릴 기세로 들이댔다.

"뭐야? 무슨 건방진 소리야?"

손은 눈도 깜짝하지 않았다.

"꽃다발을 받았으니, 기자들이 펑펑 사진을 찍어댔으니, 이제는 드디어 영웅이라는 거야? 웃기지 마. 겁쟁이에 난봉꾼이야."

"우리 모두는 베트남 참전 용사들이야. 너만 거기 있었어?"

"좋아. 탈영한 이유를 당당하게 말해 봐. 나는 이유가 있어, 너희는 뭐야? 이유를 지금 말해 봐."

제임스가 화를 냈다.

"내가 내 목숨을 가지고 뭘 하든지 그 이유를 다른 사람에게 설명해야 하나? 그런 게 있나? 손, 너는 누구 편이야?"

손이 입을 닫았다. 아니, 입을 잠가 버렸다. 다시 열릴 것 같지 않았다. 그가 성난 벙어리처럼 히스테리 부린 이유를 '진짜 미군들'은 짐작할 수 없었다.

내가 캔맥주를 삼켰다. 아버지가 눈을 떴다.

"이 필자의 아버지에 대한 기록은 맞는 겁니까?"

"분위기로는……. 나는 어울리지 않으려 했다. 어차피 헤어지면 다시 만날 사람들은 아니었다. 닭들을 싣고 가는 비행기 안에서 내가 정확히 그런 말을 했는지는 기억이 없는데, 꾀죄죄한 시골 사람들 앞에서 우쭐거리지 말라고는 했던 것 같다. 그런데 그들 다섯하고 나는 성장 배경이 전혀 다르지 않았나? 미국 영주권만 있었지, 국적이 미국도 아니었고. 그런 것이 그 녀석의 표현에 따르자면 '진짜 미군'이 아닌 황인종의 '히스테리'로 나왔는지도 모르지."

아버지가 아들에게 처음 내비친 속사정이었다. 어머니 장례를 마친 뒤 집에서 들려줬던 '윌리엄의 소련 생활'은 디테일이 없는 줄거리 수준이었지만 그 회고록에 나오는 동선과 들어맞는 것이었다. 나는 신경을 곤두세우지 않을 수 없었다.

"모스크바에 도착해 하룻밤을 자고 나니 소련 경비정에서 걱정했던 일이 일어났다."

"12개월하고도 1주일을 더 바친 끝에 드디어 일본 탈출을 성공한 시간에 대체 어떤 걱정을 하셨다는 겁니까? 경비정에서 그것 때문에 고립된 사람처럼 지냈던 겁니까?"

"그건 어울리기 싫었던 거고……. 평양으로 보낼지 모른다, 내 의사와는 상관없이, 윌리엄이 틀림없는 미군 탈주병이지만 국적으로 따지면 손진호니까, 내 의사를 무시하고 어떤 그럴싸한 법적인 구속력을 만들어내서 평양으로 보내면 어쩔 것인가? 이런 걱정에 잠기곤 했다."

나는 눈을 껌벅이고 질문했다.

"피로를 풀 여유도 없이 모스크바 호텔로 북한대사관 직원이 찾아왔더라고 하셨지요?"

"그랬다. 하룻밤 다음에 바로."

"그 직원이 평양으로 가자고 했을 때는 아버지의 아버지, 한국전쟁 때 행방불명 돼버린 저의 할아버지가 북한의 북쪽 어딘가에 살아 계실지 모르니까 평양으로 들어갈까 하는 망설임 같은 것이 돋아나기도 했다고 하셨잖아요?"

"맞다. 그런 소식을 기대했으니 마음속에서 거의 저절로 그런 유혹이 일어났던 건데, 그 직원은 아버지를 전혀 모르고 있었다. 내가 고아 출신으로 알려졌으니 그냥 부모가 다 죽어버린 고아였다고 알고 있더라. 그렇다고 내가 나서서 아버지에 대한 궁금증을 밝힐 자리는 아니었다. 분위기가 있고, 그러면 눈치라는 게 생기지 않나? 그 직원은 어떡하든 나를 평양으로 데려가겠다는, 희미하게라도 일말의 의사만 비치면 즉각 절차에 돌입하겠다는 태도였다. 아주 노골적으로 거칠었다. 지금도 잊을 수 없는 한 문장이 있다."

나는 잠자코 있었다.

"미제의 심장에 비수를 꽂은 청년은 공화국의 영웅이 되어 마땅하다. 이 말을 얼마나 강하고 무섭게 했는지……. 비수, 영웅, 그게 내 몸의 어딘가를 찌르고 내리치는 것 같았다. 그 직원이 돌아간 직후에 나는 물속에서 붙잡을 지푸라기 같은 서너 가지를 떠올렸다. 그 직원이 '당신의 국적은 미국이 아니다'라는 말을 하지 않았다는 것, 미군 탈주병으로만 취급했다는 것, 쿠바 대사가 윌리엄 일병은 일본 신문들만 아니라 유럽 여러 신문들에도 등장했다고 알려줬던 것, 베헤이렌의 '선생님'이 아직도 관계돼 있다고 믿는 것. 이런 지푸라기들이었다."

"그래서 소련에서는 항상 마음 한편이 불안했다는 말씀이군요."

"그랬다. 나는 무방비였다. 내가 평양을 원했다고 발표해버리면 그만이잖아? 평양에서 연설하는 꿈도 한 번 꿨다."

나는 고개를 끄덕였다.

"탈주병들은 레닌그라드, 조지아, 흑해, 오데사 등등을 돌아다녔다. 공짜로 즐기는 관광객 같았다."

미군 탈주병 여섯은 권총으로 무장한 보디가드들의 호위를 받으며 비행기로 기차로 버스로 지프차로 마치 부모 잘 만나 팔자 늘어진 젊은 건달들처럼 돌아다녔다. 평화의 사도, 반제(反帝)의 용사, 반미(反美)의 영웅을 위해 소련이 제공한 호화판 휴가여행을 소련 언론들은 부지런히 담아냈다. 레닌의 생일 전날 레닌그라드에서 관광객 무리에 섞여 퍼레이드를 구경하는 모습도 기자의 카메라에 잡혔다.

"소비에트연방은 넓고 넓은데, 우리가 가는 곳마다 어디든 신문이 있고 텔레비전 방송이 있었다. 여자에 환장한 녀석들은 《프라우드》에 사진과 함께 실린 우리 기사를 아예 호주머니에 넣고 다니며 환심을 사려고 설치기도 했다. 우리에게 맡겨진 임무, 밥값을 하라는 임무는 단 하나였다. 반복되는 기자회견과 방송 출연이 그것이었다. 프로파간다 자리에 몇 번이나 불려나갔는지……. 모스크바에서, 레닌그라드에서, 조지아에서……. 나에게는 평양이 그 종착일 것 같았다. 꼼짝없이 평양으로 갔는데, 안 맞으면? 또다시 어디로?"

씁쓸히 웃는 '손' 앞에서 나는 다시 표시해둔 지면을 펼쳤다.

레닌그라드에서 서커스라는 것을 구경한 날이었다. 탈주병 여섯은 난생 처음 만난 구경거리였다. 그러나 어쩐지 흥미롭지도 않고 신기해 보이지도 않았다. 관광에 지친 나그네들처럼 심드렁했다. 그날 보디가드들은 외교관을 위해 특별히 잘 지었다는 현대적인 호텔로 안내했다. 몇 블록 건너면 여학교 기숙사가 있다고 했다. 말만 들어도 금세 콧구멍으로 여자의 체취가 솔솔 부는 바람으로 스며드는 것 같았다. 다시 《프라우드》 스크랩을 챙겨 나가기로 했다. 물론, 손은 예외였다. 그러나 자유시간이 없는 날이었다. 빌어먹을, 국제적 기자회견에 나가야 한다나.

국제적 기자회견, 이 말이 귓구멍으로 송충이처럼 기어드는지 누구보다 손이 인상을 일그러뜨렸다. 좀처럼 의견을 내지 않는 손이 동료들에게 항의하듯 떠들었다. 벌써 일곱 번째 기자회견이라는 거였다. 3주 지났는데 7번째라. 사흘 걸러 한 번씩 기자들과 만났다는 계산이었다. 그래, 지긋지긋해질 만했다. 동어반복도 유분수지.

국제적 기자회견이라 했지만, 소련 신문과 방송, 동유럽 신문과 방송에 소속된 기자들만 모였다. 모두 러시아어를 모국어 또는 공용어로 쓰거나 외국어로 쓰는 나라들이었다. 그런데 그날은 여섯의 답변 중 셋이나 동어반복이 아니었다.

첫째는 필자였다. 우크라이나 기자였나. 흑인 탈주병이 다른 장소에서는 하지 않았던 대답을 내놓게 만들었다. 베트남전쟁에서 미군은 흑인 병사만 최전방에 나간다는 것이 사실입니까? 이 질문에 필자는 거의 찰나적으로 망설였다. 미국의 적대국들이 기대하는 프로파간다에 충실하자면 그냥 "예스"라고 해버리면 그만이었다. 하지만 양심이 유혹을 제압했다. 그래서 상식적이고 싱거운 대답을 내놨다. "흑인 병사들 대다수가 전투에 참여하는데 흑인과 백인 병사 모두가 최전방에 나섭니다."

둘째와 셋째는 마이클과 손이었다. 그 자리는 기자회견에 이어진 텔레비전 녹화였다. 마이클은 프로파간다에 적중하는 회고를 엮어냈다. 취사병 출신이니 베트남전쟁 참전 미군의 식사 조달 얘기에나 제격이지만, 레닌그라드방송 녹화 카메라를 앞에 두고 마치 레닌 앞에서 썩어빠진 반동 군대의 죄악상을 고발하듯 읊어댔다. 장교가 병사에게 베트남 아이를 쏘라고 했다. 수류탄 파편을 등에 맞아 피투성이가 된 아이였다. 병사가 거절하자, 장교가 그 아이를 쏴버렸다. 병사들은 장교를 쏴버려야 한다고 치를 떨었다. 그러나 차마 방아쇠를 당기는 병사는 없었으며……. 이런 식이었다. 동료들이 닥치라고 소리쳤다. 마이클은 히죽거리고, 손은 킬킬거렸다. 통역은 참견하지 않았다. 어차피 녹화니까 그쯤 소란이야 그만이었다.

아마도 손은 극단적인 최고 효과의 프로파간다를 생각해낸 모양이었다. 베트남전쟁의 근본적인 해결책에 대해 각자가 견해를 밝히는 순서에서였다. 그것으로 녹화를 마치게 돼 있었다. 카메라는 마지막으로 미군 탈주병들 중에 생김새가 특이한 손의 상반신을 클로즈업으로 당겼다. "세계의 모든 분쟁과 침략을 근본적으로 해결하는 유일한 방법은 소련이 가지고 있는 모든 핵무기를 미국에 퍼붓는 겁니다. 그러면 미국도 소련을 향해서." 손이 말을 끊었다. 아니었다. 마이크가 손의 말을 끊었다. 통역이 벌떡 일어서서 두 팔로 엑스를 만들어 위아래로 바삐 흔들어대고 있었다. 통역이 손을 향해 고함을 질렀다. "정신이 나갔습니까? 미쳤습니까? 어떤 나라든 핵무기를 사용해서는 안 됩니다. 소비에트연방이든 미합중국이든 절대로 핵무기를 사용해서는 안 됩니다. 핵무기는 온 세계를 파괴할 수 있지만 그래서 해결되는 것은 아무것도 없습니다. 이걸 모르고 있다는 겁니까?" 손은 막 잠에서 깨어난 듯이 눈을 껌벅이며 분노에 일그러진 얼굴을 그저 멍청히 바라볼 따름이었다. 손은 기묘한 망상에 사로잡힌 놈 같았다. 저 인간의 참모습은 뭐지? 도저히 속을 알 수 없는 놈이었다.

나는 믿기지 않았다. 정말 '손'이 녹화방송에 불려나가 핵폭탄 발언을 했단 말인가? 그 장면을 아들의 목소리로 전해들은 요나스 요나손이 통쾌한 웃음부터 날렸다.

"그 녀석의 회고에 나온 '손'에 대해서는 독자들이 '핵폭탄'으로만 선명하게 기억하겠구나. 비슷한 일이 있었다. 그때 그 자리에서는 먼저 앨런 긴즈버그의 「아메리카」라는 시의 한 구절부터 인용했다. 지금도 앨런의 시는 몇 구절이 머리에 박혀 있다고 했지? 그때 그 자리에서 나는 거창한 포즈를 취했다. 이걸 한국말로 뭐라고 하더라?"

"허장성세요."

"그거다. 내 인생을 통틀어 그때 그 자리보다 더 거창하게 허장성세를 부린 적은 없었을 거다. 내가 이랬지. '소비에트연방공화국 인민 여러분, 미국에는 반전평화운동에 앞장서는 앨런 긴즈버그라는 유명한 시인이 있습니다. 그의 시에는 「아메리카」라는 것이 있는데, 거기에 이렇게 빈정거리는 외침이 나옵니다. 〈아메리카, 언제 우리 인류의 전쟁을 끝낼 거지? 가서, 너의 핵폭탄과 섹스나 하라고!〉 자, 어떤가요?' 이런 다음에 그런 핵폭탄 발언을 내놓았던 거야."

"저는 필자가 꾸며냈을 거라고 생각했어요. 왜 그런 핵폭탄 발언을?"

아버지가 참지 못했다.

“녹화니까 가능하겠다고 보고는 해프닝을 일으키면 그걸 상부에 보고할 거라고 판단했다. 나는 두 가지를 노렸다. 첫째는 제발 나를 언론에 그만 불러내라, 둘째는 모스크바의 북한 대사관에도 나의 엄청난 위험성을 통보해줘라. 이래서 핵폭탄으로 한 방 먹였던 거다. 회고랍시고 내놓은 그 녀석은 앨런의 시를 몰랐다 하더라도 첫 번째 노림수에 대한 눈치도 없었나?”

“그 결과는 회고록에도 나와요.”

나는 방금 읽었던 부분을 다시 펼쳤다.

그 뒤로는 기자회견도 방송출연도 없어졌다. 솔직히 필자는 시원하기도 했지만 소중한 기회를 놓쳐버린 것처럼 아쉽기도 했다. 그때부터 우리의 일정은 기차, 비행기, 호텔, 관광, 건배 등으로만 짜여졌다. 여기에 여자를 추가할 기회는 개인의 능력에 맡겨졌다. 소련의 관광생활에 익숙해지면서 그만큼 또 지겨워지는 가운데 아조프 해, 크림반도, 흑해, 오데사를 둘러보고 키예프를 거쳐 레닌그라드로 돌아왔을 때, 아, 드디어 소련 여자의 체취를 제대로 맡아볼 기회가 왔다. 라스트 찬스에도 손은 예외였지만, 그날 밤에 기회를 잡지 못했더라면 축적해놓은 정력을 소련 여자에게는 한 번도 발산하지 못했을 것이다. 바로 이튿날, 소련에서 꼬박 한 달을 채운 그날, 소련을 떠나게 된다는 통지를 받았으니…….

내가 캔맥주를 집어 올렸다.

“아버지, 건배합시다.”

"건배하자. 소비에트연방에서는 건배를 많이 했다. 점심에도 저녁에도 보드카나 와인의 건배가 이어졌다. 자, 건배!"

우리의 건배는 그때의 통쾌했던 '핵폭탄' 한 방을 아주 뒤늦게 진심으로 자축하는 뜻이었다. 아버지는 부드러운 말씨로 아주 중요한 하나를 더 들려준 다음에 그만 쉬겠다며 평안한 표정으로 침대에 들었다. 나는 노트북에 보강할 장면이 생겼다는 것을 직감했다.

6

미군 탈주병 여섯이 키예프에서 레닌그라드로 돌아와 호텔에 묵고 있는 기간이었다. 보디가드들의 우두머리가 점심식사 자리를 마치면서 느닷없이 윌리엄만 따로 좀 보자고 했다. 어느 방으로 데려갔다. 세 사내가 담배를 태우며 기다리고 있었다. 첫눈에 관리들 같았다. 그는 백인 둘은 무시했다. 한국인 같은 얼굴이 꺼림칙했다. '미제의 심장에 비수를 꽂은 영웅.' 모스크바에서 한 번 대면했던 그 사내는 아니었다. 하지만 권력은 더 드셀 것 같았다.

"정말 공화국으로 들어가지 않을 겁네까?"

어딘가를 쿡 찌르듯 불쑥 쏘아댄 한국말이었다. 얼른 윌리엄은 미국말 인사로 대응했다.

"굿 에프트눈. 하우 아 유?"

볼이 통통한 백인이 웃으며 영국식 발음으로 말했다.

"너에겐 부다페스트보다는 평양이 더 어울리지 않겠나?"

윌리엄은 등골이 서늘했다. 그러나 활달하게 떠들었다.

"저는 지난 한 달 동안 친절과 편의를 베풀어주신 소련 정부에 진심으로 감사드립니다. 특히 저에게는 그 기간이 공동운명의 다섯 친구들과 사귈 수 있는 소중한 시간이었습니다. 고독하게 버려진 이 세상에서 앞으로 저는 새로 사귄 친구들, 미군 탈주병들과 함께 유럽의 어디서든 반제, 반미, 베트남 평화를 위해 살아가기로 결심하고 있습니다. 이것은 확고합니다. 오죽했으면 방송에 나가서 소련의 핵폭탄으로 미국을 쓸어버려야 한다는 주장을 했겠습니까? 반제, 반미의 길을 살아가겠다는 그러한 저의 결심과 앞날에 대해 격려해주시기를 부탁드릴 따름입니다."

두 백인이 활짝 웃으며 여남은 번쯤 두 손바닥을 마주쳤다. 한국말을 던진 사내는 마지못해 따라하듯 박수에 두세 번 동참했다. '미제(美帝)말'을 못 알아들었는지, 알아들으니 더 속이 상했는지. 그것으로 면담은 끝났다. 윌리엄은 의자에 앉지 않은 그대로 등을 돌렸다.

오후 일정은 2시부터 단체 관광이었다. 행선지는 아직 알려주지 않았다. 윌리엄은 20분쯤 여유가 남았으나 방으로 가지 않고 엘리베이터의 하강 스위치를 눌렀다. 뜻밖에도 탈주병 다섯은 프런트 앞 소파에 모여 있었다. 보디가드들이 15분 전까지는 거기에 모이라고 했다는 거였다. 윌리엄을 관리들의 방으로 안내해줬던 우두머리가 곧 통역과 함께 나타났다. 그의 입에서 행선지가 떨어질 차례였다. 소련말을 통역이 미국말로 옮겼다. '관광 행선지'가 아니었다.

"당신들에게 스웨덴에 거주할 수 있는 허가가 떨어졌습니다."

막막해 보이던 앞날에 마침내 새 출구가 열린다는 통보를 받은 그때, 어설픈 장소를 떠나 곧장 술집으로 몰려가 보드카 잔을 치켜들고 "건배"를 외쳐야 마땅한 그때, 윌리엄은 바닥이 꺼져라 안도의 한숨을 내쉬고 있었다. 백인 한 녀석은 "와우"를 연발했다. 그런데 웬걸, 다른 녀석들은 그게 아니었다. 실망과 당황의 기색을 감추지 못했다. 한 달 내내 지겹도록 맞대온 얼굴들끼리 서로 데면데면 쳐다보기도 했다. 왜 스웨덴이냐? 이런 항의마저 담은 눈빛들이었다.

너희는 탈주의 종착이 스웨덴이라는 것을 정말 모르고 있었나? 베헤이렌이 너희에겐 미리 알려주지 않았나? 아니, 그것을 믿지 않았던 말인가? 너희는 나하고는 다르지 않나? 베헤이렌이 나를 보호해주기 어려운 조건에 처해 있으면서도 나는 그 약속에 의지해서 조금 전에도 그럴싸한 거짓말을 꾸며낼 수 있었는데, 정말 너희는 도대체 뭐야? 윌리엄은 의아스러웠다.

모스크바에서 지내는 동안 '가고 싶은 국가'를 적어낸 일은 있었다. 그들의 희망 국가를 그가 보지는 않았지만 알게는 되었다. 마치 시험을 마치고 답을 비교해보는 아이들처럼 다섯 녀석이 왁자지껄 떠들어댄 말로는 '캐나다' 셋에 '이탈리아' 하나와 '스웨덴' 하나였다.

소련 정부의 이른바 '소원 수리'라는 그 절차가 형식적 요식행위에 불과했다는 것을 몰랐단 말인가? 너희는 그걸 진짜로 받아들이고 상당한 의미를 부여했더란 말인가?

다음 날이었다. 탈주병들은 작은 버스를 타고 레닌그라드공항에 도착했다. 그들을 환송하는 현수막이 걸린 공항 대합실에는 소련의 평화옹호단체 회원들이 장사진을 치고 있었다. 윌리엄은 선물로 받은 소련제 트렁크를 끌고 있었다. 오래 지녀온 검정색 작은 가방은 어쩐지 몸의 한 부분처럼 느껴져서 옷가지나 기념선물과 같이 그 안에 챙겨 넣었다. 간단한 공식 행사가 진행되었다. 평화를 사랑한다는 소련 대표가, 윌리엄이 전날 호텔 방에서 마주했던 바로 그 사내가 영국식 영어 발음으로 '탈영의 진정한 의미를 잊지 않고 행운이 따르는 인생이 되기'를 기원해주었다. 그리고 여섯이 일렬횡대로 늘어섰다. 윌리엄에게는 가냘픈 아가씨가 다가왔다. 소녀 같은 인상이었다. 그는 가슴이 뭉클했다. 오래 억눌렀던 '남성'이 꿈틀 깨어난 순간이었다. 조금 떨리는 손으로 봉투를 받았다. 더 떨리는 가슴으로 포옹을 나누었다. 신비한 향기가 코를 찔렀다.

다음 차례로 그들은 여권 심사대 앞에 뭉쳐 있었다. 게이트가 열리면 소련 관리의 뒤를 졸졸 따라가기만 하면 되는 일이었다.

"당신들을 우리나라에서 받지 않기로 한다면 어쩔 겁니까?"

그들 뒤에 붙어선 덩치 큰 백인 사내의 질문은 다소 위협적이었다.

"왜 쓸데없는 걱정을 하는 겁니까?"

"그런 경우에는 제3국으로 떠날 경비가 있어야 하는 겁니다."

소련 관리가 스웨덴 백인과 탈주병 백인의 대화를 막아섰다.

"신경 쓰지 마시오. 당신이 입국심사 권한을 가지고 있나요? 크렘린은 스웨덴 정부로부터 국내법에 따라 이 사람들을 수용하겠다는 공식 통보를 받았어요."

윌리엄은 스톡홀름에 내리면 또다시 기자들 앞에 서게 될 것이라고 예상했다. 스웨덴의 베트남위원회와 미군탈영병협회에서 공항으로 공식 환영을 나온다니 피할 수 없이 '반전평화'의 피사체가 되고 정의와 용기의 프로파간다로 나서야 할 것이었다. 심사대가 열렸다. 좋아, 그걸로 끝이다. 맹세하듯 트렁크 손잡이를 잡았다.

일등으로 출국 심사를 통과한 탈주병들은 공항 사무실에 들러 커피를 훌짝이며 한가로이 시간을 흘린 뒤 비행기 트랩에는 꼴찌로 올라섰다. 스웨덴 비행기였다. 훌쩍 큰 키에 가슴이 늠름한 스튜어디스가 그들을 맨 앞의 여섯 자리로 안내했다. 머리 위의 짐칸들도 비어 있었다. 윌리엄은 스튜어디스의 도움을 받아 트렁크를 쑤셔 박고 창가 구석자리에 앉았다. 별안간 견딜 수 없는 졸음이 몰려왔다. 온갖 긴장들이 몽땅 수면욕으로 바뀐 것 같았다. 속절없이 눈을 감았다.

창공에서는 낯선 지상을 한 번 내려다보지도 못했다. 커피도 물도 마시지 않았다. 이것이 윌리엄의 마지막 탈주의 길이었다. 랜딩 준비를 알리는 기내방송에 눈을 떴을 때는 언제부터 지켜봤는지 스튜어디스가 커피를 마시겠느냐고 속살거렸다. 무엇이든 아낌없이 바치겠다는 표정이었지만 "노 땡큐"를 보냈다. 달콤한 수면만으로도 너무 과분한 친절이라고 그는 생각했다.

마침내 탈주병들이 스톡홀름 국제공항에 발을 디뎠다. 첫 번째 관문은 공항바닥에 서 있는 피사체 역할이었다. 늘 그랬듯 윌리엄은 다섯보다 한 걸음 처진 위치의 맨가에 자리를 잡았다. 연회색 바바리코트를 걸쳤다. 소련제였다. 눈썰미 뛰어난 보디가드가 미리 치수를 잰 것처럼 구해준 선물이었다. 그 나라의 소년 체구에나 어울릴 그것이 몸에 알맞았다. 짙은 선글라스도 꼈다. 트렁크도 잡고 있었다. 다른 다섯도 비슷비슷한 행색이었다. 그들은 영락없는 관광객이었다.

두 번째 관문은 공항터미널의 널찍한 방이었다. 여러 나라의 기자들이 불량한 학생들처럼 책상을 차지하고 있었다. 환영행사를 준비한 위원회가 마련한 자리라니 소련에서와는 달리 정부 권력에 이끌린 프로파간다는 아니었다. 오른쪽 맨 가에 앉은 윌리엄은 자신을 지명하지 않는 한 멍청히 입을 다물고 있을 작정이었다. 통역은 없었다. 문답이 영어로 진행되었다. 웃기지도 않는 질문이 이어졌다. 당신들은 미군이 맞느냐? 정말로 당신들은 베트남 전쟁터에 있었느냐? 왜 탈영을 했느냐? 일본에서 어떻게 빠져 나왔느냐……. 그는 나서지 않았다.

"당신들은 공산주의자입니까?"

기자들과 탈주병들 사이의 짤막한 거리에 일순 팽팽한 기운이 뻗쳐졌다.

"도대체 무엇 때문에 그런 질문을 하는 겁니까?"

가래침을 뱉듯 반문이 튀어 나갔다. 제임스였다. 며칠 전에는 하룻밤을 밖에서 보내며 기어이 레닌그라드의 여자를 안아 보았다고 떠들어 댄 애주가로, 베트남에서 무공훈장도 받은 진짜 전투병 출신이었다.

"그거야 당신들은 소련에 체류하다 오지 않았습니까?"

"물론이지요. 그 전에는 일본, 그 전에는 베트남, 그 전에는 미국에 있었지요. 그 질문에는 대답하지 않겠습니다. 사회자."

제임스가 왼쪽으로 고개를 틀었다. 청바지 위에 녹색 점퍼를 입은 중년이 손을 내밀며 말했다.

"무슨 일입니까? 말씀하세요."

"나는, 우리는, 이 방에 미국 기자가 있다면 더 이상 한마디도 하지 않겠습니다. 미국 기자들은 모두 나가주세요."

윌리엄은 박수를 칠까 했으나 감추지 못한 웃음으로 지지를 보냈다.

"왜 그래?"

취사병 출신 마이클이었다. 멍청했으나 목소리는 낮았다. 그 꾸며낸 장교의 학살 얘기나 새로 해보시지. 윌리엄은 이 말로 쥐어박고 싶었다.

제임스가 큰 소리로 면박을 놓았다.

"빌어먹을! 미국 기자들은 우리에 대해 헛소리밖에 더하겠어? 공산주의자니 뭐니 하면서. 마이클, 너는 공산주의가 뭔지 알기나 해? 레닌 동상을 보고는 저렇게 못생긴 남자였어? 이랬잖아! 그 말을 해봐. 보도해주는가? 그래서 안 되는 거야. 미국 기자는 즉시 퇴장하라! 모두 동의하지?"

제임스의 태세는 '돌격 앞으로'를 외칠 분대장 같았다. 윌리엄이 박수를 두 번 쳤다. 다른 셋이 그를 따랐다. 흑인 떠벌이는 꼴찌로 동참했다. 이 상황을 더 즐기고 싶거나 더 많이 더 널리 얼굴과 이름을 팔고 싶어서 못내 아쉬워하는 모양이었다. 동료들이 어정쩡하게 공개적 합의를 이뤄내자 다시 제임스가 세게 나갔다.

"AP, UPI, 모든 미국 기자들은 즉시 퇴장해주세요. 안 그러면 이 기자회견은 이것으로 마치겠습니다."

위원회 사람들은 서로 눈짓을 주고받으며 벙싯거리고 있었다. 사회자가 미국 기자들은 나가 달라고 했다. 하지만 아무도 일어서지 않았다. 윌리엄은 기자회견을 마쳐도 된다고 생각했다. 가장 중요한 것은 사진 아닌가. 실물 단체사진을 이미 여러 컷 챙겼으니 기자들도 속으로는 그만 접기를 바라고 있을 것 같았다.

"허리가 아픕니다. 일어서고 싶습니다. 일어서는 자유, 이것은 두 다리가 누려야 하는 천부적 권리이기도 합니다."

기자들이 폭소를 터뜨렸다. 기자 하나가 손을 들었다. 황인종이었다. 사회자의 지명을 받는 예의까지 차려준 그는 엉덩이를 들어 책상을 짚으며 반쯤 일어섰다. 자기소개의 영어 발음이 유난히 딱딱했다. 일본 특파원이었다. 그가 형제 같은 탈주병을 바라보았다.

"인간적으로 참 궁금합니다. 당신은 도쿄 쿠바대사관에서만 거의 일년을 갇혀서 지냈던 것으로 알고 있습니다. 도대체 당신은 당신의 가운뎃다리가 일어서는 자유에 대해서는 얼마나 잔인하게 억압을 해왔습니까?"

실내에 있는 남녀 모두가 한꺼번에 재채기하듯 폭소를 터뜨렸다. 윌리엄은 웃음소리가 가라앉자 점잖게 무게를 잡았다.

"일본에는 사찰이 있더군요. 그 사찰에 가서 석가모니 부처님에게 한번 물어보시기 바랍니다."

군데군데 다시 웃음이 터졌다. '석가모니 부처'를 아는 사람들이었다. 사회자가 기자회견을 마치겠다고 선언했다. 윌리엄은 벌떡 일어섰다.

세 번째 관문은 입국 심사 관리를 만나는 일이었다. 방금 유명세를 치른 탈주병들은 한 명씩 좁은 사무실로 불려 들어갔다. 윌리엄은 네 번째로 호명되었다.

"윌리엄 다니엘 맥거번 씨?"

"예. 맞습니다."

"당신은 공산주의를 추구합니까?"

"아닙니다. 개인의 자유를 추구합니다."

돋보기를 콧등에 걸친 뚱보 심사관과 몸집이 그의 절반밖에 안 되는 윌리엄은 부드럽게 대화를 열었다. 하지만 뚱보는 황인종에게 궁금한 사항이 너무 많았다. 한국에서 태어났느냐, 왜 미국으로 가게 되었느냐, 한국 부모는 다 죽었느냐, 한국 고아원 생활은 어떠했느냐, 미국 부모는 어떤 사람이었느냐, 그런 좋은 환경을 왜 버리게 되었느냐……. 온갖 시시콜콜한 것을 묻고 또 물었다. 대답은 거의 질문 수준으로 짧았으나 손진호와 윌리엄의 일대기가 완성될 지경이었다. 뒤에 기다리는 두 녀석이나 앞에 통과한 세 녀석이나 윌리엄은 스웨덴 밖으로 방출될지 모른다고 염려할 만한 시간이 지나갔다.

"왜 베트남으로 돌아가지 않았습니까? 베트남으로 돌아가지 않은 것은 미국을 버린 것인데 왜 미국으로 돌아가지 않았습니까?"

윌리엄은 숨을 들이쉬었다. 지겨워하지 말자고 스스로 다그쳤다. 그 질문을 심문이 끝나간다는 신호로 받아들였다. 껌을 씹는 것처럼 편안하게 온갖 단어들을 줄줄 엮어냈다. 마지막에는 일부러 미국사회의 인종차별에 대한 불평도 투덜투덜 보탰다.

"인종차별 문제는 스웨덴 정부가 미군 탈주병을 여기에서 살아갈 수 있게 해주는 것과는 전혀 상관없는 것입니다. 오직 베트남전쟁 때문에 허가해주는 것입니다."

뚱보가 사실을 사실대로 똑똑히 알아두라고 생김새와는 딴판으로 깐깐하게 선언했다. 윌리엄은 고분고분 굴었다.

"예. 잘 알겠습니다. 감사합니다."

뚱보가 콧잔등의 안경을 벗었다.

"10주 안으로 외국인관리위원회가 통보해줄 겁니다. 또한 그곳에서 그때 당신에게 노동과 주거 허가도 동시에 내려줄 겁니다. 그때까지는 당신은 임금을 받으며 노동을 할 수 없습니다."

"예. 알겠습니다."

윌리엄은 소련 관리가 탈주병들에게 똑같이 나눠준 200달러와 레닌그라드공항에서 가냘픈 아가씨가 건네준 300달러를 떠올렸다. 무엇과도 바꿀 수 없는 보물로 여겨졌다. 500달러로 10주를 버틴다. 10주면 70일, 하루 7달러 정도. 하루 10센트로 살아가는 인간이 넘쳐나는 지구에서 하루 7달러면 굉장한 거잖아. 담배도 끊었으니. 얼른 계산을 끝낸 그는 휘파람이라도 불고 싶었다.

그런데 스웨덴 경찰이 미군 탈주병을 기다리고 있었다. 윌리엄의 머릿속으로 소련 관리의 한마디가 불티처럼 튀었다. 너희는 여권이 없으니 당분간 억류될지도 모릅니다.

7

네무로반도의 끄트머리로 뻗어난 도로는 오른쪽엔 탁 트인 바다, 왼쪽엔 드넓은 초지를 거느렸다. 검푸른 바다에는 을씨년스레 사나운 파도들이 허연 갈퀴를 곤두세우며 진격하듯 뭍으로 달려오고, 짙푸른 초지에는 저무는 바다의 기운을 실어 나르는 바람이 탐스레 부드러운 물결을 짓고 있었다. 하늘 풍경은 서로 다른 세계 같았다. 수평선 쪽은 진회색 구름이 거대한 우산처럼 빠끔한 데 없이 허공을 가렸는데, 지평선 쪽은 설산 같은 구름의 산맥 너머에 허공이 발갛게 익었다.

택시 안에는 아까부터 침묵이 드리워졌다. 뒷자리에 나란히 앉은 강 여사와 아버지도 조수석의 내가 그러듯 변경 풍광을 감상하는 중이었을까. 강 여사는 그럴 수 있어도, 당신은 아닐 듯했다. 요나스 요나손은 미군 탈주병 여섯을 태워준 고깃배 이름을 하얗게 잊어버린 것처럼 그 배가 출발했던 동네 이름을 기억하지 못했으니 오른쪽에 갯마을이 나타날 때마다 저기였나 하는 생각에 휘둘리는지 몰랐다. 선박 이름을 강 여사는 알았다. 나도 알았다. 관련 자료에서 확인했다. 유감스럽게도 동네 이름은 나오지 않았다. 그래서 우리는 네무로반도의 해변을 주마간산으로 둘러보자고 의견을 모았다.

강 여사의 부탁에 따라 느린 속도로 거의 한식경을 달려온 택시가 멈춰 섰다. 높다란 등대가 첫눈을 끌었으나 우리는 철책으로 막아둔 해변 쪽으로 다가갔다. 잠깐 걸음을 멈추게 하는 특별한 무엇이 눈에 띄었다. 직사각형 마당 너비의 땅바닥에다 각양각색 돌덩어리들로 모자이크 장식을 해둔 것이었다. 일본 각지에서 가져온 돌덩어리로 만들었다는 그것은 쿠릴열도 4개 섬을 수복하자는 염원을 응축시킨 조각품이었다. 맑은 날 한낮에는 육안으로도 볼 수 있다는 '빼앗긴 일본섬들'이 가뭇없이 자취를 감춰버린 노삿푸미사키의 저물 무렵, 철책 너머로 바라보는 바다는 해무처럼 번지는 어둠에 잠기고 있었다.

강 여사가 철책에 등을 돌리고 '북방관' 건물 쪽으로 걸어갔다. 내가 따라갔다. 하염없이 바다를 바라보는 요나스 요나손만 혼자 남겨 뒀다. 북방관은 홍보관이었다. '북방 영토'라는 자극적인 이름의 큼직한 보자기로 '쿠릴열도 4개 섬'을 감싸둔 격이었다. '당신은 북방 영토에 대해 알고 있습니까?' 벽에 붙은 그 질문 하나만으로도 북방관의 존재이유를 충분히 짐작할 수 있었다. 1905년 러일전쟁 승리의 전리품으로 빼앗았던 사할린. 1945년 8월의 패전에 도로 빼앗긴 사할린과 쿠릴 열도. 이제는 사할린도 큼직한 섬들도 포기하지만 1855년 러일화친조약 때 일본의 북방 영토였던 쿠릴열도 중 4개 섬만이라도 기필코 수복하자. 이런 내용이었다.

나는 달갑잖은 상념에 젖었다. 네무로반도의 노삿푸미사키는 자연의 자리가 아니었다. 북방관은 러시아에 빼앗긴 북방 영토를 되찾겠다는 국가적 의지의 표상이었다. 콘크리트로 말끔히 단장한 산책로는 좁다란 바다 건너의 잃어버린 섬을 국민에게 보여주겠다는 국가적 의지의 말초신경이었다. 본디 생겨먹은 대로 버려뒀더라면 곶의 자연미와 변방의 기운이 어우러져 어떤 색다른 매력을 드러낼 테지만, 현재는 자연도 개인도 거부하는 국가의 자리였다.

"그만 아버지를 모셔와."

"예."

요나스 요나손을 혼자 있도록 해준 것은 강 여사의 배려였다. 쉰 해도 더 흘러간 청춘의 어느 밤중에 수족관의 물고기처럼 틀어박혀 드센 파도에 시달려야 했던 그 회한의 뱃길을 더듬어보라는 뜻이었다. 아버지가 북방관으로 오고 있었다. 아들이 마중을 나간 셈이 되었다.

"해가 넘어가자 기온이 뚝 떨어진 것 같은데, 괜찮으세요?"

"춥기야 그날 어창 속이 추웠다. 흑인 떠버리 녀석은 훔쳐온 담요 같은 거로 몸을 감싸고도 덜덜 떨었지."

아버지는 어두워 보이지 않았다.

"어디쯤인지 대강은 아시겠어요?"

"칠흑의 밤, 무서운 파도, 강렬한 서치라이트, 경비정, 건배, 90도 독한 술, 이런 것들만 따로따로 떨어진 듯이 생각나더라."

"강 선생님이 찾으세요."

아버지가 손목시계를 보았다.

"돌아가서 저녁식사를 뜨끈하게 하자. 인간의 머리는 정말 대단한 거다. 불과 10분이면 자신의 인생 전체를 돌아볼 수도 있거든."

강 여사가 북방관 방명록을 손가락으로 가리키며 요나스 요나손을 쳐다보았다.

"서명해줄까요?"

"뭔가요?"

"러시아가 빼앗아간 북방 영토를, 그중에서 쿠릴열도 4개 섬만이라도 하루빨리 일본에 돌려 달라. 이런 시민의 목소리를 담아내는 종이로군요."

"나쁘진 않네요. 러시아는 땅부자에다 그 섬들을 전리품으로 빼앗아 갔으니 일본에게 돌려주긴 돌려줘야 도리에 맞겠지요. 그렇지만 서명은 못하겠군요."

"왜요?"

"일본이 독일처럼 사죄하지 않고 히로시마, 나가사키 핵폭탄을 방패로 내세우며 막무가내로 버틴다면서요?"

"전후 74년이 눈앞인데, 아직도 그런 상황이 지속되고 있지요."

"일본이 독일처럼 사죄하면 우리도 여기에 서명하기로 하지요."

"그거 참 좋은 생각입니다. 그 말 때문에도 오늘 저녁은 밥맛이 참 좋겠어요."

강 여사가 악수를 청했다. 요나스 요나손이 가녀린 손을 잡았다. 강 여사가 내게 말했다.

"여기에 손을 보태봐."

맞잡은 늙은 두 손을 젊은 손이 덮었다. 강 여사가 제안을 내놨다.

"손진호의 그 말을 여기 한 페이지에다 영어, 한국어, 일본어 차례로 적어둡시다."
"좋습니다."
"베리 굿 아이디어."
미국말로 맞장구친 아버지가 먼저 펜을 잡았다.

나는 일본이 독일처럼 사죄하면 여기에 서명하겠다.

요나스 요나손이 영어로 갈겨쓰고 날짜 뒤에는 '윌리엄'이라는 사인을 남겼다.
내가 한글로 같은 문장을 썼다. 날짜 뒤에 '손진호'라는 이름을 적었다.
강 여사가 같은 문장을 일본어로 썼다. 날짜 뒤에 적는 서명은 가타가나였다. 그것을 겨우 읽을 줄 아는 내가 띄엄띄엄 소리를 냈다.
"요, 나, 스, 요, 나, 손."
강 여사를 바라보는 요나스 요나손의 눈시울이 촉촉했다.
"우리는 서로 다른 말, 서로 다른 이름을 썼지만, 같은 사람이지요."
"내가 하나 제안합시다."
정중히 말한 요나스 요나손이 짧은 틈을 뒀다.
"누님이 돼 주세요. 여기서 우리 의남매를 맺읍시다."
강 여사가 주저 없이 두 팔을 활짝 펼쳤다.
"내 동생, 손진호."
아버지가 그 품에 안겼다.
"누님."

"지금부터는 진호라고 부를 거야. 손진호도 아니고, 그냥 진호."
"예. 누님."
"험난하고 고독했을 여행을 정말 잘 헤쳐 나갔구나. 인류 사회의 작은 인간, 정말 고생 많았어."
"아닙니다. 우장춘 박사의 마음고생에 비하면 저의 고통은 고통도 아니었을 겁니다."
"그래, 그래. 그런 분도 우리의 이 지상을 훌륭하게 감당해주고 가셨지."
가녀린 손이 바바리의 구부정한 등을 토닥토닥 두들겼다.
의남매 결연 기념 저녁식사는 숙소로 잡은 네무로역 광장 왼편의 제법 근사한 호텔 레스토랑에서 이뤄졌다. 안주는 홋카도이산(産) 쇠고기 안심구이, 연어구이, 오호츠크 바다에서 잡았다는 킹크랩 등으로 푸짐하게 차려졌다. 그 자리를 강 여사가 '누님 턱'이라 명명했다.
"아버지는 '턱'이라는 한국말을 아세요? 이 턱 말구요."
와인을 한 모금 넘긴 내가 나의 턱을 손가락으로 탁탁 건드렸다.
"방금 생각났다. 생일 턱이란 말이 있었다. 그 옛날 육손이형의 굴집에서 생일 턱이라는 말을 했던 것 같다. 그날 내가 벨라뎃다 수녀님을 만났거든."
강 여사가 육손이형, 굴집이 뭐냐고 물었다.
"아버지는 쉬세요. 한국말이 쪼끔 부족하잖아요?"
내가 '꼬마 거지 손진호'의 사연을 새끼처럼 길게 엮어냈다. 강 여사는 더러 눈물을 글썽이며 조카의 이야기를 한마디도 놓치지 않았다. 오죽하면 내가 두 번이나 와인도 안주도 드시라는 권유를 했을까. 아버지가 세월을 건너뛰어 다른 화제로 이어받았다.

"이상하게도 내 마음에는 그때 오사카에서 신세를 졌던 그 교수의 말이 강하게 남아 있었어요. 모스크바에 있었을 때, 북한대사관 직원이 호텔로 찾아온 적이 있었어요. 평양으로 가자는 것이었지요. 빌딩이 즐비한 평양 사진도 보여주면서 여기 어디에 살림집을 마련해주겠다, 남남북녀라 했는데 예쁘고 똑똑한 처녀와 결혼할 수 있다, 평생의 직장은 걱정하지 않아도 된다. 아주 좋은 조건들을 제시했어요. 매력적이었지요. 누님 같은 색시도 얻게 된다니, 안 그랬을까요?"

"호화판이었네. 호화판인데, 프로파간다는 못한다고 해줬던 거지?"

"나도 잔꾀가 있지요. 그런 말을 직접 했겠어요? 나는 헝가리 부다페스트로 갈 결심을 굳히고 있다고만 대답했지요."

"노회한 거절이었네."

"노회한?"

아버지의 반문을 내가 스웨덴말로 옮겨줬다.

"일 년쯤 숨어 지내면 청년도 노회한 지혜를 터득하게 되는 거지요."

강 여사가 초인종을 눌렀다. 기모노 차림의 여성이 나타났다. 와인 한 병을 더 주문하면서 자신은 한 잔만 더 할 테니 부자지간에 신나게 한판 붙어보라고 했다.

"만약 북한대사관 직원이, 말씨가 낯설기도 하고 거칠기도 했지만 한국말로 했던 그 직원이 당신의 아버지가 평양에서 기다리고 계신다고 했더라면, 설령 그것이 거짓말이었다고 해도 그런 말을 했더라면, 나는 프로파간다를 각오하고 평양으로 갔을 겁니다. 피투성이로 변한 어머니의 최후를 보았고 어머니를 묻어주는 것을 보았으니 어머니에 대한 그리움은 체념할 수 있었지만, 생사를 모르는 아버지에 대한 그리움은 체념도 되지 않았던 겁니다."

새 와인이 왔다. 내가 아버지의 잔을 채웠다. 요나스 요나손은 누님의 잔과 아들의 잔을 채웠다. 우리는 건배하듯 잔을 들어서는 말없이 저마다 조금씩 삼켰다. '누님 턱' 자리는 길어졌다. '스웨덴 시민 요나스 요나손'의 무대가 막을 올릴 차례에 이르러 강 여사의 질문이 불어났다. 누님으로서 동생의 새로운 삶에 대해 줄거리쯤은 알아야 한다는 것이었다. 아버지는 마다하지 않았다.

탈주병 여섯 중 다섯은 스웨덴 경찰이 제공한 감방에서 하룻밤만 보냈다. 독방에 들었던 윌리엄만 나가지 못했다. 이력이 특별하니 절차가 까다롭다고 짐작했다. 초조하지 않았다. 미군이란 사실을, 도쿄 쿠바대사관에 망명했던 미군 탈주병이란 사실을 증명할 증거들을 제출해 놓았기 때문이었다. 트렁크 속의 검정색 작은 가방, 그 안에는 '탁구 치는 손진호'의 일본 신문 스크랩, 비록 얼굴을 제대로 알아볼 수 없긴 하지만 '총구에 하얀 꽃을 꽂은 동양인 병사'를 표지에 앉힌 영어 시사주간지, 그리고 군복 입은 목에 걸고 다녔던 군표가 잘 모셔져 있었다.

"독방에서 보낸 첫날밤에 나를 깜짝 놀라게 만든 것은 시간의 혼동이었어요. 시차까지 확인했던 손목시계는 분명히 새벽 2시를 넘었을 뿐인데, 날이 훤했던 겁니다. 시계가 고장 났나 하다가, 아, 이게 백야라는 거구나, 이러고는 웃고 말았지요. 나흘째 되는 아침 출근시간에 석방이 됐어요. 탈주병들의 기자회견을 마련했던 그 위원회에서 나온 두 사람이 나를 데려갔어요. 중년의 스웨덴 남자 하나와 여자 하나, 그 두 사람과 함께 스웨덴에 진정한 첫발을 디뎠던 거라고 할 수 있지요. 경찰서 심문에서 가장 길어졌던 것을 하나만 얘기해 드릴까요?"

"네무로의 밤은 스톡홀름의 백야하고는 달라. 훨씬 더 길어."

강 여사가 와인을 홀짝 삼켰다.

"미국에 많은 은혜도 입은 입양아 출신이 왜 베트남으로 돌아가지 않고 탈영을 했느냐. 이 질문에 대해 평화니 반전이니 정해진 정답과 같은 이유들을 설명한 다음에 내가 질문을 던졌어요."

문답의 주체를 맞바꾼 윌리엄과 경찰의 대화는 이렇게 이어졌다.

당신은 어머니가 살아 계시느냐?

그렇다.

당신을 낳아주고 길러주신 분이냐?

그렇다.

그것만으로도 당신은 행복한 인생이다.

경찰이 답을 쉬었다.

당신이 다섯 살이나 여섯 살이었을 때, 만약 당신의 어머니가 당신을 데리고 피란을 가는 길에 어디선가 쉬고 있다가 한순간에 포격을 맞아 처참하게 피를 흘리며 죽었다고 가정해 보자. 이웃 사람들이 다시 출발하기 전에 그 어머니를 근처 땅에다 아무렇게나 묻었다고 가정해 보자. 그런 기억을 가진 당신이 베트남전쟁에 나가서 어느 어머니를 사살하게 된다고 가정해 보자. 그러면 당신은 어떻게 하겠느냐? 당신의 기억에 살아 있는 그 처참한 당신의 어머니를 그 허술한 무덤에서 불러내 다시 죽일 수 있겠느냐?

경찰은 눈시울을 붉혔다. 그리고 문답의 주체가 환원되었다.

그것이 당신의 진실한 사연이냐?

그렇다.

한국전쟁 때 그렇게 어머니를 잃었느냐?

그렇다. 서른 살도 안 된 어머니였다.

당신의 아버지는 무사했느냐?

나의 아버지도 당신처럼 경찰이었다. 그때 전투에 나가 있었다. 그 뒤로는 생사를 알지 못한다. 아직도 모른다.

정말이냐?

그렇다.

당신의 그 이야기를 다 들려줄 수 있겠느냐?

"그래서 두 시간 가까이 이야기를 하게 됐어요. 나도 싫진 않았어요. 잊지 말아야 하는 기억들을 다시 간추리는 시간이라고 생각했으니까요."

"동생, 조카. 우리는 더 이상 울지 않기로 해."

"그럼요. 트럼프와 김정은이도 만난다는데요."

요나스 요나손이 몸을 일으켰다. 화장실을 다녀오겠다고 했다. 그러나 강 여사와 나는 어쩔 수 없이 눈가에 이슬방울을 맺고 있었다. 아버지가 자리로 돌아온 다음에는 모름지기 '손'이라는 발음에 끌려서 '요나스 요나손'이라는 새 이름을 택했던 스웨덴 생활로 나아갔다. 이야기가 꽃핀다는 말이 있지만 그때부터는 여러 송이의 환한 이야기꽃을 피워냈다. '울지 말자'는 약속을 지켜야 한다고 의식했을까. 외톨이 사내의 가슴에 깔린 외로움과 그리움이 어쩌다 그 영혼에 자욱한 증기처럼 피어오른 시간들이 얼마나 많았으랴마는 요나스 요나손은 밤하늘의 별만큼 총총한 스웨덴의 오십 성상을 어느 맑은 백야의 하루처럼 뽀얗게 펼쳐보였다.

베트남전쟁을 거부한 미군 탈주병을 옹호한다는 스웨덴 중년 교사의 집에서 아무런 부담 없이 스웨덴 말과 글을 익히며 석 달쯤 보내고, 그의 주선으로 레스토랑 접시닦이로 밥벌이를 개시하고, 미국에서 가출했던 기간보다 열 배는 늘어난 꼬박 서른 달의 접시닦이를 근거로 책과 씨름하여 대학에 들어가고, 졸업 후 무역회사에 몇 년을 근무하고, 코쿰스조선소로 이직하면서 말뫼에 정착하고, 이혼 경력은 있으나 자식은 없고 음악을 핸드백처럼 지니고 살아가는 백인 여성과 사귀어 마흔 살을 채운 1985년 겨울에 결혼식을 올리고, 이태 지나 아들 하나를 얻고……. 이 줄거리엔 안녕과 자유와 행복의 꽃송이만 피어나야 했다. 안녕·자유·행복의 그림자를 아버지는 아들한테 보낸 편지에 '권태'라고 명명한 적이 있었지만 '누님 턱' 자리에선 그 언저리에도 얼씬거리지 않았다.

"먼저 떠난 동반자 얘기를 조금 더 들려줄 수는 없나? 먼저 떠난 나의 동반자는 동생도 많이 알고 있으니, 서로 공평해야지."

나는 긴장을 죄다 말았다. 어머니를 불러내는 아버지의 목소리가 낮게 깔리지 않았다.

"나는 문학인도 아니고 문학으로 살아온 것도 아니지만, 이십대 초반에 만났던 앨런 긴즈버그의 시와는 인연이 깊었던 것 같습니다. 청혼하는 편지에다 앨런의 「노래」라는 시에서 앞부분을 인용했어요. 혼자서 가끔 읊어보는 구절이니까 지금도 영어로 욀 수 있어요."

"듣고 싶어. 내가 청혼을 받는 기분으로 들어볼 거야."

강 여사가 소녀처럼 덤볐다. 요나스 요나손이 아들에게 눈길을 보냈다. 아버지가 읊은 시를 나는 한국말로 옮겼다.

세상의 무게가 곧
사랑이다

고독의 짐을 질 때
불만의 짐을 질 때

그 무게
우리가 지는 그 무게가
사랑이다

벽에 두었던 요나스 요나손의 시선이 강 여사의 눈으로 들어갔다.

"좋구나. 앨런이 그런 노래도 불렀구나. 진정한 사랑을 잘 아는 시인이었구나. 내가 모르는 내 동생의 아내가 그 시를 받고 청혼을 수락했구나."

강 여사는 잔잔히 감동한 눈빛이었다.

"우리 세대에 비틀즈를 좋아하지 않는 사람이야 있었겠어요?"

"그렇지."

"비틀즈, 사이먼 앤 가펑클, 베토벤, 차이코프스키, 비발디, 흑인 재즈, 러시아와 동유럽의 민요들, 이런 음악을 다 좋아했어요. 1986년에 코쿰스조선소가 망한 뒤에는 아내의 음악 덕분에 음악가게를 내게 됐고……."

내가 껴들지 않을 수 없었다.

"아버지가 실직자가 됐을 때 저는 어머니 뱃속에 있었어요. 아버지가 음악가게를 하겠다고 결정하기 직전에 어떻게 하셨는지, 그건 제가 얘기해 드릴게요."

요나스 요나손은 쑥스러운지 짐짓 웃어 버렸지만, 그 일은 몇 년 전 내가 어버이날을 맞아 대학신문에 발표했던 「아버지의 108」이라는 짧은 에세이에 사실적으로 담아놓았다.

1986년 어느 날이었다. 세계 최고와 최대를 자랑해오던 스웨덴 말뫼의 코쿰스조선소가 영구 폐업의 철문을 닫아 잠그며 나의 아버지 요나스 요나손은 하루아침에 직장을 잃었다. 청춘 시절의 우여곡절에 영향을 받아 결혼이 크게 늦어져 그때 마흔한 살이었던 실직자는 아내의 자궁에 여섯 달 지나 세상으로 나올 첫아이(외아들인 필자)를 두고 있었다. 그즈음이었다. 곤히 잠든 아내 모르게 당신은 꼭두새벽에 혼자서 '성 페트리 교회'를 찾아갔다. 칠백여 년의 온갖 풍우를 무사히 견뎌낸 말뫼의 최고(最古) 교회는 여명을 앞둔 어둠과 고요 속에서 침묵의 성처럼 무뚝뚝해 보였다. 어쩌면 꼭두새벽에 찾아온 한 인간에게 선불리 눈길조차 주지 않을 것 같았다. 성소 안으로는 들지 않았다. 굳게 잠긴 정문 앞에서 성호를 긋고 합장을 올린 다음 외벽을 따라 가만가만 걸음을 옮겼다. 한 발 한 발 대지의 덕을 깨워서 한 발 한 발 대지의 덕을 배우려는 사람이 있다면, 꼭 그런 모습이었다. 무려 108바퀴를 돌았다. 헛갈림 없이 횟수를 헤아리는 독특한 방법도 창안했다. 한 바퀴마다 외투 주머니에 넣어간 108개 콩알을 한 알씩 집어내 땅바닥에 떨어뜨렸다. 아들이 태어난 1987년 2월에 당신은 이미 실직자가 아니었을 뿐만 아니라 앞으로 아내에게도 출근 자리를 제공해줄 가장으로 변신해 있었다. 108바퀴를 돌고 나서는 곧바로 페트리 교회 앞 돌바닥 광장을 가로질러 왼쪽 골목으로 따라가며 노래 한 곡만 부르면 닿는 상점에 음악가게를 내겠다고 결정했던 것이다. 당신은 그날 새벽의 '108'에 대해 어떤 종교적 철학적 근거도 없이 그저 단순히 불가(佛家)의 백팔번뇌를 떠올렸을 뿐이었다고 했지만, 그 108바퀴의 지극한 부성애 정성이 음악가게라는 새 장도에 축복을 내려주지 않았더라면 우리 가족은 어떤 곤경에 빠져서 숱한 번뇌를 감당하게 됐을지도 모른다.

아들의 이야기를 묵묵히 들어준 아버지가 와인을 서너 모금 삼켰다.

"음악가게 덕분에 부자도 아니고 가난뱅이도 아니게, 부부문제나 경제문제의 번뇌라곤 없이 행복하게 살아갈 수 있었어요. 나보다 네 살이나 아래였지만 한국인이 말한다는 그 아홉 수에 걸렸는지 칠십을 못 채우고 앞서 떠나버렸는데, 시한부 선고를 받은 다음부터는 조수미가 부른 '아리랑'을 정말 좋아했어요. 그 가사는 내가 일급 수준으로 번역해서 알려줬지요."

아들도 모르는 사연이었다.

"아내는 '수미조'라 부르고 나는 '조수미'라 부르다가 나중엔 합의를 해서 그냥 '조'라고 불렀는데, 임종이 다가오는 시간에는 '마지막으로 수미조의 아리랑을 들으며 떠나고 싶다'고 하더군요. 병상 머리맡에는 항상 CD플레이어와 CD들이 있었고, 수미조의 아리랑도 있었지요. 나를 버리고 가시는 임은 십 리도 못 가서 발병 난다, 이 구절을 나도 조용히 따라 불렀는데, 조수미의 애절한 아리랑이 흐르는 가운데 눈을 감았어요. 임종 시간에는 아내가 십 리도 못 가서 돌아오기를 바라는 간절한 마음으로 그렇게 불렀지만, 그러면 안 되잖아요? 불교의 윤회를 생각하면, 훌훌 떠나가서 다시는 어떤 생명으로든 태어나지 말아야지요."

"아름다운 임종이었구나. 그래, 이제는 놓아주고 풀어줘야지."

두 노인의 목소리는 젖지 않았지만 내 가슴은 뜨겁게 달아올랐다. 나는 '아리랑'을 부르고 싶었다. 하지만 참아야 했다. 두 노인이 새삼 회자정리의 비애와 생자필멸의 허무를 마주하게 만들 수야 없는 노릇이었다. 네무로의 밤이 9시에 다가서고 있었다. 영업을 마쳐야 한다는 전갈이 닿을 시각이었다. 강 여사가 깜박 잊었던 것을 꺼내듯 말했다.

"내가 보았던 손진호 자료에는 그때 모스크바에서 어느 나라로 가겠느냐고 물었을 때 체코로 가겠다고 했다던데, 특별한 이유라도 있었나? 프라하의 봄은 그 뒤에 발발한 사태였는데?"

"아닙니다. 북한대사관 직원에게 말해줬듯이 헝가리, 부다페스트에 살고 싶다고 적어냈어요."

"자료들에는 그게 아니었는데?"

"맞아요, 아버지. 자료들에는 체코, 프라하였어요."

"아하, 그건 그럴 수도 있겠는데, 그 떠버리 녀석의 회고에도 그렇게 나오나?"

"예."

강 여사가 물었다.

"흑인 탈주병의 회고록?"

"예."

아버지가 쿡쿡 웃었다.

"그때 그 녀석이, 너는 어느 나라로 적었느냐, 나한테 물었어. 달나라, 처음엔 이랬는데, 달나라는 안 나와?"

"달나라 얘긴 없었습니다."

"의미도 없는 종이를 놓고 아이들처럼 들떠서 시끄러운 게 보기 싫었던 거지. 달나라, 이 대답에 인상을 찌푸리기에, 체코, 프라하, 해줬던 거야."

"베헤이렌이 스웨덴으로 갈 거라고 했을 텐데, 왜 헝가리라고 써냈나?"

"어차피 의미가 없는 종이라고 생각했던 거지요. 미국에서 중학교 다닐 때 헝가리 부다페스트의 반소자유운동을 소련 탱크들이 짓밟았다는 것을 배운 적이 있었어요. 그때 문득 그게 떠올랐던 겁니다. 나는 부다페스트를 기억한다, 그러니 프로파간다에 내세우려 하지 마라, 이런 경고를 보내줬던 건데, 그런 내 심정이야 짐작이나 했겠습니까?"

"옳거니. 그걸 몰라주니까 녹화방송에 나가서 핵폭탄을 투척했던 거구나."

"그런 이유도 있긴 있었지요."

우리는 폭소를 터트렸다. 비수, 영웅을 내가 덧붙이지 않아 그것이 자리를 파하는 선언이 되었다. 강 여사가 일어나 핸드백을 열고 하얀 봉투를 꺼냈다.

"이건 주인에게 돌려주기로 하자. 손진호가 요시다 교수를 통해 그이에게 보냈던 옛날의 편지야."

"……누님. 그 편지를 아직도……."

"봉투는 너무 낡아서 새것으로 바꿨지만, 그이가 소중히 간직했던 거다. 지폐처럼 삭지 않을 편지야. 유품을 정리할 때 책상 서랍에서 나왔는데, 왠지 나도 버릴 수가 없었어."

용돈 넣을 만한 봉투를 요나스 요나손이 두 손으로 정중히 건네받아 잠깐 기도하듯 잡아보고는 가만히 아들에게 맡겼다.

8

손진호로 태어나 잔뼈를 키웠던 땅을 예순서너 해나 걸려서 다시 밟아본 요나스 요나손은 마치 그 '턱'을 내듯 첫날을 파김치 상태로 보내고 이틀을 더 나들이 없이 지냈다. 아버지가 지친 일신을 의탁한 곳은 아들이 전세로 얻은 한강변의 방 두 칸 공간이었다. 당신의 병증을 나는 몸살로 짐작했다. 어긋나지 않았다. 약사가 권한 약으로 효험이 직방이었다.

저물녘에 나는 김치라면을 끓였다. 엔간히 기력을 회복한 아버지는 이마의 땀을 훔쳐가며 깨끗이 비웠다. 시원하다, 이 모국어를 적절히 섞어서 우동보다 훨씬 낫다는 소감도 곁들였다. 우리는 텔레비전을 켜두고 있었다. 싱가포르 정상회담을 마치고 대통령 전용기에 올랐다는 트럼프, 중국이 빌려준 비행기에 오를 것이라는 김정은. 푹신한 의자에 몸을 맡기고 줄곧 과묵한 구경꾼으로 특집다큐를 지켜보던 아버지가 고개를 바로 세웠다.

"저 새 소리, 저 새는 무슨 새지?"

화면은 싱가포르가 아니었다. 판문점 도보다리였다. 연둣빛이 물드는 숲을 배경으로 두 남자가 그저 평범한 식탁 같은 것을 사이에 두고 마주 앉아 있었다. 대통령이라 불리는 문재인, 무슨 위원장이라 불리는 김정은. 나이의 격차는 아버지와 아들로 보여도 생김새가 너무 달라서 백인의 눈이든 흑인의 눈이든 부자지간으로 봐주지는 않을 두 남자였다.

"저 새 소리를 어릴 적에 내가 들었던 것 같은데……."

아버지는 넋을 놓은 모습이었다. 얼른 반응을 못 내고 있는 내 머릿속으로 전날 읽었던 글줄이 섬광처럼 비쳐 들었다. 주저 없이 컴퓨터 옆에 쌓은 책들에서 한 권을 빼냈다.

"아버지, 읽어드릴까요?"

"어떤 글이냐?"

"저기 앉은 두 사람, 습지를 가로지른 저 도보다리, 아, 갈대는 아직 말랐는데 버드나무는 녹색이고 하얀 꽃들도 피었네요. 저 장면에 대해 한국의 김근이라는, 젊지만 저보다는 나이가 한참 많은 시인이 쓴 겁니다."

화면의 두 정상은 어느새 실내로 옮겨가 수행원들과 어우러져 있었다. 나는 '소거되다', '점철되다', '자처하다' 등을 스웨덴말로 풀이한 데 이어서 김근 시인의 산문 몇 줄을 읽었다.

두 정상의 말들이 소거된 자리에 채워진 것은 바람소리와 새소리뿐이었다. 대립과 반목으로 점철되어온 남한과 북한의 말은 거기서 무용해진다. 그 순간 우리에게 중요했던 것은, 군사분계선의 구분이나 두 정상 사이에서 오간 남과 북의 말의 구분이 아니라, 꿩 방울새 멧비둘기 되지빠귀 오색딱따구리 소쩍새 박새 산솔새 청딱따구리 직박구리 섬휘파람새 알락할미새 붉은머리오목눈이 들이 내던 울음소리의 구별이었는지 모른다.

“새 이름들이 참 좋구나.”

어떤 새 소리가 아버지의 영혼을 건드린 것 같았다. 잠깐 틈을 뒀던 내가 일부러 딴소리를 했다.

“노고지리는 아니었지요?”

“노고지리 소리야 지금도 금세 알아들어. 내일 포항에 가보면 노고지리 소리를 들을 수 있을까?”

“아이구, 언제부턴지 노고지리는 흔적도 없답니다. 아버지, 반숙 달걀 드시겠어요? 저도 반숙으로 잘 삶아요.”

아버지가 씁쓸히 웃었다. 윌리엄 다니엘 맥거번을 키워준 아버지, 늘 미안해하는 한 백인의 얼굴을 언뜻 떠올린 모양이었다.

“그 레시피를 잊어먹었다.”

“아버지의 기억에서 불러냈던 것을 대신 아들이 기억하고 있잖아요. 아버지, 햇반도 드셔보세요. 김하고 잘 맞아요. 출출하시잖아요.”

“기운이 돌아오는지, 출출하다. 더 먹자. 햇반은 뭐냐?”

“말이 필요 없습니다. 조금만 기다려주시면 실물로 보여드리겠습니다.”

나는 사뿐히 싱크대로 갔다.

요나스 요나손이 지하철을 타보자고 했다. 10시를 지나 한산한 편이었다. 아버지는 긴 의자의 빈자리에 앉고, 아들은 그 앞에 섰다. 지하철 안에서야 나는 아버지와 아들의 처지가 바뀐다는 사실을 깨달았다. 혈통이 복잡한 아들은 숨기지 못할 이방인이고 아버지는 의심할 나위 없는 토박이였다. 그랬다. 당신은 지하철 안에서 꼼짝없이 손진호였다.

KTX 열차를 탔다. 오후 1시가 넘어 포항역에 닿는다고 했다. 점심시간이 애매했지만 느지막이 설렁탕으로 아침을 채워뒀으니 내려서 김밥으로 때우자는 계획이었다. 하늘이 고국산천을 완상하려는 한 노인의 마음을 헤아려주는 것인지. 아주 맑은 날씨였다. 요나스 요나손은 광명역을 지난 다음부터 대전역에 정차할 때까지 줄기차게 차창 너머를 바라보고 있었다. 나는 시집을 읽었다. 아버지가 아들에게 처음 말을 건넨 것은 동대구역을 출발한 열차가 신호등을 벗어나는 참이었다.

"편지 말인데……, 내가 한 번 읽어보고는 태워버리는 것이 좋은지……. 생각해 봐라."

강 여사가 네무로에서 돌려준 오래된 편지, 윌리엄 일병이 볼펜으로 정성껏 써내려간 영어 편지.

"예. 생각해보겠습니다. 지금 읽어보시겠습니까? 가방에 있어요."

"아니, 지금은……. 읽을지 말지 생각해볼게."

다시 아버지는 창밖으로 시선을 풀었다. 야트막한 산들을 가로막은 아파트단지가 벼들이 싱싱한 들판을 거느리고 있었다. 당신의 까마득한 기억 저편에 희붐한 흑백사진처럼 남았을지 모르는 그 옛날의 마을은 가뭇없이 사라진 풍경이었다.

나는 윌리엄 일병이 '선생님'에게 촘촘히 써내려간 편지를 생각했다. 네무로의 그날 밤에만 세 번이나 읽었다.

선생님, 이제 저는 일본에서 탈출할 시간을 맞이하고 있습니다. 선생님과 베헤이렌의 모든 분들에게 깊은 감사를 드리지 않을 수 없습니다. 이 세상에 존재하는 모든 생명의 이름으로 저의 가장 극진한 감사를 바칩니다. 지금부터 저의 인생이 누릴 수 있는 자유와 안녕과 행복은 당신들의 헌신적인 배려와 친절과 완전무결한 조치가 만들어준 것입니다. 이 사실을 언제까지나 명심하겠습니다. 그리고 저의 마음을 담아 14만 엔을 기부합니다. 선생님의 일에도 가계의 일처럼 돈이 필요할 것입니다. 평화의 일, 구원의 일에 보태주시기를 바랍니다. 베트남에서 총질한 대가이니, 무기를 보습으로 만드는 곳에 쓰여야 가장 적합한 것이기도 합니다.

선생님께는 저의 솔직한 고백을 말씀드리고 싶습니다. 도쿄를 떠나기 전에 기록필름을 위해 저의 성명서를 읽었습니다. 베트남에 평화를 보장하라. 베트남은 베트남인의 손에 맡겨라. 평화를 갈망하고 사랑하는 사람은 베트남전쟁에 반대하라. 이것은 저의 틀림없는 진심 그대로입니다. 다른 거창한 비난이나 비판에는 저의 계산적인 의도를 담아야 했습니다. 그것이 베헤이렌 운동과 쿠바대사관에 조금이나마 은혜를 갚을 수 있는 방법이기에 설령 저의 진심에 어긋나는 발언을 섞었을지언정 저의 도리에는 합당한 일이라고 판단했습니다.

죽느냐 사느냐. 이것은 햄릿의 문제였습니다. 죽이느냐 살아남느냐. 이것은 윌리엄 일병의 문제였습니다. 더 죽여야 한다고 했을 때, 그 앞길을 막아선 이는 피투성이 어머니였습니다. 어머니는 한국전쟁 때 포탄 파편에 맞아 숨을 거두었고, 흠뻑 피에 젖은 그 가슴으로 아들의 기억에 남았습니다. 살아남아야 한다고 했을 때, 어서 빨리 도망치라고 손짓한 이는 어깨동무였습니다. 그러나 탈출의 길을 떠나는 오늘 아침, 더 죽이지 말아야 한다는 것보다 더 절박한 문제는 반드시 온전한 개인으로 살아남아야 한다는 것입니다.

도망치라고 손짓한 그 친구는 어린 시절에 어미 종달새를 생포해 저의 손에 넣어줬던 적이 있었습니다. 그때 저는 그 애처로운 눈빛과 따끈한 체온을 견딜 수 없어서 금세 놓아주고 말았습니다. 종달새는 하늘 높이 올라갔습니다. 인간의 손이 놓아줬다고 하지만, 종달새는 스스로 떠났던 것이라고 생각합니다. 물론 떠나려는 종달새에게는 구멍이 있어야 했습니다. 저는 그 종달새입니다. 불원간 하늘 높이 날아오르겠습니다. 저의 꽉 막힌 삶에 구멍을 만들어주신 선생님을 어찌 잊을 수 있겠습니까? 선생님이 미군 항공모함 곁에서 핸드마이크로 탈영하라고 외치는 모습을 뉴스로 보았습니다. 그때 생각했습니다. 저것은 다윗의 돌멩이냐, 돈키호테의 창이냐. 지금, 저는 확실히 깨닫고 있습니다. 선생님의 용기와 행동이, 평화의 투쟁이 국가에게는 돈키호테의 창에 불과할 수 있겠지만, 손진호 또는 윌리엄이라는 작은 인간에게는 틀림없이 다윗의 돌멩이였습니다.

열차 속도가 뚝 떨어지고 있었다. 내가 아버지의 손을 잡았다.

"그 노고지리는 스스로 하늘 높이 날아올랐고, 다시 지상의 둥지로 돌아와 저를 낳고 저를 키웠습니다."

"고맙다. 잘 커줘서."

아버지가 아들의 손을 꼭 쥐었다.

렌트카 그랜저가 다리 앞 신호등에 걸렸다. 조수석의 아버지가 안전띠를 헐겁게 당기며 목을 빼냈다. 내가 미리 챙겨둔 정보들을 꺼냈다.

“저 다리가 형산강 다립니다.”

“알아. 저 건너 공장들이 포항제철이구나. 나도 말뫼에서 몇 번이나 회사 홈페이지와 구글 지도에 들어가 봤어.”

“옛날 동네나 송정원이나 송정분교나 모래밭은 흔적도 없습니다. 강물은 그대로 영일만 바다로 흘러들고 있습니다.”

“모래알 한 알도 없겠지. 그래도 와보고 싶었어.”

차가 다리를 건넜다. 공장과 공장 사이의 넓은 도로에 들어서서 다시 사거리 신호에 걸렸다. 왼쪽에 포항제철 정문이 있었다. ‘자원은 유한, 창의는 무한.’ 아버지가 그것을 읽고 그 밑에 박힌 영어로도 읽었다. 신호가 풀리고 곧 우회전을 했다. 조금 더 달려 좌회전을 했다. 눈앞이 목적지였다.

에스컬레이터를 타고 올라간 포스코역사관 입구에서 우리는 제복 입은 여성의 상냥한 안내를 받았다. 고맙지만 해설은 사양할 수밖에 없다는 뜻을 밝히고 양해를 얻었다. 엄청나게 커다란 무쇠솥이 앞을 지키는 그 유리 건물 안에는 늙은 요나스 요나손을 그야말로 순식간에 어린 손진호로 거슬러 올라가게 만드는 흑백사진 하나가 걸려 있었다. 공중에서 촬영한 그것은 아버지의 기억에 ‘송정원’이란 이름으로 남은 시설의 전경이었다. 그 앞에서 발바닥이 얼어버렸던 당신은 거기를 나온 다음에야 아들에게 몇 가지 털어놓았다. 모래밭 운동장은 그대로였다, 그 운동장 철봉대에서 송기수와 헤어졌다, 학교 같았던 생활관은 더 크게 변한 모습이었다, 나머지 건물들은 기억에 없었다, 건물 뒤의 솔숲은 그만큼 넓은 줄 몰랐다, 솔숲 뒤에는 넓고 기다란 백사장이 있었고 그 다음이 바다였는데…….

“제1 제강공장이 있는데, 거기가 수녀원과 고아원 자리였답니다. 공장 방문 신청을 알아볼까 하다가 옛날의 것은 정말 흔적도 없다고 해서 그만뒀습니다. 내일이라도 안으로 들어가 보시겠습니까?”

“아니다. 창의는 무한, 그 말을 실천하는 사람들이 행복하게 살면서 일도 잘하고 있으면 좋겠다.”

내비게이션이 끌고 가는 방향은 신라 고찰로 이름 높은 기림사 가는 길이었다. 흑백사진 한 장으로 송정원의 기억을 가다듬은 아버지가 두 번째로 찾아가는 곳은 흰 수염 푸른 눈 신부가 황혼을 소일했다는 피정의 공간이었다. 냄새라도 한 번 맡고 오자. 이 뜻이었다. 해거름 앞서 두세 군데 더 들를 계획이지만 나는 운전을 서두르지 않았다. 백야로 접어드는 스웨덴에 비할 바야 못되지만 하지로 다가가는 한국의 해도 날마다 조금씩 늘어지는 중이었다. 내비게이션이 손진호를 데려간 데는 산골이었다. 높은 고개와 근접한 자리였다. 나는 길가에 차를 세웠다. 겉보기에는 평범한 연립주택 같았다. 차창만 내린 아버지가 몇 차례 깊은 숨을 들이쉬더니 그대로 떠나자고 했다. 싱겁다면 싱거운 짓은 오늘 해질녘에나 이뤄질 흰 수염 푸른 눈 신부의 묘소 참배를 위한 예비였는지…….

달려온 길을 되돌아가는 길, 나는 내비게이션에 죽도시장 공영주차장을 요구했다. 꼬마 거지 손진호가 벨라뎃다 수녀의 지갑을 날치기했던 그 골목 비슷한 데로 들어가 전화(戰禍)의 폐허 위에 홀로 멀쩡히 무탈했다는 교회를 거쳐 육손이형의 굴집까지 걸어갈 계획이었다. 그 동선을 나는 답사해 뒀다. 지난 5월 초순이었다. 하루 일정으로 이른 아침에 서울역으로 나가 난생 처음 포항을 방문했다. 목적은 두 가지였다. 6월 중순에 아버지를 모셔오는 날을 대비하는 것, 꼭 만나려는 사람이 포항에 살고 있다는 것.

아버지는 눈을 감고 있었다. 나는 음악을 틀지 않았다. 머나먼 추억 속으로 거닐고 있을 당신, 어쩌면 깊은 가슴 어딘가에 시들지 않은 꽃처럼 남았을 최영희와 해후하고 있을 당신, 아들의 마음에 가시 하나가 박힌 것을 눈치 채지 못하는 당신…….

나는 내비게이션이 일러주는 자동차전용도로로 들어가지 않았다. 비록 흑백사진 한 장으로만 만났어도 아버지의 고향과 다름없는 포항제철 앞을 한 번 더 지나가고 싶었다. 차창 정면으로 햇살이 쏟아지고 있었다. 오른쪽에 공장들이 즐비했다. 자원은 유한, 창의는 무한. 그 정문 앞 신호에 걸렸다.

"박태준이라는 사장이, 내가 스웨덴에 막 정착했던 그해 가을에 신부님을 찾아가 담판을 지었다고 했나?"

"예. 1968년 가을이었더군요. 그 시기에는 송정원 대식구들의 이주문제가 심각한 민원이었답니다. 그러니 회사 대표가 직접 신부님을 찾아갔겠지요."

"그때 송정원 식구들이 얼마였다고 했나?"

나는 찾아본 자료를 옮겼다.

"수녀 약 150명, 고아 약 500명, 노인 약 50명, 대략 700명이었답니다. 아버지가 미국으로 입양을 가신 뒤 몇 배나 더 불어났던 거지요."

"그랬겠지. 내가 떠날 때만 해도 자꾸 고아들이 늘어나고 있었으니……. 박태준이란 사람이 그때 신부님께 정말 말을 잘했던 것 같다. '신부님, 우리가 이런 고아원이 없어도 되는 나라를 만들 수 있게 도와

주십시오.' 그 말이 신부님의 영혼을 움직였을 거다. 어차피 송정원은 이주를 하긴 했겠지마는."

"말하는 사람도 듣는 사람도 진심과 진심이 통했을 겁니다."

형산강 다리를 건너려다 다시 신호에 걸렸다. 나는 마음의 가시 하나를 뽑아내기로 했다.

"아버지, 오늘 마지막으로 찾아갈 곳인데요, 왼쪽 저 도로를 건너 십 분쯤 달리면 넓은 언덕이 나오는데, 그때 송정원이 그 언덕 위로 이주를 했습니다. 손진호를 돌봐줬던 벨라뎃다 수녀님도 젊은 수녀님들도 이미 다 하느님 나라로 떠나셨지요. 지난 5월 초순에 그 수녀원도 찾아가 봤습니다."

아버지가 불쑥 질문을 던졌다.

"안드레아라는 신부님에 대해서 알아봤나? 유학을 마치고 성직자가 돼서 틀림없이 송정원으로 돌아왔을 것 같은데."

송정원 손진호의 큰형 안드레아, 그 이름이 내 마음의 가시로 박힌 것은 아니어도 어쩔 수 없이 차례를 바꾸었다.

"그분은 프랑스 유학을 마치고 송정원으로 돌아와 일을 보시던 중에 송정원이 지금의 자리로 이주를 하게 되자 다시 이탈리아로 가셨다는데……."

"그래서?"

"그분이 원래 건강이 안 좋으셨다면서요?"

"그런 인상이었지."

조바심에는 이내 체념이 묻었다.

"아시시의 프란치스코 성당에 계시다가 갑자기 선종을 하셨답니다.

심혈관의 문제였다고 합니다. 1997년 12월에요."

신호가 열렸다.

"아시시, 1997년 12월……. 우리 가족 셋이서 그 성당의 '새에게 설교하는 프란치스코'라는 그림을 보러 갔던 그해가……."

"아, 예. 제가 학교에 들어갔던 해……, 1995년 가을이었습니다."

"그렇지……. 설마 그때는 거기에 계시지 않았을 테지. 그러니 시간을 주재하는 불가사의한 손이 안드레아 큰형과 나의 아시시 재회를 주선해주지 못했을 테지……."

아버지가 안드레아 큰형과 이승에서 해후하지 못했고 또 해후할 수 없게 된 것을 못내 안타까워하는 동안 나는 당신이 서울의 아들에게 보낸 어느 편지에 담았던 '아시시'를 떠올리고 있었다. '성인 프란치스코의 전기도 읽어봤지만 그분이 새에게 들려줬다는 말씀에 대한 기록은 무미건조한 것이었다'며 '아들과 아내의 손을 잡고 그 그림 앞에 섰던 그때, 나는 그분의 말씀을 들을 수 있었다. 그때 내가 듣고 영혼에 담았던 그분의 말씀을 이제는 아들에게 들려주고 싶다'고 했던 편지였다.

"아버지."

"응."

횡단보도 앞 신호에 걸렸다.

"새에게 설교하는 프란치스코의 말씀, 저도 잘 간직하고 있어요."

"그렇구나. 나도 방금 생각했다. 아무래도 그분은 그 말씀을 하셨을 거다."

새들아, 모이를 더 먹기 위해 부리나 발톱으로 형제들을 공격하지 마

라. 어린 새들과 약한 새들이 눈치 보지 않고 모이를 먹을 수 있게 해줘라.

내가 시처럼 읊었다. 아버지가 왼손으로 아들의 허벅지를 툭툭 두들겼다. 신호가 열렸다.

"지난달에 수녀원을 찾아갔을 때 정말 중요한 한 가지도 알아봤어요."

"무얼?"

아버지의 긴장하는 눈빛을 아들이 이마 위 거울로 훔쳐보았다.

"손진호의 첫사랑, 은행잎을 선물했다는 노란 첫사랑요."

늙은 요나스 요나손은 송정원 예배당에서 학교 들어갈 준비수업을 시작한 그해 늦가을 어느 한 시각에 일어났던 어린 손진호의 추억을 선명히 간직하고 있었다. 그 회고를 나는 노트북에 저장해 놓았다.

아이들이 몰려 나갔다. 수녀님이 성당 문을 닫았다. 그때 진호는 슬쩍 혼자 빠져서 성당 옆 으슥한 데로 몸을 숨겼다. 은행잎 때문이었다. 노란 은행잎이 앞뜰을 빈틈없이 덮고 있었다. 마치 하느님이 성스런 곳만 골라서 노란 눈을 펑펑 내려준 것 같았다. 그 자리에 머슴애 혼자 남았다. 마음에는 야릇한 설렘이 김발처럼 자꾸만 피어오르고 있었다. 쪼그려 앉았다. 머리가 텅 비었다. 아니, 머리가 가득 찼다. 오직 하나의 생각뿐이었다. 가장 예쁜 열 장을 골라서 내일 영희에게 선물해야겠다는 일념이었다. 한 머슴애가 은행잎 노란 물로 알 수 없는 첫사랑을 온통 노랗게 물들이는 모습을 하얀 성모마리아가 고요히 지켜보고 있었다.

아버지가 길게 한숨을 불어냈다. 순식간에 어린 손진호로 돌아가는 소리였다.

"최영희라는 이름의 수녀님은 계시지 않았습니다. 그분은 수녀가 되지는 않으셨던 겁니다."

아버지가 길게 한숨을 들였다. 또 순식간에 늙은 요나스 요나손으로 돌아오는 소리였다.

"잘된 일이라고 생각하자. 엄마, 동생, 영희, 그리고 새 아빠, 넷이서 잘 살아갔을 거라고, 지금도 영희는 손자손녀 여럿을 거느린 행복한 할머니로 살고 있을 거라고 생각하자. 이 세상에는 몰라서 좋은 일도 있는 거다."

나는 공용주차장 이층에 차를 넣었다. 지체 없이 아버지와 나란히 죽도시장 골목에 들어섰다. 파장 무렵의 시장에는 활기가 빠져 있었다. 채소, 과일, 식료품, 음식, 건어물 상점들을 지나쳤다. 오른쪽으로 돌았다. 삶긴 돼지대가리들이 좌판에 늘려 모기향 연기를 맡고 있었다. 말이 없는 아버지는 미소를 머금었다. 줄행랑쳤던, 꿇어앉았던, 붙잡혀갔던, 흐느껴 울었던, 고운 손을 잡았던……, 온갖 장면이 눈앞에 파노라마처럼 펼쳐졌을 것이었다. 큰길 횡단보도를 건넜다. 상가 뒤편 높다란 허공에 십자가가 꽂혀 있었다. 붉은 벽돌로 외벽을 감싼 예배당은 제법 고풍스런 자태를 지닌 건물이었다. 왼편의 교육관도 붉은 벽돌인데 연륜은 얕아 보였다.

"예배당 건물은 기억 속의 건물 같은데, 골목은 앞쪽이었는지 교육관이 차지한 옆쪽이었는지 모르겠다."

"원래 여기 있던 교회는 외곽 쪽에다 엄청 크게 지어서 옮겨갔다고 합니다."

"옛날 건물이라도 남겨뒀으니……."

아버지가 얼핏 미간을 찌푸렸다.

"여기서 굴집을 찾아갈 수 있겠어요?"

"그럼. 저쪽 어디지?"

아버지가 북서 방향을 손가락으로 가리켰다.

"그런데 어쩌지요?"

"없어졌나?"

"그런 셈입니다. 차가 다니는 터널로 변했습니다."

"그렇구나……."

"차를 타고 그냥 보기만 할까요?"

"그러자."

우리는 큰길로 나가 인도를 따라 공용주차장으로 돌아갔다. 사거리 신호등 하나를 건너서 오 분쯤 걸어가면 되는 거리였다. 꼬마 거지 손진호의 보금자리, 육손이형의 굴집이었다는 터널 입구에 차를 세웠다. 산책길로 바뀐 철길 앞이었다.

"그때는 철길이 없었다."

"그럴 겁니다. 여기서 한참 더 들어가면 미군부대 유류 저장소가 있었다고 합니다. 그게 생길 때 레일을 깔았는데 그게 없어지면서 요새 한국에 열풍이 부는 둘레길 같은 것으로 만들었다고 합니다."

"터널 위의 저 산은 푸르게 우거져도 낯설지 않구나. 저기 올라가면 영일만 바다를 바라볼 수 있다."

"맞습니다. 지난번에 저도 올라가 봤습니다. 터널을 통과할까요?"

"아니야. 돌아가자. 집으로, 방으로 차를 몰고 들어갈 수는 없잖아?"

요나스 요나손이 멋쩍게 웃었다. 나는 중앙선을 침범하며 차를 거꾸로 돌렸다.

아버지가 당신의 아버지를 찾아갈 차례였다. 나는 내비게이션에 주소를 넣었다. 아까 형산강 다리를 건너올 때 당신에게 일렀던 언덕처럼 높은 동네.

요나스 요나손을 맞아준 무덤 앞에는 조선시대 어느 사대부 풍모의 근사한 비석이 지키고 있었다. 나는 덕지덕지 새겨진 한자들을 무시하고 '흰 수염 푸른 눈 신부의 묘'라고 읽었다. 당신은 아들에게 손짓으로 기다리라고 했다. 손진호로 돌아간 그 손이 보르도산 레드 와인을 종이컵에 채워 묘석 위에 올리고 종이접시에 초콜릿과 소시지를 담았다. 묵도에 잠겼다. 큰절을 두 번 바쳤다. 비로소 나도 큰절을 두 번 했다. 아버지와 아들이 나란히 꿇어앉았다.

"아버지 신부님, 어린아이 손진호가 다 늙은 노인이 되어서야 아들의 손에 끌려 겨우 인사를 드리러 왔습니다. 언제나 잘 보살펴주셔서, 너무 많이 늦어졌지만, 이렇게 살아서 찾아뵙게 되어, 저의 죄를 스스로 조금은 사할 수 있을 것 같습니다. 신부님은 1차 대전의 지옥을 경험하셨고, 저는 베트남전쟁의 지옥을 경험했습니다. 전쟁은 현실의 지옥입니다. 그런데 인간은 왜 그렇게도 많은 전쟁의 역사를 기록하고 있는지요? 신의 이름으로는 또 얼마나 피비린내를 풍겼습니까? 오늘도 그리하지 않습니까? 그래서 저는 종교 조직을 멀리하고 살아왔습니다. 아버지 신부님, 저는 저의 영혼 하나를 구원하느라 정말 힘이 다 빠졌습니다. 먼저 너의 영혼을 구하라. 신부님의 그 말씀 하나만은 실천했습니다. 젊은 날들의 저는 호모 비아토(Homo Viator)가 아니었습니다. 고향을 상실하고 정처없이 떠도는 방랑자가 아니라, 상실한 고향을 찾아 기나긴 여행을 수행하는 젊은이였습니다. 그것을 운명으로 받았던 그 시절에는 그저 희미하게 알아차리고 있었지만, 제 고향의 주소는 평화였습니다. 저의 판단이 어긋난 것인지는 모르겠습니다만, 한 작은 인간의 영혼을 구원해준 저의 여행은 평화를 위한, 평화에 의한, 평화의 여행이었습니다. 진정으로 감사드린다는 말씀, 이것을 하느님께 돌리시는 것은 아버지의 자유지만, 저는 아버지께 바칩니다. 언제나 하늘나라에서 평안하십시오."

손진호로 돌아갔던 노인을 따라 나는 일어섰다. 아버지는 종이컵과 와인 병을 집어 무덤 곳곳에 붉은 술을 뿌리고, 아들은 초콜릿과 소시지를 까서 숲속으로 던졌다.

"신부님께서 성당 십자가 앞에서 통곡하시는 모습을 본 적이 있었다."

"누가 애통하게 죽었습니까?"

아버지는 고개를 저었다.

"미군 트럭 두 대가 송정원에 왔다. 구호품이 없었다. 빈 트럭이었다. 그날은 내가 입양을 기다리고 있던 초가을이었다. 무슨 이유라는 설명도 없이 아이들 전부에게 오늘은 학교도 가지 말라고 하셨던 신부님이 굳은 얼굴로 아이들을 트럭 짐칸에 태우셨다. 아마도 한 트럭에 삼십 명씩은 탔을 거다. 트럭은 형산강 다리를 건너고 갈대밭 사이의 도로를 지나서 시내로 들어갔다. 아이들은 신이 났다. 학교를 빼먹고 소풍 가는 기분이었다. 노래도 마구 불렀다. 트럭이 들어선 곳은 어떤 관공서 마당이었다. 몰려나온 공무원들을 신부님 혼자서 상대했다. 우리는 조마조마해서 지켜보고만 있었다. 만약 그들이 신부님을 공격했다면 즉시 뛰어내려서 강아지떼처럼 덤벼들었을 거다."

나는 묻지 않을 수 없었다.

"대체 무슨 일이었습니까?"

"신부님의 고함소리를 듣고야 알게 되었다. 세금을 내라고 했던 모양이야. 그래서 신부님이 우리를 싣고 갔던 거지. 당신들이 이 아이들을 다 맡아라, 그러면 나는 당장 문을 닫고 떠나겠다. 정말 무서운 불호령이었다. 대결은 싱겁게 끝났다. 공무원들이 잘못했다고 빌었던 거지. 우리는 돌아오는 길에 승전한 군대처럼 더 크게 노래를 불렀다. 그런데 신부님께서 트럭이 돌아간 다음에 사제복을 차려입고 성당에 들어가셔서 십자가 앞에 엎드려 대성통곡을 시작하셨던 건데……."

아버지는 잠시 말을 쉬었다.

"수녀님들도 울고, 아이들도 울었다. 성당에는 울음소리밖에 없었다. 신부님이 대성통곡을 하신 이유는, 어린 양들을 투쟁의 도구로 활용했다는 것이었다. 그것을 괴로워하시고 자책하시고 참회하시며 용서를 비셨던 거지……."

늙은 요나스 요나손이 어린 손진호처럼 눈시울을 적셨다.

"송정원 생활은 기도와 분리할 수 없는 생활이었는데, 신부님의 그 통곡이 모든 기도를 합친 기도보다 더 소중하게 내 영혼에 남아 있다. 자신을 위해 진정으로 통곡할 수 있는 사람, 그분이 흰 수염 푸른 눈 신부님, 나의 아버지였다."

나는 뜨겁게 말했다.

"아버지의 위험하고 막막하고 멀고도 멀었던 여행이 바로 자신을 위한 통곡의 길이었다고 생각합니다."

얌전히 몸을 돌려서 아들의 두 어깨에 두 손을 얹은 아버지의 이마에

이우는 햇살이 보석 가루처럼 부서지고 있었다.

지난달에 포항을 방문했을 때는 아버지를 모셔 오는 날의 저녁식사 자리로 포항제철의 찬란한 야경을 정면으로 한눈에 바라볼 수 있는 생선회 식당을 점찍어 뒀다. 하지만 영일대해수욕장에 잡아둔 호텔의 7층 레스토랑으로 올라갔다. 계획을 바꾼 이유는 아버지의 건강을 배려한 것이었다. 몸살 뒤끝의 노인에게 날것은 안 좋을 듯했다.

우리는 주문한 게살볶음밥을 게 눈 감추듯 해치웠다. 점심이 시원찮았던 데다 이동이 길었으니 시장이 깊을 수밖에 없었다. 맥주와 소시지 안주를 새로 받았다. 어둠 속 영일만 바다 저쪽은 온통 불빛 무대였다. 바다와 맞대고 있는 포항제철이 형형색색 조명을 비추며 푸짐한 불빛의 꽃밭을 이루고 있었다.

"그 말이 생각났다. 상전벽해, 맞지?"

"상전벽해라 합니다."

"내가 코쿰스조선소에서 계약업무를 보고 있다가 똑똑하다고 경영분석팀에 합류한 적이 있었는데, 그때 한국의 포스코라는 철강회사를 처음 알게 되었다."

"그런 일이 있었습니까?"

"그때는 송정원 자리라는 것까지는 몰랐지만, 영어로 포항이라는 글자를 보았는데, 사람의 마음이라는 게 참 묘하잖아? 가슴이 막 두근거리더라. 선박이라는 게 기술력을 빼버리면 쇳덩어리 아니냐? 거대한 쇳덩어리가 바다를 떠다니는 거지. 그러니 조선업체는 철판 가격이 매우 중요한 경쟁력이다. 기술력을 따라잡은 한국 조선업체들이 포스코에서 국제시세보다 30퍼센트 정도 유리하게 공급해주는 철판으로 선박을 건조하고 있으니 코쿰스는 인건비를 더 낮춰도 경쟁력이 뒤처진다는 그런 분석을 내놓게 되었다. 내가 다니는 회사가 망하게 될 형편에도 정말 가난했던 한국이 자꾸 좋아진다니까 속으로는 기분이 환해지더라."

"그러고 보니까 우리 음악가게는 포스코 덕분에 생겨났던 거네요. 코쿰스조선소가 문 닫지 않았으면 실직자 아버지가 새벽에 페트리 교회를 찾아가 백여덟 바퀴나 돌고 나서 음악가게를 열겠다고 결심하는 일이야 없었을 것 아닙니까?"

"맞다! 그랬구나!"

아버지와 아들이 조심성 없이 파안대소를 터트린 데 이어서 때마침 뒷자리가 소란스러웠다. 청춘 남녀 두 쌍이 케이크에 촛불을 켜서 생일 축하 노래를 부르고 있었다.

"미안하니, 축하에 동참하자."

우리는 건배 시늉부터 하고 맥주로 목을 축였다. 소시지도 두 토막씩 먹었다.

"아버지, 아주 특별한 말씀을 드리고 싶어요. 지난달에 포항 왔을 때 탈북자 한 사람을 만났어요."

당신의 눈가에 긴장이 서렸다. 나는 홋카이도를 돌아다닐 때부터 꺼낼까 말까 망설여온 일을 털어놓았다.

손진호, 윌리엄, 요나스 요나손의 여행을 소설에 담아내고 있던 나는 1968년 2월 하순 아버지가 일본 오사카의 동포 교수한테서 '한반도 북쪽 꼭대기 어디에 한국전쟁 때 잡혀온 포로들이 많은 동네가 있다'는 말을 듣고 강렬한 유혹에 끌리듯 평양으로 갈까 고민했다는 고백에 발목을 잡혔다. 그것이 덮어둘 수 없는 현실의 숙제로 안겨졌다. 탈북 문학인이나 탈북 단체를 찾아다녔다. 하루 저녁은 서울의 어느 자리에서 포항에 집이 있다는 탈북 여성시인한테서 '함경북도 샛별에서 나온 남자'의 연락처를 얻게 되었다. 그 남자는 포항 임대아파트에 정주하고 있었다. 중국, 태국을 거쳐 2002년 가을에 한국으로 들어와 포항에서 건설노동자로 살아가고 있는 '조선민주주의인민공화국 인민학교 교사' 출신이었다. 그 남자는 희망을 모질게 잘라버리는 것이 아니라 가녀린 희망의 외가닥을 건네주었다.

샛별의 원래 이름은 온성이다. 조선반도의 최북단 꼭대기다. 온성에는 남반부 포로 출신이 많았다. 출신성분이 고약한 인간들이었다. 나의 외가 친척들 중에 '손'이라는 포로 출신이 있었다. 이름 부를 일이 없었으니 이름은 모르겠다. 군인도 아니고 경찰이어서 출신성분으로는 가장 나쁜 부류였다. 그 할아버지는 내가 탈북하기 몇 해 전에 이미 세상을 떠났다. 고난의 행군이 닥쳐오기 전이었으니 차라리 복이 있었다고 봐야 한다. 그때부터는 굶어죽는 사람들이 속출했다. 학교도 폐교나 마찬가지였다. 배를 굶고 어떻게 학교에 나오겠나? 꽃제비가 되든가 열매를 구하러 산을 헤매든가, 그 편이 옳았다. 그 할아버지에게 후손들이 있었다. 후손들의 소식을 나는 전혀 모른다. 탈북을 했는지, 굶어죽었는지, 잡혀가서 어찌됐는지, 다른 고장을 떠돌아다니다 샛별로 돌아갔는지. 내가 올해 마흔여덟 살인데, 그 할아버지의 자식들 중에 손형철이라고 나보다 열 살쯤 더 먹은 그 형님과 조금은 알고 지낸 사이였다. 지금은 어디서 어쩌고 있는지, 그때 굶어죽었는지, 탈북자들 명단에서는 아직 보지 못했는데…….

"아버지, 부탁드립니다. 아버지의 아버지, 저의 할아버지, 그분의 후손들, 그분의 아들일 가능성이 높아 보이는 손형철이라는 사람, 그분들에 대해서 이제부터는 아버지의 영혼에서 내려놓으십시오. 그분들이 아버지의 혈육이 맞다면 모두를 아들이 받겠습니다. 남북의 길이 열리는 대로 온성으로, 샛별로 올라가서 이복삼촌이든 누구든 혈육인지를 반드시 알아보겠습니다. 할아버지의 무덤은 그분들 중에 한 분이라도 만나면 쉽게 찾아갈 수 있을 겁니다."

아버지가 평안히 말했다.

"나의 아버지를 지금부터는 너의 할아버지로 맡기마. 갑자기 홀가분해지는구나."

"예. 맡겨주십시오."

"기정아, 우리, 새 잔으로 건배를 하자."

아주 오랜만에 아들의 한국 이름을 호명하고 맥주병을 거머쥐는 아버지의 손등에 불끈 힘이 뻗치는 것 같았다. 손기정, 인생의 마라토너……. 아들은 아버지 몰래 주먹을 쥐었다.

9

그곳이 어디쯤인지 대충 짐작이나 할 수 있을까. 불가능한 일이었다. 이 부인할 수 없는 사실을 나는 알고 있었다. 일흔세 살 요나스 요나손이 머릿속 한 구석에 도저히 제거할 수 없는 파편처럼 박힌 피투성이 몇 조각의 기억을 부여잡고 여섯 살 손진호의 어느 시간과 공간 속으로 돌아갈 수는 있어도 피란길의 특정 장소를 찾아낼 수야 없었다. 그러나 무턱대고 영덕까지만 한 번 가보기로 했다. 아버지의 어머니, 나의 할머니를 묻었던 자리는 손진호의 기억에 단순한 수묵화로 그려져 있었다. 바다가 내려다보이는 도로변, 도로에서 조금 떨어진 높은 지점의 소나무 두세 그루, 그 몇 발 앞.

한국전쟁이 터진 그해 여름, 영덕에서 포항 쪽으로 내려오고 있었다는 손진호의 기억을 따라 올라갔다. 6월 중순의 오전 10시를 지나는 태양은 동해안으로 북상하는 승용차 조수석에 뜨거운 햇빛을 듬뿍 퍼부었다. 에어컨을 꺼리는 아버지는 창을 살짝 내려두고 있었다. 오른쪽에 펼쳐진 창망한 쪽빛 바다는 온통 눈부시게 반짝이는 윤슬로 덮여 있고, 왼쪽에 따라붙는 낮은 산들은 푸르게 우거져 있었다. 거의 왼쪽에 시선을 고정한 당신은 속으로 울창한 녹음을 원망하는지 몰랐다. 소나무들이 빽빽한 산에서 당신의 수묵화에 나오는 소나무 두세 그루를 무슨 재간으로 가리킬 수 있겠는가. 차라리 다른 말을 걸기로 했다.

"스웨덴에 정착했던 미군 탈주병들이 요즘은 어떻게 살고 있는지 궁금하지 않으세요?"

"늙어가고 있겠지."

"다들 스웨덴에 살고 있나요?"

"아니다. 그 모임에는 안 나가도 뉴스야 대강 들었지. 대다수는 미국으로 돌아갔고, 캐나다로도 떠나갔다. 1977년이었나, 지미 카터가 베트남전쟁 탈영병들을 사면해줬으니까, 그게 찬스였던 거지. 어떤 녀석들은 평화의 사도인 양 훈장도 받았다던데, 지미 카터는 취미생활이 평화애호였나? 저기로 들어가자."

쿡쿡 웃은 아버지가 가리킨 곳은 간이휴게소였다. 화장실 가시겠습니까, 커피 하시겠습니까. 나는 묻지 않았다. 들머리 오른쪽에 차를 세웠다. 건물 뒤편이 바다여서 전망대 같은 곳이었다. 인도에 올라선 당신은 그러나 바다를 등지고 서서 도로 건너편 야산을 바라보았다. 나는 가만히 곁에 서 있었다. 몇 분이 더디게 지나갔다. 아버지가 솔숲에 시선을 던져둔 그대로 혼잣말처럼 중얼거렸다.

"저기 같기도 한데……. 안 되겠다. 이러다가는 이 도로변의 모든 산들을 어머니 무덤으로 만들고 말겠다. 깨끗이 포기해야 옳겠다."

"아버지."

내가 조용히 불렀다. 아들을 쳐다보는 아버지의 얼굴이 편해 보이지는 않았다. 어두운 표정도 아니었다. 슬퍼하는 것이 아니라 아쉬워하는 것 같았다.

"어젯밤에 아버지의 아버지는 손기정에게 맡긴다고 약속하셨지요?"

"그래. 불변이다."

"여기서 하나 더 약속해주세요. 앞으로 아버지의 어머니는, 저의 할머니는, 그분의 무덤은 아버지의 가슴속에만 있는 겁니다."

"이심전심이구나."

지금은 아들이 쾌활하게 설쳐야 하는 순간이라고 나는 황급히 마음먹었다.

"우리, 커피 한 잔 합시다."

"그래."

아들이 아버지의 어깨에 팔을 걸쳤다. 허물없는 친구로 걸어갔다.

영덕 뒷덜미에서 바다 쪽으로 꺾어 나가 해안도로를 따라 삼십 분쯤 드라이브를 즐기고 포항으로 돌아오는 길에는 느티나무 두 그루가 푸짐하게 그늘을 드리워주는 평상에 앉아 파전과 칼국수를 주문했다. 늙수그레한 아주머니가 조그만 밥상을 먼저 내놨다. 하얀 플라스틱 컵 두 개, 촘촘히 이슬 맺힌 물병 하나, 젓가락 두 벌이 놓여 있었다. 정갈했다. 그 앞에 마주앉은 아버지와 아들은 인생의 고즈넉하게 안락한 한때를 붙잡아두었다.

"영덕으로 올라갈 때 커피를 마셨던 그 휴게소에서 조금 포항 쪽으로 내려가면 긴 백사장이 있어요. 거기서 해마다 여름에는 오키나와에서 건너온 미국 해병대와 포항의 한국 해병대가 연합 상륙작전을 했다는데, 올해는 중단될 것 같은데요."

"싱가포르에서 트럼프가 기자들 앞에서 떠벌인 말을 봐서는 그럴 수 있을 거야. 김정은이 핵 실험장에서 평화 퍼포먼스를 했으니 트럼프도 평화 제스처는 해야겠지."

"어려워도 헤치고 나가야 할 텐데요."

"그래야지. 그렇게 만들어야지. 단지, 힘의 한계라는 것은 항상 객관적으로 인식해야 하지 않나?"

"미국과 중국의 한반도에 대한 이해관계가 상충하기 쉬운데 거기에 남한과 북한이 휘둘릴 수 있다는 말씀입니까?"

아버지가 무겁게 말을 이었다.

"서독과 동독의 경우하고는 많이 다르지. 무엇보다도 고르바초프가 없어. 남한과 북한의 경우에는 고르바초프의 영혼이 없고 평화가 없어. 그 귀중한 핵심이 없는 대신에 패권과 장사의 투키디데스 함정은 있잖아?"

패권국가 미국과 신흥강국 중국, 트럼프와 시진핑의 대결이 한반도의 운명에 끼칠 악영향을 아버지는 깊이 염려하고 있었다.

“처음부터 한반도에서는 비핵화와 평화체제가 동전의 양면관계였어. 동전의 양면관계란 간발의 차이는 있을지언정 선후의 관계가 아니라 동시의 관계지. 2004년에 한반도의 비핵화를 위한 6자회담을 시작했으니, 내가 보기엔 동전의 양면관계라는 것도 모르고 어리석게 십여 년 넘는 세월을 허송했는데……. 지금은 남과 북이, 남과 북의 두 지도력이 똑같이 진심이라서 신뢰관계가 진정으로 돈독하다면, 염탐과 책략이 아니라 용기와 결단이 비핵화와 평화체제를 거의 동시에 불러올 수 있겠지. 그것이 투키디데스 함정에 빠지지 않을 나침반 역할도 해줄 것이고…….”

아버지가 말을 흐렸다. 언뜻 새 소리가 들려왔다. 우리는 고개를 젖혀 느티나무를 우러러보았다. 무슨 즐거운 일이 벌어졌는지 막 새들이 지저귀기 시작했다. 새 소리는 빽빽이 허공을 가린 잎들 사이로 햇빛처럼 새어나오고 있었다.

“문재인과 김정은이 판문점 도보다리에서 들었던 그 새 소리 같구나.”

“예.”

나는 짠했다.

“텔레비전에서 판문점 새 소리를 들었을 때는 내 안의 깊은 곳에 오래오래 잠들어 있던 그 음악이 깨어나는 소리 같았다.”

나는 숨을 낮췄다.

“내가 이야기했잖아? 송기수라는 친구하고 헤어지던 그날 밤에, 우리 둘이서 송정원 운동장 철봉대에서 수녀님들이 모여앉아 다듬이질 하는 소리를 들었다고……. 이 세상에서 가장 감미로운 음악으로, 성모마리아의 자장가로 들려왔다고……. 판문점의 새 소리를 들었을 때, 그 옛날의 그 음악이, 송기수하고 손진호하고 우리 둘이서만 단 한 번 들어봤던 그 음악이 나도 모르게 내 영혼에 녹음된 평화의 목소리였다는 것을, 순간적으로 감전되는 것처럼 그렇게 깨달았다. 이 나이가 되도록 미처 몰랐지만, 나를 탈주병으로 만들었던 근원적인 어떤 힘은 그 음악이 아니었을까…….”

나는 아무런 말도 보탤 수 없었다. 그냥 아버지의 말을 음미하듯 되뇌어볼 따름이었다. 다시 새 소리가 조그만 밥상 위에 내려앉았다.

“누님은…….”

내가 받았다.

“강 선생님 말씀인가요?”

아버지가 말했다.

“그 누님의 말들이 저 새 소리와 너무 닮지 않았나?”

“예. 아버지.”

요나스 요나손이, 윌리엄 다니엘 맥거번이, 손진호가, 그 모든 나의 아버지가 흐뭇한 미소를 지었다. 당신은 행복해 보였다.

앞으로 열흘 남짓 더 기다리면 강 여사는 김포공항에 내리게 돼 있다. 삿포로에서 헤어지기 전에 여행 계획을 짜놓았다. 서울 일대에서 나흘을 보내고, 강 여사의 어머니 고향인 목포에 내려가 사흘을 지내고, 손진호의 유년시절을 묻어둔 포항으로 넘어와서 이틀을 둘러보고, 포항에서 비행기를 타고 강 여사의 아버지 고향인 제주도로 날아가 닷새를 머물고……. 가족으로 뭉쳐서 두 주일을 다시 돌아다닐 것이다.

서울역에는 오후 4시 30분쯤 도착했다. 우리는 찾아갈 곳이 있었다. 서둘러 광장으로 나가 역사 건물의 그늘을 골라 바닥에 드러누운 노숙자들의 머리맡을 지났다. 오른쪽으로 꺾었다. 편의점이 보였다. 내가 혼자 들어가 아버지의 부탁대로 소주 한 병과 사탕 한 봉지를 샀다. 종이컵은 가방에 남아 있었다. 쉽게 택시를 잡았다. 기사 뒤에 내가 앉았다.

"동작동 현충원 갑시다."

"예."

하얀 모자를 눌러쓴 젊은 기사는 무뚝뚝해 보였다. 말도 걸지 않았다. 오히려 편했다. 한강 다리를 건넜다. 아버지는 묵묵했다. 택시가 오른쪽으로 둥글게 원을 그리며 달렸다. 당신의 묵상을 건드리지 말아야 하는 마지막 차례가 아닐까. 이 생각을 나는 해보았다. 택시가 국립 현충원 정문을 통과했다.

"저 건물 앞에 세워주세요."

택시가 멈췄다. 종합민원실 앞이었다. 그 건물 안으로 나는 딱 한 번 들어갔었다. 달포 전이었다. 묘비 위치를 찾아둬야 했다. 컴퓨터가 간단히 처리해줬다.

국립묘지. 이 어마어마한 넓은 묘역에 묻힌 영혼의 숫자는 과연 얼마나 되는 것일까.

이 문장을 나는 지난번에 왔을 때처럼 외었다. 박사학위논문 텍스트로 삼으려 했던 신상웅의 장편소설 『심야의 정담』에 나오는 첫 줄이다. 그 소설이 '무덤의 바다'라 불렀던 이 너른 죽음의 세계에 그보다 더 적절한 명명을 달리 들여놓기도 어려울 것 같았다.

나는 아버지보다 한 발 앞섰다. 가로수처럼 늘어선 수양벚나무들 사이에 태극기와 분홍 무궁화가 차례로 지켜선 인도를 따라 일백 미터쯤 곧장 걸어갔다. 오른쪽 오르막으로 뻗은 아스팔트를 건넜다. 묘역이었다. 야산을 비스듬히 깎았을 나지막이 비탈진 터전에 직사각형 팻말의 돌들이 무수히 박힌 가운데 2, 3, 4, 5, 흡사 사격장에서 빼온 것 같은 큼직한 번호판들이 오십여 미터 간격으로 층층이 지켜서 있었다.

요나스 요나손이 찾아가고 있는 묘비, 그 정확한 위치를 내게 알려주는 길라잡이는 번호판들이 아니었다. 헤아릴 수 없는 묘비 대병력을 지휘하듯 맨 앞쪽에 외톨로 자리 잡은 장군의 묘비였다. 육군 중장 채명신의 묘. 그 앞에 나는 발길을 세웠다. 군모 쓴 군복 차림의 증명사진을 확대해 넣은 반들반들한 오석에는 그의 모국어와 영어로 비명이 새겨져 있었다. 아버지와 아들이 눈으로 읽었다. 그대들 여기 있기에 조국이 있다.

"베트남에 파병됐던 한국군 사령관이었답니다."

"나도 베트남에서 들어봤던 이름이다."

"저깁니다."

손가락으로 정면의 한 지점을 가리킨 내가 묘지로 들어섰다. 지상의 키보다 긴 그림자를 잔디바닥에 눕힌 묘비들이 앞을 기다리고 있었다. 나는 멈칫거리지 않았다. 쳐들어가듯 올라갔다.

육군 병장 송기수의 묘

종아리 치료를 마치고 일본 휴가를 준비하고 있던 윌리엄 일병은 미군 소령이 성의를 발휘해준 한국군 대위와의 통화를 사양할 수밖에 없었다. 그가 일러준 전언 때문이었다. 대위가 너의 친구는 영원히 전화를 받을 수 없다고 했어……. 미군 대령의 통역으로 따라 나선 윌리엄 일병이 한국군 중대기지에서 천재일우 기적처럼 마주쳤던 어릴 적 짝꿍……. 나는 아버지가 그때부터 오늘에 이르도록 꼭 한 번을 더 송기수와 만났다는 것을 알고 있었다.

윌리엄 일병이 도쿄 인근으로 휴가를 나온 첫날 밤중이었다. 죽은 친구가 아직은 살아남은 친구의 꿈길로 달려왔다. 말은 한마디도 없었다. 먼 길을 훠이훠이 왔는지 숨을 헐떡이며 저만치 앞에 서서 두 손을 마구 휘젓고 있었다. 이튿날 아침에 그는 친구의 손짓에 담긴 의미를 읽어냈다. 도망쳐라, 어서 빨리 도망쳐라…….

요나스 요나손은 '묘'라는 글자 밑에 손수 소주를 가득 담은 종이컵을 놓았다. 한 잔이 아니었다. 석 잔이었다. 송기수의 것, 손진호의 것, 그리고 손기정의 것. 이런 짐작을 내가 해보는 사이, 당신은 석 잔 앞에다 사탕 한 봉지를 모조리 다 풀었다. 송정원의 손진호가 아껴 먹고 몰래 주머니에 넣어온 미제 사탕 몇 알을 송기수는 천국의 과자로 알았다고, 포항을 떠나 서울로 돌아오는 열차 안에서 아들에게 들려준 아버지였다.

늙은 손진호가 꿇어앉아 작은 묘비 위에 두 손을 얹었다. 젊은 송기수의 어깨를 짚은 모양이었다.

"친구여, 내 총구에 피었던 그 흰 꽃을 이제야 자네에게 바치니……."

눅눅한 목소리가 잦아들었다. 나는 황혼이 깃드는 먼 하늘을 바라보고 있었다. 솔방울 같은 무엇이 홀연 시선에 걸렸다. 새였다. 콧잔등이 시큼했다. 어린 손진호의 손바닥을 스스로 떠나간 옛날의 그 노고지리 같았다.

| 작가 후기 |

한국 유신독재 시절에 사형선고를 받은 시인 김지하를 구원하려는 지식인 국제연대도 조직했던 작가 오다 마코토(小田實, 1932-2007)는 1960년대 베트남전쟁 기간에 '베트남에 평화를! 시민연합'(일본어 약칭 '베헤이렌')을 이끌었다. 내가 오다 선생과 몇 차례 만난 때는 21세기 벽두의 서너 해 동안이었다. 오다 선생은 늙어갔으나 건강했다. 일본 고베의 자택에서 낮술을 함께 마시고 노래를 부른 적도 있었다. 어느 날이었다. 한국 포항에서 해후한 오다 선생이 '김진수' 이야기를 들려줬다. 통역은 자이니치인 부인이 맡았다. 경청한 가슴에는 '청년 김진수의 나이테들'이 쓰라림으로 응어리졌다. "김진수는 언젠가 소설에서도 살아가게 하겠습니다." 오다 선생이 말했다. "한국 작가의 책무지." 그리고 열서너 해가 흘러갔다. 2016년 11월, 『박태준 평전』을 완결한 나는 이미 세상을 떠난 이와의 오래된 '어설픈 약속'을 떠올렸다. 십여 년 넘게 소설 창작을 덮어뒀던 그때, 내 손에는 '김진수 한국계 미군 주일쿠바대사관 망명 사건: 1967-68'이란 비밀해제 외교문서가 있었다. 오다 선생이 들려줬던 '김진수'와 동일 인물이었다. 다른 자료도 수소문했다. '김진수'를 추적해본 기사가 있었다. 고경태, 「망명객 혹은 '홈리스' 김진수」, 《한겨레21》 제1010호. 실명은 아니어도 '김진수'와 빼박은 젊은이를 묘사한 단편소설이 있었다. 홋타 요시에(堀田善衛, 1918-1998), 「이름을 깎는 청년」, 1970년 발표. '김(Kim)'이라 호명하며 '김진수'를 단역 엑스트라처럼 활용한 회고록이 있었다. 테리 휘트모어(Terry Whitmore), 『MEMPHIS-NAM-SWEDEN』, 1971년 출간. 이들 자료는 참고문헌으로 삼고 몇 장면을 손질해 들여오기도 했다.

오다 선생의 기억에서 불려나왔거나 참고자료에서 보았던 '김진수'는 이 소설에 들어와 '손진호'라는 인물로 거듭났다. 이것은 '허구'라는 이름으로 작가의 정신과 상상력을 담아내는 소설의 특권이다. '손진호'는 '김진수'가 아니라 어디까지나 '손진호'다. 단지 '김진수'의 고독과 고통도 고스란히 짊어지고 나아간 작은 인간이 '손진호'라는 점은 틀리지 않는다.

어쩌면 '김진수'는 유럽 땅 어디서 아직은 늙은 몸으로 지상에 버티고 있을 것이다. 어떤 불가사의의 손이 움직여 '김진수'를 만나게 해준다면 '손진호'를 정중히 소개할 생각이다. 그렇게 우연을 가장한 운명의 시간이 예정돼 있을 것인가? 먼저, 오다 선생의 영전에 이 책을 바쳐야겠다. 존경해온 마음을 담아서.

2019년 새봄에 이대환

| 해설 |

노고지리의 자유를 위하여

이경재(문학평론가, 숭실대 국문학과 교수)

1. 김진수와 손진호

이대환(1958-)은 1980년에 등단한 이래 누구보다 뜨거운 문학혼으로 소설집 『조그만 깃발 하나』(창작과비평사, 1995)와 『생선창자 속으로 들어간 詩』(실천문학사, 1997), 장편소설 『말뚝이의 그림자』(동문출판사, 1983) 『새벽, 동틀 녘』(푸른나무, 1991) 『겨울의 집』(실천문학사, 1999) 『슬로우 불릿』(실천문학사, 2001) 『붉은 고래』(현암사, 2004) 『큰돈과 콘돔』(실천문학사, 2008) 등을 발표하였다. 그의 작품은 거대서사가 사라진 한국문단에서 사회와 역사에 대한 치열한 문제의식을 펼쳐 보이는 것으로 정평이 나 있다. 이대환은 일제 강점기까지 이어지는 한국 현대사를 짚어보기도 하고, 북한 체제와 탈북자의 문제를 심도 있게 탐색하기도 하였다. 바이링궐로 다시 내놓은 『슬로우 불릿』(아시아, 2013)은 한국문학사에서 최초로 고엽제 문제를 다룬 기존 작품을 개작한 것으로, 지워지지 않는 베트남전쟁의 상처를 빼어난 문학적 기량으로 형상화한 명작으로 자리매김 되어왔다. 이번에 출판되는 『총구에 핀 꽃』(아시아, 2019)도 베트남전쟁이 낳은 또 다른 상처를 드러내고 있으며, 이를 통해 진정한 세계평화의 길을 모색한 우리 시대의 문제작이다.

이대환의 『총구에 핀 꽃』은 실존인물인 김진수(金鎭洙, 미국명 케네스 그릭스Kenneth C. Griggs)를 모델로 한 장편소설이다. 작가 후기에는 이 작품이 참고한 선행자료로, '김진수 한국계 미군 주일쿠바대사관 망명 사건: 1967-68'이란 비밀해제 외교문서, 고경태가 쓴 추적 기사인 「망명객 혹은 '홈리스' 김진수」(《한겨레21》, 1010호, 2014년 5월 12일), 훗다 요시에의 소설인 「이름을 깎는 청년」, 김진수에 대한 파편적 회고도 나오는 테리 휘트모어의 『MEMPHIS-NAM-SWEDEN』(1971) 등이 친절하게 언급되어 있다.[1] 김진수는 한국전쟁 중에 부모를 잃고, 미군에 의해 입양되었다가, 미군이 되어 남한과 일본에서 근무한 후 베트남에 파병된다. 이후 휴가를 맞아 일본에 왔다가 탈영하여 주일쿠바대사관과 베헤이렌 활동가들의 집에 머물다가 소련을 거쳐 스웨덴까지 간 인물이다. 그의 대체적인 삶의 행적은 『총구에 핀 꽃』의 주인공인 손진호와 일치한다고 할 수 있다.

이 작품은 일종의 액자소설이다. 아들인 손기정이 아버지 손진호에 대해 쓴 소설이 내화라면, 그 아들이 초점화자 '나'로 등장하여 요나스 요나손이라는 스웨덴 이름을 가진 아버지와 함께 일본과 한국을 여행하는 지

1. 이외에도 김진수에 대한 자료로는 다음과 같은 것들이 존재한다. 권혁태, 「평화적이지 않은 평화헌법의 현실: 베트남 파병을 거부한 두 탈영병」, 《한겨레21》 878호, 2011년 9월 26일; 권혁태, 「국경안에서 탈국경을 상상하는 법: 일본의 베트남 반전운동과 탈영병사」, 《동방학지》 157호, 2012; 남기정, 「베트남 '반전탈주' 미군병사와 일본의 시민운동: 생활세계의 전쟁과 평화」, 《일본학연구》 36집, 2012; 권혁태, 「유럽으로 망명한 미군 탈영병 김진수」, 《황해문화》, 2014년 여름호.

금의 이야기가 외화로서 등장한다.[2] 아들의 노트북에는 "고아 손진호, 미국 학생 윌리엄, 미군 일병 윌리엄"(9)에 대한 소설 초고가 이미 저장돼 있다. 아들이 가지고 있는 탈주병 윌리엄에 대한 자료는 크게 세 가지이다. "대한민국 정부가 소장한 오래된 문서", "1970년에 발표된 일본 단편소설", "영어 회고록"(10)으로서, 이것은 작가가 후기에서 밝힌 자료와 일치한다. 홋타 요시에의 소설에 대해서 손진호와 아들이 함께 이야기를 나누기도 하며, 앞에서 이야기한 세 가지 자료들의 원문이 변형되어 등장하기도 한다. 외화는 주로 아들이 기존 자료가 얼마나 사실에 근접한가를 물으면, 아버지가 기존의 오류를 바로잡는 형식으로 되어 있다. 이러한 서술 양식은 이 작품이야말로 손진호의 삶을 가장 사실에 가깝게 복원했다는 인상을 주기에 충분하다.

이미 완성된 기록들을 복기하는 수준이라면, 굳이 소설을 창작할 필요는 없을 것이다. 김진수의 실제 삶을 복원하는 것이 목적이라면 평전이 오히려 적합하기 때문이다. 그럼에도 굳이 소설로 창작한 것은 사실을 뛰어넘는 진실을 전달하고자 하는 작가적 소명 때문이라고 할 수 있다. 그것은 지금 아버지의 삶을 소설로 남기고 있는 아들의 다음과 같은 말을 통해서도 알 수 있다.

이 세상 그 누구의 이름으로도 능수능란 발언할 수 있는 사람이 작가입니다. 그 수단이 허구라는 것이고, 허구란 바로 작가의 상상력을 담아내는, 작가가 자유자재 변형할 수 있는 그릇이고, 그 그릇이 최후로 담아내야 하는 실

2. 스웨덴에서는 말뫼의 코쿰스조선소에서 일하다가, 조선소가 문을 닫은 뒤에는 음악가게를 하며 "부부문제나 경제문제의 번뇌라곤 없이 행복하게"(296) 살아왔다.

체는 어떤 사실들의 배후를 관장하는 진실과 그 진실의 핵을 이루는 인간의 문제입니다.(18)

결국 이 소설 『총구에 핀 꽃』은 작가의 상상력을 통해 김진수의 '삶의 배후를 관장하는 진실과 그 진실의 핵을 이루는 인간의 문제'를 탐색하는 가운데 손진호라는 문제적 인물을 빚어냈다고 볼 수 있다. 이를 위해 작가는 자신만의 고유한 사유와 상상력으로 새로운 서사를 조형해내기 위해 심혈을 기울였으며, 분명한 성과를 내고 있다. 가장 중요한 것은, 4장에서 더욱 구체적으로 논의하겠지만, 송정원을 새롭게 만들어서 새로운 주제의식을 창출하였다는 점이다. 그리고 베트남 전투의 모습, 쿠바대사관에서의 구체적인 생활, 홋카이도 여행, 송정원과 '굴집'이 있었던 포항제철과 포항 방문 등을 통하여 평화에 대한 염원이라는 작가의 메시지를 보다 분명하게 보강하였다.

타이피스트 특기병이었던 김진수와 달리 손진호를 첨병분대 전투원으로 새롭게 조형함으로써 베트남전의 비극을 더욱 선명하게 보여준 것도 주목할 지점이다. 손진호의 상관인 백인 중위 토마스는 해병 중대장이었던 친형이 베트남 정글에서 전사했고, 오랜 친구가 마을 수색 중 절름발이 소년이 던진 수류탄에 즉사했다는 소대장이다. 이로 인해 베트남 사람들에게 유별난 적개심을 가지고 있다. 저격병에게 소대원이 부상당한 이후 토마스 중위는 소규모 평정작전을 벌인다. 여기서 베트콩으로 추정되는 젊은이 둘을 죽이고, 물소 다섯 마리를 사살하고 그것을 항의하러 덤벼드는 남녀 노인 다섯을 덤으로 쏘아 죽인다. 그것은 "죽었거나 병신으로 전락한 전우들에 대한 복수심을 투명가면처럼 덮어쓴 인간들이 보잘

것없는 사냥을 즐긴 흔적"(91)으로 설명된다.[3]

다음으로 홋카이도와 관련한 서사가 첨가된 것도 중요한 의미를 지닌다. 1968년 4월 탈영병 손진호는 고바야시라는 대학원생의 안내를 받는데, 그는 아이누족 피가 섞여 있다. 고바야시를 통해서 아이누족이 겪은 통한의 역사가 가슴 아픈 원경(遠景)으로 드러난다. 2018년 6월에는 아바시리 감옥박물관을 방문하는데, 그곳에서는 징용에 끌려갔던 손진호 할아버지 이야기가 첨가되어 세대를 뛰어넘는 한국 현대사의 비극적 디아스포라가 환기된다. 아이누족의 이야기나 아바시리감옥(網走監獄)에 수감되었던 할아버지의 이야기는 손진호의 삶과 어우러져 제국주의로 전환된 일본이라는 민족국가의 어두운 그림자를 분명하게 보여준다. 이외에도 손진호가 고등학교 시절 인종차별을 당하고 그들에게 사적인 보복을 하거나, 손진호(미국명 윌리엄 다니엘 맥거번)가 샌프란시스코주립대학(SFSU) 학생이 되어 샌프란시스코의 히피문화에 깊이 빠져드는 내용이 새롭게 첨가되었다. 이러한 히피문화는 "물질적인 욕망을 절제하는 것, 과소비를 거부하는 것, 사회적인 속박에서 벗어나는 것, 꽃을 사랑하고 꽃의 상징을 인간의 영혼에 심어주는 것, 이러한 추구가 왜 야만이란 말인가? 아니, 세상을 위한 정의가 아닌가?"(54)라고 하여, 이후의 행적을 뒷받침하는 중요한 하나의 원천이 된다.

작가 이대환은 한국 현대사와 세계사에 대한 웬만한 지식과 성찰로는 감당할 수조차 없는 서사를 『총구에 핀 꽃』에서 훌륭하게 펼쳐 보이고 있다. 이러한 서사는 무엇보다도 진정한 평화를 염원하는 작가의 고민이 그

3. 일본으로 휴가를 나왔을 때, 손진호는 자신이 받은 병사 월급과 전투수당을 "국가가 떠맡긴 청부살인에 대한 수고비"(160)로 규정하기도 한다.

만큼 깊고도 집요했기 때문에 가능했을 것이다. 이제 그 치열한 문학혼이 우리 시대와 함께 공유하고자 하는 '진실과 그 진실의 핵을 이루는 인간의 문제'를 보다 구체적으로 살펴볼 차례이다.

2. 베헤이렌과 손진호

손진호의 탈영 이후 삶에서 가장 중요한 비중을 차지하는 단체는 바로 베헤이렌(베트남에 평화를! 시민연합ベトナムに平和を!市民連合)이다. 처음으로 김진수의 삶을 소설화한 홋타 요시에(1918-1998)[4]의 「이름을 깎는 청년(名を削る青年)」은 베헤이렌의 관점에서 김진수의 삶이 받아들여지는 방식을 잘 보여준다. 그것은 국가에 대한 저항과 개인의 존엄에 대한 인정으로 정리해 볼 수 있다.

「이름을 깎는 청년」은 한국 이름 박정수와 미국 이름 윌리엄 조지 맥거번을 동시에 거부하는 탈영병을 그리고 있다. 이 탈영병 청년은 자신의 이름에 매우 민감하게 반응한다. 작품 속에서 탈영병은 단지 청년으로, 그를 돌보는 일본인은 남자로 호칭될 뿐이다. 청년은 한국이나 미국을 거부하는 차원에서 나아가 국가 일반을 부정한다. 결국 청년은 미군 신분증명서(identity card)를 태워버리고, "나는 나야. 다른 누구도 아니야."[5]라고 선언하는 것이다. 결국 이 청년이 깎고 있던 이름이란 다름 아닌 국가였

4. 홋타 요시에는 1968년 1월 7일부터 10여 일을 김진수와 함께 자신의 자택에서 지냈다.(고경태, 「새장을 뚫고 스웨덴으로: 김진수의 탈출과 망명」, 『1968년 2월 12일』, 한겨레출판, 2015, 308면)

5. 홋타 요시에, 심정명 옮김, 「이름을 깎는 청년」, 《지구적 세계문학》 2017년 봄호, 149면.

던 것이다. 이 작품은 제3국으로 망명하여 "나는 나를 위한 적당한 이름을 직접 지을 생각이야."[6]라고 선언하는 것으로 끝난다.

홋타 요시에의 글은 베헤이렌의 이념에 그대로 맞닿아 있다. 베헤이렌은 탈주병들이 국가라는 공동체의 명령을 거부한 자들이고 이들을 돕는 행위 또한 국가를 극복할 것을 요구한다고 보았다. 베헤이렌이 운동의 방법으로 주창한 시민적 불복종이나 비폭력 직접행동은, 자기자신의 양심 또는 자각이 국가의 법률보다 우선한다는 발상에서 나온 것으로 철저한 '개인원리'의 발견과 실천을 강조하였다. 그것이 최종적으로는 탈주병과 함께 '국경을 넘는 행동'과 '시민적 불복종의 국제적 연대행동'으로 나타났던 것이다.[7]

『총구에 핀 꽃』에서도 베헤이렌 운동체를 "조직보다는 개개인, 국가보다는 인간 개체, 그 작은 인간의 자발성을 중시하는 원리가 지배"(174)하고 있었다고 이야기한다. 손진호를 도와준 모든 이들은 베헤이렌의 이념에 적극적으로 동조하며 이를 실천한 사람들이다. 스시집의 늙은 요리사는 "베트남에 평화를! 베트남은 베트남 사람에게 맡기자!"(164)라는 신념을 갖고 있다. 손진호는 죽이는 의무를 강요하는 것은 "국가"(167)이며, 죽이는 의무에서 벗어나는 길은 "개인"(167)으로 돌아가는 것이라고 생각한다. 홋카이도에서 손진호를 안내해주었던 고바야시도 "국가나 거대폭력이 평화를 파괴할 수 있지만, 작은 인간의 영혼에 평화가 살고 있다면 평화는 패배하지 않는다. 당신의 그 신념을 오래 기억할 겁니다."(257)라고 말한다.

6. 앞의 글, 155면.

7. 남기정, 「베트남 반전탈주 미군병사와 일본의 시민운동 : 생활세계의 전쟁과 평화」, 《일본학연구》 36집, 2012.

베헤이렌에 대한 손진호의 생각이 예리하게 돋아난 곳은 1968년 봄날에 손진호가 홋카이도에서 소련으로 탈출하기 전에 그것을 주선해준 베헤이렌의 '선생님'[8]에게 남긴 편지이다. 『총구에 핀 꽃』에서 그 오래된 편지는 '선생님'의 미망인으로서 2018년 6월에 손진호 부자(父子)와 홋카이도 여행을 함께하는 강 여사가 "주인에게 돌려주기로 하자"(301)며 그의 손에 넘겨준다.

저의 꽉 막힌 삶에 구멍을 만들어주신 선생님을 어찌 잊을 수 있겠습니까? 선생님이 미군 항공모함 곁에서 핸드마이크로 탈영하라고 외치는 모습을 뉴스로 보았습니다. 그때 생각했습니다. 저것은 다윗의 돌멩이냐, 돈키호테의 창이냐. 지금, 저는 확실히 깨닫고 있습니다. 선생님의 용기와 행동이, 평화의 투쟁이 국가에게는 돈키호테의 창에 불과할 수 있겠지만, 손진호 또는 윌리엄이라는 작은 인간에게는 틀림없이 다윗의 돌멩이였습니다.(307)

손진호는 미국에 머물 때에도 국가보다 개인에 더 큰 가치를 부여한다. 윌리엄(손진호의 미국 이름)의 자기정체성 정립 문제는 "'국가와 나'의 관계 설정"(34)과 맞물려 있다. 그에게 한국은 "태어난 국가"(34)일 뿐이며, 미국은 "부채의식"(35)을 느끼게 하는 국가일 뿐이다. 고등학교 시절에 윌리엄은 이미 "국가가 없는 개인의 존재는 불가능한 것인가?"(36)라는 의문을 갖는다. 최종적으로 윌리엄은 "나에겐 국가가 없다. 국가 없이도 개인은 존재할 수 있다. 개인의, 작은 인간의 존재이유가 국가의 구성원이 되

8. 이 '선생님'은 베헤이렌 운동을 주도한 작가이자 시민운동가인 오다 마코토(1932-2007)를 모델로 한 인물이며, 이대환은 작가 후기에 오다 마코토에게서 '김진수' 이야기를 처음 듣게 되었다고 밝혀놓았다.

는 데 있는 것은 아니지 않는가."(37-38)라고 입장을 정리한다. 그리고는 "자유의 작은 인간", "국가 없는 개인"(38)이 되기를 결심한다.

손진호는 주일쿠바대사관에 머물면서, 자신은 어린 시절에 노고지리를 풀어줬지만, "저를 잡고 있는 국가라는 손아귀는 저를 풀어줄 기미도 없고 기약도 없"(194)다고 괴로워한다. 국가를 벗어난다는 것은 그렇게 쉬운 일은 아니어서, 미국이나 일본은 말할 것도 없고 어린아이 때 떠난 한국이지만, "그 국가에도 여전히 묶여 있었던"(190) 것이다.

일흔세 살의 노인이 되어서 쉰한 해 만에 처음으로 다시 일본을 찾아온 손진호는 베헤이렌 활동가였던 강 여사와 모든 일정을 함께 하고 있다. 둘은 죽이 잘 맞는데, 둘 다 "국경을 초월한 세계시민의 길을 꿈꾸는 노인"(149)이라는 점에서 공통된다. 그리고 세계시민의 이념이란 간단하게 "인류평화"(151)로 설명된다. 동시에 둘 다 "작은 인간이 세계평화와 민주주의의 가장 중요한 알갱이"(152)라고 생각하는 사람들이다. 근대 국민국가를 넘어선 세계평화의 희구, 그리고 이를 실천하기 위한 거점으로서의 '작은 인간, 개인'에 대한 강조는 손진호의 삶을 일관하는 핵심적인 사상이라고 할 수 있다.

3. "아닙니다. 개인의 자유를 추구합니다."

『총구에 핀 꽃』에서 그려진 손진호가 기존의 자료에 등장하는 김진수와 선명하게 차이나는 지점들이 존재하는데, 이것이야말로 작가가 소설을 통해 말하고자 하는 '삶의 배후를 관장하는 진실과 그 진실의 핵을 이루는 인간의 문제'일 것이다. 가장 도드라지는 것은, 김진수에게서 공산주의적 지향을 거세했다는 점이다. 이것은 정치적으로 해석될 수 있는 기존 자료에 대해 아들이 물어본 후에, 그 자료의 잘못을 손진호의 입을 통해 바로잡는 방식으로 이루어진다. 이것은 손진호의 중요한 삶 대목마다 나타나며 매우 꼼꼼하게 이루어진다. 훗타 요시에의 소설에는 탈주병이 콜라를 아메리카제국주의라 부르는 대목이 나오는데, 손진호는 그것은 사실이 아니며 그 작가가 그렇게 불렀던 거라고 회고하고, 아버지의 외롭고 고달팠던 젊은 날의 여정을 소설로 창작하고 있는 아들이 "작가가 허구의 특권을 작게 한 번 써먹었던"(47) 것이라고 확인할 정도이다.

망명 동기가 "미국의 월남 침략전쟁을 직접 체험하고 동전쟁을 증오한 것"(183)이라고 되어 있는 정부의 비밀해제 문서를 아들이 보여주자, 손진호는 이것이 사실과는 다르다고 말한다. 망명 동기를 묻는 쿠바대사관 직원에게 "모든 전쟁을 인간의 이름으로 증오해야 한다."(183)라는 말을 전제했다는 것이다. 그러나 쿠바대사관 직원은 그러한 전제를 생략하고 "쿠바라는 국가의 자존과 위신을 위해 대외 공표용으로는 오직 '반미'만 내놨던 거"(184)라고 바로잡는다.

손진호가 쿠바대사관을 나온 뒤에 도쿄 한국대사관에서 서울 외무부로 보낸 전문에는 다음과 같은 내용이 나온다.

아사히, 산케이 등 보도에 의하면, 1월 17일 일본 반전운동가들이 기자회견을 통해 손진호는 쿠바대사관에서 나온 직후에 총평회, 조총련 등과 의논한 후 자신들을 찾아와 제3국 탈출의사를 밝혔고, 이를 존중한 그들이 동인을 외국 선편에 승선시키는 데 성공했다고 하며, 기자회견에서는 동인이 미국의 월남 침략을 비난하는 성명서를 낭독하는 기록영화도 보여줬다고 함. 동인이 선택한 국가 등에 대한 기자의 질문에는 동인이 북한으로 들어가기를 원하였다고 답함. '불길한 예측'이 본 케이스의 결말이 될 수 있음. (217)

이 전문에는 손진호가 쿠바대사관에서 나온 후에 총평회, 조총련 등과 의논한 것이나 북한으로 들어가기를 원하였다고 답했다는 등의 정치적 내용이 포함되어 있다. 『총구에 핀 꽃』에서는 이 민감한 내용이 모두 미군 탈주병 하나를 안전하게 숨겨주기 위한 "연출"(214)로 새롭게 규정된다. 쿠바대사관을 몰래 빠져나와서 일본노총, 조총련 본부를 거쳐 베헤이렌에 선이 닿았다는 것은, 스시집 늙은 요리사를 통해서 베헤이렌에 선이 닿은 것으로 재조정되는 것이다.[9] 1967년 12월 29일에 쿠바대사관을 빠져 나온 윌리엄 일병은 노동단체나 조총련에 가지 않고, 대신 늙은 요리사를 찾아간다. 그날 밤에 요리사의 집을 찾아온 작가의 집에 가서 한 달 넘게 지낸 후에는, 고베, 오사카, 교토를 거쳐 다시 도쿄로 올라간 것으로 그려진다.

늙은 요리사의 집에는 두 개의 흑백사진이 벽에 걸려 있다. 하나는 중일전쟁 때 난징 대학살에 참여했던 늙은 요리사의 사진이고, 다른 하나는 태평양전쟁 때 과달카날 전투에 참전했던 요리사의 아들 다나카 마사히로의 사진이다. "부디 아버지처럼 죽이지도 말고, 부디 아들처럼 죽지도 말라"(231)는 것이, 바로 그 사진이 전하는 "반전과 평화"(231)의 메시지인 것이다. 이것이야말로 탈주의 "진정한 이유"(226)로까지 제시된다. 이 늙

9. 김진수가 일본공산당 본부와 조총련을 거쳐 쿠바대사관으로 갔다(고경태, 앞의 글, 309면, 권혁태, 앞의 글, 330-331면)는 증언도 존재한다.

은 요리사가 차지하는 비중은 손진호에게 야기 노부오라는 일본 이름을 지어주는 것에서도 알 수 있다.

기존의 논의들은 김진수가 중국을 거쳐 북한에 가기를 희망했다고 보고 있다.[10] 그러나 이대환의 소설에서 손진호가 유일하게 북한행에 관심을 갖는 것은 혹시나 아버지를 만나볼 수 있을까 하는 기대 때문이다. 오히려 손진호는 여러 가지 방법을 통해 북한, 중국, 소련과 같은 공산주의 국가를 거부하기 위해 노력하는 모습으로 그려진다. 망명을 지원하는 안내자가 당신을 며칠 뒤에 고베에서 중국으로 탈출시킬 선박을 알아보고 있었다는 말을 하자, 손진호는 바로 "중국으로? 그 다음은 평양? 누가 그걸 마음대로 정하는 거냐?"며 "몹시 퉁명스럽게"(158) 반응한다. 손진호는 중국에 정착하거나, 베이징을 거쳐 평양으로 들어가는 것이 일본에서 하루빨리 벗어날 수 있는 길이였더라도, 자신은 "반대"(159)했을 거라고 자신 있게 말한다. 손진호는 이미 문화혁명의 야만성과 폭력성을 알고 있었으며, "선전도구로 나서게 되는 나의 존재를 끔찍하게 생각하는 탈주병 청년"(159)이었던 것이다.

김진수의 육성을 그대로 들을 수 있는 자료는 거의 남아 있지 않다. 그중에도 가장 자세하게 그 내면이 표현된 것은 1968년 3월 1일에 발표된 「미국, 일본 그리고 세계의 인민에게 보내는 메시지」를 들 수 있다. 다음에 인용하는 김진수의 성명서에는 베트남전과 한반도의 상황을 바라보는 김진수의 선명한 정치적 감각과 인식이 드러나 있다.

10. 이전 문헌들에는 김진수가 "일본 공산당 내 마오쩌둥 혁명노선을 신봉하는 그룹의 주선으로 중국을 경유해 북한으로 갈 계획"(고경태, 앞의 글, 310면. 권혁태, 앞의 글, 332면)으로 1월 19일 고베에서 비밀리에 중국 배에 승선한 적이 있다고 말한다.

게다가 나는 오늘날의 한반도의 비극을 없애는 데 도움이 되어, 확실한 변혁의 가능성을 가져다줄 수 있는, 그래서 현재의 한반도 사람들에게 재통일이 받아들여질 수 있는 뭔가를 해야 한다고 결심했습니다. 그래서 나는 내 마음을 전하기 위해 탈영이라는 길을 택한 것입니다.

다시 반복하자면, 베트남전쟁은 잘못되었고 그 종결은 지금 미국이 원하는 노선으로 이루어져서는 안 됩니다. 또 남한에서 내가 지금까지 봐왔던 것에서 판단하자면, 만에 하나 미국이 베트남에서 승리하는 것은 바람직하지 않다고 생각합니다. 베트남 민족은 두 개로 분단되어 있습니다. 그리고 미국이 던져주는 물자와 그 군대에 의한 점령 앞에 어쩔 수 없이 자신의 운명을 맡길 수밖에 없는, 견딜 수 없는 상태에 놓여 있습니다. 소수의 사람들에게 이익이 될 수는 있어도 민족국가의 해체 이외에는 그 어느 것도 가져다주지 않는 상황입니다. 그런 상황이 아니라 오히려 베트남 인민의 민족국가의 이익을 위해 움직이는 북베트남 정부하에 통일되는 것을 바라고 있습니다. 이 것이야말로 한반도의 교훈이라고 생각합니다.[11]

김진수는 베트남전쟁에서 분명하게 미국을 반대하고 대신 북베트남 주도의 통일을 원하고 있다. 또한 위의 성명서는 한국에서 미군으로 근무한 경력이 있는 김진수가, 당시의 한국을 남베트남과 비슷한 상황으로 인식하고 있음을 보여준다. 그런데 『총구에 핀 꽃』의 손진호는 도쿄를 떠나기 전에 읽은 성명서의 내용 중에서 "베트남에 평화를 보장하라. 베트남은 베트남인의 손에 맡겨라. 평화를 갈망하고 사랑하는 사람은 베트남전

11. 김진수, 「미국, 일본 그리고 세계의 인민에게 보내는 메시지」, 《베헤이렌 뉴스》, 1968.3.1. 권혁태, 앞의 글, 345면에서 재인용.

쟁에 반대하라."(306)라는 말만 "틀림없는 진심 그대로"(306)이고, "다른 거창한 비난이나 비판"은 "계산적인 의도"(306)가 담긴 말이었다고 '선생님'에게 쓴 편지에 남겨둔다.

또한 소련에서의 국제기자회견에서 손진호는 "세계의 모든 분쟁과 침략을 근본적으로 해결하는 유일한 방법은 소련이 가지고 있는 모든 핵무기를 미국에 퍼붓는 겁니다."(274)라고 발언하여 충격을 준다. 그러나 손진호는 아들에게 자신이 그 핵폭탄 발언 전에 앨런 긴즈버그의 「아메리카」라는 시의 "아메리카, 언제 우리 인류의 전쟁을 끝낼 거지? 가서, 너의 핵폭탄과 섹스나 하라고!"(275)라는 구절을 먼저 들려줬으며, 언론이 자신을 그만 불러내게 하고 모스크바의 북한대사관에도 자신의 엄청난 위험성을 통보하기 위해 그러한 발언을 했을 뿐이라고 증언한다. 모스크바에서 호텔로 찾아온 북한대사관 일꾼이 "미제의 심장에 비수를 꽂은 청년은 공화국의 영웅이 되어 마땅하다"(271)고 했을 때는 "비수, 영웅, 그게 내 몸의 어딘가를 찌르고 내리치는 것 같았다."(271)고 회고하며, 레닌그라드에서 호텔로 찾아온 북한대사관 일꾼이 다시 평양으로 들어가자고 권유했을 때는 미국말로 "미군 탈주병들과 함께 유럽의 어디서든 반제, 반미, 베트남 평화를 위해 살아가기로 결심하고 있"(280)다고 동석한 소련 관리에게 침착하고 당당하게 밝힌다. 그리하여 스웨덴에서 입국 심사 관리가 "당신은 공산주의를 추구합니까?"(284)라고 물었을 때, "아닙니다. 개인의 자유를 추구합니다."(284)라고 단호하게 대답하는 인간, 그것이 바로 이대환에 의해 새롭게 형상화된, 김진수에 겹쳐진 손진호이다.

그동안 탈영병 김진수는 홋타 요시에의 작품에서도 알 수 있듯이, 근대 국민국가를 넘어서서 평화를 열망한 존재로 그 위상이 부각되었다. 2장에서 살펴보았듯이, 『총구에 핀 꽃』에서도 그러한 측면은 충분히 드러나 있다. 작가는 국민국가의 구체적인 사례로서 미국뿐만 아니라 당시 세계 권력 지형의 한 축을 담당하던 현실 공산주의 국가들도 포함시킨다. 이를 통해 손진호의 평화에 대한 열망과 개인(작은 인간)에 대한 강조는 이전의 자료에 등장하는 김진수보다도 더욱 보편성을 지니게 되었다고 볼 수 있다.

4. 귀향을 위한 탈향

『총구에 핀 꽃』이 김진수에 대한 기존의 문헌과 근본적으로 차이 나는 지점은 바로 여로라고 할 수 있다. 이전의 문헌에서 김진수는 '한국-미국-한국-일본-베트남-일본-소련-스웨덴'의 여로를 밟아 나갔지만, 이 작품에서 손진호는 김진수와 달리 '한국-미국-베트남-일본-소련-스웨덴-일본-한국'의 여로를 밟아 나간다. 한국과 일본에서 미군으로 근무한 것은 삭제되었으며, 일흔세 살이 된 지금 다시 일본과 한국을 방문하는 것은 새롭게 첨가되었다. 완전한 귀국은 아니지만 작품에서 손진호의 최종적인 귀착점은 한국이다.

최종 귀착점이 한국인 것과 손진호의 어린 시절이 매우 중요한 비중으로 다루어지는 것은 서로 긴밀하게 연관되어 있다. 그동안의 자료에서는 단지 전쟁고아로 비참하게 지내다가 미군에게 입양된 것으로만 되어 있지만, 이대환은 여러 가지를 덧붙여 풍성한 서사를 만들어내었다. 사실 이 어린 시절이야말로 손진호의 과거와 현재, 그리고 어쩌면 미래까지도 결정짓는 핵심적인 심급인지도 모른다.

우선 주목할 것은 베트남전에서 탈영하게 된 핵심적인 계기를 어린 시절 경험한 어머니의 죽음과 연결시켰다는 점이다. 손진호의 아버지는 경찰이었다가 대구 근처 전쟁터로 불려나간 뒤에 모든 소식이 끊긴다. 피란길에 어머니는 인민군 포탄인지 미군 함포인지 알 수 없는 포탄을 맞고 피가 낭자한 채 죽었다. 이러한 어머니의 모습은 손진호가 끝내 베트남전을 벗어나 탈영할 수밖에 없는 중요한 동인이 된다. 전쟁터에서 총을 맞고 죽은 여자의 시신을 보며 손진호는 "포탄 파편이 목에 박혔던, 얼굴조차 떠올릴 수 없는, 흥건히 피에 젖은 가슴으로 남은 어머니"(88)를 떠올린다. 베트남에서의 마지막 전투에서도 목표물과 총구 사이에 "낯선 여자가 기우뚱하게 버텨서 있"(144)는 것을 보는 체험을 한다. 그 여자는 "지난번 작전 때 나뭇가지에서 떨어졌던 저격수 여자인가, 도저히 얼굴을 그려낼 수 없는 어머니인가."(145)라는 생각을 불러일으킨다. 그리고 그 순간 "밤하늘의 별 하나가 떨어져 총구를 막아버리는 듯했다."(145)고 느낀다. 실제로 그 별은 꽃으로 변모해, 손진호는 총구에 꽃을 꽂고, 그 모습은 사진으로 찍혀 시사지의 표지를 장식한다.[12] 일본에서도 "한국전쟁의 고아 출신이 죽이는 의무에 충실해서 베트남전쟁의 고아들을 만들지 않았는가?"(164)라고 자책한다.

나중에 스웨덴에서 경찰서 심문을 받을 때, 왜 탈영을 했느냐는 질문에 "평화니 반전이니 정해진 정답"(294)과 같은 이유들을 설명한 다음에 자신의 진짜 마음을 이야기한다. 그 답변의 핵심에도 어머니가 존재한다.

12. 그 사진에는 "'총구에 꽃을 꽂은 병사'라는 대문자들과 그 밑에 깔린 '베트남의 평화를 갈망하는 병사의 퍼포먼스'라는 소문자들"(9)이 쓰여 있다.

당신이 다섯 살이나 여섯 살이었을 때, 만약 당신의 어머니가 당신을 데리고 피란을 가는 길에 어디선가 쉬고 있다가 한순간에 포격을 맞아 처참하게 피를 흘리며 죽었다고 가정해 보자. 이웃 사람들이 다시 출발하기 전에 그 어머니를 근처 땅에다 아무렇게나 묻었다고 가정해 보자. 그런 기억을 가진 당신이 베트남전쟁에 나가서 어느 어머니를 사살하게 된다고 가정해 보자. 그러면 당신은 어떻게 하겠느냐? 당신의 기억에 살아 있는 그 처참한 당신의 어머니를 그 허술한 무덤에서 불러내 다시 죽일 수 있겠느냐?

경찰은 눈시울을 붉혔다. 그리고 문답의 주체가 환원되었다.

그것이 당신의 진실한 사연이냐?

그렇다.(294-295)

손진호가 베헤이렌의 정신적 지주로 그려지는 '선생님'에게 쓴 그 편지에도 "더 죽여야 한다고 했을 때, 그 앞길을 막아선 이는 피투성이 어머니였습니다. 어머니는 한국전쟁 때 포탄 파편에 맞아 숨을 거두었고, 흠뻑 피에 젖은 그 가슴으로 아들의 기억에 남았습니다."(306)라는 진술이 등장한다.

다음으로 어린 시절은 어머니의 처참한 시체로 표상되는 전쟁의 상처와 더불어 천국과도 같은 송정원의 낭만적 추억이 가득한 곳이다. 흰 수염 푸른 눈 신부가 원장으로 있는 이곳의 생활은 매우 낭만적으로 그려진다. 노고지리 이야기, 바다로 들어간 소 이야기, 수녀님들의 다듬이질 소리, 어린이날 운동회, 영희와의 풋사랑 등 작가가 공들인 여러 가지 아름다운 일화들이 잔잔하게 펼쳐진다. 베트남에서 손진호는 "수녀원의 고아원에서, 조그만 학교에서 부모 없이 살았던 그 시절이 훨씬 더 좋았어.

그 시절을 돌아봐야만 내 마음에 묻은 피를 어느 정도는 씻을 수 있을 거야."(94)라고 말하기도 한다. 이러한 이상적인 어린 시절의 추억이 손진호를 끝내 한국으로 불러낸 것이라고 볼 수도 있다.[13]

이처럼 어머니와 아버지, 그리고 고향으로서의 한국은 손진호라는 존재의 중핵을 구성한다. 이와 관련해 손진호가 대부분의 인간관계를 가족관계, 그중에서도 부자관계로 인식하며 그것을 매우 중요시한다는 점은 주목할 만하다. 의지할 곳 없는 부랑아가 된 손진호가 벨라뎃다 수녀를 따라서 송정원에 가기 전에 머물던 '굴집'에는 육손이 형이 있는데, 그는 "굴집의 가장이고 대장"(22-23)으로 설명된다. 송정원에 왔을 때 큰형 역할을 하는 열일곱 살 청년 안드레아는 "이제는 '아버지'의 아들로서 모두가 대가족의 일원이라고 생각해야 한다."(97)고 당부한다. 히피문화에 젖어 있던 손진호는 "양친에 대한 은혜 갚기와 미국에 대한 신세 갚기를 한꺼번에 해결하는 기분"(71)으로 입대를 결심한다. 탈영 이후에도 손진호는 반복해서 "양부모를 생각하지 말자."(179)고 다짐한다. 심지어 손진호는 일흔세 살을 먹은 지금도, 모스크바에서 북한대사관 일꾼이 "당신의 아버지가 평양에서 기다리고 계신다고 했더라면, 설령 그것이 거짓말이었다고 해도 그런 말을 했더라면, 나는 프로파간다를 각오하고 평양을 갔을 겁니다."(292)라고 고백할 정도이다. "생사를 모르는 아버지에 대한 그리움은 체념도 되지 않았던"(293) 것이다. 지금 그의 여행이 아들과 함께

13. 작품의 마지막은 어린 시절을 보낸 포항에 아들 손기정과 함께 가는 것이다. 그곳에서 송정원과 송정분교의 자리였던 포항제철, 벨라뎃다 수녀의 지갑을 날치기했던 시장 골목, 육손이형의 굴집, 심지어는 어머니를 묻었던 곳으로 추정되는 장소까지 들른다. 포항에서 마지막으로 가닿은 지점은 흰 수염 푸른 눈 신부의 묘소이다.

이루어지고 있다는 점도 주목할 필요가 있다.

아버지는 보통 대타자의 상징으로서 기존의 사회질서나 권위를 의미하는 경우가 적지 않다. 손진호가 늘 의식하며 살아가는 다양한 아버지들은 언제든지 국가라는 대타자로 수렴될 가능성도 존재한다. 이와 관련해 한국을 방문한 손진호가 최종적으로 가닿는 지점이 현충원이라는 사실도 결코 가볍게 넘겨볼 수는 없다. 그는 아들과 함께 월남전에서 전사한 "육군 병장 송기수의 묘"(329)를 찾아가는데, 물론 이때의 송기수는 손진호의 꿈에 나타나 탈영을 권유하던 죽마고우이다.[14] 그렇다 하더라도 현충원에 가서 술을 올리는 손진호의 모습에는 전면에 드러난 탈국가에의 상상력 이면에 놓인 국가에의 상상력이 결코 만만치 않음을 증명하는 것인지도 모른다.

5. 흰 수염 푸른 눈 신부

그렇다면 세계 최강대국인 미국도 거부하고, 또 다른 대안으로서의 공산주의 국가도 부정하며 전 지구를 떠돌다시피 한 손진호의 그 힘든 삶은 결국 한국인이 되기 위해서였던 것일까? 이와 관련해 『총구에 핀 꽃』의 진짜 아버지라고 할 수 있는 '흰 수염 푸른 눈 신부'의 성격에 주목할 필요가 있다. 흰 수염 푸른 눈 신부는 손진호의 "아버지"(316)로 호칭된다. 그

14. 손진호는 통역 임무로 맹호부대 소속의 중대전술기지에 갔다가 송정분교에 다니던 시절 단짝이었던 송기수를 만난다. 송기수는 도쿄 인근으로 휴가를 나온 첫날 밤 손진호의 꿈에 나타나 "도망쳐라, 어서 빨리 도망쳐라."(330)는 의미의 손짓을 하였다.

묘소 앞에서 손진호는 "젊은 날들의 저는" "그저 희미하게 알아차리고 있었지만" "고향을 상실하고 정처없이 떠도는 방랑자가 아니라, 상실한 고향을 찾아 기나긴 여행을 수행"했던 것이라며 "저의 여행"은 "한 개인의 영혼을 구원해준" "평화를 위한, 평화에 의한, 평화의 여행"이었다고 토로하고 모든 감사를 "아버지께 바칩니다."(316-317)라고 이야기한다. 결국 지구를 한 바퀴 돌다시피 한 손진호의 여정은 '흰 수염 푸른 눈 신부'의 손바닥 안에서 이루어진 것이었다고도 볼 수 있다.

여기서 주목할 것은 프랑스 노르망디에서 태어나 1차 세계대전에 4년간 참전했던 신부의 이름이 등장하지 않는다는 점이다. 이 작품에 등장하는 거의 모든 인물들이 이름을 가지고 있는 것과 달리, 그는 시종일관 '흰 수염 푸른 눈 신부'로 불릴 뿐이다. 그러나 이 작품의 사상이라 할 수도 있는 신부님의 이름만 없다는 것은 상당히 의미심장하다. 이러한 무명(無名)의 존재는 국가라는 상징계를 벗어난 절대적인 존재를 강조하기 위한 설정이라고 볼 수는 없을까? 송정원의 핵심인물인 수녀님과 큰형도 한국명 대신 벨라뎃다와 안드레아라는 세례명으로 불려진다.

'흰 수염 푸른 눈 신부'는 아이를 특정한 목적을 위한 수단으로 활용한 것에 대하여 통곡하는 사람이다. 신부님은 정부의 부당한 처사에 대항하기 위해 아이들을 관공서에 데려간 적이 있었다. 그날 신부님은 "어린 양들을 투쟁의 도구로 활용"(318)한 것을 자책하며 통곡을 한다. 이러한 신부님의 태도는 인간을 수단이 아닌 목적으로 대하라는 칸트의 정언명령에 맞닿아 있다고 할 수 있다. 이러한 사고는 필연적으로 국가와 같은 공동체에 얽매인 도덕이 아니라 전인류적 차원의 윤리를 지향할 수밖에 없다. 실제로 신부님은 자신이 태어난 곳과는 무관한 포항의 바닷가에서 부모 잃은 아이들을 위해 자신의 삶 전체를 바친 것이다. 송정원은 국민국가를 뛰어넘어 세계의 평화와 개인의 존엄이 아름답게 살아 숨 쉬는 '오래된 미래'라고 할 수 있다.

다음으로는 손진호의 아들 손기정에 주목해 보아야 한다. 그는 『총구에 핀 꽃』을 창작하고 있는 주체일 뿐만 아니라 손진호의 모든 삶을 그대로 이어받은 존재이다. 마지막에는 "아버지의 아버지"(324)를 손진호 대신 떠맡으며, 송기수의 묘 앞에 올려진 석 잔의 소주잔 가운데 하나는 "손기정의 것"(330)일 정도로 『총구에 핀 꽃』의 미래에 해당한다고 볼 수 있다. 이러한 손기정이 한국 남자와 백인 여자 사이에서 태어난 외국인이라는 사실도, 『총구에 핀 꽃』이 맹목적인 국민국가 지향과는 거리가 있음을 보여주기에 모자람이 없다.

손진호가 지구적 규모의 여정을 통해 보여준, '전쟁에 저항하는 평화'와 '국민국가와 대비되는 개인(작은 인간)'이라는 의미는 새의 이미지를 통해 감각적으로 강조된다. 어린 시절 손진호와 송기수가 잡았다가 놓아준 노고지리, 그리고 2018년 남북의 정상이 판문점 도보다리에서 만났을 때 들려오던 새 소리가 그것이다. 판문점의 새 소리는 송기수와 헤어지던 날 밤에 들었던 수녀님들의 다듬이질 소리와도 연결되고, 그 소리는 손진호의 "영혼에 녹음된 평화의 목소리"(327)로 의미부여 된다. 손진호가 자신의 모든 것을 걸고 자유를 향해 나아갈 수 있는 "근원적인 어떤 힘"(327)은 바로 그 소리에서 비롯되었던 것이다.[15] 마지막 늙은 손진호 앞에 나타난 노고지리는 손진호의 여정이 결코 실패하지 않았음을, 나아가 반세기

15. 그 소리는 "누님의 말들"(324)과도 닮은 것으로 이야기된다. 손진호와 강 여사는 홋카이도 네무로에서 의남매를 맺는다(290).

가 지난 지금도 영원한 자유의 표상으로 우리 가슴에 살아 있음을 아름답게 보여준다.

베트남전은 베트남인은 물론이고 한국인에게도 너무나 큰 상처이다. 1964년 9월 비전투부대 파병을 시작으로 하여 1973년까지 총인원 32만여 명의 젊은이가 베트남에 파병되었으며, 이들 중 전사자만 5천 명이 넘는다. 또한 한국군이 베트남에서 저질러야 했던 수많은 폭력도 고스란히 국가의 부름에 따랐던 젊은이들의 영혼이 짊어져야 할 상처로 남았다. 1970년대부터 쓰인 베트남전 소설은 그 상처에서 울려 나오는 오열로 가득했다고 해도 과언이 아니다. 그 단말마적인 비명을 극복하고 베트남전의 사회 경제적 전모를 조금씩 조망하고, 가해자인 동시에 피해자였던 한국군의 정체성을 성찰하는 방향으로 나아간 것이 베트남전 소설의 기본적인 방향이었다고 할 수 있다. 이대환의 『총구에 핀 꽃』은 여기서 한 단계 더 나아가 전쟁을 낳는 근원적인 세계의 작동원리로서의 국민국가와 그것을 넘어선 평화의 가능성까지 진단하고자 했다는 점에서 그 의의가 매우 크다. 그 외롭지만 의로운 여정에 자신의 전 인생을 건 김진수는 이제 손진호라는 이름으로 평화를 원하는 모든 인류의 가슴에 시들지 않는 꽃으로 다시 피어났다.

〈아시아 문학선〉을 펴내며

우리는 무엇보다 언어에 주목한다.

지난 오 백 년 동안, 우리에게 알려진 세계의 언어들 중 거의 절반이 사라졌다고 한다. 에트루리아어, 수메르어, 컴브리아어, 메로에어, 콘월어, 음바바람어…… 지금 이 순간에도 지구 곳곳에서 수많은 언어들이 사라지고 있다. 소멸의 속도도 점점 빨라진다. 대신 그 자리를 영어와 또 하나의 언어, 그러나 기왕에 존재했던 어떤 언어와도 전혀 다른 종류의 기계어 '비트'가 메워 나가는 중이다.

한 가지 언어가 사라진다는 것은 무슨 뜻일까. 그것은 한 집단의 기억이 최후를 맞이한다는 뜻이다. 물론 성실한 언어학자들의 노력으로 운 좋게 몇몇 단어가 살아남을 수도 있다. 그렇지만 엄밀한 의미에서 그것은 살아 있는 언어가 아니다. 언어는 언어학자의 노트에 적히는 것만으로 생명을 보장받을 수 없다.

이제 우리는 이와 같은 일방통행의 역사에 작으나마 흠집을 내고자 한다. 그 출발이 바로 〈아시아 문학선〉이다.

우리는 서구가 주도했던 지난 시기의 근대화 과정에서 수많은 문명의 유전자가 흔적도 없이 사라졌고, 지금도 아시아 어딘가에서 어떤 기억의 보살핌도 받지 못한 채 속절없이 사라져가는 것들이 많다는 사실을 잘 알고 있다. 그러나 우리는 겸손해야 한다. 소멸은 대개 슬프지만, 때로는 자연스럽게 권장되어야 할 어떤 것이기도 하다. '불멸의 신화'가 지닌 폭력성을 흔히 목격하지 않았던가. 우리는 서구 근대의 가치를 대체하는 아시아 담론을 창출하겠다는 다부진 야심을 갖고 있지 않다. 우리는 다만 아시아의 수많은 언어가 제각기 품어 온 기억의 서사들을 존중하려 할 뿐이다.

특히 문학에 관한 한, 아시아는 이른바 세계화가 가장 덜 진척된 영토로 존재한다. 아시아 문학은 대다수 서구인들에게 여전히 낯설고 어색하면서도 이따금 신기하고 흥미로운 존재다. 가상공간과 더불어, 빈약한 서사를 보충해 줄 최후의 영토로 간주되기도 한다. 그런 시선 속에서, 지난 몇 세기 동안, 아시아는 수없이 발명되고 발견되었다. 그 결과 논과 밭, 구릉과 숲으로 이루어진 아시아의 주름진 대지는 이차원의 매끈한 평면으로 아주 쉽게 왜곡되었다. 거기에서 소수와 은유는 묵살되고, 틈과 사이는 간단히 메워졌다.

이제 우리는 다시 주름들을 기억하려 한다. 고속도로와 지름길이 길의 다가 아니듯, 표준어와 다수만 아시아의 입체를 구성하지는 않는다. 그러나 놀랍게도, 서구인에게 낯설고 어색한 것 이상으로, 우리 스스로 아시아를 얼마나 낯설고 어색하게 생각하고 있는지! 불행히도 우리 주변에는 읽고 싶어도 읽을 아시아조차 많지 않다. 우리의 기획은 이런 경이로운 무관심과 태만을 반성하는 데서 출발한다. 동시에 우리는 혹 '미지의 세계' 아시아를 또 하나의 개척영역, 흔히 말하듯 '미래의 먹거리' 쯤으로 상정하는 것은 아닌가, 우리 안의 유혹을 끊임없이 경계한다.

이렇게 경계선을 넘으려 한다.

바라건대, 저 너머에는 새로운 세계문학이!

〈아시아 문학선〉 기획위원회

총구에 핀 꽃

2019년 4월 3일 초판 1쇄 펴냄

지은이 이대환 | **펴낸이** 김재범 | **편집장** 김형욱
편집 강민영 | **관리** 강초민, 홍희표 | **디자인** 나루기획
인쇄 굿에그커뮤니케이션 | **종이** 한솔PNS
펴낸곳 (주)아시아 | **출판등록** 2006년 1월 27일 | **등록번호** 제406-2006-000004호
전화 02-821-5055 | **팩스** 02-821-5057
주소 경기도 파주시 회동길 445(서울 사무소: 서울시 동작구 서달로 161-1 3층)
이메일 bookasia@hanmail.net | **홈페이지** www.bookasia.org
페이스북 www.facebook.com/asiapublishers

ISBN 979-11-5662-406-6 04800
978-89-94006-46-8 (세트)

*값은 뒤표지에 표시되어 있습니다.

이 도서의 국립중앙도서관 출판시도서목록(CIP)은 서지정보유통지원시스템 홈페이지(http://seoji.nl.go.kr)와
국가자료공동목록시스템(http://www.nl.go.kr/kolisnet)에서 이용하실 수 있습니다.(CIP제어번호: CIP2019010405)